Im Gefängnis von San Quentin hofft ein zwanzigjähriger Schwarzer auf die Wiederaufnahme seines Verfahrens. Bobby Foster ist wegen Mordes zum Tode verurteilt worden, in einem »Prozeß ohne Leiche«. Sharon McCone, Ermittlerin bei der Anwaltskooperative All Souls in San Francisco, soll herausfinden, was wirklich passiert ist an jenem Tag vor zwei Jahren, als die 22jährige Tracy Kostakos spurlos verschwand …

Tracy Kostakos war der Star des Comedy Club in South Park, San Francisco, wo Bobby Foster als Parkwächter arbeitete. Zeugen hatten einen Streit zwischen beiden beobachtet, und Bobby hatte schließlich ein Geständnis abgelegt, sein Geständnis aber später widerrufen. Sein Anwalt ist überzeugt, daß die Wahrheit über das Schicksal des Mädchens beim Prozeß nicht zutage gekommen ist.

Sharon kommt der neue Auftrag gerade recht – als Ablenkung von dem wachsenen Gefühl der Vereinsamung in den ruhigen Tagen »zwischen den Jahren«.

Marcia Muller, 1944 in Detroit geboren, gilt in Amerika mit ihren Kriminalromanen um die Ermittlerin Sharon McCone als Schöpferin der modernen Privatdetektivin. Ihr Roman ›Wölfe und Kojoten‹ (Fischer Taschenbuch 14545) wurde 1994 für den *Best Crime Novel Award* nominiert. Sie lebt mit ihrem Ehemann, dem Krimiautor Bill Pronzini, in Nordkalifornien.

Weitere Titel von Marcia Muller im Fischer Taschenbuch Verlag: ›Tote Pracht‹ (Bd. 14542), ›Niemandsland‹ (Bd. 14543), ›Letzte Instanz‹ (Bd. 14544), ›Wölfe und Kojoten‹ (Bd. 14545), ›Ein wilder und einsamer Ort‹ (Bd. 14546), ›Am Ende der Nacht‹ (Bd. 14352), ›Wenn alle anderen schlafen‹ (Bd. 14537).

Unsere Adresse im Internet: www.fischer-tb.de

Marcia Muller

Mord ohne Leiche

Roman

Aus dem Amerikanischen von
Monika Blaich und Klaus Kamberger

Fischer Taschenbuch Verlag

2. Auflage: Juni 2000

Deutsche Erstausgabe
Veröffentlicht im Fischer Taschenbuch Verlag GmbH,
Frankfurt am Main, Dezember 1991
Neuausgabe Juni 1999

Die amerikanische Originalausgabe erschien 1989 unter dem Titel
›The Shape of Dread‹
im Verlag The Mysterious Press, New York

Gesamtherstellung: Clausen & Bosse, Leck
Printed in Germany
ISBN 3-596-14541-4

Für Bill

1

San Quentin steht auf einer windgepeitschten Landzunge in der Bucht von San Francisco. Es ist zwar ein Gefängnis, sieht aber auf den ersten Blick gar nicht so schlecht aus: Die sandsteinfarbenen Mauern und das rote Dach bieten einen imponierenden Anblick. Der zypressengeschmückte Hügel, an dessen Fuß der Gebäudekomplex stößt, und die Reihe kräftiger Palmen am Küstenstreifen verleihen der umgebenden Natur einen gewissen Charme. Das Wasser der Bucht ist blau, grün oder stahlgrau, je nach Wetter, und gesprenkelt von Segelbooten und schnellen Fähren, die zwischen Marin County's Larkspur Landing und San Francisco pendeln. Gar kein so übler Ort.

Nähert man sich aber den Eisentoren des Gefängnisses über eine enge, von baufälligen Häusern gesäumte Zufahrt, dann hört man das Dröhnen der Lautsprecher im Hof und das monotone Summen der Generatoren, die diese ganze riesige Anlage in Betrieb halten. Man sieht den Wachturm, das Flutlicht, die Warnschilder und die müde Hoffnungslosigkeit in den Augen der Menschen, die in Grüppchen durch den Besuchereingang kommen. Der Wind erscheint einem kälter. Er bringt den Geruch von brackigem Wasser und unbestimmbarem Verfall mit sich.

Plötzlich fällt einem auch auf, daß auf den Ausläufern des Hügels jede gesunde Vegetation fehlt, als hüteten sich sogar Bäume und Sträucher, dem grimmigen Bau allzu nahe zu kommen. Und man merkt, wie weit entfernt Point San Quentin doch vom piekfein herausgeputzten Larkspur Landing liegt, von den Millionärsvillen im nahen Tiburon und Belvedere und von der Majestät der Rotholzwälder und des Mount Tamalpais. Dafür hat es mehr gemeinsam mit Richmond, jener Stadt im Nordosten, zu der eine plumpe Brücke hinüberführt. Sie kann sich ihrer Slums kaum erwehren, zumeist bevölkert von Schwarzen, die um ihr Dasein kämpfen und oft genug hinter den Mauern dieses Gefängnisses landen.

Und an einem dunklen, bewölkten Wintermorgen, wie dem

gegen Ende Dezember, als ich zum erstenmal diesen Bau besuchte, überfällt einen mit ziemlicher Gewißheit das Gefühl, daß dies ein Ort des Elends ist, an den nicht selten Menschen zum Sterben geschickt werden.

An jenem Donnerstagmorgen war ich früh aus der Stadt aufgebrochen und hatte gehofft, um halb neun im Gefängnis zu sein, aber ein Unfall auf einer der nördlichen Zufahrten zur Golden Gate Bridge hatte einen Verkehrsstau verursacht. So war es viertel nach neun geworden, ehe ich am Osttor meinen Ausweis vorzeigen und mich in die Besucherliste eintragen konnte. Dann passierte ich den Metalldetektor an der Sicherheitskontrolle, und ein Beamter untersuchte den Inhalt meiner Aktenmappe und meiner Schultertasche. Im Besuchertrakt setzte ich mich auf eine Bank, die man mir zugewiesen hatte.

Es war noch so früh, daß sich nur wenige Leute dort aufhielten. In meinen Augen waren die meisten Anwälte oder Ermittler, wie ich selbst, und zu Gesprächen mit Gefängnisinsassen hier. Fast eine Stunde mußte ich warten, ehe meine Genehmigung eintraf, obwohl mein Name sicher auf der von der Gefängnisverwaltung genehmigten Liste stand. Der Aufsichtsbeamte trug mein Tonbandgerät in sein Protokollheft für Recorder und Fotoausrüstungen ein, dann wurde ich in eines der unterteilten Besuchszimmer für Insassen des Sicherheitstraktes geführt, in dem auch die zum Tode Verurteilten untergebracht waren.

Nachdem der Aufseher mich eingeschlossen hatte, sah ich mich einen Augenblick lang in dem Raum um. Er war im Einheitsgelbbraun gehalten und in der Mitte durch einen von Wand zu Wand reichenden Tisch geteilt. Ein schweres Gitter ragte vom Tisch bis zur Decke. Hätte ich eine Veranlagung zur Klaustrophobie gehabt, hätte mich diese Umgebung wahrscheinlich gegen die Tür hämmern und um Befreiung flehen lassen. So aber fühlte ich mich in einem seltsamen Schwebezustand, als sei die Zeit stehengeblieben und würde auch nicht weitergehen, bis eine ferne, unbekannte Kraft dies zuließ. Schließlich ging ich zum Tisch, legte meine Aktenmappe darauf und setzte mich auf einen der drei Holzstühle.

Nach weiteren zehn Minuten ging die Tür auf der anderen Seite des Gitters auf, und ein junger Schwarzer in blauer Gefängniskleidung wurde hereingelassen. Er war schlank, mittelgroß, und sein Gesicht hatte den Farbton von Zimt. Trotz seiner Jugend – ich wußte, daß er zwanzig war – wich sein Haaransatz schon zurück. Die kleinen schwarzen Locken formten ein ›M‹ auf seiner hohen Stirn. Über den undurchdringlichen Augen hingen schwere Lider. Die Nase war lang und breit, der Mund verkniffen. Als die Tür hinter ihm abgeschlossen wurde, sah er sich um und ballte in einem Reflex die Fäuste.

Ich hatte mir sein Geständnis vom Abend zuvor auf Video angesehen, aber lebendig vor mir wirkte er anders. Kleiner und verwundbarer. Und irgendwie unfähig zu einem so schrecklichen Verbrechen, wie er es vor der Kamera zugegeben hatte.

Während ich ihn musterte, ging mir – nicht zum erstenmal – durch den Kopf, daß er möglicherweise von einem Justizapparat überrollt worden war, der nicht gerade beide Augen zudrückte, wenn er einen jungen, ungebildeten Schwarzen mit ein paar Jugendstrafen unter aufsehenerregender Anklage vor sich hat. Opfer des Systems oder kaltblütiger Killer? Im Moment ließ ich das Urteil lieber ausstehen.

»Mr. Foster«, sagte ich, »mein Name ist Sharon McCone von der Anwaltskooperative All Souls. Sie wissen von Jack Stuart, daß ich Sie besuchen wollte.«

Bobby Foster nickte unbewegt.

»Sie sollten sich besser setzen.« Ich zeigte auf den einzigen Stuhl auf seiner Seite des Gitters. »Wir haben eine Menge zu besprechen.«

Diesmal reagierte er überhaupt nicht. Ich wartete.

Schließlich sagte er. »Weiß nicht, was Sie glauben, für mich tun zu können.« Seine Stimme war tief – die Stimme eines großen Mannes, gefangen in einem schmächtigen Körper.

»Ich bin auch nicht sicher, ob ich etwas für Sie tun kann. Um das herauszukriegen, bin ich hier.«

Das Eingeständnis meiner eigenen Unsicherheit schien ihn lockerer zu machen. Vielleicht gefiel es ihm, daß ich nicht vorgab, auf alles eine Antwort zu haben. Er ging zum Stuhl und hockte sich auf die Kante.

»Was hat Jack Stuart Ihnen über mich erzählt, Bobby? Ich darf Sie doch Bobby nennen?«

Er zuckte mit den Schultern.

»Und nennen Sie mich bitte Sharon.«

Er sah mich einen Augenblick lang unter seinen schweren Augenlidern an und sagte dann: »Stuart hat mir nur erzählt, daß Sie Privatdetektivin in seiner Kanzlei da sind. Er sagt, vielleicht können Sie was tun, damit ich aus dieser Schweinerei rauskomme.«

»Sie scheinen nicht daran zu glauben.«

Wieder nur Schulterzucken. »Weiß nicht, was irgendwer tun kann. Sie klagen mich an, bringen mich her. Und irgendwann machen sie mich kalt.«

»Aber Sie behaupten, Sie hätten den Mord nicht begangen.«

»Jetzt sehen *Sie* so aus, als glaubten Sie *mir* nicht.«

»Ich weiß noch nicht, was ich glauben soll. Viele schuldige Leute behaupten, sie sind unschuldig. Aber ich habe Ihre Version von der Geschichte noch nicht gehört. Und Jack Stuart glaubt Ihnen.«

Er setzte sich auf, und lehnte sich auf dem Stuhl zurück. »Dieser Stuart, der ist okay. Besser als dieser Pflichtverteidiger, den ich vor Gericht hatte. Vielleicht.«

Bobbys erster Anwalt war nur Pflichtverteidiger gewesen. Nach der Verurteilung hatte seine Mutter Geld zusammengekratzt, um All Souls für die Berufung zu gewinnen. »Jack ist ein guter Strafverteidiger«, sagte ich. »Wenn das Verfahren eine Möglichkeit hergibt, Ihre Verurteilung aufzuheben, dann findet er sie. Aber der Pflichtverteidiger, den Sie hatten, war auch nicht schlecht. Doch es lief letzten Endes darauf hinaus, daß ein stichhaltiger Beweis gegen Sie sprach.«

Seine Augen wurden schmaler, und er beugte sich vor, die Arme auf der Tischplatte. »Das nennen Sie einen Beweis? Immerhin wurde ihre Leiche nie gefunden. Wie, zum Teufel, können sie einen in die Gaskammer schicken, wenn sie nicht mal 'ne Leiche haben?«

Ich wußte, daß sowohl der Pflichtverteidiger als auch Jack ihm die gesetzliche Grundlage für seine Verurteilung »ohne Leiche« erklärt hatten. Und ich wußte auch, daß er sich stur weigerte, diese Erklärung zu akzeptieren, und jedesmal heftig mit ihnen gestritten hatte, wenn die Rede darauf kam. Ich vermutete, daß er – weil er sonst nichts hatte – sich daran als eine letzte Hoffnung klammerte, von der er nicht ablassen wollte.

Entschlossen, ihn nicht auf diesen reichlich strapazierten Punkt ausweichen zu lassen, fragte ich: »Was ist Ihrer Meinung nach mit ihr passiert?«

Er schüttelte den Kopf.

»Tracy Kostakos war eine Freundin von Ihnen. Sie müssen doch eine Idee haben, wohin sie verschwunden sein könnte.«

»Wäre ich hier, wenn ich eine Idee hätte?«

»Manche Leute glauben, daß sie noch am Leben ist. Ihre eigene Mutter, zum Beispiel. Laura Kostakos glaubt, ihre Tochter ist aus freien Stücken verschwunden.«

Sein Blick wanderte von mir zu einem Punkt hinter meiner linken Schulter. Plötzlich spürte ich ein Prickeln im Kreuz – wie ich es oft spüre, wenn ich das Gefühl habe, jemand enthält mir etwas Wichtiges vor.

Ich sagte: »Bobby, was, glauben Sie, ist mit Tracy passiert?«

»Weiß ich nicht«, gab er zurück. Er mied noch immer meinen Blick. »Aber sie lebt nicht mehr. Sonst hätte sie das mit mir gehört und wäre gekommen und hätte alles in Ordnung gebracht.« Er schwieg einen Augenblick und setzte dann hinzu: »Tracy ist bestimmt tot. Aber ich habe ihr nichts getan.«

»Warum haben Sie dann gestanden?«

»Das habe ich später zurückgenommen. Es war nur eine Geschichte.«

»Eine Geschichte, Bobby?«

»Genau.«

»Sie paßte aber verdammt gut zu den Fakten.«

»Fakten? Gibt keine Fakten. Gibt nicht mal 'ne *Leiche.*«

»*Warum* haben Sie gestanden?«

Er ballte die Fäuste, legte den Kopf in den Nacken und sah an die Decke. Die Nackenstränge spannten sich, während er um Beherrschung kämpfte.

Bobby Foster war Weltmeister im Verlieren von Selbstbeherrschung, und sein Register an Jugendstrafen belegte das. Aber unter der Obhut eines staatlichen kalifornischen Erziehungsheims hatte er offensichtlich gelernt, seinen Hang zur Gewalttätigkeit zu zügeln. In seinem Leben war es aufwärts gegangen – bis Tracy Kostakos vor knapp zwei Jahren in einer regnerischen Nacht verschwunden war.

Nach einer Weile entspannten sich seine Fäuste, und der

Kopf sank nach vorne. Sein Blick war eindringlich, aber ohne Zorn. »Schon mal richtig Angst gehabt, Lady? Ganz erbärmliche Angst?«

Das hatte ich, und zwar oft genug, aber ich hatte das Gefühl, er meinte eine andere Art von Angst. Ich schüttelte den Kopf.

»Dann wissen Sie es nicht. Sie haben es mir stundenlang eingehämmert, mir gesagt, was ich getan habe. Sie haben gesagt, ich bin beim Lügendetektor-Test vorher durchgefallen. Mein Anwalt, der hat später rausgekriegt, daß das nicht stimmte. Ich soll bei einigen Sachen gelogen haben, aber nicht dabei, ob ich sie umgebracht habe. Irgendwann habe ich ihnen dann geglaubt, und noch mehr Angst gekriegt. Ich bin müde geworden und durcheinander. Nach einer Weile habe ich angefangen, alles zu glauben, was sie mir sagten. So läuft das, es ist, als erinnert man sich an einen Traum, den man mal hatte. Du fängst an zu sehen, was sie dir sagen, nur nicht richtig, weil es ja nur ein Traum ist.«

»Und dann?«

»Wird es wirklich. Man sieht es immer besser. Aber es bleibt immer noch wie das Bild auf einem alten Fernseher, der nicht mehr richtig funktioniert. Man hört auf, Angst zu haben, weil man so müde ist. Sie hämmern immer weiter auf einen ein, und man denkt, vielleicht gehen sie weg, wenn man ihnen den Traum erzählt. Macht nichts, ist ja nur ein Traum – oder? Also erzählt man ihn. Dann kommt man darauf, daß es gar kein Traum ist – es ist ein beschissener Alptraum.«

Ich lehnte mich zurück und versuchte, mir vorzustellen, was er erzählt hatte. Es gelang mir und gelang mir auch wieder nicht. Doch es paßte zu gewissen Widersprüchlichkeiten, die mir in den Gerichtsprotokollen und auf dem Videoband mit seinem Geständnis aufgefallen waren. Heutzutage sind die Verhörmethoden der Polizei zivilisierter als die alte Hinterzimmer-Masche, aber immer noch konnten sie zu guter Letzt am Ende falsche Schuldgeständnisse produzieren.

Nach kurzer Pause sagte ich: »Erzählen Sie mir von sich, Bobby.«

Sein Gesicht, das angeregt gewirkt hatte, als wir über sein Geständnis sprachen, wurde ausdruckslos. »Warum?«

»Wenn ich Ihnen helfen soll, muß ich etwas von Ihnen wissen.«

»Was wollen Sie wissen?«

»Alles, was Sie mir erzählen möchten.«
»Gibt nichts zu erzählen.«
»Sie sind in San Francisco aufgewachsen, nicht?«
»In Potrero Hill. In den Projects.«
»Auch da zur Schule gegangen?«
»Eine Zeitlang.«
»Bis zu welcher Klasse?«
»Siebte.«
»Und dann rein ins Erziehungsheim und wieder raus.«
Er nickte.
Obwohl ich die Antwort bereits kannte, fragte ich: »Auf welche Weise sind Sie da rausgekommen?«
Schweigen.
»Bobby?«
»Also, Stuart kennt doch den ganzen Mist. Warum fragen Sie nicht ihn?«
»Ich würde es lieber von Ihnen hören.«
Er zögerte und sah mich an mit einer Mischung aus Mißtrauen und Hoffnung. »Glauben Sie wirklich, Sie können mir helfen?«
»Ich werde es versuchen.«
»Wie?«
»Indem ich neue Beweise heranschaffe. Indem ich herausbekomme, ob Tracy Kostakos noch lebt. Und wenn sie nicht mehr lebt, versuche ich, herauszubekommen, was tatsächlich mit ihr passiert ist.«
»Warum müssen Sie dann den ganzen Mist über mich wissen?«
»In meinem Beruf weiß man nie, welche Information einmal wichtig werden könnte. Ich möchte etwas über Ihr Leben wissen, und zwar bis zu der Minute, als Sie heute morgen hier hereinkamen.«
Das schien ihn zufriedenzustellen. Er nickte, zog tief die Luft ein und sagte: »Okay. Wo soll ich anfangen?«
»Bei dem Punkt, als Sie die Schule verließen und in Schwierigkeiten gerieten. Aber zuerst möchte ich mein Bandgerät anstellen.« Ich holte es aus der Aktenmappe und stellte es auf. Bobby sah es unschlüssig an, protestierte aber nicht. Nach einer Sprechprobe ließ ich das Band anlaufen und lehnte mich zurück.

»In Ordnung«, sagte ich, »reden Sie nur. Keine Eile und nichts auslassen – wenn nötig, komme ich nächste Woche wieder. Wir haben viel vor.«

Als Bobby zu reden anfing, sah ich auf meine Hände. Sie lagen offen im Schoß, die Finger leicht gekrümmt. Eine Schale, in der vielleicht sein Leben lag.

2

Mein Besuch bei Bobby Foster war das Ergebnis eines improvisierten Picknicks mit Jack Stuart, unserem Strafrechtsexperten bei All Souls. Er hatte am Tag zuvor plötzlich mittags vor meiner Tür gestanden – es war der Mittwoch dieser letzten, wie angehängten Woche des Jahres, die einzig und allein dazu gut ist, diejenigen von uns zu frustrieren, die von den Weihnachtstagen die Nase voll haben und begierig darauf warten, daß sich das Leben wieder normalisierte.

Für diese tote Zeit hatte ich mir vorgenommen, endlich und endgültig meinen Plan (ich vermied es, ihn einen Neujahrsvorsatz zu nennen) in die Tat umzusetzen und die Veranda hinter meinem Haus auszubauen. Ich hatte im letzten Sommer damit angefangen, die Wände setzen zu lassen, um so ein zweites Schlafzimmer zu gewinnen, aber auf halbem Wege war mir das Geld ausgegangen. Im Oktober hatte ich meine Pfandbriefe verkauft und Geld aufgenommen, um die Sache hinter mich zu bringen und noch einige notwendige, im Grunde aber nebensächliche Reparaturen vornehmen zu lassen. Dann hatten mich die Weihnachtseinkäufe und die Feiertage wieder abgehalten. Es war eine einigermaßen produktive Woche gewesen, aber dann war auch ich von der allgemeinen Mattigkeit angesteckt worden, die sich überall ausbreitete. Außerdem hatte keiner von den Handwerkern, die wegen Kostenvoranschlägen bei mir gewesen waren, sich wieder gemeldet. Als Jack läutete, wanderte ich gerade mit halbherzigen Mordgedanken gegen ein paar Brombeersträucher, die sich breitgemacht hatten, durch den Garten. Wäre er nicht aufgetaucht, hätte ich in spätestens einer Viertelstunde vor Langeweile die Hände gerungen.

Daher war ich froh, in seinen Kombi klettern und in den nahe gelegenen Glen Park fahren zu können. Jack hatte eine Einkaufstüte bei sich, vollgestopft mit französischem Weißbrot, Käse und Salami, und dazu eine Flasche recht ordentlichen Wein, die er unverkennbar aus dem Vorrat von All Souls für die alljährliche Silvesterparty stibitzt hatte. Ich hatte ein paar Prospekte eingesteckt, die ich studieren wollte. Als wir am äußersten Ende des Glen Canyon angekommen waren, holte ich eine alte Decke aus dem Kofferraum des Kombis und setzte mich neben einen dicken Baumstumpf, um zu lesen. Jack machte sich daran, die Felswand des Canyon zu erklettern.

Jack war ein begeisterter Kletterer, aber leider kein besonders guter. Er hatte sich dieses Hobby zugelegt, um den Schmerz zu sublimieren, den ihm seine Scheidung im letzten Jahr bereitet hatte. Meiner Meinung nach hätten es allerdings etwas mehr psychischer Schmerz und etwas weniger körperliche Qualen auch getan. Anfang November hatte er sich bei einer Klettertour in den Pinnacles bei einem Sturz drei gebrochene Rippen geholt. Erst jetzt kam er langsam wieder in Form. Die Gefahren hier im Glen Canyon, hatte er mich wissen lassen, seien unter »Schwierigkeitsgrad eins« einzustufen, was bedeute, daß ein Unfall nicht gleich zu Dauerschäden führen müsse. Das war auch gut so, denn dies waren die ersten Feiertage seit seiner Scheidung, und er sublimierte gerade bis zum Exzeß. Ihm zuzuschauen, machte mich nervös, also konzentrierte ich mich auf den Prospekt, in dem ich gerade blätterte.

Der Prospekt stammte von irgendeiner Organisation namens Educational Swap Meet – einer lockeren Expertenvereinigung von eigenen Gnaden, die gemeinsam für Kurse warb, die sie an die Frau und den Mann zu bringen hoffte. Seit ein paar Wochen dachte ich schon daran, mich vielleicht wieder ins gesellschaftliche Leben zu stürzen – neun Monate war ich nun ungebunden und auch ohne großes Interesse an einer Beziehung. Und nachdem der gute Abby mit seinen Ratschlägen gewöhnlich recht hat, war ich zu der Überzeugung gelangt, es wäre eine gute Möglichkeit, in einem Kurs »Leute mit gleichen Interessen« kennenzulernen. Leider klang das Angebot in diesem Prospekt etwas seltsam, um nicht zu sagen: geradezu umwerfend, und ich war mir gar nicht so sicher, ob ich denn Leute mit solchen Interessen überhaupt kennenlernen wollte.

Ich rief zu Jack hinüber: »Was hältst du davon – ›Spiritueller Umgang mit Waffen für sanftmütige Menschen‹?«

Jack grunzte laut. Ich sah auf. Er baumelte in äußerst unsicher wirkender Weise in der Nähe einer Felsspitze. Aber er war noch nicht besonders hoch. Schnell wandte ich mich wieder meinem Prospekt zu.

»Da handelt es sich wohl um Zen-Schießen«, sagte ich. »Auf diese Weise sollst du dir Freunde machen und die Waffe meditativ gebrauchen.«

Jack japste. Ich blätterte um.

»Da ist ein anderer – ›Begegnung mit Seelenverwandten durch Visualisierung und Astrologie‹. Nein, Moment. Der hier ist es – ›Gewöhnung an den Tod. Sieh deinem unvermeidlichen Ableben ins Auge und fühl dich wirklich gut dabei‹.«

Ein Plumpsen. Ich fürchtete, Jack könnte seinem Ableben ins Auge schauen müssen, ohne zuvor in den Genuß dieses Kurses gekommen zu sein, und blickte auf. Er war vom Felsen heruntergesprungen und wischte sich den Schmutz von den Jeans, während er auf mich zukam.

Er sagte: »Wie wäre es mit einem neuen Fotokurs?«

»Ich muß leider der Tatsache ins Auge sehen, daß ich lausig schlecht darin bin.«

»Du wärst auch lausig schlecht bei der Gewöhnung an den Tod. Und mit der Pistole meditieren klingt gefährlich.«

»Sicher.« Ich warf den Prospekt beiseite – und mit ihm die Hoffnung auf die Begegnung mit meinem Seelenverwandten auf exotische Weise.

Jack ging zum Kombi und holte die Tüte mit unserem Lunch. Ich ließ mich gegen den Baumstumpf fallen und genoß den frischen Tag.

Es war klar, doch die Sonnenstrahlen waren noch durch diesen feuchten Dunst gefiltert, der einem im nördlichen Kalifornien anzeigt, daß der Regen noch nicht lange vorbei ist. Im Canyon lastete die Stille. Normalerweise wimmelte der Glen Park – ein Erholungsgelände im Süden des Wohngebietes gleichen Namens – von Kindern der Familien aus den Landhäusern und kleinen Wohnungen aus der Umgebung. Heute dagegen hatten sie sich wohl anderen Ferienfreuden der Weihnachtszeit gewidmet und die Kinos oder das Exploratorium besucht. Vor allem der enge, dichtbewaldete Canyon nördlich der Spiel- und Tennisplätze, in dem wir uns aufhielten, war leer und verlassen.

Ich lehnte meinen Kopf an die rauhe Rinde des dicken Stumpfs und sah hinauf durch die silbrigen, vom Wind bewegten Blätter der Eukalyptusbäume rundum. Auf einem der obersten Zweige saß ein Eichelhäher in einem Lichtbündel. Unter ihm zog ein Rauchschleier von verbranntem Holz aus den Kaminen der Häuser und Eigentumswohnanlagen der wohlhabenden Diamond Heights vorbei. Wären nicht die eckigen Umrisse ihrer vorstehenden Balkone gewesen und das Brummen eines Busses, der sich die O'Shaughnessy Street hinaufquälte, hätte ich mich in tiefster Wildnis wähnen können statt in einer der größten Städte unseres Landes.

Jack kam zurück, ließ sich auf die Decke fallen und kramte in der Tüte herum.

Ich sagte: »Na ja, wenigstens lebst du noch.«

»Die Felsen da sind doch nicht der Rede wert. Ich sagte dir schon, Schwierigkeitsgrad eins.«

»Wie viele Schwierigkeitsgrade gibt es?«

»Drei. Ein Fehler im Zweier kann dich leicht in den Rollstuhl bringen. Und bevor du dich an den dritten Grad machst, solltest du dich mit deinem Versicherungsagenten kurzschließen, um zu sehen, ob das durch deine Lebensversicherung auch gedeckt ist.«

»Meine Güte, was für ein Hobby.«

Auf Jacks schmalem, zerfurchtem Gesicht machte sich ein Grinsen breit. »Was soll ich sagen? Es macht Spaß, auf Messers Schneide zu leben.«

»Bei mir reicht es höchstens zum Sturz von der Stuhlkante bei der Lektüre eines guten Horrorromans.«

Er fing an, mit einem Korkenzieher zu spielen. »Angst lenkt mich von meinen Problemen ab.«

»War Weihnachten diesmal hart für dich?«

»In gewisser Weise. Andererseits war es nicht so schlimm. Zumindest habe ich nicht dauernd die Erwartungen von jemand anderem platzen lassen.«

Ich wußte, was er damit meinte, denn ein paar von diesen glänzenden Ferienseifenblasen waren mir selbst auch geplatzt.

Jack schenkte den Wein in Plastikbecher und reichte mir einen. »Auf bessere Zeiten und einen neuen Anfang.« Als unsere Becher gegeneinanderstießen, berührten sich unsere Finger.

Ich nahm einen Schluck und sah weg, um meine Verwirrung zu verbergen. Ich hatte schon seit einer Weile den Verdacht, daß Jack sich für mich interessierte. Es war ein Interesse, das ich nicht bestärken wollte.

Die Ehe der Stuarts war nicht besonders glücklich gewesen, aber sie hatte lange gedauert. Geheiratet hatten sie noch auf der Law School, und zwanzig Jahre hatten sie miteinander gelebt, trotz ihrer radikal verschiedenen politischen Ansichten und Karrieren. Doch der Umzug von Los Angeles nach San Francisco, verbunden mit neuen Jobs – sie arbeitete in einer angesehenen, konservativen Kanzlei in der Innenstadt, er in einer neuen, liberal gesonnenen Gemeinschaftspraxis – hatte die Kluft zwischen ihnen vergößert. Jack hatte die Scheidung nicht gewollt, und sein Jammer wurde noch dadurch verschlimmert, daß seine Exfrau eine Woche nach Verkündung des endgültigen Scheidungsurteils ihren Chef heiratete.

Selbst jetzt, nach fast einem Jahr, war sein Schmerz immer noch zu frisch, als daß er eine neue Bindung auf einer anderen Basis hätte eingehen können, als der »früher war es so«. Er würde – im Positiven wie im Negativen – jede Handlung einer neuen Frau an denen seiner früheren messen. Er würde entweder mehr oder auch weniger von ihr erwarten, als sie tatsächlich zu geben vermochte. Ich mochte Jack sehr, konnte mir eine romantische Neigung zu ihm vorstellen, aber ich war nicht bereit, mich auf eine Situation einzulassen, in der ich nur die Verliererin sein konnte. Und ich spürte, zu diesem Zeitpunkt war er zu nichts anderem fähig als einer lockeren, zufälligen Beziehung – genau von der Art, wie ich sie mir nicht mehr leisten mochte.

Trotz seiner Selbstabkapselung war Jack nicht unsensibel. Er spürte mein Unbehagen, schnitt Brot, Käse und Salami ab und wechselte das Gesprächsthema.

»Abgesehen von dem Vergnügen, mit dir zusammenzusein,

hatte ich auch noch einen geschäftlichen Grund, dich heute um ein Zusammensein zu bitten«, sagte er. »Ich würde gern einen Fall mit dir besprechen, bei dem ich Hilfe brauche. Ich habe mich gefragt, ob er es wert ist, dir die Zeit zu stehlen, und ich bin zu der Überzeugung gekommen, er ist es.«

»Erzähl.«

»Du weißt doch, was ein Fall ohne Leiche ist?«

»Mehr oder weniger. Ich denke mir, es ist einer, in dem die Leiche des Opfers nicht aufgefunden wurde, aber neben den bloßen Zufallsfunden genügend Beweise für die Annahme vorhanden sind, daß ein Verbrechen stattgefunden hat. Das ›corpus delicti‹ können dann Blutflecke sein, Augenzeugenberichte oder ein Geständnis.«

Jack sah mich überrascht an. »Du liest wohl viel über Kriminologie?«

»So einiges. Ich habe in Berkeley ein paar Vorlesungen gehört. Bei meiner Arbeit ein ganz natürliches Interesse.«

»Der Grund, warum ich frage, ist, daß die meisten Leute denken, das ›corpus delicti‹ habe direkt etwas mit der Leiche zu tun und nicht mit dem Kern eines Verbrechens. Wahrscheinlich, weil ›corpus‹ eben der Wortstamm von ›Körper‹ ist. Ich habe Schwierigkeiten, meinem Klienten diesen Unterschied klarzumachen.«

»Mir war gar nicht klar, daß du gerade mit einem Mordfall beschäftigt bist. Wer ist der Beschuldigte?«

»Ein zwanzig Jahre alter schwarzer Junge namens Bobby Foster. Bereits zum Tode verurteilt. Wir sollen für ihn in die Berufung gehen.«

Der Name kam mir bekannt vor, aber ich konnte ihn nicht unterbringen. »Ein Todesurteil? Das ist reichlich hart für einen ›Fall ohne Leiche‹. Und für so einen jungen Angeklagten.«

»Der Mord hing mit einem Kidnapping zusammen. Also besondere Umstände. Es gibt auch ein Geständnis – ziemlich schlimme Geschichte. Das Opfer war aus prominenter Familie: Alter Geldadel, und beide Eltern Professoren an der Stanford. Sie selbst war eine junge Comedy-Schauspielerin, deren Stern schnell aufging.«

Jetzt erinnerte ich mich, woher ich Fosters Namen kannte. »Der Fall Tracy Kostakos.«

»Richtig.«

»Himmel.«

Der Mord war vor fast zwei Jahren passiert, aber ich erinnerte mich daran, weil die Zeitungen ihn sehr herausgestrichen hatten und der Chefermittler, Ben Gallagher, so etwas wie ein Freund von mir gewesen war. Die veröffentlichten Geschichten hatten mich neugierig gemacht, und eine Zeitlang hatte ich den Fall genau verfolgt. So fielen mir jetzt auch die meisten Einzelheiten wieder ein, und Jack half mir beim Auffrischen meines Gedächtnisses.

Tracy Kostakos war eine Frau von gerade zweiundzwanzig mit einem ausgeprägten Talent zur Komik gewesen. Im Sommer zuvor hatte sie am Comedy Celebration Day auf dem Polofeld im Golden Gate Park allen die Schau gestohlen. Mehrere Monate lang hatte sie in Jay Larkeys schickem Café Comédie ganz oben auf den Plakaten gestanden. Vorher hatte sie in dem Café in South Market als Cocktail-Kellnerin gearbeitet. Am zwölften Februar, einem regnerischen Donnerstag, war sie abends nach Ende ihrer Neun-Uhr-Show verschwunden. Während das unerwartete nächtliche Ausbleiben einer Frau ihres Alters in einer Stadt wie San Francisco normalerweise wenig Anlaß gab, Alarm zu schlagen, hatten Tracys Eltern und Freunde guten Grund zu der Annahme, daß etwas schiefgelaufen war: Ihr ganzes Leben lang war sie pünktlich und zuverlässig gewesen – fast übertrieben zuverlässig.

Man vermutete, daß sie vom Café Comédie aus zu einer Improvisationsgruppe auf dem Dachboden einer Freundin in der Nähe vom India Basin gefahren war. In dieser Gruppe mit annähernd gleichbleibender Besetzung hatte sie seit fast drei Jahren mitgemacht und keinen einzigen Termin versäumt. Ihr Fehlen war auch dort registriert worden.

Diese Improvisationsabende endeten gewöhnlich gegen zwei Uhr morgens. Tracy kam dann immer direkt in das Apartment an der Upper Market Street zurück, das sie mit ihrer Freundin Amy Barbour teilte. Für diesen Morgen hatte sie ihrer Zimmergenossin versprochen, sie beim Heimkommen zu wecken, und zwar aus einem ganz besonderen Grund: Der dreizehnte Februar war Amys einundzwanzigster Geburtstag, und die beiden Freundinnen hatten vor, aus diesem Anlaß feierlich eine erste Flasche Champagner miteinander zu trinken. Aber Tracy war nicht heimgekommen.

Freitags fuhr Tracy normalerweise nach Palo Alto, um sich mit ihrer Mutter, Laura Kostakos, zum Lunch zu treffen. Diesmal wollte sie am Vormittag noch zu einem Termin in einem Besetzungsbüro für Schauspieler an der Fillmore Street. Es ging um einen TV-Werbespot für die Wendy-Restaurantkette, den man auf einem Testmarkt im Mittelwesten vorführen wollte. Sollte sie die Rolle bekommen, war das zwar noch keine Garantie dafür, landesweit auf dem Bildschirm zu erscheinen, doch es war immerhin schon ein Schritt in diese Richtung. Und Tracy Kostakos war am lukrativen TV-Markt ebenso interessiert wie jede andere aufsteigende – und völlig unterbezahlte – Comedy-Schauspielerin. Aber in dem Besetzungsbüro war sie nie erschienen und die Freundinnen, die mit ihr hätten konkurrieren müssen, waren erleichtert und besorgt zugleich.

In ihrem Büro im Mathematischen Institut der Universität von Stanford wartete Laura Kostakos auf Tracys Anruf vom Bahnhof. Tracy hatte gesagt, sie käme wie immer zu ihrer gewohnten Lunchverabredung um halb zwei in Palo Alto an. Aber als sie um drei Uhr noch immer nichts von ihr gehört hatte, rief Mrs. Kostakos ihren Mann George in seinem Büro im Psychologischen Institut an. Auch er hatte nichts von Tracy gehört. Später hatte Laura Kostakos dann Reportern erzählt, sie habe, obwohl sie nicht abergläubisch sei, dauernd daran denken müssen, daß es Freitag, der dreizehnte, war.

Offiziell konnte die Polizei wegen Tracys Verschwinden vor Ablauf von zweiundsiebzig Stunden nichts unternehmen, aber schon lange vor diesem Zeitpunkt erreichte ein fehlerhaft auf der Maschine geschriebener Erpresserbrief das Haus der Kostakos in Palo Alto. Eine bescheidene Mitteilung, wie es schien: Die Kidnapper forderten nur 250 000 Dollar.

Das FBI wurde eingeschaltet. Die Kostakos konnten das Lösegeld beschaffen, und zusammen mit Agenten vom FBI warteten sie auf den für den Sonntagabend angekündigten Anruf der Kidnapper. Aber er kam nicht. Auch trafen keine weiteren Erpresserbriefe ein. Sie hörten nie wieder von ihrer Tochter.

Um die Mitte der folgenden Woche konzentrierten sich die Ermittlungen auf Bobby Foster, der als Parkwächter auf dem

Parkplatz des Café Comédie arbeitete. Einer der anderen Parkwächter und zwei Stammgäste hatten beobachtet, wie er sich mit Tracy nach ihrer letzten Vorstellung auf dem Gehsteig vor dem Club gestritten hatte. Bobby hatte eine Erklärung dafür: Tracy, die so ungern Auto fuhr, daß sie nicht einmal von ihren Eltern einen Wagen geschenkt haben wollte, war etwas ängstlich gewesen, weil sie zwei Blocks weiter im Dunkeln auf ihren Bus warten mußte. Also hatte sie ihn gebeten, sie zu begleiten und mit ihr zu warten. Das hatte er abgelehnt – weil Jay Larkey, der Besitzer des Clubs, berüchtigt dafür war, jeden Parkwächter zu feuern, der seine Arbeit vernachlässigte –, und sie hatten sich gestritten. Doch seine Geschichte klang nicht echt. Es war bekannt, daß Tracy einen stattlichen Zuschuß von ihren Eltern bekam und sich leicht ein Taxi hätte leisten können, wenn sie sich wirklich unsicher fühlte. Außerdem kannten sie alle nur als eine Frau, die keine Angst hatte, nachts allein durch die Straßen zu gehen. Es war wenig wahrscheinlich, daß sie Bobby gebeten hatte, aus diesem Grund seinen Job zu riskieren – und schon gar nicht, wenn sie so gut befreundet waren, daß sie sich jeden Mittwochnachmittag trafen, damit sie ihm als Privatlehrerin bei den Vorbereitungen zur High-School-Reife half.

Bobby Foster blieb bei seiner Geschichte. Er weigerte sich stur, einen Anwalt zu nehmen, sträubte sich aber auch gegen einen Lügendetektor-Test. Schließlich willigte er doch ein, und wenn er auch nicht mit fliegenden Fahnen unterging, waren die Ergebnisse nicht so schlüssig, daß die Ermittlungsbehörden das Interesse an ihm verloren hätten.

Gegen Ende des Frühjahrs hatte sich das FBI von der aktiven Beteiligung an dem Fall zurückgezogen. Die Ermittlungen der Polizei von San Francisco schleppten sich dahin. Dann fiel im Juni der Frau von Jay Larkeys Compagnon im Café Comédie – Foster war nicht mehr dort angestellt – ein Notizbuch in die Hände, daß er im Aufenthaltsraum für die Angestellten zurückgelassen hatte. Das hatte sie der Polizei übergeben. Er hatte es bei seinen Examensvorbereitungen mit Tracy benutzt. Man fand darin mehrere Aktskizzen einer Frau, die ihr ähnelten, und eine Reihe von Rechtschreibfehlern, die zu denen in dem schlecht geschriebenen Erpresserbrief paßten.

Die Polizei ging vorsichtig vor. Sie verhörte Foster noch einmal, nahm ihn aber nicht fest.

Ende Juli fand man ungefähr siebzig Meilen südlich von San Francisco in einer Schlucht in den Santa Cruz Mountains einen dunkelblauen Volvo mit blutbespritzten Polstern. Der Besitzer hatte ihn als gestohlen gemeldet – gestohlen vom Parkplatz des Café Comédie, und zwar in der Nacht, in der Tracy verschwand. Eingeparkt hatte ihn Bobby Foster. Seine Fingerabdrücke fanden sich im Innern des Wagens – und auch die von Tracy Kostakos. Die Blutflecke auf dem Vordersitz paßten zu Tracys Blutgruppe und zu ihrer Untergruppe.

Erneut wurde Foster von der Polizei verhört. Er behauptete zunächst, den Volvo nicht eingeparkt zu haben. Später sagte er, er könne sich nicht mehr an diesen speziellen Wagen oder seinen Fahrer erinnern. Er parke im Laufe einer Nacht so viele Wagen ein. Aber dann gestand er schließlich doch, Tracy entführt und ermordet zu haben.

»Du sagst, es ist ein schlimmes Geständnis?« fragte ich Jack.

Er nickte. »Ich habe ein Video davon. Wenn du mir in dem Fall helfen willst, solltest du es dir ansehen und auch die Unterlagen des Pflichtverteidigers und das Gerichtsprotokoll lesen.«

»Was soll ich denn nun genau für dich tun? Worauf stützt du deine Berufung?«

»Auf die üblichen Formfehler. Aber damit hast du nichts zu tun. Ich möchte, daß du dich um den Mord kümmerst.«

»Um einen zwei Jahre alten Fall, zu dem es bereits ein Geständnis gibt und auch ein Urteil? Also wirklich, Jack!«

Er fuhr sich mit beiden Händen durch das dichte graue Haar. »Ich weiß, es klingt verrückt, Shar, aber ich glaube nicht, daß der Junge schuldig ist.«

»Und was ist mit diesem Geständnis?«

»Das hat er noch vor Beginn der Gerichtsverhandlung widerrufen.«

»Auf den Rat seines Anwalts.«

»Noch bevor er einen hatte. Der Junge war so dumm und wies jeden Rechtsbeistand zurück, weil er glaubte, man würde ihn für schuldig halten, wenn er sich einen Anwalt nähme. Und von falschen Geständnissen hast du ja schon gehört.«

Ich schwieg.

Jack fragte: »Hast du die Verhandlung verfolgt?«
»Nein. War sie nicht letzten Sommer?«
»Im August. Es hat lange gedauert, bis der Fall vor Gericht ging.«
»Ich war zu der Zeit im Urlaub. Und ich schaffe es nie, nachträglich die Zeitungen aufzuarbeiten.«
»Also, eines hat sich vor Gericht herausgestellt, nämlich daß manche Leute nicht an Tracy Kostakos Tod glauben – dazu gehört auch die eigene Mutter.«
»Sie glauben, sie hat ihre eigene Entführung vorgetäuscht?«
»Ja. Sie sei freiwillig verschwunden und benutze den Erpresserbrief als Trick, um die Leute von ihrer Spur abzulenken.«
»Warum sollte sie so etwas tun? Hatte sie denn einen Grund, zu verschwinden?«
»Das gehört zu den Dingen, die du für mich herauskriegen sollst.«
»Was ist mit den Blutflecken in dem Auto?«
»Noch so ein Trick.«
»Klingt weit hergeholt.«
»Mag sein. Aber Laura Kostakos glaubt ganz fest, daß ihre Tochter noch am Leben ist – so sehr, daß sie Tracys Mietanteil an dem Apartment weiterzahlt und ihr Zimmer für ihre Rückkehr unverändert läßt.«
»Vielleicht ist die Frau nicht mehr ganz bei Verstand.«
»Möglich. Die Kostakos haben sich vor der Verhandlung getrennt.«
»Du sagtest, manche *Leute*. Wer glaubt noch an diese Version?«
»Jay Larkey, der Besitzer des Clubs, in dem sie gearbeitet hatte.«
Larkey, ein Mann in den Fünfzigern, war aus den Comedy Clubs von San Francisco hervorgegangen und zu einer landesweiten TV-Berühmtheit geworden. Als seine Popularität nachließ, war er in die Stadt zurückgekehrt und hatte selbst einen Club gegründet, um Comedy-Talenten auf ihrem Weg nach oben die gleiche Chance zu bieten, die er gehabt hatte. »Sonst noch jemand?«
»Ihr Freund, Marc Emmons.«
»Bei ihm ist es vielleicht Wunschdenken.«

»Aber es gibt noch jemanden. Ihre Wohnungsgenossin, Amy Barbour. Sie hat zwar vor Gericht für die Anklage ausgesagt, aber der Pflichtverteidiger hatte den Eindruck, daß sie nicht alles gesagt hatte, was sie wußte.«

Ich lehnte meinen Kopf an den Baumstumpf. Die Eukalyptusblätter schimmerten in dem blassen Sonnenlicht. Zu dem Eichelhäher oben in den Zweigen hatten sich noch ein paar andere gesellt. Sie krächzten rauh – eine passende Hintergrundmusik zu der Tragödie, über die wir sprachen.

Ich fragte: »Was ist denn nach Bobby Fosters Meinung Tracy Kostakos zugestoßen?«

»Falls er dazu eine Meinung hat, behält er sie für sich. Er will nichts weiter, als daß wir argumentieren, man hätte ihn ohne Leiche nicht verurteilen dürfen. Ich hoffe, du kannst ihn davon abbringen.«

Es schien mir eine schier unglaublich riskante Angelegenheit, eine zwei Jahre alte Spur aufzunehmen, die selbst damals, als sie noch frisch war, die Ermittler ins Nichts hatte laufen lassen. Und ich fürchtete, es wäre unnütze Mühe. Angesichts einer Verurteilung ohne Leiche mußte sehr vieles gegen Foster gesprochen haben. Im Gegensatz zu einer weitverbreiteten romantischen Vorstellung war die Zahl der zu unrecht Verurteilten sehr gering. Ein bekannter Strafverteidiger hatte einmal behauptet, 96 Prozent seiner Klienten seien schuldig im Sinne der Anklage gewesen. Die anderen vier Prozent seien wahrscheinlich in einer anderen Sache schuldig gewesen.

Doch wenn Foster zu den vier Prozent gehörte, dann durfte er nicht sterben...

Ich seufzte. »Meine freie Woche ist fast vorbei. Mir wurde ohnehin schon langweilig.«

Auch Jack seufzte – vor Erleichterung. »Danke. Ich weiß das zu schätzen. Wenn wir mit dem Essen fertig sind, fahren wir zu All Souls, und ich gebe dir die Akten und das Video, von dem ich sprach.« Er machte eine Pause. Ich sah ihn an und merkte, daß sein Blick sich verdüstert hatte. »Ich muß dich warnen«, fügte er hinzu. »Was du zu hören bekommst, wird dir nicht gefallen.«

»Ich zog sie aus dem Wagen und ließ sie am Rand von dieser Mulde fallen. Dann habe ich ihr einen Stoß gegeben, und sie rollte den Hügel hinunter.«

»Sind Sie auch hinuntergegangen? Um die Leiche zu verstekken?«

Die eine Stimme gehörte dem jungen schwarzen Mann mit dem müden, überanstrengten Gesicht. Die andere gehörte Inspektor Gallagher, aber er oder seine Kollegen waren nicht zu sehen. Die Videokamera war nur auf Bobby Foster gerichtet, der ein Geständnis ablegte.

»Nein, Mann, ich wollte nichts mehr von ihr. War nur noch totes Fleisch für mich. Nur noch totes weißes Fleisch, das man wegwirft.«

»Und weiter?«

»Das ist alles, Mann. Ich habe Ihnen alles erzählt.«

»Was ist mit dem Blut? In dem Wagen war eine Menge Blut. Hatten Sie auch welches an sich?«

Foster sah einen Augenblick ins Leere. Verwirrt, dachte ich.

»Blut. Genau. Überall hatte ich Blut.«

Ich stand auf und schaltete den Recorder aus. Statt Fosters Gesicht erschien das eines Nachrichtensprechers auf dem Bildschirm. Er las im Kabelkanal die Mitternachtsnachrichten. Zweimal hatte ich mir das Videoband angesehen – das war mehr als genug. Ich schaltete auch den Fernseher aus und ging in die Küche, um mir ein Glas Milch zu holen. Zur Erquickung, dachte ich gequält.

Das Band war wirklich brutal – zeitweise drehte es einem den Magen um. Foster hatte zugegeben, Tracy Kostakos mit der Absicht entführt zu haben, sie in einem Apartment in der Western Addition so lange festzuhalten, bis er von ihren reichen Eltern das Lösegeld kassiert hätte. Er habe ihr angeboten, sie in einem vom Café-Comédie-Parkplatz gestohlenen Wagen zu ihrer Improvisationsgruppe zu bringen, habe sie bewußtlos geschlagen und in das Apartment gefahren. Drinnen sei sie dann wieder zu sich gekommen und habe versucht zu fliehen. In dem darauf folgenden Kampf habe er mehrmals auf sie eingestochen. Dann habe er den leblosen Körper mißbraucht. Schließlich habe er sie wieder in den Wagen geladen, sei nach Süden in die Berge gefahren und habe ihre Leiche in eine Schlucht geworfen. Die

Details hörten sich besonders schauerlich an, weil er sie auf eine so ausdruckslose, gefühllose Art erzählte. Doch da war einiges, was unwahr klang. Vieles...

Ich ging ins Wohnzimmer zurück, rollte mich auf der Couch zusammen und sah die Notizen durch, die ich mir auf einem Block gemacht hatte. Fosters Geständnis wies Widersprüche auf: So behauptete er, der von ihm gestohlene Wagen sei grün gewesen, nicht blau. Dann sagte er, er sei die ganze Nacht weggewesen, und nicht kurz vor Schließung des Clubs um zwei Uhr zurückgekommen, wie seine Parkwächterkollegen ausgesagt hatten. Und er habe den Wagen am Straßenrand stehenlassen und nicht in einer anderen Schlucht. Aus dem Gerichtsprotokoll erfuhr ich, daß er die ermittelnden Beamten nicht zu der Stelle führen konnte, wo er sich der Leiche entledigt haben wollte. Das Apartment, in dem er angeblich Tracy getötet hatte, hatte sich nie genau lokalisieren lassen, und auch dieser »feine Typ, der da im Club herumhing« und ihm das Apartment überlassen habe, wurde nie identifiziert. Dann war da noch dieser Streit, den er und Tracy nachweislich auf dem Gehsteig vor dem Club gehabt hatten: Wenn er ihr nur angeboten hatte, sie zu fahren, warum dann die Diskussion? Im ganzen hatte ich mehrere Seiten in meinem Block voller Notizen über die Lükken im Fall Foster.

Zum Beispiel die Fingerabdrücke im Wagen: Wenn Foster ihn vorher eingeparkt hatte, dann mußten seine Fingerabdrücke ja darin sein. Dann die Tatsache, daß er die Lösegeldforderung nicht weiter verfolgt hatte: Er hatte dabei nichts zu verlieren gehabt. Sicher, es gab Fakten in seinem Geständnis, die ihn schuldig erscheinen ließen, aber die hatte er sich auch vorher in den stundenlangen Verhören zurechtlegen können, bevor schließlich mit der Videoaufnahme begonnen wurde. Die anderen Fakten – diese brutalen, aber nicht zu verifizierenden Einzelheiten über das, was er Tracy Kostakos angetan hatte – konnten das Produkt einer übermäßigen Einbildungskraft sein. Und es ärgerte mich, daß der Chefermittler, Ben Gallagher, Foster die Antworten in den Mund gelegt zu haben schien. Foster hatte wiederholt die Phrase »wie Sie sagen« gebraucht, und das brachte mich darauf, daß Gallagher ihm einige Dinge vorher eingeimpft hatte.

Zu dumm, daß ich Ben nicht danach fragen konnte. Er war einen Monat zuvor von einem Tablettensüchtigen erschossen worden, der sich nach dem Mord an seiner Frau und seinem kleinen Sohn der Verhaftung widersetzt hatte.

Ich gähnte und merkte, daß mein Erquickungsschluck seine magische Wirkung getan hatte. Aber ich konnte nicht zu Bett gehen. Noch nicht. Ich mußte Jack anrufen, der zum Glück ein Nachtmensch war und noch Stunden auf sein würde.

Doch ich zögerte noch, während mein Blick über die Liste ging, die Jack mir von »Präzedenzfällen ohne Leiche« gegeben hatte: *Das Volk der Vereinigten Staaten gegen Alviso. Das Volk der Vereinigten Staaten gegen Clark. Das Volk der Vereinigten Staaten gegen Ward und Fontenot*... Fälle aus den Jahren 1880 bis 1985, in denen das ›corpus delicti‹ von solcher Beweiskraft war, daß »aus den eindeutigen und unmißverständlichen Umständen überzeugende Schlüsse zu ziehen waren«.

Eindeutige und unmißverständliche Umstände?

Vielleicht. Vielleicht auch nicht.

Ich griff nach dem Telefonhörer und tippte die Nummer von All Souls ein. Jack meldete sich. Im Hintergrund war der Fernseher zu hören, in dem vermutlich ein alter Film lief.

Ich sagte: »Hast du meinen Namen auf die autorisierte Besucherliste von Foster setzen lassen?«

»Ja, als ich heute nachmittag draußen war. Ich habe mit ihm über dich gesprochen. Er weiß also, wer du bist und warum du kommst.«

»Gut. Morgen früh fahre ich zu ihm.«

»Was hältst du von dem Material, das ich dir gegeben habe?«

»Du hattest recht – das Geständnis ist verdammt brutal. Und es hat mir nicht ein bißchen gefallen. Aber...«

»Aber?«

»Es gibt da etwas, das mich mit einem Urteil zögern läßt, solange ich nicht mit ihm gesprochen habe.«

3

Als ich an jenem Donnerstag nach meiner Rückkehr von San Quentin den schäbigen viktorianischen Bau auf den Bernal Heights betrat, in dem All Souls residierte, hatte ich die restlichen Vorbehalte gegenüber dem Fall Foster beiseitegeschoben. Ich brannte darauf, ihn zu bearbeiten. Ich schien jedoch der einzige Mensch dort zu sein, der in Arbeitsstimmung war: Im Vorzimmer warteten keine Klienten, und die Türen zu den Büros und zur juristischen Bibliothek standen offen. In den Räumen war es dunkel. Ted Smalley, unser Sekretär, saß an seinem Schreibtisch, aber sein Computer-Keybord war zugedeckt. Dafür las er eifrig in einem dieser Revolverblätter, die sich bemühen, den *National Enquirer* noch zu übertreffen.

Als ich hereinkam, murmelte er: »Was wird dieser verrückte Sean Penn wohl als nächstes tun?«

»Verzeihung, wenn ich dich bei deinen Studien störe«, sagte ich.

Ted hob die Zeitung, so daß ich die Schlagzeile lesen konnte: WAHNSINNIGER KANNIBALE WOLLTE NIXON KOCHEN. Er wußte, daß mich seine Leidenschaft für Greuelgeschichten irritierte, und so nahm er jede Gelegenheit wahr, sie mir vorzuführen. »Was kann ich für dich tun?« fragte er.

»Sind Rae oder Jack da?«

»Jack nicht. Rae ist oben im Dachgeschoß.«

Das war ein ungewohnter Aufenthaltsort für meine Assistentin, Rae Kelleher. »Was, um alles in der Welt, macht sie da oben?«

»Das wirst du schon sehen.« Er lächelte geheimnisvoll. »Kommst du zur Silvesterparty?«

»Ja. Ich habe mir dafür sogar ein neues Kleid gekauft.«

»Ich auch.«

Ich sah ihm genauer ins Gesicht, um herauszubekommen, ob er es ernst meinte.

»Nicht wirklich«, setzte er hinzu. »Nur ziemlich unkonventionell. Aber ich glaube, die meisten Leute würden die Stirn runzeln, wenn ich allzuviel Dekolleté zeigte.«

»Man kann nie wissen. Ich jedenfalls fände es amüsant.« Ich ging, und Ted widmete sich wieder seinem Revolverblatt.

Ich legte Mantel, Umhängetasche und Aktenmappe in meinem Büro vorne im ersten Stock ab und folgte dann dem Gemisch aus Klopfen und Fluchen hinauf ins Dachgeschoß. Der Krach kam aus dem hinteren Teil des höhlenartigen und zugigen Raumes, und die fluchende Stimme gehörte Rae Kelleher. Ich blieb stehen und lauschte lächelnd. Raes normale Kraftausdrücke bewegten sich im Bereich von »Oh, verdammter Mist!« Ich hatte nie bemerkt, daß sie über ein so farbiges Vokabular verfügte. Ich arbeitete mich zu ihr vor und mußte mich dazu zwischen diversen Kartons, Truhen, Koffern und zusammengewürfelten Möbeln hindurchschlängeln – alles Dinge, die nicht mehr in den kleinen Zimmern im zweiten Stock unterzubringen gewesen waren. Auch ausrangiertes Zeug von früheren Bewohnern war dabei.

Rae stand am hinteren Gaubenfenster, hielt einen Hammer in der Hand und hatte den Daumen im Mund. Sie ist eine winzige Frau mit kastanienbraunen Locken, die sich mit so nachlässiger Geschmacklosigkeit anzuziehen pflegt, daß ich immer von neuem staune. Heute hatte sie sich selbst übertroffen: Eine farbverschmierte Hose mit bonbonfarbenen Streifen, die unten so weit ausgestellt war, wie ich es seit 1970 nicht mehr gesehen hatte; ein purpurroter sackartiger Pullover, von Fusselknötchen übersät – ich sage Pullovermäuse dazu; ein gelbgepunktetes Tuch, das ihre Haare bändigte. Über ihre Stirn zog sich eine kräftige Schmutzspur, und noch kräftiger wirkte der finstere Ausdruck auf ihrem runden, sommersprossigen Gesicht. Als sie mich sah, nahm sie den Daumen aus dem Mund und sagte: »Verdammt, warum hat mir meine Mutter das Nähen beigebracht und nicht, wie man Nägel richtig einschlägt?«

Ich sah mich um. An einer Wand lehnte ein Stapel Rigipsplatten. Zwischen die aufgenagelten Dachlatten war Isoliermaterial gestopft. »Was, um Gottes willen, machst du hier?«

Sie steckte den Daumen wieder in den Mund und zischelte daran vorbei: »Richte mir ein eigenes Zimmer her. Bin es einfach leid, in meinem Büro zu wohnen.«

Rae hatte sich im September von ihrem Mann, einem ewigen Studenten, getrennt und war ins All Souls gezogen. Alle Zimmer dort waren aber besetzt, und so hatte sie ihren Haushalt in ihr Büro verlegt – es war früher meines gewesen –, und das war wirklich nicht mehr als eine Besenkammer unter der Treppe. Daß hier oben alles belegt sei, mache ihr nichts aus. Es sei ja nur eine vorübergehende Lösung auf Zeit – bis ein anderes Zimmer frei würde oder es mit der Eheberatung klappte und sie und Doug wieder zusammenzögen.

Ich setzte mich auf einen aufgerollten Teppich und sagte: »Eure Weihnachtsreise zu Dougs Eltern war wohl kein voller Erfolg.«

Sie schnaufte. »Das ist milde ausgedrückt. Seine ganze Familie gibt *mir* die Schuld, weil dieses Arschloch letzten Herbst diesen Selbstmordversuch vorgetäuscht hat. Seine Mutter hatte den Nerv, mir zu sagen, das wäre nicht passiert, wenn ich aufmerksamer zu ihm gewesen wäre. Außerdem war es kalt in Ohio, und wir hatten beide nicht genug warme Kleidung mit. Also marschierte seine Mutter los und kaufte ihrem Dougie zwei neue Pullover, mir aber keinen. Dann erfuhr ich, daß er ihnen nicht einmal erzählt hat, daß wir nicht mehr zusammenleben. Als ich die Sache klarstellte, hielt mir sein Vater einen Vortrag über die Pflichten einer Frau ihrem Ehemann gegenüber. Von den Pflichten des Ehemannes keine Rede – von so unwichtigen Dingen wie Respekt vor den Rechten der eigenen Frau oder Wahrheitsliebe. Oh, nein, solche Dinge gelten nicht für ihren Dougie. Kein Wunder, daß er so wurde, wie er ist!« Sie unterbrach sich, plötzlich beschämt. »Tut mir leid. Ich sollte nicht so lauthals daherreden. Aber jedesmal, wenn ich daran denke, also... dann platze ich!«

»Ich mach dir keinen Vorwurf.« Rae hatte in wenigen Monaten einen weiten Weg zurückgelegt: von einer Frau, die im Büro alles stehen- und liegenließ und zu ihrem Mann eilte, sobald der nur mit den Fingern schnippte, zu einer, die gewaltig auf den Tisch klopfen konnte. Ich machte eine Handbewegung. »Das hört sich ja an, als wolltest du dich scheiden lassen.«

»Genau. Die Partnertherapie hat mir gezeigt, daß wir keine gemeinsame Zukunft haben. Jede Woche kommen mehr und mehr Dinge über uns heraus. Absolut schweinische über Doug, und auch über mich Dinge, die mir ganz und gar nicht gefallen. An meinem eigenen schlechten Charakter kann ich vielleicht noch etwas verbessern, nicht aber an seinem.«

»Wann reichst du also die Scheidung ein?«

»Bald. Das Dumme ist, daß ich nur neunundzwanzig Dollar auf dem Konto habe.« Für einen Moment wirkte sie beklommen, dann strahlte sie. »Aber Hank hat mir ein Buch darüber geliehen, wie man seine Scheidung selbst betreiben kann, und er hat mir sogar seine Hilfe angeboten. Das Geld für die Gerichtskosten werde ich gerade noch zusammenkratzen können.«

Ich überlegte, ob ich anbieten sollte, es ihr zu leihen, entschied mich aber gegen eine so offene Parteinahme. Schon vor langer Zeit hatte ich gelernt, mich aus den Ehekrisen meiner Freunde herauszuhalten. Kaum hatte ich mich auf die eine oder andere Seite geschlagen, versöhnten sie sich wieder, und ich hatte den Schwarzen Peter.

»Hank hat mir schrecklich viel geholfen«, setzte Rae hinzu. »Ich hatte befürchtet, er hätte etwas dagegen, daß ich mich hier oben einrichte, aber er hat einfach ja gesagt und den Besitzer sogar überredet, das Isoliermaterial und die Rigipsplatten zu zahlen.«

Hank Zahn, der Begründer und nominelle Leiter von All Souls, war eine Kanone, wenn es darum ging, den Leuten alles mögliche einzureden. Zu schade, dachte ich, daß er nicht annähernd so gut mit dem Hammer umgehen konnte. Und weil ich gerade bei Ehekrächen war... »War Hank diese Woche hier?« fragte ich sie.

»Nicht oft.«

»Und Anne-Marie?« Anne-Marie Altman, unsere Steueranwältin, war Hanks Frau und eine gute Freundin von mir.

»Hab sie nicht gesehen, aber ich bin erst seit Montag aus Ohio zurück.«

»Na ja, ich nehme an, sie kommen am Samstagabend zur Party.«

»Falls sie miteinander reden.«

»Du hast es also auch bemerkt.«

»War nicht zu übersehen. Offen gesagt, ich glaube, sie brauchen getrennte Wohnungen. Es gibt Menschen, die sich lieben, aber nicht zusammenleben können.«

»Kann sein«, sagte ich und dachte an meine frühere Beziehung zu einem gewissen Polizeileutnant. »Wie dem auch sei, ich muß mit dir über einen Fall reden. Ich unterbreche höchst ungern dieses... Projekt, aber –«

»Mach dir keine Sorgen. Eine Pause tut mir gut. Schließlich habe ich nur noch einen heilen Daumen…« Sie setzte sich zu mir auf den aufgerollten Teppich.

Ich erzählte ihr von der Foster-Geschichte und wies auf die Punkte hin, die ich für lückenhaft und widersprüchlich hielt.

Als ich fertig war, schwieg Rae einen Augenblick. »Oh, Mann«, sagte sie schließlich, »zwanzig Jahre alt und in der Todeszelle! Was für ein Kind ist dieser Bobby Foster denn?«

Ich mußte mir ein Lächeln verkneifen, daß sie ihn ein »Kind« nannte. Rae war selbst erst fünfundzwanzig. »Er ist okay, sobald du erst mal hinter die Fassade vom harten Burschen gelangt bist – die ich übrigens verstehe, bedenkt man, wo er sich befindet. Aufgewachsen in den Projects – in Potrero Hill. Eines von sieben Kindern, Vater hat sich vor seiner Geburt verdrückt, Mutter hatte noch zwei weitere Ehemänner, beide auch auf und davon. Sie ist überaktiv – hat einen Wachdienst für ihr Haus organisiert und sich für die Einrichtung der Potrero Medical Clinic eingesetzt.«

»Davon habe ich gehört. Haben sie nicht zur Gründung eine dicke Spende bekommen?«

Ich nickte. »Mrs. Whitsun – Leora Whitsun – arbeitet jetzt in der Klinik, macht die Aufnahme und die Berichte. Sie bekommt ein gutes Gehalt und möchte ihre jüngeren Kinder aus den Projects herausholen. Ihre Verbindung mit der Klinik steht auch in einem Zusammenhang mit dem Fall. Der Clubbesitzer, den ich erwähnte, Jay Larkey, war Zahnarzt, bevor er sich der Kleinkunst zuwandte. Er arbeitet immer noch zwei Nachmittage pro Woche freiwillig in der Klinik. So hat er auch Mrs. Whitsun kennengelernt und über sie Foster, den er nach der Entlassung aus der Erziehungsanstalt als Parkwächter einstellte.«

»Und in der Erziehungsanstalt war er wegen…?«

»Er hat mit Drogen gehandelt, seit er neun war. Das letztemal war er im Heim wegen eines Angriffs auf einen Dealer, der ihn betrogen hatte. Es gab noch andere Vergehen, die aber mehr mit seinem gewalttätigen Temperament zu tun hatten als mit Drogen. Aber gerade, bevor die Kostakos verschwand, hatte er angefangen, sein Leben zu ändern. Seine Mutter ist eine sehr mutige Frau, und Bobby hat im Grunde genau die gleiche Zähigkeit wie sie.«

Rae nickte nachdenklich. »Und wozu brauchst du mich jetzt?«

»Als erstes arrangierst du mir ein paar Verabredungen. Ich habe die Mutter des Opfers von der Telefonzelle in San Quentin aus angerufen, und sie war einverstanden, daß ich sie nach drei besuche.« Ich sah auf die Uhr. »In ein paar Minuten muß ich los, damit ich rechtzeitig in Palo Alto bin. Sieh zu, ob du Amy Barbour, die Zimmergenossin, erwischst und für mich einen Termin um sechs oder sieben in ihrem Apartment bekommst. Wenn das klappt, verabrede irgend etwas für morgen mit George Kostakos, außerdem mit Mrs. Whitsun und Tracys Freund, Marc Emmons. Heute abend fahre ich im Café Comédie vorbei und rede mit den Leuten dort.«

»Telefonnummern?«

»Ich lasse dir die Akte auf meinem Schreibtisch liegen.« Ich stand auf. »Du solltest sie lesen und auch das Gerichtsprotokoll, und du solltest dir das Video ansehen – falls du einen robusten Magen hast.«

»Wenn der eine Woche mit Dougs Familie verdauen kann –«

Ich schnitt ihr das Wort ab. Über das Band sollte man keine Witze machen. »Wahrscheinlich müßtest du auch ein paar Fakten überprüfen, die sich bei den polizeilichen Ermittlungen ergeben haben. Und dann solltest du überprüfen, ob es auf Kostakos' Giro- oder Kreditkonten irgendwelche Bewegungen gegeben hat. Recherchen dieser Art. Aber das hat auch Zeit bis morgen.«

»In Ordnung. Was ist mit dem Leiter der Ermittlungen in diesem Fall? Soll ich mich auch mit ihm in Verbindung setzen?«

»Geht nicht – er ist tot. Aber ich kenne da jemanden in der Mordkommission, der mir vielleicht die Akte aus dem Schrank zieht – wenn ich ihn nett darum bitte.«

Greg Marcus, mein verflossener Liebhaber, würde am Samstag auf der Silvesterparty sein – und mein neues Kleid war tief ausgeschnitten und rot, die Farbe, die er an mir am meisten liebte.

4

Laura Kostakos hatte mir gesagt, ich solle die Ausfahrt »University Avenue« vom Highway 101 nehmen. Als ich dort ankam, überkam mich ein Anflug von Nostalgie, Erinnerungen an meine Collegetage, als ich mit einem Stanford-Studenten befreundet war, der nicht weit vom Autobahnkreuz entfernt wohnte. Heute war die Gegend das Problemviertel von East Palo Alto, aber damals war sie so begehrt wie Palo Alto selbst. Er hatte in einer endlos langen Straße gewohnt, die auf beiden Seiten von einem Ende zum anderen mit Wohnanlagen bebaut war, von schlichten Apartmenthäusern bis zu luxuriösen Komplexen mit Swimmingpools und Golfplätzen. Damals hatte ich in dieser Straße an einigen der schönsten Parties meines Lebens teilgenommen, aber das gehörte, wie mir eine Freundin aus Palo Alto kürzlich erzählte, der Vergangenheit an.

Sie meinte, jetzt zeigten sogar die pompösesten Komplexe Zeichen ihrer hastigen, qualitativ minderwertigen Bauweise, die sie zu frühem Altern verdammte. Fassaden bröckeln. Dächer hängen durch. Die Golfplätze verwildern, und auf dem Wasser der Swimmingpools liegt eine Moderschicht. Statt Stanford-Studenten, jungen Akademikern und Marineoffizieren aus Moffett Field wohnen in dieser Gegend jetzt überwiegend Schwarze und Arbeiter, die auf der Suche nach besseren Lebensbedigungen vom eigentlichen East Palo Alto über den Freeway auf die andere Seite hierher gezogen sind.

Als ich an den Bars, den Schnapsläden und schäbigen Geschäften an der Verlängerung der University Avenue vorbeifuhr, die man dort Whiskey Gulch nennt, gingen mir der Geiz und die Scheinheiligkeit unserer Gesellschaft nicht aus dem Kopf. Sie belohnt ihre aufstrebenden Minderheiten mit den Resten, die die herrschende Klasse zurückgelassen hat, und behauptet gleichzeitig, mit der Nachbarschaft gehe es bergab, weil »neue Elemente« zugezogen seien. Die verfallenden Wohnungen von East Palo Alto befanden sich nur ein paar Steinwürfe oberhalb der baufälligen Potrero-Hill-Projects, wo Bobby Foster aufgewachsen war: Enge Wohnblocks aus der Zeit des Zweiten Weltkriegs, in denen Angst und Gewalt in jedem Eingang und jedem Treppenhaus lauerten. Aber was machte das schon, wenn man bedachte, wie hart ihre Bewohner gearbeitet hatten, um es wenigstens so weit zu bringen.

Am Ende der Ladenzeile verkündete mir ein Schild, daß ich nun nach Palo Alto selbst käme. Die Umgebung veränderte sich: Prächtige Bäume wölbten sich über die Straße. Hübsche Häuser im Weihnachtsschmuck standen weit zurückversetzt auf sorgfältig gepflegtem Rasen. An den Auffahrten Mercedesmodelle, Cadillacs, Sportwagen. Palo Alto ist eine bemerkenswert liberale Stadt und stolz auf ihre Kultur und den herrschenden Intellekt, wobei man ganz bewußt den scharfen Radikalismus akademischer Enklaven wie Berkeley mied. So war ich mir ziemlich sicher, daß nicht alle Schwarzen auf dieser Seite der Trennungslinie gestärkte Uniformen tragen würden. Doch zugleich hatte ich den Verdacht, daß sich auch hier kaum genug Einwohner fänden, die dieser Minderheit so wohlgesonnen waren, daß sie eine Ortsgruppe der »Vereinigung für die Förderung der farbigen Bevölkerung« bilden würden.

Die Chaucer Street, in der Laura Kostakos wohnte, gehörte zum exklusiven Crescent-Park-Bezirk, wo alle Straßen Namen aus der Literatur trugen. Ihr Haus war im spanischen Stil erbaut – zweigeschossig, weiß verputzt, mit einem roten Ziegeldach. Der Rasen vor dem Haus zeigte eine Menge großer, verdorrter Flecken. Eine lockere Regenrinne klapperte im Wind. Im Schatten eines Maulbeerbaums sah ich das gewölbte Vorderfenster. Die Vorhänge waren zugezogen. Die Magnolie am Eingang hatte ihre Blätter abgeworfen. Sie lagen auf dem gepflasterten Weg, und niemand hatte sich die Mühe gemacht, sie zusammenzukehren. Als ich auf die Klingel drückte, fiel mir auf, daß nirgends eine Weihnachtsdekoration zu sehen war.

Mrs. Kostakos brauchte lange, ehe sie auf mein Läuten reagierte. Als die Tür endlich aufging, stand eine hochgewachsene Frau mit blondem, schulterlangem offenem Haar, das grau zu werden begann, in der Öffnung. Bei vielen Frauen Ende vierzig hätte diese Frisur zu jugendlich gewirkt, doch zu ihr schien sie zu passen. Sie gab ihr etwas Fragiles, das ihren zarten Körperbau betonte. Ihr blauer Samthausanzug – ein seltsames Gewand für drei Uhr nachmittags – hing lose an ihrem Körper und wirkte, als hätte sie stark abgenommen. Die dunklen Ringe unter ihren Augen waren von keinem Make-up überdeckt.

Sie bedankte sich für mein Kommen, obwohl ich sie um dieses Gespräch gebeten hatte. Dann führte sie mich durch einen langen, schmalen Gang, gesäumt von Ölgemälden und Skulpturen auf Sockeln, die von Spotlights angestrahlt wurden. Die Luft im Gang war kühl. Laura Kostakos bewegte sich steif. Ihre Gangart war die einer wesentlich älteren Frau. Aus dem flatternden Stoff ihres Hausanzugs stieg mir der Geruch eines Gardenienparfüms entgegen, das mich an meine Großmutter mütterlicherseits erinnerte.

Am Endc des Ganges kamen wir zu einem Wohnzimmer, dessen dunkle, unverputzte Deckenbalken strahlenförmig auf einen runden Erker zuliefen, unter dessen fünf kleinen Fenstern Sitzbänke eingebaut waren. Die Fenster zwischen den breiten Mauervorsprüngen ließen nur wenig Licht herein. Draußen sah man auf einen frei gestalteten Swimmingpool, der wie aus Lavagestein gemeißelt wirkte. Das Wasser glänzte schwarz in der matten Spätnachmittagssonne.

Das Wohnzimmer selbst wirkte düster. Schatten duckten sich vor den verglasten Bücherschränken an den hinteren Wänden. Auf dem Tisch vor dem L-förmigen Sofa brannte eine einzelne schwache Lampe, von der gedämpftes Licht ausging. Die Kühle, die ich schon im Gang gespürt hatte, durchzog auch diesen Raum. Ich betrachtete den gemauerten Kamin, auf dessen Feuerrost noch Asche lag.

Laura Kostakos bot mir mit einer Handbewegung Platz auf dem Sofa an. Ich setzte mich in die Nähe des Tisches mit der Lampe. Sie setzte sich mir gegenüber in einen Sessel mit Sprossenlehne.

Um ein Gespräch in Gang zu bringen, sagte ich: »Schön haben Sie es hier.«

Sie sah sich um und zuckte dann uninteressiert mit den Schultern. »Ja, vermutlich. Ich sehe es kaum noch.« Nach einer kurzen Pause setzte sie hinzu: »Ich finde es gut, daß Sie Interesse am Verschwinden meiner Tochter zeigen.«

»Dazu muß ich Ihnen gleich sagen, daß mein Interesse in erster Linie dem jungen Mann gilt, der sie ermordet haben soll.«

Sie nickte und zupfte einen Fussel von ihrem samtbekleideten Oberschenkel. »Das stört mich nicht weiter.«

Ich zog ein Notizbuch und einen Stift aus der Tasche. »Ich bin aus zwei Gründen zu Ihnen gekommen. Zum einen möchte ich mir ein Bild davon machen, was für ein Mensch Tracy war.«

»Was für ein Mensch sie *ist*, Miss McCone. Tracy ist noch am Leben.«

»Damit komme ich zum zweiten Grund, weshalb ich mit Ihnen sprechen wollte. Sie haben erklärt, Sie glaubten, daß Tracy noch lebt, und ich wüßte gern, warum.«

Sie nickte wieder und wartete. Offenbar erwartete sie von mir eine formelle Befragung, wie sie die Polizei vornahm.

Ich sagte: »Was für eine Frau war … ist Tracy?«

»Eine normale junge Frau. Begabter als die meisten, aber ganz … normal. Womöglich grenzt ihre Normalität ans Pathologische. So würde das zumindest mein Mann ausdrücken – er hat mit Psychologie zu tun, wissen Sie.«

»Könnten Sie mir das genauer erklären?«

»Tracy ist überaus gewissenhaft. Sie arbeitet sehr hart und ist äußerst kritisch sich selbst gegenüber. Zeitweise ausgesprochen streng. Bei Mädchen ihres Alters rechnet man einfach mit gewissen Unzuverlässigkeiten: Sie verspäten sich bei Verabredungen. Sie vergessen, zu Hause anzurufen. Sie vergessen Geburtstage oder den Muttertag. Nicht so Tracy. Selbst ihr Spiel hat einen ernsthaften Zug, als wollte sie ihm Dauer verleihen. Verstehen Sie, was ich meine?«

»Ja. Sie und Ihr Mann –«

»Wir leben getrennt«, sagte sie schnell.

»Ich verstehe. Sie haben beide eine Professur an der Stanford?«

»Ja, aber wir haben beide ein Urlaubssemester genommen, um Abstand von der Universität und voneinander halten zu können.«

Ich überlegte, ob ich dem Zustand ihrer Ehe weiter nachgehen sollte, entschied aber, daß er für diesen Fall nur nebensächliche Bedeutung hatte. »Ich habe gehört, daß Tracy als Cocktail-Kellnerin gearbeitet hat, bevor sie sich auf die Kleinkunst verlegte. Waren Sie enttäuscht, daß sie nicht lieber aufs College wollte?«

»Sie ist ja zwei Jahre lang auf dem College gewesen – auf dem Foothill Junior College. Aber als sie dann ein achtsemestriges Studium hätte anhängen müssen, ist sie lieber nach San Francisco gezogen und hat sich als Comedy-Schauspielerin versucht. Offen gesagt, Miss McCone, Tracy hat keine Ader fürs Akademische. Ich bezweifle, daß sie glücklich und erfolgreich geworden wäre, wenn sie bei einer Hochschulausbildung geblieben wäre.«

»Dann ist sie also mit Ihrem Segen in die Stadt gezogen?«

»Also, wir waren beide nicht gerade begeistert von ihrem Entschluß. Es ist schon für eine alleinstehende junge Frau ohne vermarktungsfähige Talente eine rauhe Welt, aber das Showbusiness ist noch härter. Doch sie wollte es, und ich wußte, was es heißt, wenn einen die Eltern in eine akademische Karriere zwingen. Für mich war es am Ende gut so, aber der Weg dorthin war qualvoll. Ich wollte meiner Tochter nicht das gleiche antun – vor allem, da die Chancen auf Erfolg eher mager ausgesehen hätten. Also habe ich George überredet, sie ihren Weg gehen zu lassen.«

Das mochte einer der Gründe für das Scheitern der Ehe der Kostakos gewesen sein, dachte ich. Vielleicht warf er ihr vor, die Tochter auf diesen noch so ungewissen Lebensweg geschickt zu haben. Ich sagte: »Ich erinnere mich, gelesen zu haben, daß Sie Tracys Einkünfte mit einem Zuschuß aufgebessert haben. Heißt das, sie hätte sich von dem, was sie im Café Comédie verdiente, nicht selbst erhalten können?«

»Anfangs nicht. Wir haben ihr einen Zuschuß gegeben, und sie durfte unsere Kreditkarten benutzen, so daß sie sich eine anständige Wohnung leisten konnte und ab und zu ein bißchen Luxus. Sie hat die Karten nie mißbraucht. So ein Mädchen ist sie nicht.«

»Hat es seit Tracys Verschwinden auf Ihren Konten Abbuchungen gegeben, – Abbuchungen, die auf sie zurückzuführen sein könnten?«

»Nein. Im Jahr vor ihrem Verschwinden, hat sie sich selbst eine Kreditkarte besorgt. Sie hat unsere dann nicht mehr benutzt.« Leichte Traurigkeit schwang in Mrs. Kostakos' Stimme mit. »Ein paar Wochen, bevor sie verschwand, sagte sie mir, daß sie auch bald unseren Zuschuß nicht mehr benötigen würde. Ich sagte ihr, sie könne sich mit der finanziellen Unabhängigkeit ruhig noch Zeit lassen. Es geht uns finanziell sehr gut. Wir haben beide eine gute Stellung, und George hat einen hübschen

Batzen geerbt. Aber Tracy brauchte ihre Selbständigkeit in jeder Beziehung.«

»Der Grund, warum sie den Zuschuß nicht mehr brauchte, war, daß es mit ihrer Karriere aufwärts ging?«

»Das hatte ich angenommen.«

Vielleicht aber stand die Erklärung ihrer bevorstehenden finanziellen Unabhängigkeit auch im Zusammenhang mit ihrem Verschwinden. Ich machte eine entsprechende Notiz in mein Buch. »Sie und Tracy standen sich nahe?«

»Ja. Wir haben uns wöchentlich zum Lunch getroffen, freitags. Auch für den Tag nach ihrem Verschwinden waren wir zum Lunch verabredet. Ich hatte vorgehabt, mit ihr durch die Berge zur Küste hinunterzufahren. So etwas haben wir oft gemacht – lange Fahrten und Picknicks.«

»Worüber haben Sie sich unterhalten?«

»Wohl über die üblichen Dinge, über die Mütter und Töchter so reden.«

»Könnten Sie das ein bißchen genauer sagen?«

»Also, über meine Arbeit, meine Studenten. Über den Fortgang ihrer Karriere. Über Leute, die wir kannten. Über das, was wir in der vergangenen Woche unternommen hatten, welche Bücher wir gelesen und welche Filme wir gesehen haben.«

»Hat sie je über Probleme gesprochen? Sie um Rat gefragt?«

»Tracy war schon immer fähig, ihre Probleme selbst zu lösen. Und soviel ich weiß, hatte sie damals auch keine.«

»Sie hat nie Andeutungen gemacht, daß sie unglücklich war – über ihre Arbeit, ihr Leben, ihren Freund vielleicht?«

»Nein.«

»Mrs. Kostakos, ich habe mir die Zeitungsberichte über Tracys Verschwinden angesehen und auch die Gerichtsprotokolle zum Fall Foster. Immer wieder haben Sie Ihre Überzeugung betont, daß Tracy freiwillig untergetaucht sei.«

Sie nickte.

»Dennoch sagen Sie, sie hat keine Anzeichen von Unglücklichsein gezeigt, hat nie etwas erwähnt, was ihr Probleme machte.«

»... Das stimmt.«

»Warum haben Sie dann den Eindruck, sie wäre aus eigenem Antrieb verschwunden?«

Laura Kostakos richtete sich in ihrem Sessel auf. Sie legte die Hände im Schoß zusammen.

»Warum, Mrs. Kostakos?«

Schweigen.

»Sie bezahlen weiter die Miete für ihr Apartment. Auch wenn Sie eine Menge Geld haben, scheint es mir, als würden Sie so etwas nicht tun, wenn Sie nicht mit gutem Grund erwarten würden, daß sie eines Tages zurückkommt.«

»Ich habe keine Sekunde daran gezweifelt, daß sie zurückkommt.«

»Aber *warum*? Und was ist mit dem Erpresserbrief und dem Wagen, den man in den Bergen gefunden hat? Wie erklären Sie sich die?«

Sie stand überraschend schnell aus ihrem Sessel auf. Ich sah ihr zu, wie sie in ihrer Alte-Frauen-Gangart zur mittleren Fensternische ging und mit dem Rücken zu mir stehenblieb, ein Knie auf dem Sitzpolster. Der Nachmittag hinter den Scheiben war dunkler geworden, und der Pool aus schwarzem Lavagestein erinnerte mich an eine Lagune, in der es von unbekannten Lebewesen wimmelte.

»Mrs. Kostakos?«

»An der Pinie hinter dem Pool hängt ein Gefäß mit Honigwasser für die Kolibris«, sagte sie. »Sehen Sie ihn?«

Ich sah in die Richtung und entdeckte einen rötlichen Schimmer. »Ja.«

»Den habe ich letzten Sommer dort aufgehängt. Ich wollte die Kolibris anlocken, damit ich nicht so allein bin. Aber da ist ein ganz bösartiger dabei. Immer wenn die anderen zum Trinken kommen, fällt er über sie her und vertreibt sie. Das erinnert mich daran, wie die Leute über mich hergefallen sind und meine Hoffnungen vertrieben haben.«

Ich wußte nicht, was ich dazu sagen sollte.

»Wissen Sie, was ich mit diesem Vogel mache?« fuhr sie fort. »Ich beobachte ihn, um seine Gewohnheiten kennenzulernen. Ich habe einen hübschen, flachen Stein gefunden, der gut durch die Luft segelt. Sobald ich sicher bin, daß ich den richtigen Vogel erwische, werde ich ihn töten.«

Ihre Worte kamen leidenschaftslos, dennoch schwang in ihnen eine untergründige Wut mit, die mich irritierte. Ich zog es vor, nicht darauf zu reagieren, und sagte sanft: »Wenn Sie ihn töten, wird einer der übrigen Vögel die Rolle des Aggressors übernehmen.«

»Ich tu es auf jeden Fall.«

Vielleicht half es ihr, aber ich bezweifelte es. Wahrscheinlich würde sie zu guter Letzt versuchen, die gesamte Kolibri-Population von Palo Alto auszurotten. »Mrs. Kostakos, kommen wir wieder auf Tracy zu sprechen –«

»Wissen Sie, die Leute halten mich für verrückt.«

Wieder schwieg ich. Sie schien sich dem Thema auf ihre Weise zu nähern, und ich ließ sie gern gewähren.

»Mein Mann hat mich verlassen, weil er nicht mehr mit einer verrückten Frau leben konnte. Er hält meine Reaktion auf Tracys Verschwinden für eine gefährliche Form von Besessenheit. Meine Studenten und Kollegen im Mathematikinstitut haben angefangen, mich mit Samthandschuhen anzufassen, als fürchteten sie, bei einem falschen Wort, würde ich schreiend auf die Straße rennen. Natürlich beunruhigt Mathematiker alles, was von der statistischen Norm abweicht. Sie verstehen, warum ich mich im Institut beurlauben lassen mußte.«

»Arbeiten Sie derzeit etwas? Schreiben Sie einen Aufsatz, ein Buch –«

»Nein, nichts. Ich kann mich nicht konzentrieren. Ich gehe sogar kaum noch aus dem Haus.« Ihre Worte kamen jetzt schneller. »Die Nachbarn reden größtenteils nicht mehr mit mir. Sie sehen mich komisch an. Wenn ich mal ausgehe, sind die Leute in den Geschäften, auf der Straße… Es ist, als hätte ich eine Ausstrahlung, vor der sie Angst haben. Mache ich Ihnen angst, Miss McCone?«

»Nein.«

»Halten *Sie* mich für verrückt?«

»Ich glaube, Sie sind einsam und stehen unter einer schrecklichen Spannung.«

Sie nahm ihr Knie von der Bank und drehte sich zu mir um. »Danke, daß Sie das sagen, auch wenn es nicht wahr ist.«

»Ich habe es ehrlich gemeint. Glauben *Sie* denn, daß Sie verrückt sind?«

Bei dieser Frage sank sie auf die Bank in der Fensternische. »Ehrlich gesagt, ich weiß es nicht.«

»Vielleicht sollten Sie zu einem Therapeuten gehen.«

»Das habe ich schon getan. Aber ich kann nicht mehr. Es hilft nichts. Das einzige, was helfen würde...«

»Wäre, herauszubekommen, was mit Ihrer Tochter passiert ist.«

Sie nickte und ließ den Kopf sinken, so daß ihr Haar die hohen Backenknochen streifte. Die Schatten von den Wänden zwischen den Fenstern ließen ihr Haar leblos erscheinen, mehr grau als blond.

»Mrs. Kostakos«, sagte ich, »bitte, helfen Sie mir. Damit helfen Sie auch sich selbst. Und Tracy.«

»Wie?«

»Sagen Sie mir, wie Sie darauf kommen, daß Tracy freiwillig verschwunden ist.«

Sie sagte nichts. Sollte sich also das Schweigen breitmachen, minutenlang. Der graue Tag am Jahresende ging dahin. Das Rot des Honiggefäßes für die Kolibris war verblaßt und mit den Nadeln der Kiefer verschmolzen.

Schließlich sagte sie: »Also gut. Es gab da eine Sache, in der Woche, bevor sie verschwand. Beim Lunch an jenem Freitag fragte sie mich, ob ich sie für einen guten Menschen hielt. Ich sagte ja, natürlich –, wie man so daherredet, wenn einen jemand mit einer wichtigen Frage in einem Moment der Unaufmerksamkeit erwischt. Sie schien jedoch zu spüren, daß meine Antwort eher ein Reflex war, denn sie sagte, vielleicht sei sie das einmal gewesen, aber wahrscheinlich jetzt nicht mehr.«

»Haben Sie gefragt, was sie damit meinte?«

»Natürlich. Aber sie wollte nicht genauer werden. Sie sagte bloß, daß die Umstände den Menschen verändern, ihn verleiten, Dinge zu tun, die sie nie tun wollten, und Dinge zu unterlassen, die sie eigentlich für richtig halten. Als ich in sie drang, sagte sie, sie habe mehrmals etwas getan, was andere verletzt hätte, aber das Schlimmste sei eine Unterlassung gewesen – da habe sie eine Situation nicht richtiggestellt und damit ganz sicher jemandem geschadet, den sie gern hatte. Danach wollte sie kein Wort mehr sagen. Später, nach ihrem Verschwinden, nahm ich an, sie sei vor irgendetwas geflohen, das ihr dieses Gefühl gab, ein schlechter Mensch zu sein. Ich habe stets geglaubt, daß sie eines Tages damit fertig werden und heimkehren würde.«

Ich schrieb das ungefähre Datum des Gesprächs in mein Notizbuch und dazu in Blockschrift die Worte: SCHLECHTER MENSCH/UNTERLASSUNG/VERLETZUNG. Ich grübelte eine Minute lang darüber nach, dann sagte ich: »Das könnte zwar von großer Bedeutung für das sein, was passiert ist, aber es erklärt noch nicht, warum Sie über den Erpresserbrief hinweggehen, den Sie bekommen haben, und über den blutbefleckten Wagen, den man in den Bergen gefunden hat.«

Sie seufzte tief. »Ich hatte gehofft, ich müßte es nicht erklären... Miss McCone, es mag sich aus dem Munde von Tracys Mutter schrecklich anhören, aber Tracy ist nicht der... Ausbund an Tugend, zu dem die Zeitungen sie gemacht haben. Sie ist, wie ich schon sagte, selbstsicher, gewissenhaft und loyal gegenüber allen, die sie liebt, aber sie ist auch sehr ehrgeizig und...«

»Und?«

»Sie kann sehr... skrupellos sein, wenn es ihren Zwecken dient. Sie ist ein Erfolgstyp, und Leute, die viel erreichen wollen, können oft egozentrisch und grausam sein. Meine Tochter hatte in sehr kurzer Zeit sehr viel erreicht. Das hatte ihren Appetit geweckt, so wie der Geschmack von Blut den Appetit eines Raubtiers weckt.«

Das war ein seltsamer, verstörender Vergleich. »Sie meinen also, der Brief und der Wagen sind von Tracy getürkte Indizien, um jeden, der nach ihr sucht, in die Irre zu führen?«

»Ja.«

»Würde sie denn Bobby Foster tatsächlich sterben lassen, nur damit niemand sie findet?«

Laura Kostakos hob den Blick und sah mich an. In Ihren Augen spiegelte sich schwach der Schein der Lampe neben mir, und sie schienen aus dem gleichen Lavagestein zu sein, wie draußen der Pool. »Das kann ich nicht glauben. Sie muß vorhaben, zurückzukehren, bevor es geschieht.«

Und inzwischen ließ sie Bobby Foster – den man für ihren Freund hielt – lebendig durch die Hölle gehen. Wenn die Theorie ihrer Mutter über ihr Verschwinden stimmte, dann hatte Tracy einen befremdlichen Weg voller Ungereimtheiten gewählt, um mit den Problemen fertig zu werden, die sie in ihren Augen zu einem schlechten Menschen gemacht hatten.

Ich sagte: »Fällt Ihnen irgend jemand ein – ein Freund oder ein Verwandter vielleicht –, der sie versteckt halten würde?«

»Ich habe mit allen Verbindung aufgenommen, die mir eingefallen sind. Niemand hat von ihr gehört, und nach Lage der Dinge bin ich ziemlich sicher, daß sie mich nicht belügen.«

»Und ein Versteck außerhalb der Bucht von San Francisco? Irgendein Ort, zu dem sie eine Beziehung hat oder den sie gut kennt?«

Sie dachte kurz nach. »Wir hatten einmal ein Sommerhaus an der Küste von Mendocino, aber das ist schon vor Jahren verkauft worden. Und sonst, nein, mir fällt kein anderer Platz ein.«

Natürlich konnte sie nicht alle Plätze kennen, die Tracy besucht haben mochte, seit sie von Palo Alto weggezogen war. Und genausowenig konnte sie mit ihren Nachfragen alle Personen erreicht haben, die ihre Tochter gekannt hatte.

Ich hatte noch eine Frage. »Warum vermuten Sie, daß sie glaubte verschwinden zu müssen, um mit diesen Problemen fertig zu werden?«

»Ich weiß nicht.«

»Aber Sie müssen sich doch Gedanken darüber gemacht haben.«

»Natürlich!« Es war ein schmerzlicher Ausruf. »Seit es passiert ist, habe ich kaum an etwas anderes gedacht. Immer und immer wieder bin ich das Gespräch durchgegangen, das wir damals beim Lunch geführt haben. Ich habe alles noch und noch überprüft, was sie mir in den Wochen und Monaten davor gesagt hatte. Aber ich habe nicht die Spur einer Idee.«

Ihr glitzernder Blick wandte sich von mir ab und suchte einen Punkt irgendwo in der heraufziehenden Dunkelheit. Die Angst in ihren Augen war spürbar gegenwärtig. Und fast hätte ich den Kopf gedreht, um nachzusehen, was oder wer dort hinter mir stand. Doch das mußte ich nicht. Ich wußte es.

Es war das gestaltlose Grauen – jene Chimäre, die, hat man sie einmal flüchtig erblickt, für immer unverrückbar in jedem Schatten lauert.

5

Ein eisiger Wind fegte durch die Upper Market Street. Er wirbelte Abfall die Rinnsteine entlang und klebte die Seiten zerfledderter Zeitungen an die Gitterstangen, die den rechten Gehsteig begrenzten. Jenseits des Gitters fiel der Hügel steil ab. Die Lichter unten in der Ebene verschwammen im Nebel, und das sonst glitzernde Panorama der Bay Bridge und der East Bay war kaum zu erkennen.

Der bergab fahrende Verkehr rauschte an mir vorbei. Das Scheinwerferlicht der Autos huschte über mich hinweg und ihre Rücklichter verschwanden hinter einer scharfen Kurve. Die Hände tief in den Taschen meiner Seemannsjacke vergraben, mußte ich mich gegen den launenhaften Wind anstemmen, um vorwärtszukommen. Parkplätze waren im übervölkerten Ostteil von Twin Peaks Mangelware, und so hatte ich meinen MG einen ganzen langen Block von Tracy Kostakos früherer Wohnung entfernt abstellen müssen.

Die Reihe der Apartmenthäuser, die am unteren Teil des Hügels klebten, begann ungefähr hundert Meter von der Stelle entfernt, wo ich geparkt hatte. Als ich ihren Schutz erreichte, blies der Wind nicht mehr so scharf. Auf der anderen Seite schlängelten sich die Häuserreihen in engen, terrassenförmig verlaufenden Straßen hinauf bis zum Sendeturm und zum Aussichtspunkt auf dem dritt- und vierthöchsten von San Franciscos dreiundvierzig Hügeln.

Die Architektur in Twin Peaks besteht aus diesen modernen, kaninchenstallähnlichen Mietskasernen. Lauter briefmarkengroße Balkone, die wegen des Windes nur selten benutzt wurden; Panoramafenster, die einen großartigen Ausblick bieten und den Bewohnern hohe Heizungsrechnungen bescheren; dünne Standardwände und kühles Dekor; zu wenig Garagen und zu viele Autos. Wäre nicht der Blick, hätte diese Gegend wahrscheinlich das gleiche Schicksal ereilt wie viele Jahre zuvor den »gefragten« Teil von East Palo Alto, aber die Aussicht sorgte dafür, daß die Apartments bewohnt und die Mieten teuer blieben.

Als ich rasch bergab ging, fiel mir ein, daß natürlich nicht alle Häuser in Twin Peaks geschmacklos und überteuert waren.

Mein verflossener Liebhaber Greg Marcus besaß ein geschmackvolles kleines Haus neben ein paar Rotholzbäumen in einer Sackgasse, die vom Parkridge Drive abging. Vielleicht sollte ich nach dem Gespräch mit Amy Barbour dort vorbeifahren und Greg überreden, mich morgen einen Blick in die Kostakos-Akten werfen zu lassen. Dann bräuchte ich damit nicht bis nächste Woche zu warten…

Nein, die Idee war nicht gut. Sie konnte zu allen möglichen Komplikationen führen. Es war besser, zu warten und ihn sich auf der Silvesterparty zu schnappen.

Das dreistöckige Haus, in dem Tracy früher gewohnt hatte, besaß eine Backsteinfassade mit Feuertreppe. Aus einem Pflanzbereich am Bürgersteig wuchs eine Platane. Am Rand des beleuchteten Zugangs standen drei Briefkästen, und ein eisernes Sicherheitstor versperrte den eigentlichen Eingang. Hinter dem Tor befand sich die Tür zur Erdgeschoßwohnung. Zu den anderen Apartments führten Treppen aus künstlichem Marmor. Ich sah mir die Namen an den Briefkästen an. Am zweiten fand ich eines dieser Plastikschilder, wie man sie sich mit so einem Prägeding selber machen kann. Darauf stand: BARBOUR/KOSTAKOS. Als ich auf die Klingel drückte, fragte ich mich, ob die Zimmergenossin Tracys Namen stehengelassen hatte oder ob die Mutter, die ja noch die halbe Miete zahlte, darauf bestanden hatte.

Es gab keine Sprechanlage, aber Amy Barbour erwartete mich – das hatte Rae mir versichert, als ich vor meinem Aufbruch von Palo Alto noch bei ihr rückgefragt hatte. Also griff ich nach dem Tor. Kurz darauf ließ der Summer das Schloß aufspringen, und ich trat in die Vorhalle. Geräuschvoll schlug das Tor hinter mir zu. Der Verkehrslärm war so groß, daß ich kaum das »Hallo« vom Treppenabsatz über mir hörte.

»Miss Barbour?«

»Kommen Sie herauf.«

Die junge Frau auf dem Absatz im ersten Stock hatte dunkelrotes Haar, ein Gesicht mit eckigen Backenknochen und einer kurzen Stupsnase. Ihre Frisur sah aus wie ein herausgewachsener, stacheliger Punkerhaarschnitt. Die Haare hingen in kleinen Büscheln herunter, die mich an Artischockenblätter erinnerten. Sie trug Jeans und ein rotes Sweatshirt mit einem bizarren Löwenkopf auf der Brust. Ihre Figur war rundlich und ihr Hinterteil etwas zu gewichtig.

Ich stellte mich vor und reichte ihr die Hand. Sie nahm sie mit festem Griff und sah mir offen in die Augen.

»Ihre Hände sind ja eisig«, sagte sie. »Der verdammte Wind, ich hasse ihn. Kommen Sie herein, ich mache Ihnen einen Drink.«

Ich folgte ihr hinein. Die Tür führte in ein Wohnzimmer mit dem obligatorischen Panoramafenster auf die East Bay. Die weißen Vorhänge waren gegen den Nebel zugezogen. Auch die Wände waren weiß, der Teppichboden hingegen scheußlich senfgelb. Jemand hatte versucht, ihn teilweise unter einer mexikanischen Brücke zu verstecken, aber es schaute immer noch so viel davon hervor – Flecken inklusive –, daß es mich schauderte. Die Möblierung war erstaunlich gut: weißes Ledersofa, passender Sessel, geschmackvolle Chrom-Tische mit Glasplatte, schlichte Keramiklampen, gute Unterhaltungselektronik. Als einziger Wandschmuck hing ein Bild über der Couch, eines dieser ungeheuer teueren Werke, eine Mischung aus Collage und Ölgemälde.

Während ich meine Jacke auszog, verschwand Amy Barbour um eine Ecke in den Eßbereich. Ich ließ die Jacke auf das Sofa fallen und folgte ihr und fuhr vor Schreck zusammen, als ich mir plötzlich selbst gegenüberstand. Die Rückwand des Eßbereichs war ein einziger Spiegel. Amy drehte sich um und lächelte über meine Reaktion. »Man erschrickt ganz schön, nicht? Sie können sich wohl vorstellen, wie schrecklich man sich dabei morgens um sieben immer fühlt. Der Hausbesitzer bezweckte damit wohl, daß der Raum größer und die horrende Miete gerechtfertigt erscheint.« Sie ging durch einen offenen Bogen in die kleine Küche und schnupperte an einem Topf auf dem Herd.

»Den Teppichboden hat der Hausbesitzer wohl auch ausgesucht?«

»Ich glaube, den hat er billig bekommen, weil ihn sonst keiner wollte. Im Januar soll ein neuer reinkommen. Ich kann es kaum abwarten, womit er diesmal ankommt.« Sie ergriff zwei Gläser. »Was immer es auch sein wird, zu Tracys hübschen Möbeln wird es nicht passen.«

»Dann gehören die meisten Sachen also Tracy?«

»Ja. Sie war von uns beiden diejenige mit dem Kies.« Amy sagte das ohne Ressentiment, eher als wäre es ein Glücksfall für sie beide gewesen. »Ich habe Glühwein. Wollen Sie?«

Ich seufzte im Geist, nickte und sah zu, wie sie ihn aus dem Topf schöpfte. In den letzten drei Wochen oder so hatte ich jede Variante von Glühwein genossen, die es auf der Welt gibt. In der weihnachtlichen Ferienzeit überkommen die Leute seltsame Anwandlungen: Sie nehmen durchaus trinkbaren – ja sogar guten – Wein und tun eigentümliche Substanzen hinein: Nelken, Apfelsinenschalen, Zimt und – soviel ich weiß – auch Petersilie, Salbei, Rosmarin und Thymian. Sie rühren ganze Fässer davon an, mehr, als ganze Heerscharen nach menschlichem Ermessen jemals trinken können, und zwei Tage vor Neujahr servieren sie einem immer noch, was vom fünfzehnten Dezember übrig ist.

Amy reichte mir ein Gals und sah mich erwartungsvoll an. Ich nahm einen Schluck, fand ihn ganz wohlschmeckend in meinem gegenwärtigen verfrorenen Zustand und murmelte ein Kompliment. Dann gingen wir ins Wohnzimmer zurück und setzten uns jeder auf ein Ende des Ledersofas. Amy zog ihre bestrumpften Beine hoch, setzte sich in den Schneidersitz und drehte sich zu mir, so daß sie mich ansehen konnte. »Also«, sagte sie, »für wen arbeiten Sie – für die verrückte Mrs. K.?«

»Meinen Sie Laura Kostakos?«

»Ja.«

»Nein.«

»Aha. Irgendwie hatte ich das wohl angenommen...«

»Warum?«

»Also, sie ist geradezu fanatisch, was Trace angeht. Diese Geschichte, daß sie noch lebt. Dieses Apartment hier und der ganze Unsinn.« Sie fuhr sich mit der Hand durch das artischokkenblättrige Haar. »Verstehen Sie mich nicht falsch – wenn Tracy tatsächlich wieder auftauchte, würde ich wohl wieder in die Kirche gehen. Aber sie taucht nicht wieder auf. Sie ist tot. Es gefällt mir nicht, aber ich kann damit leben. Anders als ihre Mutter. Die ist völlig... Kennen Sie sie?«

»Ich war bei ihr.«

»Gut, dann wissen Sie es. Sie ist wirklich geistesgestört.

Komplett… Sie haben so einen nachsichtigen Blick, als wären Sie nicht ganz meiner Meinung.«

»Das war unbeabsichtigt. Erzählen Sie mir von ihr.«

»Also, das verrückteste ist die Sache mit diesem Apartment. Verstehen Sie mich nicht falsch – ich profitiere davon. Es gefällt mir sehr, daß ich eine solche Wohnung ganz für mich habe. Ich kann meinen Freund zu mir einladen, und es gibt keinen Krach. Und ich kann diese hübschen Möbel benutzen und das Küchenzeug.« Sie unterbrach sich und schien in sich hineinzuhorchen. »Das bedeutet nicht, daß mir Trace nicht fehlt. Sie fehlt mir wirklich, verdammt noch mal.«

»Das glaubc ich. Und Mrs. Kostakos?…«

»Tut mir leid. Ich rede oft einfach drauflos. Jedenfalls ist Mrs. K. mir unheimlich. Sie läßt mich das ganze Apartment benutzen, nur Tracys Zimmer darf ich nicht betreten, nicht einmal zum Staubwischen.«

»Ich nehme an, sie will es so erhalten, wie es war.«

»Ach, das verstehe ich ja. Wenn Trace jemals wieder heimkäme, wäre sie nicht begeistert, wenn ich in ihren Sachen herumgekramt hätte. Nicht daß ich das tun würde, aber Mrs. K. kennt mich nicht gut genug. Also hält sie die Tür verschlossen.«

Bis jetzt hatte sie nichts erzählt, was allzu absonderlich erschien. Das wollte ich ihr gerade sagen, als sie hinzufügte: »Es ist einfach unheimlich, wie sie herkommt und dann stundenlang in dem Zimmer sitzt.«

»Wann tut sie das?«

»Jeden Freitag, genau in der Zeit, in der sie sich immer mit Trace zum Lunch getroffen hat.«

Aber Laura Kostakos hatte mir erzählt, daß sie kaum noch das Haus verließ. Und Amy arbeitete an fünf Tagen in der Woche in einer Firma, die T-Shirts im Seiden-Siebdruckverfahren bedruckte, wie ich aus den Akten entnommen hatte. »Woher wissen Sie das?«

»Ich bin darauf gekommen, weil es hier freitags, wenn ich von der Arbeit kam, immer so eigenartig roch, wie nach Gardenien. Vor ungefähr einem Jahr wurde ich dann einmal krank und kam früher nach Hause. Da verließ Mrs. K. gerade das Haus, und ich merkte, daß es ihr Parfüm war. Ziemlich starkes Zeug. Am Freitag darauf habe ich den Anrufbeantworter nicht eingeschaltet und immer wieder von der Firma aus angerufen. Gegen halb zwei meldete sie sich.« Amy legte eine dramatische Pause ein. »Und wissen Sie, was sie sagte?«

Ich schüttelte den Kopf.

»Sie sagte: ›Tracy, bist du es?‹ Jetzt wissen Sie, was ich mit ›unheimlich‹ meine.«

Irgendwie bezweifelte ich, daß Amy genug Phantasie hatte, um sich solch eine Geschichte auszudenken. Ich sagte: »Sind Sie sicher, daß sie jeden Freitag kommt?«

»Bin ich. Gehen Sie in das Zimmer, dann riechen Sie die Gardenien.«

»Ich denke, Sie dürfen da nicht hinein und es ist abgeschlossen.«

Amy wurde ein wenig verlegen. »Die Schlösser in diesen Türen – also, es gibt da so ein kleines Gerät, mit dem bekommt man sie von außen auf.«

»Und das haben Sie benutzt.«

»Nur, weil ich wissen wollte, was sie dort wohl macht – zuerst habe ich gedacht, vielleicht stellt sie einen Schrein auf oder so etwas.«

»Und? Hat sie?«

»Nein, nichts dergleichen. Sie hat nur einen Schaukelstuhl drinnen neben das Fenster geschoben, der sonst hier draußen stand – ich hatte mich vorher schon gefragt, warum sie ihn weggenommen hatte. Ich glaube, sie sitzt nur darin und wartet.«

Ich preßte die Lippen zusammen und runzelte beunruhigt über Laura Kostakos die Stirn.

Amy sagte: »Ja, so empfinde ich das. Es ist unheimlich, freitags nach Hause zu kommen und zu wissen, daß sie dagewesen ist… und nur gewartet hat. Ich meine, ich weiß doch nie, was mich erwartet. Was ist, wenn sie etwas *unternimmt*?«

»Zum Beispiel?«

Sie machte eine wilde, weit ausladende Armbewegung und warf dabei beinahe ihr Weinglas um. »Woher soll ich wissen, was so eine verrückte Person vorhat? Vielleicht bringt sie sich um. Ich komme nach Hause und finde sie. Pfui Teufel. Oder wenn sie gewalttätig wird? Ich komme herein, und es ist aus mit mir.«

Trotz ihrer dramatischen Attitüde hatte ich das Gefühl, daß

Amy echte Angst hatte. »Ich halte sie nicht für gewalttätig oder selbstmörderisch«, sagte ich, »aber vielleicht wäre es gut, wenn man mit jemandem darüber spräche. Haben Sie einmal daran gedacht, sich mit Tracys Vater in Verbindung zu setzen? Schließlich ist er Psychologieprofessor.«

»Der alte George? Vergessen Sie's.«

»Warum?«

»Er ist eben... Alle Psychologen sind verrückt.«

Vielleicht war es wirklich gut, daß sie nicht mit ihm geredet hatte, dachte ich. Wenn er nicht schon Bescheid wußte über die wöchentlichen Wachen seiner Frau in Tracys Zimmer, dann wäre es besser, er erführe es von jemandem, der etwas taktvoller und weniger anfällig für theatralische Auftritte war als Amy. »Wissen Sie was?« sagte ich. »Ich frage ihn. Wenn er glaubt, es könne irgendwie gefährlich werden, sollten sie besser hier ausziehen.«

Amy trank einen Schluck Wein und ließ den Blick durch den Raum schweifen, als wolle sie sich alle Besitztümer einprägen, die sie dann verlieren würde. Sie seufzte. »Vielleicht wäre es am besten. Vielleicht ist es Zeit, daß ich zu meinem Freund ziehe. Wenn er einverstanden ist.«

»Macht es Ihnen etwas aus, wenn ich einen Blick in Tracys Zimmer werfe?«

»Warum sollte es? Die einzige, die etwas dagegen hätte, wäre Mrs. K., und die wird es nicht erfahren. Übrigens, wenn Sie nicht für sie arbeiten, für wen dann? Ich hatte Sie das schon fragen wollen, habe es dann aber wieder vergessen.«

»Für Bobby Fosters Anwalt.«

Sie riß die Augen auf und wurde ganz still. Nach einer Weile sagte sie: »Bobby. Oh, Gott, es ist so *schrecklich*!«

»Kennen Sie ihn?«

»Nicht gut, aber gut genug, daß sie mich zu ihm in den Todestrakt gelassen haben... Ich hatte Alpträume davon.«

Sie fing an, mir auf die Nerven zu gehen. Ich stand auf und trat in den Flur, der zu den Schlafzimmern führte. »Die hat Bobby auch.«

Amy öffnete den Mund, schloß ihn wieder und bedachte mich mit einem vorwurfsvollen Blick. Dann folgte sie mir, das Glühweinglas in der Hand.

Zwei Türen zum Flur standen offen. Geradeaus führte die eine ins Badezimmer, die andere hinten links in ein kleines Schlafzimmer. Die Tür zum rechten Zimmer war geschlossen. Ich sagte: »Wo ist das Instrument, mit dem Sie die Tür aufkriegen?«

»Hier im Wäscheschrank.« Amy wühlte darin herum und reichte mir eine dünne Metallsonde.

Ich steckte sie in das Schloß im Türknauf, schob sie ein wenig tiefer hinein, und das Schloß sprang auf. Dabei fiel mir auf, daß etwas an Amys Geschichte über Laura Kostakos nicht stimmte. »Wie kommt Mrs. Kostakos in das Zimmer, wenn es verschlossen ist?« fragte ich.

Amy zögerte und runzelte die Stirn. »Darüber habe ich nie nachgedacht. Die Tür schließt, wenn man diesen Knopf drückt, bevor man zumacht, aber es gibt keinen anderen Schlüssel als...« Sie sah auf die Sonde in meiner Hand.

»Dann muß sie die hier benutzen. Wird sie immer an derselben Stelle aufbewahrt?«

»Ja, in etwa. Aber... oh, Mist.«

»Was ist?«

»Manchmal, wenn ich in dem Zimmer war, habe ich sie auf ein anderes Brett gelegt. Wenn sie merkt, daß ich sie benutzt habe, um in Tracys Zimmer zu gehen, dann fliege ich mit einem Tritt in den Hintern hier raus!«

»Wahrscheinlich weiß sie es längst und es ist ihr egal. Womöglich weiß sie auch, daß Sie von ihren Besuchen wissen.« Ich wandte mich wieder der Tür zu, öffnete sie und tastete nach einem Lichtschalter. Amy hinter mir schwieg.

Als ich den Schalter gefunden hatte, flammte an der Decke eine Lampe auf. Ihr mattes Licht erhellte ein recht großes Zimmer – etwa fünfzehn Quadratmeter –, aber so vollgestopft mit Möbeln und sonstigem Kram, daß es eher einer Zelle glich. Ein riesiges Wasserbett mit weißer Daunendecke stand im rechten Winkel zum Fenster an der Wand. Das Fenster war zum Teil von einem gewaltigen antiken Schrank zugestellt. Der von Amy erwähnte Schaukelstuhl stand vor dem freien Teil des Fensters. Der Toilettentisch war beladen mit Kosmetika und Schmucksachen, in Stapelkästchen aus Acryl geordnet. Den Platz zwischen dem Toilettentisch und dem Bett nahmen ein tragbares

Fernsehgerät und ein Videorecorder ein, obwohl im Wohnzimmer die gleiche Anlage noch einmal stand.

Ich trat ins Zimmer. Durch das geschlossene Fenster hörte man Autoreifen auf dem Pflaster des Upper Market quietschen. Über Wand und Decke huschte das Licht der Scheinwerfer. Das war wohl der Preis, den die Bewohner für den schönen Ausblick zu zahlen hatten: Schlafzimmer zur Straßenseite, nicht gerade schlaffördernd.

Auf dem Bett lagen ganze Kissenberge. Für ein Nachtschränkchen war kein Platz, also lagen alle Dinge, die eigentlich dorthin gehört hätten, auf dem Fußboden: Radiowecker, Wasserkaraffe mit Glas, Kleenex-Box, TV-Fernbedienung. Neben diesen üblichen Dingen entdeckte ich ein paar Taschenbücher mit den Biographien berühmter Leute, langsam vergilbende Hefte von *Variety* und einen Aschenbecher mit Stummeln, die nach Marihuana-Zigaretten aussahen. Ich drehte mich zum Kleiderschrank um, der so groß war, daß meine Garderobe glatt dreimal hineingepaßt hätte. Er war buchstäblich vollgestopft mit Kleidern. Auf dem Ablagebrett über der Kleiderstange stapelten sich Pulloverschachteln, und unten lag alles voller Schuhe. Im antiken Schrank sah es genauso aus. Alle Kleider waren so zusammengepreßt, daß man sie vor dem Tragen erst hätte aufbügeln müssen. Oben auf dem antiken Schrank saß ein großes Stofftier, ein Einhorn, das hochmütig auf mich herabschaute.

Amy lehnte am Türrahmen und nippte an ihrem Weinglas. »Trace brauchte dauernd irgendwelche Sachen«, sagte sie.

»Das sieht man.«

»Sie ging gerne einkaufen, lud sich überall mit Sachen voll. Kleider, Kosmetika, Möbel, Kram für die Wohnung.«

Nach Auskunft von Laura Kostakis hatte Tracy nie ihre Kreditkarten mißbraucht. Was bedeutete »Mißbrauch« bei Leuten mit ihrem finanziellen Hintergrund? Und was war im letzten Jahr, als Tracy ihr eigenes Kreditkartenkonto eröffnet hatte? Sie konnte nicht genug verdient haben, um alles bar bezahlen zu können, und die meisten Gesellschaften setzten bei neuen Karten den Kreditrahmen recht niedrig an.

Amy empfand mein Schweigen offenbar als Mißbilligung der Gewohnheiten ihrer Freundin. Sie sagte: »Sehen Sie, Trace mag konsumsüchtig gewesen sein, aber sie war ein guter Mensch. Sie war großzügig, hat den Leuten dauernd Geschenke gemacht. Und sie kaufte nur gute Sachen. Das Zeug für die Küche zum Beispiel – eine teure Mikrowelle, ausgewähltes Porzellan und Besteck, Edelstahl-Kochgeschirr aus Dänemark –«

»Amy, würde es Ihnen etwas ausmachen, wenn ich mir das Zimmer allein anschaue? Ich kann mich dann besser konzentrieren.«

Abrupt machte sie den Mund zu, drehte sich um und schlenderte zurück ins Wohnzimmer.

Empfindlich, dachte ich und schaute ihr nach. Empfindlich und reichlich sprunghaft. Ich war mir nicht sicher, ob die Behauptung des Pflichtverteidigers stimmte, nach der Amy bei der Verhandlung gegen Bobby Foster nicht alles gesagt haben sollte, was sie wußte. Aber es war mehr an ihr, als der erste Augenschein vermuten ließ.

Ich durchsuchte das Zimmer sorgfältig und nahm mir Zeit dazu. Nur wenige Dinge, auf die ich stieß, interessierten mich – bis auf das dicke Notizbuch, in dem Tracy die Figuren skizziert hatte, die sie auf der Bühne verkörperte. Ich legte es zur Seite, um es mitzunehmen. Es würde mir helfen, sie besser kennenzulernen. Ich würde es kopieren und das Original zurücklegen, bevor Laura Kostakis sein Fehlen bemerkte.

Interessant war die geringe Anzahl persönlicher Dinge, die ich vorfand. Es gab keine Briefe, Postkarten, Souvenirs, Tagebücher, nicht einmal einen Terminkalender. Natürlich war es möglich, daß diese Dinge von der Polizei oder Laura Kostakos mitgenommen worden waren. Vielleicht gehörte Tracy auch nicht zu den Menschen, die Sachen aufbewahren oder Tagebuch führen. Schließlich merkte ich, daß es schon nach acht war. Ich nahm das Notizbuch mit den Rollenskizzen und ging ins Wohnzimmer zurück.

Amy hockte auf der Couch und hatte das nächste Glas Glühwein in Angriff genommen. Als ich eintrat, sah sich mich schmollend an.

»Ich hatte Sie eigentlich fragen wollen, ob Ihnen aufgefallen ist, daß etwas von Tracys Sachen fehlt, aber nachdem ich das Zimmer gesehen habe, kann ich mir nicht vorstellen, wie das möglich gewesen sein sollte.«

»Genau.« Ihr Humor kehrte zurück – ein wenig davon. »Wenn man sieht, was sie alles besaß, ist klar, daß es unmöglich war, auf dem laufenden zu bleiben.«

»Ich nehme an, ihr beiden wart gute Freundinnen.«

»Die besten.«

»Wie habt ihr euch kennengelernt?«

»Durch einen Vermittlungsdienst für Leute, die sich eine Wohnung teilen wollen – die bringen Leute mit gemeinsamen Wünschen zusammen. Wo die Wohnung sein soll, wieviel sie kosten darf, ob Raucher oder Nichtraucher. Sie wissen schon.«

Ich wußte Bescheid. Es gab recht zweifelhafte unter diesen Agenturen, aber diese hatte es bei Amy und Tracy offensichtlich getroffen.

Ich ging meine Routinefragen durch – in einigen Fällen kannte ich die Antwort bereits. Andere dienten dazu, Amys Wahrheitsliebe zu testen. Sie beantwortete alle, ohne zu zögern: Sie hatten vor Tracys Verschwinden zwei Jahre zusammengewohnt. Sie hatten sich um die üblichen Dinge gestritten, zum Beispiel, wenn zu oft Freunde über Nacht blieben. Sie hatten einander ins Vertrauen gezogen, hatten zusammen Parties und Dinners gegeben, hatten im Fitneß-Club ein paarmal die Woche Rackett gespielt. Soweit Amy wußte, hatte Tracy keine ernsten persönlichen Probleme gehabt. Für sie hatte die Karriere immer vornan gestanden.

»Sie stand vor dem großen Durchbruch«, sagte Amy. »Ihre Auftritte im Café Comédie haben das verdammt gut gezeigt, und Jay – also Jay Larkey, der Besitzer – hatte ihren Vertrag um sechs Monate verlängert. Sie hatte ein paar Werbespots für's Fernsehen gemacht, und ein Hollywood-Agent hatte sich ihrer angenommen. Aus ihr hätte eine neue Carol Burnett werden können, und dann… dann passierte ihr diese Sache.«

»Sie sagen ›diese Sache‹, dabei hatte ich bisher den Eindruck, sie seien überzeugt, daß sie tot ist.«

»Ich rede von dieser ›Sache‹, weil ich das andere Wort einfach nicht aussprechen kann. Aber wie gesagt, ich weiß, daß sie tot ist, und ich kann damit leben. Bobby hat sie umgebracht. Er hat doch gestanden, oder?«

»Aber dieses Geständnis steckt voller Widersprüche.«

»Aber es gibt auch *Beweise*.«

»Tracys Mutter glaubt, sie ist freiwillig verschwunden und hat die Beweise vorgetäuscht. Tracy hat ein paar Dinge gesagt, die sie zu dieser Annahme gebracht haben –«

»Was hat sie gesagt?«

»Daß sie das Gefühl gehabt habe, sich zu einem schlechten Menschen entwickelt zu haben. Daß die Umstände sie dazu gezwungen hätten, Dinge zu tun, die sie zuvor nie getan hätte.«

Amy zog die Füße auf das Sofa und schlang die Arme fest um die Knie. »Gott«, flüsterte sie.

Ich sah sie fragend an, aber sie schüttelte den Kopf und weigerte sich, präziser zu werden.

»Sie haben vor Gericht für die Anklage ausgesagt«, sagte ich. »Bobbys Pflichtverteidiger glaubt, daß Sie etwas zurückgehalten haben.«

Sie umklammerte ihre Knie noch fester. »Was hätte ich denn zurückhalten sollen? Alles, was ich aussagen konnte, war die Tatsache, daß mich Trace in jener Nacht beim Heimkommen wecken sollte, und das hat sie nicht getan.« Ihre Stimme war hoch und schrill geworden. »Ich habe nur gesagt, daß man sich auf sie verlassen konnte wie auf eine Uhr. Mehr weiß ich nicht. Schließlich war es nicht meine Aussage, die Bobby dahin gebracht hat, wo er jetzt ist – es war sein eigenes Geständnis.«

»Dennoch hört es sich an, als wäre es Ihnen nicht recht, gegen ihn ausgesagt zu haben.«

Sie sah mich nicht an.

»*Ist das so?*«

»Sehen Sie, mir gefällt es nicht, irgendwie daran beteiligt zu sein, daß jemand in die Gaskammer geschickt wird, wenn Sie darauf hinaus wollen. Ich habe die Wahrheit gesagt, und habe nichts zurückgehalten. Es gibt nichts, das ich zurückgehalten haben *könnte*.«

Ich antwortete nicht. Nach etwa einer halben Minute des Schweigens wand Amy sich verlegen, den Blick noch immer auf das andere Ende des Zimmers gerichtet.

»Was hat es mit den Dingen auf sich, die Tracy ihrer Mutter erzählt hat? Haben Sie eine Idee, was sie damit gemeint haben könnte?«

»Sehen Sie, jeder weiß, daß Mrs. K. verrückt ist. Wahrscheinlich hat sie das Ganze erfunden.« Amys Stimme war jetzt noch schriller geworden. Das, was ihre Wohnungsgenossin ihrer Mutter erzählt hatte, hatte sie erschreckt.

»Das glaube ich nicht, Amy. Und das ist auch keine richtige Antwort auf meine Frage. Haben Sie eine Idee –«

»Nein!« Sie löste die Arme von ihren Knien und stand auf. »Es ist schon nach acht, und ich habe Ihnen viel Zeit geschenkt. Mein Freund ist... Ich habe eine Verabredung. Sie müssen jetzt gehen.«

Ich sah sie einen Augenblick lang fest an, und wieder wich sie meinem Blick aus. Schließlich stand ich auf und zog meine Jacke an. Als ich nach Tracys Notizbuch griff, erwartete ich ihren Protest, doch sie schien es nicht zu merken.

6

Das Café Comédie lag an der South Park Avenue, in einer Gegend, die unter dem Namen SoMa oder South of Market bekannt war. Es war kurz nach neun, als ich über die Bryant Street am Justizgebäude vorbeifuhr. Die Büros der *bail bondsmen*, der berufsmäßigen Kautionsvermittler, waren hell erleuchtet. Das Geschäft lief. Ich lächelte, als ich bei meinem Liebling unter ihnen vorbeikam: Cable Car Bail Bonds hausten in einem schicken kleinen Wohnwagen, der, wie ich wußte, zugleich auch als Verkaufsbüro für den Gebrauchtwagenmarkt nebenan diente. Ich habe mir nie darüber klarwerden können, bei welchem Unternehmen ich anklopfen würde, benötigte ich derartige Dienste. Cable Car besitzen Niederlassungen über ganz San Francisco verteilt (die wahrscheinlich bei Touristen sehr beliebt sind), aber was konnte einem wohl ein größeres Sicherheitsgefühl vermitteln, als seine Geschäfte in Dad's Bail Bonds Hände ein Stück weiter an derselben Straße zu legen?

Jenseits des neonbeleuchteten Straßenzuges um das Justizgebäude herum wurden die Straßen dunkler und wirkten fast wie ausgestorben. Die Lagerhäuser und kleineren Industriebetriebe waren nachts nicht beleuchtet. Hier und da leuchtete eines der In-Restaurants oder ein Club auf, die in SoMa in Massen Einzug gehalten hatten. Ich entdeckte eine Kunstgalerie, die anscheinend gerade eine Ausstellung veranstaltete. Im vielschichtigen South of Market kämpfen Autowerkstätten und Fabrikauslieferungslager mit Clubs und Lederbars um den nötigen Platz. Wahrzeichen wie Old Mint, der Flower Mart, China Basin und das Moscone Convention Center weisen auf das reiche Erbe und die glänzende Zukunft des Viertels hin, aber immer noch torkeln weinselige Trinker über die Gehsteige, und es wimmelt von Leihhäusern und billigen Hotels. Ich finde SoMa faszinierend wegen seiner Widersprüche und Kontraste, und ich fragte mich, warum ich mir bisher so wenig Zeit genommen hatte, diese Gegend zu erforschen.

Ich bog von der Bryant in die Second Street und suchte einen Parkplatz für meinen MG. Obwohl es in diesem Stadtteil relativ viele Parkmöglichkeiten gibt, vor allem, wenn die Angestellten aus den verschiedenen Geschäften heimgefahren waren, so war ich doch sicher, daß die South Park Avenue selbst von den Wagen der Anwohner und der Stammgäste des Café Comédie überfüllt sein würde. Um die Ecke auf der Brannon Street fand ich einen Platz, der gerade für den MG reichte, und quetschte mich hinein. Ich schloß ab und ging zurück zum Parkway – eher eine Allee als eine Straße.

Die South Park Avenue ist ein perfektes Beispiel dafür, was SoMa einmal war und wohin es sich entwickelte. Anfangs ist dieses Viertel der angemessene Zufluchtsort für die Oberschicht aus der Zeit des Goldrauschs gewesen. Bereits in den frühen Siebzigern des vorigen Jahrhunderts begann es zu verkommen. Die stattlichen georgianischen Häuser wurden damals zu Pensionen für japanische Einwanderer. Während der Depression wurde sein grasbewachsener, ovaler Platz von der städtischen Parkkommission für das Abhalten von »Seifenkisten«-Reden freigegeben. Wie erfolgreich dieses Vorhaben damals war, weiß ich nicht, aber ich weiß, daß sich bei meinem letzten Besuch dort, Anfang der achtziger Jahre, Obdachlose und Rauschgifthändler breitgemacht hatten. Wenn man das Café Comédie und ein paar kleinere Restaurants als Indiz betrachtete, könnte es die eigentümliche kleine Allee wieder zu etwas mehr Respektabilität bringen.

Ich ging zwischen zwei lagerhausähnlichen Gebäuden hindurch. Hier gabelte sich die Straße und führte in zwei Bögen um den kleinen Park herum. Eine Reihe Platanen umschloß ihn. Durch ihre kahlen Äste erkannte ich eigentümliche, sperrige Gegenstände, die wohl Spielgeräte sein sollten. Gegenüber dem Park war das Café Comédie zwischen kleinen Häusern und ekkigen Funktionsbauten leicht auszumachen.

Es befand sich am nördlichen Ende des Platzes, eingeklemmt zwischen einer Verpackungsfirma und einem hell angestrichenen viktorianischen Haus. Die weißgestrichene Ziegelsteinfassade mit blauen Fugen war von Scheinwerfern angestrahlt. Ein rot-weiß-blau gestreifter Baldachin mit dem Namen des Clubs spannte sich über der Eingangstür. An einer schmalen, eingezäunten Stelle auf dem Gehsteig standen zwei schmiedeeiserne Tischchen mit genauso gestreiften Schirmen. Zwei Parkplatzeinweiser in weißen Mänteln warteten am Bordstein.

Als ich näher kam, überholte mich ein Audi in großem Bogen und hielt vor dem Baldachin. Einer der beiden jungen Männer stürzte vor und öffnete die Wagentür. Ich folgte dem gutangezogenen Paar hinein, wobei mir plötzlich bewußt wurde, was ich zufällig gerade anhatte: Jacke und Jeans. Ein schneller Blick auf die anderen Gäste gab mir jedoch meine Sicherheit zurück. Ihr Outfit reichte vom phantasievollen Cocktailkleid und Smoking bis zum Secondhandshop-Anzug und Kaufhaus-Kostüm.

Der Club bestand aus einem großen Raum – vermutlich war es vorher ein Lagerhaus gewesen – mit einer langen Bar an der linken Wand und einer erhöhten Plattform vorne. Die kleinen runden Tische mit weißen Tischdecken standen dicht gedrängt, weiter hinten zur besseren Sicht erhöht. Ein paar Kellnerinnen wiesen den Leuten die Plätze an – leise, denn die Show lief bereits. Als mich eine von ihnen fragend anschaute, schüttelte ich den Kopf und setzte mich an die Bar.

Der Barkeeper kam, und ich gab ihm meine Karte mit der Bitte um ein Gespräch mit Mr. Larkey. Er studierte die Karte kommentarlos ein paar Sekunden lang. Er hatte bereits die obere Grenze der mittleren Jahre erreicht und wirkte abgestumpft. Ihn konnte wohl nichts mehr in Erstaunen versetzen. Als er sagte, er werde nachsehen, bestellte ich ein Glas Sauvignon blanc und drehte mich auf dem Hocker um, um mir die Show anzusehen.

Der Comedy-Spieler war vermutlich Ende zwanzig, ein dikker Mann mit weichem Babyspeck und dem beweglichen Gesicht eines Clowns. Seine erste Nummer stellte die Überquerung der Hauptstraße von Modesto am Freitagabend dar. Es folgte ein Stück über einen sexhungrigen Teenager. Er war nicht besonders komisch, aber das Publikum schien ihn lustig zu finden. Das kam wohl von den Grimassen, die er mit seinem enormen gummiartigen Mund schneiden konnte. Nach einer Weile fand ich es ermüdend, ihm zuzuschauen, wie er auf der Bühne hin und her wanderte, albernes Zeug plapperte und dann stehenblieb, um laut zu verkünden: »Ich bin so *scharf*!« Ich drehte mich zur Bar zurück.

Der Barkeeper kam mit meinem Drink. Meine Karte hatte er noch in der Hand. Er sagte: »Mr. Larkey möchte wissen, worum es geht.«

»Um Tracy Kostakos.«

Damit war es mir nun doch gelungen, ihn in Erstaunen zu versetzen. Er blinzelte und ging wieder. Ich trank meinen Wein und versuchte, die Stimme des Komikers auszublenden, der jetzt den Vater des sexhungrigen Teenagers imitierte.

Nach einer Weile kam der Barkeeper wieder. »Mr. Larkey möchte Sie sprechen. Er ist in seinem Büro. Durch die Tür, auf der Ja steht.«

Ich stand auf und legte das Geld für den Wein auf die Bar. »›Ja‹?« fragte ich.

»›Ja‹ bedeutet: ›Ja, hier geht es zu den Toiletten.‹«

»Raffiniert«, sagte ich in einem Ton, der genau ausdrückte, was ich darüber dachte.

»Ja, das paßt zu der Umgebung.« Er warf einen traurigen Blick auf die vor Lachen brüllenden und schnaufenden Gäste.

Als ich durch die Tür ging, auf der Ja stand, fragte der Komiker mit der Baritonstimme des Vaters: »Wie erklärst du mir das, mein Sohn?« Und in nuschelndem Falsett antwortete der: »Ich bin *scharf*!« Aus irgendeinem Grund brach fast das Haus zusammen.

Auf halbem Weg zu den Toiletten hinunter stand eine Tür mit der Aufschrift BÜRO halb offen. Ich klopfte, und eine Stimme bat mich herein. Mitten in dem vollgestopften Raum saß Jay Larkey auf einem Hometrainer. Er trug einen leuchtendblauen

Trainingsanzug und trat wild in die Pedale. Als er mich sah, bremste er ab. Der vom Zahnarzt über den Komödianten zum Clubbesitzer Mutierte sah genauso aus, wie das letztemal, als ich ihn im Fernsehen gesehen hatte: braune Locken, die ihm in wilden Büscheln den Nacken hinunterhingen; schmales Fuchsgesicht, Mund voller kleiner, scharfer Zähne, die immer aussahen, als wollten sie im nächsten Moment in ein Törtchen beißen und dort nadelfeine Abdrucke stanzen.

Ich hatte einmal ein Interview mit Larkey gelesen, in dem er gesagt hatte, die Comedy müsse, um komisch zu sein, verletzen, und als Beispiel hatte er Don Rickles genannt. Ich war mir nicht sicher, ob ich dem zustimmen sollte – ich mag keinen Humor auf Kosten eines Unschuldigen –, aber Larkey brachte mich dennoch oft zum Lachen. Und ein Freund, der einmal Ziel einer seiner Attacken auf das Publikum in Harrah's Lake Tahoe gewesen war, hatte mir erzählt, daß Larkey hinterher zu ihm gekommen sei und sich für die Hinnahme dieser Beschimpfung bedankt habe. Vielleicht war es der Zahnarzt in ihm, der seinem Humor so etwas leicht Sadistisches verlieh.

Heute abend jedoch sah Larkey überhaupt nicht aus, als wollte er Witze reißen. Er starrte mich wütend an und schnauzte: »Also gut – was soll dieser Mist mit Tracy Kostakos?«

Ich trat ganz in das Zimmer und schloß die Tür hinter mir. »Ich arbeite für Bobby Fosters Anwalt, für die Vorbereitung der Berufung. Ich habe gehört, Sie glauben nicht, daß Tracy tot ist.«

Larkey runzelte die Stirn und trat wieder in die Pedale. »Also, das haben Sie falsch verstanden. Ich hatte das zwar einmal geglaubt, aber jetzt ist sie zu lange weg. Wäre sie noch am Leben, dann wäre sie inzwischen wiederaufgetaucht. Aber ich möchte Ihnen eines sagen: Dieser Junge hat sie nicht umgebracht – er würde nie einen umbringen. Setzen Sie sich doch, falls Sie einen Platz finden.«

Ich sah mich um. Es gab ein paar Stühle, aber sie waren unter Pappkartons, Hanteln, hingeworfenen Kleidungsstücken, Zeitungen und Fachzeitschriften für die Unterhaltungsindustrie und für Zahnmedizin begraben. Larkey sah meine Hilflosigkeit und wedelte mit einem Arm. »Nehmen Sie meinen Schreibtischstuhl«, sagte er.

Ich ging hinter den Schreibtisch und setzte mich. Er war übersät mit Papieren, von denen viele mit einer Grundstückstransaktion zu tun zu haben schienen.

Larkey trat weiter in die Pedale. »Ich werde am Silvesterabend im Fernsehen eine Wohltätigkeitsshow machen«, sagte er durch seine zusammengebissenen Zähne. »Ein Teil der Einnahmen geht an die Potrero Medical Clinic – eine meiner Stiftungen. Sonst würde ich das hier nicht tun. Aber ich mag nicht länger wie so ein übergewichtiger, abgewrackter Komödiant aussehen. Ich dachte, vielleicht kriege ich auf diesem Ding einiges von den Weihnachtsfettpolstern wieder heruntergestrampelt.«

»Mir kommen Sie gar nicht übergewichtig vor. Und ganz sicher nicht abgewrackt.«

»Dann müssen Sie etwas mit den Augen haben und einen Knick in der Optik. Ich bin beides, und ich weiß es.« Er machte eine Pause, schnaufte ein bißchen und wischte sich den Schweiß von der Stirn. »Das Problem ist, daß ich weiß, ich muß mich kümmern, es aber tief in meinem Innern nicht mit Überzeugung tue. Ich habe genug Geld, der Club wirft etwas ab, und zum erstenmal in meinem Leben habe ich Spaß.«

»Hatten Sie den nicht, als Sie noch Ihre regelmäßige TV-Show machten?«

»Nein, verdammt. Können Sie sich den Druck vorstellen, unter dem man bei dieser Art Leben steht? Mörderische Termine? Zu wenig Privatleben? Sie sind nicht Herr Ihrer Zeit. Jeder will ein Stück von Ihnen. Als ich oben in Red Bluff als Zahnarzt praktizierte, hätte ich einen Mord begangen, um dieses Leben führen zu dürfen. Aber als es dann soweit war...« Er schüttelte den Kopf.

»Wie lange haben Sie praktiziert?«

»Fünf Jahre. Meine kurze Zahnarztkarriere war eine Katastrophe. Ich war komisch, und wer wünscht sich schon einen komischen Zahnarzt? Kárieslöcher und Zahnbelag sind eine ernste Sache. Und ich stand da und reimte vor mich hin, während meine Patienten gar nicht lachen konnten – ich hatte ja meine Hände in ihrem Mund, gackerte selbst über meine Witze und bohrte dabei Wurzeln an. Es ging so stark abwärts mit meiner Praxis, daß ich zu dem Schluß kam, ich könnte ebensogut hierherkommen und es mal im Comedy-Geschäft versuchen.«

»Und das gewiß mit Erfolg.«

»Stimmt, aber man zahlt seinen Preis für diesen Erfolg. Ich habe versucht, Tracy davor zu warnen, aber sie wollte nicht hören. Genausowenig wie ich es in ihrem Alter getan hätte.«

»Mochten Sie sie?«

»Auf eine väterliche Art. Wie alle Kinder, die hier arbeiten. Ich kümmere mich um meine Leute – bezahle sie gut, biete ihnen volle medizinische und zahnärztliche Versorgung durch die Potrero Clinic. Jedenfalls habe ich versucht, Tracy Ratschläge zu geben, ihr Mentor zu sein. Nicht, daß sie einen gebraucht hätte.«

»Warum nicht?«

»Sie hatte ihre Karriere gut im Griff. Für eine Komikerin hatte Tracy nicht gerade viel Sinn für Humor, sobald es um ihr Vorwärtskommen ging. Früher, noch auf dem Junior College, las sie jedes verdammte Buch über Selbstbehauptung und Durchsetzungsvermögen. Sie sah sich jede Comedy-Show im Fernsehen an, ging ständig in die Clubs und zu Wettbewerben und machte sich Notizen.«

»Ich habe das Bücherregal mit den Titeln über Comedies in ihrem Schlafzimmer gesehen. Sie waren ziemlich zerlesen.«

Larkey fuhr fort: »Sie hat ständig an sich gefeilt. Wissen Sie, wie sie gearbeitet hat?«

»Ich weiß, daß sie Figuren entwarf, wie Carol Burnett.«

»Stimmt – Frauen aus dem Leben, die Lage, in der sie sich befinden, ihre Probleme. Kommentare zur Gesellschaft, die einen zum Lachen brachten, aber auch zum Nachdenken. Hinter der Bühne hat sie diese Figuren so ernsthaft diskutiert, als wären sie lebendige Menschen: Würde Annie das wirklich so und so machen? Paßt es zu Lizzies Charakter, mit dem und dem auszugehen? Wenn sie eine neue Rolle probierte, mußte es auf Video aufgezeichnet werden, und dann hat sie das Band stundenlang studiert, hat sich auf die Wortwahl konzentriert und auf kleine Nuancen. Sie ist die Comedy wissenschaftlich angegangen.«

»Ich nehme an, das ist nicht die übliche Art.«

»Comedy ist wie jede andere Kunstform: Sie kommt tief aus einem heraus, ist eher intuitiv als wissenschaftlich. Die meisten von uns improvisieren, lassen die Dinge sich entwickeln. Diejenigen, die erst analysieren müssen, was sie tun wollen, besitzen zumeist nicht viel von dem Flair, auf das man aufbauen kann. Aber Tracy hat das Wissenschaftliche mit dem Intuitiven verbunden – mit glänzendem Ergebnis.«

»Glauben Sie, sie wäre einfach abgesprungen, wenn sie so versessen war auf Erfolg? Alles, was ich über sie weiß, deutet darauf hin, daß sie kurz vor dem Durchbruch stand.«

Er nahm die Füße von den Pedalen und ließ sie weiterdrehen, bis sie anhielten. Dann stieg er vom Rad, setzte sich mit einem Schenkel auf eine Schreibtischecke und sah mich halb von der Seite an. »Ich weiß nicht, was ich glauben soll«, sagte er. »Ich wünschte beim Teufel, ich könnte es.«

»Irgendeine Idee?«

»Keine.«

Ich lehnte mich auf seinem Stuhl zurück und legte die Füße auf eine aufgezogene Schublade. »Ich habe versucht, mir die typischen Gründe vorzustellen, weshalb eine zweiundzwanzig Jahre alte Frau verschwinden könnte«, sagte ich. »Entweder ist sie drogenabhängig, schwanger oder hat Selbstmordabsichten. Sie sieht sich und ihr Leben in einer Sackgasse, hat Ärger mit den Freunden oder der Familie und möchte ihnen weh tun. Aber keines dieser Motive paßt zu dem, was ich über Tracy weiß.«

»Nein.«

»Mir ist noch ein anderer Grund eingefallen: Vielleicht sollten ihr Verschwinden und ihre Entführung als Publicity-Nummer inszeniert werden, um ihre Karriere voranzutreiben. Aber das geht auch nicht, denn wenn etwas dabei hätte herauskommen sollen, dann hätte sie schon längst wiederauftauchen müssen.«

»Richtig. Jetzt ist das ein uralter Hut.«

»Es sei denn, irgend etwas ist schiefgegangen bei der Nummer.«

»Zum Beispiel?«

Ich zuckte mit den Schultern.

»Was bleibt also?«

»Tracys Mutter hat den Eindruck, irgend etwas habe sie belastet, bevor sie verschwand«, sagte ich. »Tracy hat angedeutet, sie glaube, sie habe sich zum schlechten verändert.«

In Larkeys Augen flackerte Interesse auf.

Ich fragte ihn: »Wissen Sie, worum es sich dabei gehandelt haben könnte?«

Er stand auf und ging zu seinem Hometrainer zurück, trat aber nicht wieder in die Pedale, sondern balancierte auf dem Sitz, die Füße auf dem Lenker. »Vielleicht hat das Geschäft ihren jugendlichen Idealismus zerstört.«

»Es klang nach mehr. Sie sprach von einer ›Unterlassungssünde‹ – von einer Situation, in der sie sich nicht richtig verhalten und jemanden, den sie mochte, verletzt habe.«

Er schwieg und preßte gedankenversunken die Lippen zusammen. »Miss – wie heißen Sie?«

»McCone, aber Sie können mich Sharon nennen.«

»Sharon, ein Club wie dieser ist eine kleine Welt für sich... Eine Version der wirklichen Welt in verkleinertem Maßstab, aber die Dinge geschehen mit weit höherer Intensität. Die meisten meiner Leute sind jung, und eine ganz nette Anzahl von ihnen ist äußerst kreativ. Wenn es Aufregung gibt, Dramen, Intrigen, dann blühen sie auf – und wenn sie nicht von selbst entstehen, dann werden sie heraufbeschworen. So entstehen Unterströmungen, Gerüchte, Geheimnisse. Jeder hat irgend etwas, aber keiner läßt den anderen teilhaben, denn gewöhnlich sind es ziemlich profane Dinge. Und wenn sie herauskommen, ist der Spaß vorbei.«

Larkey machte eine Pause, bevor er weitersprach: »Ich bin das gewohnt. In Hollywood geht es genauso zu, wenn auch die Stange dort höher liegt. Also versuche ich zu ignorieren, was hier vorgeht. Ich habe andere Interessen, die Potrero Medical Clinic zum Beispiel. Ich halte mich aus den Vorgängen hier heraus, und im großen und ganzen versucht auch niemand, mich hineinzuziehen. Aber kurz bevor Tracy verschwand, spürte ich, daß hier irgend etwas nicht stimmte. Ich konnte nicht sagen, was es war, aber die Atmosphäre war ausgelassener als üblich.«

»Können Sie das genauer erklären?«

»Es war eine noch höhere Stufe der Intensität – und ich hatte kein gutes Gefühl dabei.«

»Betraf das alle Ihre Leute oder nur bestimmte?«

Er dachte nach. »Also, wenn so etwas losgeht, dann breitet es sich aus wie ein Buschfeuer. Aber wenn ich die Namen derer nennen sollte, die es am stärksten erwischt hatte, dann würde ich sagen, Tracy und unser Barkeeper Marc Emmons.«

»Tracys Freund? Nicht der Bursche, der heute an der Bar ist?«

»Gott, nein. Marc arbeitet immer noch hier, aber das ist er nicht.«

»Wer ist es?«

»Marc ist der nicht gerade besonders komische fette Junge auf der Bühne.« Larkey ließ sein berühmtes füchsisches Grinsen aufblitzen. »Warum, glauben Sie, strampele ich mir hier den Arsch ab? Ich halte es nicht aus, ihm bei der Arbeit zuzusehen. Doch das ist die Masche, auf die die Masse heute abfährt.«

»Er trat noch nicht hier auf, als Tracy verschwand?«

»Nein, obwohl er sich Hoffnungen machte. Ich habe ihm immer wieder gesagt, er solle sich an die Bar halten.«

»Wieso, um alles in der Welt, haben Sie ihm dann eine Chance gegeben?«

»Das war die glänzende Idee meines Partners Rob Soriano. Er hielt es für eine gute Art von Publicity, ihn für Tracy einspringen zu lassen. Gepeinigter Freund hilft, daß die Show weitergeht und wartet auf ein Zeichen seiner Liebsten.« Larkey verzog angewidert das Gesicht.

»Also dann, warum behalten Sie ihn?«

»Was soll ich machen? Sie *mögen* den Trottel.«

Ich wollte gerade zu einem Kommentar über den Geschmack seiner Kundschaft ansetzen, als die Tür aufging und eine männliche Stimme sagte: »Jay, hast du einen Moment Zeit, einen Blick auf diese Anleihepapiere zu werfen?« Als der Neuankömmling mich sah, blieb er auf der Schwelle stehen.

Ein großer, gutgebauter Mann im Smoking, mit einer Stahlbrille auf der Nase. Seine Haltung glich der eines Soldaten, Schultern zurück, Rücken gerade. Das Haar trug er kurz und flach geschoren, ein Stil, der, wie ich gesehen hatte, in gewissen konservativen Kreisen neuerdings ein Comeback feierte. Es war so einheitlich braun, daß es gefärbt sein mußte. Sein Alter schätzte ich auf Anfang fünfzig.

»Wenn man vom Teufel redet«, murmelte Larkey. Lauter sagte er: »Sharon, das ist Rob Soriano. Rob, Sharon McCone. Sie ist Privatdetektivin und arbeitet am Fall Bobby Foster.«

Für einen Augenblick wich jeder Ausdruck aus Sorianos Gesicht. »Foster… ach, ja. Der Junge, der Tracy Kostakos ermordet hat.«

»Also, da scheint es verschiedene Meinungen zu geben –« Larkey brach ab, weil das Telefon läutete. Er riß den Hörer hoch und bellte: »Ja?« Nachdem er ein paar Sekunden gelauscht hatte, sagte er gereizt: »Ich komme sofort.« Er ging zur Tür und sagte zu Soriano und mir: »Tut mir leid. Ärger mit einem Betrunkenen an der Bar, der anschreiben lassen will. Bin gleich zurück.«

Rob Soriano musterte mich neugierig. »Privatdetektivin, soso«, sagte er schließlich.

»Ja, bei der Anwaltskooperative All Souls.« Ich blieb sitzen, wo ich saß, die Füße noch immer auf der Schublade.

»Nie davon gehört.«

»Das haben viele nicht. Kannten Sie Tracy Kostakos, Mr. Soriano?«

»Nicht sehr gut. Ich habe sie ein paarmal spielen gesehen. Nette, kleine Begabung.«

»Und Bobby Foster?«

»Er war einer der Jungs, die die Wagen einparkten.«

»Sind Sie aktiver Teilhaber am Café Comédie?«

»Nein, ich halte mich da lieber im Hintergrund. Meine Frau hat Spaß an jeder Art von Glamour.«

»Ein lukratives Unternehmen?«

»Mehr oder weniger.«

»Heute abend ist es wirklich voll.«

»Wir bringen sie schon alle unter. Comedy ist beliebt in San Francisco, und die Leute gehen gern in Clubs. Gibt ihnen die Möglichkeit, sich gut anzuziehen und auszugehen, sehen und gesehen werden. Aber den großen Profit macht man nicht in den kleinen, unabhängigen Clubs, den bringen die großen, die nach dem Franchiseprinzip arbeiten, wie die Improvs.«

Ich erinnerte mich, daß kürzlich ein Improv-Club in der City eröffnet hatte. »Ist das eine Kette?«

»Manche Leute nennen sie die ›Baskin-Robbins of comedy‹. Quietschsauberes Zeug, nichts, was kränkt. Sie hängen mit ein paar TV-Shows zusammen. Gute Clubs, aber sie kommen mehr bei den Touristen an und bei Leuten aus der Vorstadt, weniger bei den Einheimischen. Doch zurück zu Ihrer Frage, das Café Comédie ist mehr oder weniger Jays Hobby. Manche Leute ziehen sich zurück und spielen Golf. Jay wurde zum Champion junger, aufstrebender Comedy-Akteure.«

»Als Sie hereinkamen, sprachen Sie von Anleihepapieren, und hier auf Jays Schreibtisch sehe ich Verträge über Grundstückstransaktionen. Will er erweitern oder den Club verlegen?«

Über seine dünnen Lippen huschte ein Lächeln. Es verschwand so schnell, wie es erschienen war. »Sie interessieren sich sehr für Jays Angelegenheiten. Aber es ist gar kein Geheimnis: Wir beide sind noch in einer anderen Sache Partner, und zwar im Grundstücksgeschäft. Wir haben Grund im SoMa aufgekauft, halten ihn und warten ab, wie sich die Dinge entwickeln.«

Auf dem Grundstücksmarkt im SoMa gab es, wie ich gehört hatte, einige Fluktuationen, und die Richtung, in die er sich schließlich bewegen würde, konnte die Entwicklung des Geschäftslebens von San Francisco für Jahrzehnte prägen. Diese Gegend war ständig Gegenstand eines Tauziehens zwischen den Befürwortern einer Ausweitung von Industrie und Dienstleistungsgewerbe einerseits und andrerseits einer Gruppe von alteingesessenen Bürgern und Künstlern – zu denen auch die Clubs gehörten –, die den gegenwärtigen Status erhalten wollten. Projekte in Milliardenhöhe wie der Mission-Bay-Komplex und die Yerba Buena Gardens hatten die Bewegungen auf dem Grundstücksmarkt angeheizt, und einstmals niedrige Mieten hatten sich innerhalb von etwa zwölf Jahren verzehnfacht.

»Was meinen Sie mit ›halten‹?« fragte ich.

»Wie ich es sage. Wir halten an den vorhandenen Strukturen fest und verpachten die Grundstücke. Weitere Projekte werden erst entwickelt, wenn die Stadt definitive Wachstumsnormen festgelegt hat. Ich vertrete eine Theorie, die im Widerspruch zur Meinung der meisten Planer steht: In den letzten paar Jahren ist zu viel Geld in Geschäftsausweitungen gesteckt worden. Es wird zwangsläufig zu einem Rückgang kommen. Rückläufige Bewegungen dieser Art habe ich stets dadurch überlebt, daß ich unterbewertete Parzellen aufgekauft und bis zum nächsten Aufschwung gehalten habe. Das ist die Politik, die Jay und ich –«

Die Tür zum Büro ging auf. Ich sah hinüber und erwartete Larkey. Statt dessen stand eine Frau dort. Sie war hoch gewachsen, fast einen Meter achtzig, und trug einen langen roten Ledermantel und Stiefel sowie einen roten Schlapphut auf dem Kopf. Schwarze Locken umrahmten ein Gesicht, dessen Schönheit ein grellroter Lippenstift verunstaltete. Sie trug eine Menge Ringe an den Fingern, roch stark nach Giorgio-Parfüm und wirkte plötzlich mürrisch. Nachdem sie sich von der ersten Überraschung, eine Fremde in Larkeys Sessel vorzufinden, erholt hatte, musterte sie mich mit abschätzendem Blick und entschied, daß ich keine Konkurrenz war.

Dieser Blick sagte mehr über sie aus, als ihr wahrscheinlich lieb gewesen wäre: Sie gehörte zu der Sorte Frauen, die andere Frauen nicht mögen und auch keine engen Freundinnen haben. Für sie waren wir anderen alle Feinde, die ihnen den Mann stehlen oder den Platz im Scheinwerferlicht streitig machen konnten. Frauen wie ihr mißtraue ich vom ersten Augenblick an, wie ich auch Männern mißtraue, die ihre Geschlechtsgenossen nicht mögen.

Rob Soriano schien sich über ihren Blick zu amüsieren. Er sagte: »Kathy, das ist Sharon McCone. Sie ist Privatdetektivin und arbeitet an dem Kostakos-Mord. Sharon – das ist meine Frau Kathy.«

Kathy Soriano sah mich mit einem Stirnrunzeln an. »Ich dachte, der Fall Kostakos ist abgeschlossen, das Urteil gesprochen.« Bevor ich antworten konnte, setzte sie hinzu: »Hör mal, Rob, wir müssen das neue Mädchen in der Zehn-Uhr-Vorstellung begutachten. Wo ist Jay?«

»Direkt hinter dir«, sagte Larkeys Stimme. Er schob sich an ihr vorbei und sagte entschuldigend zu mir: »Tut mir leid, daß ich unser Gespräch so plötzlich abbrechen muß. Können wir es ein andermal fortsetzen?«

Ich stand auf und kam hinter dem Schreibtisch hervor. »Sicher. Wenn Sie einverstanden sind, möchte ich jetzt gern mit Marc Emmons und Ihren Parkwächtern reden. Ich komme dann später auf Sie zurück.«

Larkey gab mir seine Karte, auf der die Club- und auch seine

Privatnummer standen. Zu viert verließen wir jetzt das Büro und gingen den Gang entlang. Kathy ließ sich darüber aus, daß sie und Rob nicht glaubten, die neue Schauspielerin in der Zehn-Uhr-Vorstellung werde es schaffen. Sie sagte, es sei schade, daß der Fall Kostakos einen tödlichen Ausgang gehabt habe. Das kleine Mädchen habe eine Menge Talent gezeigt.

»Ich werde nie den Sketch mit der Feministin vergessen. Es war nicht einmal das, was sie sagte, sondern wie sie es sagte: ›Wenn Gott gewollt hätte, daß wir behaarte Achselhöhlen haben, hätte *Sie* uns dann Nair gegeben?«

Rob Soriano grunzte verdrossen und ging ein paar Schritte vor. Larkey sagte: »Ich mag es gar nicht, wenn du sie so nachmachst. Es ist, als wäre sie hier bei uns – und das ist sie nicht.«

»Ach, Jay, Kopf hoch!«

Larkey antwortete nicht, zog nur die Schultern unter seinem Pullover zusammen. Ob die Frau ihn nur in Verlegenheit gebracht oder wirklich verärgert hatte, konnte ich nicht sagen. Als wir den Club betraten, zwinkerte er mir zu und folgte den Sorianos an einen reservierten Tisch im hinteren Teil.

Ich stellte mich an die Bar und sah der neuen Schauspielerin bei ihrer Nummer zu, bis der vielbeschäftigte Barkeeper sich zu mir durchgearbeitet hatte. Sie war wirklich ziemlich komisch und feuerte ihren Kommentar zu einer besonders widerlichen Schlagzeile in der Sensationspresse ab. Ich nahm mir vor, Ted Smalley den Tip zu geben, daß er sich ihre Nummer ansah – möglichst bald, für den Fall, daß Kathy und Rob Sorianos Meinung sich durchsetzte. Der Barkeeper sprach mich über die Schulter an. Ich lehnte einen Drink ab, fragte ihn aber, wo ich Marc Emmons fände.

»Er ist gleich nach seiner Nummer gegangen.« Der Mann machte eine Pause. »Komisch – er fragte mich, ob Jay zu sprechen sei, und ich sagte ihm, er unterhielte sich mit einer Privatdetektivin über Tracy. Ich dachte, er würde neugierig werden und mitreden wollen, aber plötzlich war er weg.«

Wirklich seltsam, dachte ich. »Haben Sie Tracy gekannt?«

»Ein bißchen. Die jungen Leute sind mehr unter sich.«

»Und Bobby Foster?«

»Nicht allzu gut, aber soweit ich sehen konnte, war er ein netter Junge.«

»Mit wem war er hier im Club befreundet, außer mit Tracy?«

Der Barkeeper dachte einen Augenblick nach. »Ich glaube, mit Lisa McIntyre, eine der Bedienungen.«

»Ist sie hier heute abend?«

»Nein, Lisa hat schon vor langer Zeit gekündigt. Ich weiß nicht, wo sie jetzt ist.«

Lisa McIntyres Adresse konnte ich mir am nächsten Morgen bei Larkey holen. Ich bedankte mich bei dem Barkeeper und ging hinaus.

Es hatte angefangen zu nieseln, aber es wehte kein Wind mehr, und die Luft war wärmer geworden. Die beiden Parkwächter, die ich anfangs gesehen hatte, standen unter dem Baldachin. Ich ging auf sie zu und sagte, daß ich ihnen gern ein paar Fragen stellen würde.

Es stellte sich heraus, daß beide weder Bobby Foster noch Tracy gekannt hatten. Beide waren erst vor sechs Monaten hier eingestellt worden. Aber sie konnten mir erklären, wie das Parksystem funktionierte.

»Drüben an der Brannan Street ist ein Parkplatz«, sagte der Ältere, ein dunkelhaariger Mann mit Bart. »Nach den städtischen Vorschriften dürfen Restaurants und Clubs ihre Gäste nicht am Straßenrand parken lassen, und deshalb mietet Larkey Parkplätze. Das Problem ist, daß sie von mehreren Lokalen benutzt werden und es an belebten Abenden knapp wird in der Umgebung. Also dehnt man die Vorschriften ein wenig. Zuerst versucht man es auf dem Parkplatz. Ist er voll, sucht man einen Platz auf der Straße und hängt einen Zettel an den Schlüssel, wo der Wagen steht. Dann joggt man hierher zurück, und das Ganze geht von vorne los.« Er hob einen Fuß und zeigte mir seinen hochwertigen Joggingschuh.

»Was ist mit den Schlüsseln? Haben Sie sie bei sich?«

Sein rothaariger Kollege ging zu einem Metallkästchen, das unauffällig an der obersten Stange des Zauns um die schmiedeeisernen Tischchen hing. »Man kann sie zu leicht verlieren, oder man ist gerade weg, wenn der Besitzer losfahren möchte.« Er öffnete die Vorderklappe, die an einem Scharnier hing. Drinnen hingen Schlüssel, an Haken aufgereiht. Sie trugen Zettel mit verschiedenen Straßennamen.

»Kann man den Kasten abschließen?« fragte ich.

»Nein.«

»Es kann also jeder hineingreifen und sich ein paar Schlüssel herausholen.«

»Sicher. Aber normalerweise ist immer jemand hier – heute abend sind ein paar Burschen krank –, aber man muß von dem Kasten auch erst einmal wissen.«

»Kennen ihn andere Club-Angestellte?«

Er sah seinen Kollegen an, der mit den Schultern zuckte. »Wahrscheinlich, falls sie sich die Mühe gemacht haben, uns bei der Arbeit zuzusehen.«

Ein Porsche hielt vor dem Baldachin. Der Bärtige sagte zu dem Rothaarigen: »Du bist dran.«

Ich sah ihm zu, wie er einer Frau im Pelzmantel heraushalf und dann von dem Mann die Schlüssel entgegennahm. »Läuft das Geschäft immer so schwach?« fragte ich den bei mir zurückgebliebenen Helfer.

»Nein. Es ist Weihnachtszeit, viele Leute müssen auf Parties oder sind nicht in der Stadt. Aber es geht hier nie so zu wie in North Beach. Das ist das Letzte. Da hat man es mit verrückten Fahrern zu tun, mit Betrunkenen, mit gefährlichen Typen. Es entsteht viel Feindseligkeit gegenüber den Kunden und den anderen Parkhelfern. Privatparties an Orten wie Pacific Heights sind ein bißchen besser, aber die Leute da oben denken, die Straße gehört ihnen, und sie rufen die Cops, wenn du zu nah an ihren Einfahrten parkst. Außerdem gucken dich die Gäste an, als gehörtest du zur Dienerschaft, und vergessen dein Trinkgeld. Das hier ist ein guter Job. Ich habe vor, hier zu bleiben.«

»Der andere Bursche sprach davon, daß ein paar Helfer fehlen. Hat von denen einer die Kostakos oder Foster gekannt?«

»Nee, die sind alle erst seit ein paar Monaten hier. Keiner von uns arbeitet wirklich regelmäßig.«

»Spricht man im Club noch über den Mord?«

»Manchmal. Hinter vorgehaltener Hand.«

»Was wird dann geredet?«

»Daß sie Foster reingelegt haben. Aber seien wir ehrlich, keiner möchte jemanden kennen, der so etwas getan haben könnte.«

Der Rothaarige kam zurückgejoggt. Ein neuer Wagen fuhr vor. Der Mann, mit dem ich gesprochen hatte, ging zum Bordstein. Ich dankte beiden, daß sie sich Zeit für mich genommen hatten, und marschierte los.

Aus dem Nieseln war jetzt richtiger Regen geworden. Die meisten Häuser an der South Park Avenue waren dunkel. Hier und da drang etwas Licht durch die heruntergezogenen Jalousien oder gelben Rouleaus. Mit dem Regen hatte auch der Wind wieder aufgefrischt. Er rüttelte an den nackten Zweigen der Platanen, die den Park einfaßten. Ihre Blätter lagen vermodert am Boden.

Ich sah auf die Uhr und schauderte. Donnerstag halb elf an einem regnerischen Winterabend. Vor knapp zwei Jahren hatte sich Tracy Kostakos um etwa diese Uhrzeit und in genauso einer Nacht auf den Weg in ein unbekanntes Schicksal gemacht. War sie wohl diese Straße entlanggegangen, hatte sie die Regentropfen auf dem Kopf gespürt und sich auch gewünscht, sie hätte einen Hut? Oder hatte sie sie gar nicht bemerkt, sondern war zielbewußt vorangeschritten – und wenn ja, was war das für ein Ziel? Und hatte Bobby Foster sie begleitet, oder hatte er die Wahrheit gesagt – daß sie sich gestritten hatten und auseinandergegangen waren?

Nicht zum erstenmal fürchtete ich, nicht in der Lage zu sein, mich durch den dunklen Irrgarten zu tasten, der zwischen dieser und jener längst vergangenen Nacht lag. Doch der Wunsch, Licht in die Ereignisse von damals zu bringen, hatte in mir feste Wurzeln geschlagen. Es war nicht nur ein Wunsch, es war die blanke Notwendigkeit – ging es doch um diesen Mann, dessen Leben jetzt in meinen Händen lag.

7

Georges Kostakos sagte: »Ist Ihnen klar, was Sie damit anrichten, daß Sie diese Tragödie wieder aufrollen?«

»Ich kann leider nicht über die Tatsache hinwegsehen, daß damit möglicherweise das Leben eines jungen Mannes gerettet wird.«

Er verbarg das ansehnliche, kantige Gesicht in den Händen, fuhr sich mit den Fingern durch das dichte, schwarze, von eisgrauen Strähnen durchzogene Haar. »Mein Gott, ich weiß, es ist unverantwortlich, daß ich meine eigenen Gefühle an die erste Stelle setze, während der Junge da sitzt und auf seinen Tod wartet. Aber, verdammt noch mal, wir alle haben Höllenqualen durchlitten. Ich möchte nicht, daß die Menschen, an denen mir liegt, das noch einmal ertragen müssen. Und ganz sicher möchte auch ich selbst es nicht noch einmal durchmachen.«

Ich schwieg und ließ ihm Zeit, seine Gefühle unter Kontrolle zu bekommen. Es war Freitagmorgen, elf Uhr. Wir saßen im Wohnzimmer eines Hauses, das ihm ein Freund zur Verfügung gestellt hatte. Es lag im Marina-Bezirk, direkt gegenüber dem Palace of Fine Arts. Durch das Vorderfenster sah man auf die eisgraue, von windgekrümmten Zypressen gesäumte Lagune. Dahinter verschwammen im Dunst die braune Kolonnade und die kuppelbewehrte Rotunde – Überbleibsel der Ausstellung von 1915 zur feierlichen Eröffnung des Panama-Kanals. Kostakos hatte mir erklärt, ein Freund, der vorübergehend in Europa lebe, habe ihm im vergangenen Sommer nach der Trennung von seiner Frau angeboten, das Haus zu bewohnen. Auch wenn er mir das nicht erzählt hätte, hätte ich mir nicht vorstellen können, daß es ihm gehört, denn es paßte ganz und gar nicht zu dem Mann, der mir da gegenübersaß.

Das Haus hatte irgendwie etwas Schizoides. Die Außenansicht glich mit ihrem mediterranen Stil der vieler anderer Häuser in dieser ruhigen, wohlhabenden Gegend: weiß verputzt, schwarzes Schmiedeeisen und dekorative Eiben um das Haus; vor dem Eingang der obligatorische Rasenfleck in Briefmarkengröße; zweigeschossig, mit Garage unter dem Wohnzimmerfenster und einer Eingangstür in Form eines maurischen Rundbogens. Von außen schien es ein ganz normales, in die Marina passendes Haus zu sein, wenngleich es durch seine Lage teurer war als die meisten anderen.

Ganz anders das Innere. Der Besitzer hatte sich das Paradestück vom Traum eines Innenarchitekten geschaffen. Für Menschen mit dem schlichten Wunsch, bequem zu leben, mußte es zum Alptraum werden. Die Wände der Eingangshalle im Erdgeschoß waren knallweiß. Die Halle war leer bis auf einen schwarzen, polierten Stein auf einem Sockel. Die teppichlose Treppe führte zu einer Galerie hinauf und von dort ins Wohnzimmer – ebenfalls weiß mit nacktem, gebleichtem Holzboden. Zwei Zweiergruppen spartanischer Chrom-Leder-Sessel standen sich im rechten Winkel zum Kamin gegenüber. Sie schienen mir wie die moderne Entsprechung dieser zierlichen antiken Sesselchen, auf denen man garantiert nicht sitzen kann und von denen man höchstwahrscheinlich hinunterfällt, sollte man es dennoch versuchen. Eine zweite Sitzgruppe am anderen Ende des Zimmers sah genauso wenig einladend aus, und das einzige Anzeichen dafür, daß hier Menschen wohnten, war ein von Büchern und Papieren überhäufter Schreibtisch vor dem Fenster. Vermutlich von Kostakos importiert.

Die Sessel erwiesen sich tatsächlich als so wenig zum Sitzen geeignet, wie ihr Aussehen hatte vermuten lassen, jedenfalls für einen längeren Zeitraum. Ich rutschte nun in meinem hin und her und wartete darauf, daß Kostakos anfing.

Schließlich hob er den Kopf und sah mir in die Augen. Die seinen waren haselnußbraun mit goldenen Flecken und von einer Art, die überraschend grün oder blau erscheinen kann. Er sagte: »Ich habe nicht vor, Ihre Ermittlungen zu behindern, aber ich habe auch keine Lust, Ihnen zu helfen.«

Ich zögerte und überlegte meine Antwort sorgfältig. »Ich bitte Sie auch nicht um Hilfe, jedenfalls nicht um eine substantielle. Der Grund, für dieses Gespräch mit Ihnen ist der, daß ich mir ein Bild von Ihrer Tochter machen möchte. Ich habe Verschiedenes über sie gehört – von ihrer Mutter, ihrer Wohnungsgenossin, ihrem Arbeitgeber –, und Ihre Aussage könnte das Bild abrunden.«

Er sah mich einen Augenblick lang aufmerksam an, stand dann auf und ging ruhelos durch den kahlen Raum. Er war groß und schlank, und sein Körper – er trug ein blaues Chambray-Arbeitshemd und Jeans – schien vor angestauter Energie zu vibrieren. Ich spürte, daß dieser Mann nie etwas halb tat. Was immer er in Angriff nahm, er tat es mit voller Konzentration und all seiner Kraft – sei es Unterrichten, Schreiben, seine Forschungsarbeit, seien es persönliche Dinge.

Sei ehrlich, McCone, sagte meine häufig lästige innere Stimme, während ich ihn auf und ab schreiten sah, dein geziertes Gerede von den »persönlichen Dingen« ist doch nichts als ein euphemistischer Ausdruck für Sex.

Nicht ganz, gab ich zurück. Und wenn doch, was soll's? Darf ich etwa nicht an Sex denken? Ich *sollte* es sogar tun, nach all diesen Monaten ohne.

Dennoch blieb dieser Gedanke etwas beunruhigend, und als Kostakos sich wieder gesetzt hatte, hatte ich Probleme, ihm in die Augen zu schauen.

Er sagte: »Sie haben mit Laura gesprochen?«

»Gestern nachmittag.«

»Wie fühlt sie sich?«

»Einsam.«

Auf seine Augen fiel ein Schatten, und ihre Farbe wechselte zum Grün hin. Die feinen Linien rundherum zogen sich wie im Schmerz zusammen. Nach einer Weile sagte er: »Das tut mir leid. Ich habe ihr gesagt, sie solle rausgehen, zurück an die Universität, ihre Therapie wiederaufnehmen – alles, nur nicht dort im Haus herumsitzen oder in dem schrecklichen Apartment.«

»Sie wissen von ihren wöchentlichen Besuchen dort?«

»Ich weiß Bescheid.« Sein Mund bekam einen harten Zug. Dieses Wissen hatte ihm einen bitteren Geschmack hinterlassen.

»Amy Barbour weiß auch davon«, sagte ich. »Sie fürchtet Laura könnte sich etwas antun oder ihr gefährlich werden.«

»Amy Barbour ist ein Dummkopf. Laura ist nicht fähig, sich oder anderen etwas anzutun. Dafür ist sie viel zu egoistisch.«

Das harte Urteil schockierte mich. Kostakos sah es meinem Gesicht an, denn er fügte gleich hinzu: »Egoismus ist nicht unbedingt ein negativer Charakterzug, wissen Sie.«

»Wenn Sie das sagen – Sie sind der Psychologe.«

»Es gibt einen Unterschied zwischen Egoismus und Egozentrik«, sagte er. »Egozentriker sind narzistisch und ausschließlich in die eigenen Belange versenkt. Egoistische Menschen dagegen neigen dazu, ihr eigenes Wohlergehen an die erste Stelle zu setzen, wissen aber auch, daß sie nicht der Mittelpunkt der Welt sind. Sie können anderen Menschen oft äußerst nützlich sein, weil sie auf sich selbst aufpassen. In ihrem Streben sind sie häufig sehr erfolgreich. Wenn ich sage, Laura sei egoistisch, dann meine ich, sie paßt auf sich selbst auf. Es ist ihre Art, durch's Leben zu kommen.«

»Besonders gut scheint ihr das in letzter Zeit aber nicht zu gelingen.«

»Nein.« Er zögerte, und wieder verfinsterte sich sein Blick. »Aber ich kann nichts dagegen tun.«

»Sie sprachen von Lauras Art, durch's Leben zu kommen. Wie ist das bei Ihnen?« Das war eine sehr persönliche Frage, aber Kostakos schien mir aufrichtig genug, um sie zu beantworten, und ich wollte ihn am Reden halten.

Er wies auf den Schreibtisch am vorderen Fenster. »Ich habe meine Arbeit. Sie hält mich von mir selber fern.«

»Laura sagte mir, Sie beide hätten sich in Standford beurlauben lassen. Lehren Sie im Moment woanders?«

»So etwas ähnliches. Ich arbeite in einer Gruppe, die sich ›Living Victims‹ (›Überlebende Opfer‹) nennt. Haben Sie davon gehört?«

»Nein.«

»Es ist eine Selbsthilfegruppe für Freunde und Verwandte von Mordopfern. Ähnlich wie ›Parents of Murdered Children‹ (›Eltern ermordeter Kinder‹), nur beschränkt sie sich nicht auf Blutsverwandte. Sie haben mir sehr geholfen, als ich hierher in die Stadt gezogen war, und jetzt bemühe ich mich, mich ein wenig zu revanchieren, indem ich ihnen helfe, ihre Entschädigungsanträge zu stellen. Außerdem arbeite ich an einem Buch, mit dem ich ... schon vorher angefangen hatte.«

»Wovon handelt das Buch?«

»Es entwirft ein psychologisches Modell – « Er brach ab. »Das wollen Sie bestimmt gar nicht hören.«

»Doch, das möchte ich. Ich hatte an der Berkeley Soziologie im Hauptfach, und an Psychologie habe ich auch so einiges mitgekriegt.«

Kostakos schien erfreut. Ich hatte den Eindruck, er war viel alleine, und wenn sein Engagement für Living Victims ihn auch mit einer ganzen Menge von Leuten in Kontakt brachte, dürften sie doch nur wenig Interesse an seinen psychologischen Theorien haben.

»Bei dem Modell handelt es sich um ein Klassifizierungssystem der Persönlichkeit, das auf der jeweiligen Zuordnung einer Person zum handlungsorientierten, emotionalen oder intellektuellen Typ beruht«, sagte er. »Innerhalb der verschiedenen Kategorien gibt es wieder drei Ebenen – die gesunde, die normative und die pathologische. Es ist nichts Neues. Es ist eine Synthese aus verschiedenen Modellen, die es schon seit geraumer Zeit gibt. Ich versuche es nur in die Laiensprache zu übersetzen und Leitlinien zu entwickeln, mit Hilfe derer die Menschen einen gesunden Level anstreben können.«

»Also ein Buch zur Selbsthilfe?«

Er lächelte trübsinnig. »Ich weiß – eines mehr in einer endlosen Reihe in den Regalen der Buchhandlungen. Aber ich bin sehr zuversichtlich, was dieses Projekt angeht. Was den Menschen nicht bewußt wird, ist die Tatsache, daß es innerhalb jeder Persönlichkeitskategorie Individuen gibt, die scheinbar nichts gemeinsam haben, weil sie auf verschiedenen Ebenen operieren. Aber sie alle sind – bis auf die sehr schwer Gestörten – in der Lage, die höchste Ebene zu erreichen, ohne sich grundsätzlich in den Punkten ›wer bin ich?‹ oder ›was bin ich?‹ verändern zu müssen.«

»Können Sie mir das an einem Beispiel erklären?«

»Sicher. Denken Sie an historische Leitfiguren – an positive. Wer fällt Ihnen da ein?«

»Nun, in letzter Zeit hatten wir nicht gerade viele davon, also John Kennedy, Martin Luther King.«

»Okay. Wissen Sie, wer mit diesen Männern in der gleichen Kategorie ist? Reverend Jim Jones und Charles Manson.«

»Großer Gott.«

»Vom Pathologen zum Gesunden. Dieses Modell hat nun –« Er brach erneut ab. »Mögen Sie einen Kaffee?«

»Ja, das wäre nett.« Ich stand auf und fügte hinzu: »Darf ich Ihnen beim Zubereiten helfen? Ich würde gern den Rest des Hauses sehen.«

»Es ist seltsam, nicht wahr? Ich habe mich noch immer nicht daran gewöhnt, und das werde ich wohl auch nie.«

Kostakos führte mich um die den Treppe herum zur anderen Seite der Galerie. Von dort ging es in ein Eßzimmer. Seine Wände waren wüstengelb und die Tischplatte aus einem Material, das wie versteinertes Holz aussah. Hohe Kakteen standen in den Ecken wie in die Enge getriebene Banditen mit zum Himmel gestreckten Armen – oder in diesem Fall, zu den Oberlichtern.

»Das Südwest-Staaten-Zimmer?« fragte ich.

»Ja – und ein deutlicher Kontrast zum nordpolaren Wohnzimmer.«

Kostakos stieß eine Schwingtür auf, die in die Küche führte. Sie war groß und hatte eine hohe Decke, wieder Oberlichter, wieder gebleichtes Holz und wieder weiße Wände. Die Kahlheit wurde gemildert durch Regale mit bunten Kochbüchern, viele Hängekörbe und große Bündel mit getrocknetem roten Pfeffer. Unter dem Bugholztisch lag ein riesiger schwarz-weißer Kuhfell-Vorleger.

»Der Pfeffer und die Körbe vertreten das Südwest-Staaten-Motiv«, sagte ich, »und der Vorleger, das ist Texas.«

Kostakos lachte. »Dieses Haus leidet unter einer enormen Identitätskrise. Unten gibt es ein Spielzimmer in reinstem Hollywood-Kitsch. Das Schlafzimmer des Hausherrn, nichts als Elchfelle und Geweihe – das Nordwest-Staaten-Thema. Die Gästezimmer sind im Südstaaten-Stil – Blumendrucke, weiße Spitze, kleine Lavendelduftkissen. Wenn Sie da aufwachen, dann erwarten Sie fast, daß gleich eine kleine Schwarze mit ihrem Frühstückstablett hereingetrippelt kommt.«

»Um Gottes willen, was ist denn der Besitzer für ein Mensch?«

»Ein sanfter, in der medizinischen Forschung tätiger Mann. Aber ich habe den Verdacht, er hat eine sehr lebhafte Phantasie.« Kostakos ging zu dem U-förmigen Arbeitsbereich am Ende der Küche. »Was für einen Kaffee hätten Sie denn gern? Wir haben Bohnen aus Brasilien, Zimbabwe, Kolumbien und eine schwarzgeröstete Plantagenmischung.«

Es war mir unangenehm, ihm zu sagen, daß für mich Kaffee einfach nur Kaffee war, trotz aller Versuche, mich auf diesem Gebiet fortzubilden.

Kostakos grinste über mein verwirrtes Schweigen. »Mir ist es auch egal. Für mich ist ein Kaffee gut, wenn er stark ist und trinkbar. Ich habe mich immer an den schwarzgerösteten gehalten, denn den scheint es noch kistenweise im Vorratsraum zu geben.« Er befaßte sich mit Kaffeemühle und Bohnen.

Ich setzte mich an den Tisch und bückte mich, um über das rauhe Kuhfell zu streichen. »Zu Ihren Persönlichkeitsklassifizierungen – zu welcher Gruppe gehören Sie denn?«

Ohne Zögern antwortete er: »Ich gehöre zu den Intellektuellen.«

»Paßt, wenn man bedenkt, daß Sie Professor sind.«

»Sie würden staunen, wie häufig die Gruppe eines Menschen nichts mit seinem Beruf zu tun hat. Aber ich muß gestehen, mit gefällt meine Gruppe. Wir haben eine gute Auffassungsgabe, sind analytisch veranlagt und bringen sehr innovative Ideen hervor. Manche von uns haben den Genie-Level erreicht. Freud, zum Beispiel.« Er schaltete die Kaffeemaschine ein und sah mich an. »Natürlich gibt es auch Leute, die behaupten, Hitler könnte ebenfalls zu uns gehört haben.«

»Nicht gerade ermutigend. Ich frage mich, zu welcher Gruppe ich wohl gehöre.«

Er holte Kaffeebecher und stellte sie auf den Tisch. Selbst die Becher in diesem Haus waren etwas Besonderes: Der eine zeigte eine Karikatur von Richard Nixon mit Sprungschanzen-Nase und allem Zubehör, auf dem anderen prangte Jimmy Carter mit breitem, weißem Zähnestrahlen.

Kostakos sah mich gedankenvoll an. »Ich müßte Sie eigentlich um einiges besser kennen, um eine sichere Aussage machen zu können, aber wenn ich es aufs Geratewohl sagen soll und von meinem Eindruck und Ihrem Beruf ausgehe, dann würde ich sagen, Sie gehören in dieselbe Gruppe wie ich.«

»Ach, kommen Sie! Ich bin doch keine Intellektuelle.«

»Das ist nur ein bequemes Etikett. Sie sind gerade heraus und zeigen analytische Anlagen. Sie denken nach, bevor Sie etwas sagen, formulieren präzise. In Ihrem Geschäft brauchen Sie Logik und Auffassungsgabe. Ich vermute auch, daß Sie etwas haben, das wir in unserem Psychologen-Jargon ›das dritte Ohr‹ nennen – die Fähigkeit, hinter dem, was jemand sagt, das zu hören, was er wirklich meint. Sie haben intuitive und emotionale Fähigkeiten. Sie lassen es nur nicht zu, daß sie Ihnen im Wege stehen.«

Was er da sagte, ließ mich wie eine rechte lautere Person erscheinen. Ich sonnte mich in seinen Schmeicheleien, während er nach der Kaffeekanne griff.

»Natürlich«, setzte er beim Einschenken hinzu, »gibt es in unserer Gruppe auch die andere Seite, wie ich das schon mit Hitler andeutete. Wir neigen dazu, mit unseren Ideen unflexibel zu werden. Wir entwickeln Theorien und wollen uns nicht mehr von ihnen lösen. So können wir zu Extremisten werden.« Er stellte die Kaffeekanne auf die Warmhalteplatte zurück und setzte sich mir gegenüber.

»Ich wußte, es hört sich zu schön an, um wahr zu sein.« Ich probierte den Kaffee und fand ihn hervorragend, selbst bei meinem wenig raffinierten Geschmackssinn. »Woher wußten Sie, daß ich weder Milch noch Zucker nehme?«

»Das ist charakteristisch für die Menschen unserer Gruppe.« Auf meinen ungläubigen Blick hin fügte er hinzu: »Ich nehme wirklich weder das eine noch das andere und habe einfach nur vergessen, Ihnen Milch und Zucker anzubieten.«

»Die negativen Züge, von denen Sie sprachen – viele davon treffen wirklich auf mich zu«, sagte ich. »Diese mangelnde Flexibilität...?«

Er nickte.

»Kurz nach meinem Abschluß fand ich keinen Job, da habe ich einen Persönlichkeitstest gemacht, um herauszubekommen, ob ich mich – lachen Sie nicht! – für das Verkaufen von Lebensversicherungen eignete. Wissen Sie, was dabei herauskam? Man schrieb mir, ich sei ›aufdringlich, hart und dominierend‹.«

Er hob mir Nixon entgegen. »Das ist unsere Gruppe.«

»Was können sie mir sonst noch über uns erzählen?«

»Haben Sie schon einmal daran gedacht, ein Einsiedlerleben zu führen? Sind Sie manchmal hochmütig? Reizbar?«

»Seit fast einem Jahr geht mir das so – als hätte ich eine Mauer um mich gezogen, damit mir niemand zu nahe kommt.«

»Schlechtes Zeichen. Ungesundes Ende einer Entwicklung. Aussicht auf eine schleichende Paranoia. Sie könnten von bestimmten Vorstellungen heimgesucht werden, sich als Opfer zahlreicher, undefinierbarer Bedrohungen fühlen. Wenn das passiert, nähert man sich einem nicht normalen Geisteszustand mit schizophrenen Tendenzen.«

Ich verschluckte mich an meinem Kaffee. »Sie hören sich fast wie eine Wahrsagerin an, die ich einmal gekannt habe.«

Er lächelte und tätschelte meine Hand. »Kopf hoch. Wenn Sie durchdrehen, habe ich einen guten Psychiater für Sie.«

Ich trank noch einen Schluck Kaffee, fühlte mich entspannt

und gesellig und seltsam lustlos, unser Gespräch wieder auf das Thema zu bringen, dessentwegen ich da war. Doch schließlich sagte ich: »Zu welcher Gruppe gehörte Tracy?«

Er schwieg und blickte in seine Tasse.

»Nach allem, was man mir erzählt hat, muß sie Ihren Sinn für Humor geerbt haben.«

»In Wirklichkeit ähnelte sie mehr ihrer Mutter. Laura hat nur sehr wenig Sinn für Humor, und Tracy hatte nicht die Bohne davon.«

Ich dachte an das, was Jay Larkey mir gesagt hatte – daß sich Tracy für eine Comedy-Schauspielerin sehr ernst genommen hatte. »Wie können Sie sich dann erklären, daß sie zur Comedy gegangen ist?«

»Das war eine natürliche Folge ihrer analytischen Fähigkeiten. Sie wußte, was und wie man andere Leute zum Lachen brachte. Sie selbst hat nicht sehr viel gelacht. Manchmal sehen Außenstehende genauer, was in einem Menschen vorgeht, als der Betroffene selbst.« Er schwieg eine Weile und sah mich dann an. »Sie haben es also geschafft, nicht wahr?«

»Was habe ich geschafft?«

»Mich zum Reden zu bringen, über Tracy, obwohl ich gesagt hatte, daß ich nicht will.«

»Das war keineswegs so kalkuliert.«

»Das glaube ich auch nicht. Doch nachdem Sie mich nun einmal dazu gebracht haben, anzufangen, kann ich genausogut weitermachen. Gehen wir aber zurück ins Wohnzimmer. Hier drinnen ist eine zu fröhliche Atmosphäre, um über jemanden zu sprechen, den ich geliebt habe und der jetzt tot ist.« Er lauschte seinen eigenen Worten nach und schüttelte dann den Kopf. »Andererseits erfüllt mich meine Erinnerung an Tracy mit solcher Wärme, daß der kühle Raum da vorne genau das richtige ist.«

Wir gingen zurück zu unseren unbequemen Sesseln am Kamin, und George erzählte von seiner Tochter. Er sprach nicht in seiner Psychologenterminologie, nicht einmal aus einer gewissen Distanz, sondern als immer noch trauernder Vater.

Tracy war als Frühgeburt auf die Welt gekommen. Ein paar Tage lang befürchteten er und Laura, sie könnten sie wieder verlieren. Aber ihr Wille erwies sich stärker als ihr winziger Körper, und sie kam bald zu Kräften.

Kaum hatte sie sprechen gelernt, verlangte sie auch schon lautstark nach einem Schwesterchen. Laura konnte keine Kinder mehr bekommen, aber das konnte ein kleines Kind nicht begreifen.

Sie hatte fünf Katzen gehabt. Alle hatten ein schlimmes Ende gefunden – unter dem Auto, durch Leukämie, durch den Nachbarshund. Nach dem Tod der fünften hatte sie ihren Eltern verkündet, daß sie nie mehr ein Haustier haben wollte. Und dabei war sie geblieben.

George hatte sich eine Zeitlang Sorgen gemacht, denn sie hatte immer mehr imaginäre Freunde als wirkliche. Doch sie war schneller groß geworden als diese Freunde, und als er Tracy zum erstenmal Comedy hatte spielen sehen, war ihm klargeworden, welch schöpferische Entwicklung sie den Spielkameraden von einst zu verdanken hatte.

Während ihres letzten High-School-Jahres war sie schwanger geworden. Er und Laura waren mit einer Abtreibung einverstanden gewesen. Es waren keine erkennbaren emotionalen Narben zurückgeblieben.

Beide hatten sie gewußt, daß Tracy auf dem Foothill Junior College nicht glücklich war, und mit gewissem Unbehagen hatten sie feststellen müssen, daß sie sich immer mehr von der Comedy gefangennehmen ließ. Als sie den Wunsch äußerte, nach San Francisco zu ziehen, war er zunächst dagegengewesen. Aber Laura hatte ihm klargemacht, welchen Schaden das Überbehütetsein in der Familie bei Kindern anrichten kann, und so hatte er schließlich nachgegeben.

Nein, sagte er, er mache Laura keinen Vorwurf daraus, daß sie ihn gedrängt hatte, den Umzug zu gestatten, der schließlich zu Tracys Tod geführt hat.

Nein, er und Tracy hätten in den letzten drei oder vier Jahren ihres Lebens nicht viel miteinander geredet. Er hatte es für einen Teil des natürlichen Ablösungsprozesses gehalten.

Hat sie die Kreditkarten ihrer Eltern mißbraucht? Er habe nicht den Eindruck gehabt, doch es sei Laura gewesen, die die Abrechnungen geprüft habe, und sie habe stets zu übergroßer Nachsicht geneigt, wenn es um Tracy ging.

Nein, er glaube nicht, seine Tochter wirklich gekannt zu haben. Jedenfalls nicht zur Zeit ihres Todes.

Ja, er glaube wirklich, daß sie tot sei. Im Gegensatz zu Laura habe er keine Illusionen.

»Warum?« fragte ich.

»Ich war bei der Gerichtsverhandlung. Ich sah die Beweise, die Tag für Tag vorgelegt wurden. Es gibt keinen Zweifel, sie ist tot.«

Er hatte die Hände zwischen die Knie gepreßt. Die Knöchel traten weiß unter der braunen Haut hervor. Seine Augen gingen jetzt ins Grünliche. Ich versuchte, seinen Blick zu halten, aber er glitt zur Seite.

Schließlich seufzte er. »Vielleicht vor allem, weil ich daran glauben *muß*.«

»Warum?«

»Wäre sie nicht tot, hätte sie etwas Entsetzliches begangen. Wäre sie nicht tot, dann wäre sie jemand, den ich nicht mehr als mein Kind akzeptieren wollte.«

Nach einem Augenblick fügte er hinzu: »Bitte, Sharon, finden Sie Tracy nicht lebend. Und wenn doch, bringen Sie sie mir nicht zurück.«

8

Nachdem ich mich von Kostakos verabschiedet hatte, hielt ich an einer Telefonzelle und rief im Café Comédie an. Larkey war nicht da, aber die Frau, die sich gemeldet hatte, gab mir aus ihren Unterlagen die letzte Adresse von Lisa McIntyre, der Bedienung, mit der Bobby Foster befreundet gewesen war. Ich wählte die Nummer, mußte aber feststellen, daß sie jetzt jemand anderem gehörte, der nie den Namen McIntyre gehört hatte. Danach rief ich Marc Emmons an, erreichte aber nur den Anrufbeantworter. Rae war es am Tag zuvor ähnlich gegangen, als sie versucht hatte, eine Verabredung für mich zu treffen, daher hielt ich es für das beste, ihn abends im Club abzufangen.

Die Auskunft hatte keinen aktuellen Eintrag für McIntyre, aber ihre alte Adresse lag nicht weit entfernt an der Pacific Avenue, kurz hinter der Polk Street. Ich beschloß, hinzufahren, um herauszufinden, ob jemand wußte, wohin sie gezogen war.

Möglicherweise hatte einer von den Nachbarn noch Kontakt zu ihr.

Das Haus an der Pacific war ziemlich groß, zum Teil gewerblich genutzt, mit einer Polsterwerkstatt, einer Bäckerei und einem Drugstore im Erdgeschoß und Apartments im ersten Stock. Wie erwartet, trug keiner der Briefkästen in der Eingangshalle den Namen McIntyre. Ich läutete bei der Hausverwalterin, doch ohne Erfolg. Dann klingelte ich an den übrigen sieben Apartments. In zwei Wohnungen war jemand zu Hause. Beide hatten nie etwas von Lisa McIntyre gehört. Auch von den Leuten, die unten in den Geschäften arbeiteten, erinnerte sich niemand an sie. Sie achteten nicht besonders auf die Bewohner, erklärte mir einer der Männer.

Ich beschloß, Rae die Suche nach Lisa McIntyre zu überlassen. Seit der Trennung von ihrem Mann hatte meine Assistentin eine grenzenlose Begeisterung für jede Art von Routinearbeit entwickelt. Außerdem nahm Lisa McIntyre keine zentrale Stellung in meinen Ermittlungen ein. Ich wollte nur mit ihr sprechen, um herauszufinden, ob sie ein wenig Licht in die ungewöhnlich hochgespannte Situation bringen konnte, die Larkey bei seinen jüngeren Angestellten kurz vor Tracys Verschwinden festgestellt hatte.

Ich ging zu meinem MG zurück und überlegte den nächsten Schritt. Leora Whitsun, Fosters Mutter, besuchte Verwandte in Los Angeles und würde erst Neujahr wieder zurück sein, wenn sie wieder Dienst in der Potrero Medical Clinic hatte. Es gab noch andere Freunde von Tracy, die ich befragen konnte – Mitglieder ihrer Improvisationsgruppe zum Beispiel –, aber die schienen mir eher Randfiguren zu sein. Sie hätten mir zwar etwas über Tracy erzählen können, aber ich glaubte, hierzu bereits genug Material zu haben. Außerdem würde man Freitag vor Silvester wohl kaum jemanden daheim antreffen.

Ich dachte noch einmal an Marc Emmons: an seinen ständig eingeschalteten Anrufbeantworter, an seinen plötzlichen Aufbruch vom Club am Abend zuvor. Vielleicht hörte er die Anrufe auch mit, ließ mich aber schmoren. Da seine Adresse auf dem Potrero Hill keinen allzu großen Umweg auf meiner Heimfahrt bedeutete, konnte ich schließlich dort vorbeikurven und nachsehen, ob es einen Hinweis auf seine Anwesenheit gab.

Emmons wohnte an der Mariposa, nicht weit von der Missouri Street, im Herzen des ganz im Trend liegenden Viertels, das sich den Hügel hinaufzog. Der Wandel in diesem vorwiegend von Arbeitern einer ethnisch gemischten Bevölkerung bewohnten Stadtteils hatte in den Siebzigern eingesetzt. Damals hatte die Mittelklasse die sonnige Lage dort entdeckt und die noch vernünftigen Bodenpreise. Inzwischen gibt es hier ein buntes Gemisch aus renovierten Gebäuden, neuen Apartmenthäusern und Eigentumswohnanlagen neben älteren, schäbigeren Behausungen. Eisenwarengeschäfte, Lebensmittelläden an der Ecke und Bars, die schon Generationen überdauert haben, stehen dort Seite an Seite mit Patisserien, Weinhandlungen und Restaurants, die die Bedürfnisse der neuen Schicht bedienen.

Emmons Haus gehörte zu den neueren: entartete Viktorianik aufgestockt, mit Oberlichtern, Holzveranden und ausgebauten Blumenfenstern, und das Ganze in Himmelblau. Auf einem Schild pries der Bauträger Ein-, Zwei- und Dreizimmer-Apartments an, Whirl-Pool, Sauna, Fitneßraum und dazu ein komplettes Sicherheitssystem. Ich war überrascht, daß sich ein Mann, der mit Stegreif-Comedy sein Geld verdiente, so etwas leisten konnte, aber schließlich wußte ich ja nicht, was Larkey ihm dafür zahlte. Vielleicht hatte er auch – wie Tracy – wohlhabende und tolerante Eltern.

Ich läutete bei 7 A, erhielt aber keine Antwort. Dann ging ich ans Gittertor und spähte durch die Stangen auf den tiefer gelegenen Parkplatz, um festzustellen, ob der zum Apartment gehörende Stellplatz besetzt war. Soweit ich sehen konnte, war er das nicht.

Langsam beschlich mich das Gefühl, daß heute nicht mein Tag war. Das beste, was ich tun konnte, war wahrscheinlich nach Hause zu fahren und am Abend wieder im Café Comédie anzufangen. Ich fuhr die Missouri in südlicher Richtung hinunter und wollte dann über die Army Street durch die Stadt in mein ruhiges kleines Viertel in der Nähe des Glen-Park-Bezirks fahren. Doch bevor ich sie erreicht hatte, bog ich nach Osten ab, in Richtung der Potrero-Annex-Projects, wo Bobby Foster aufgewachsen war.

Nach ein paar Blocks machte die Missouri eine Biegung und

führte dann steil bergab. Vor mir lag ein ganzer neuer Potrero-Hügel. Nur wenige Minuten entfernt von den Luxus-Apartmenthäusern mit ihren Saunas und Whirl-Pools lag dort ein fremd wirkender, völlig andersartiger Wohnkomplex. Er war auch so andersartig als fast der ganze Rest der Stadt, daß man meinen konnte, man wäre in einer anderen Welt.

Die in zwei Reihen übereinandergestaffelten graubraun gestrichenen Häuserzeilen zogen sich über den ganzen Hügel hin. Von ihren Fenstern aus mußte der Blick auf die Bucht und die Brücke, die die Stadt mit Oakland verband, hinreißend sein – es sei denn, sie waren zu eng gegeneinander versetzt und vergittert. Ich hielt an einer Ecke an, wo ein paar ausgebrannte und ausgeweidete Autowracks standen. Weiter unten lehnten Schwarze in kleinen Gruppen an weiteren zerbeulten und vor sich hin rostenden Fahrzeugen, tranken und fixten höchstwahrscheinlich auch. Auf einer Motorhaube stand ein Ghetto-Revolverheld, und Rap-Musik erfüllte die Luft. Ein paar Kinder krabbelten und wühlten in der Gosse herum. Ich beobachtete, wie eines von ihnen eine gebrauchte Injektionsspritze hochhielt.

Ich blieb oben auf dem Hügel und sah hinab auf das Kriegsgebiet unter mir – ein umkämpftes Stück Erde, das bewaffnete Drogenhändler und Süchtige den ehrenwerten Mitbürgern mit aller Gewalt abzuringen versuchten. Vor ein paar Monaten waren in einem Bericht der Regierung San Franciscos Sozialwohnungen als »außer Kontrolle« geraten bezeichnet worden. Ein Beamter des Wohnungsamtes hatte der Presse gegenüber zugegeben, auf einer Fahrt durch den weitläufigen Sunnydale-Komplex »terrorisiert« worden zu sein. Eine Zeitlang ging eine Unmenge von Lösungsvorschlägen für dieses Problem ein. Sie liefen im wesentlichen darauf hinaus, die Verantwortung für das Gebiet vom Wohnungsamt auf die Polizei zu übertragen und auf das Sozialamt und wieder zurück. Soweit ich wußte, wurde kaum etwas von den vielen Plänen ausgeführt, und nach einer Weile hatten die Medien das Interesse an dem Thema verloren. Falls es irgendwo in den Projects Verbesserungen gegeben haben sollte, im Potrero Annex war davon nichts zu sehen.

Während ich so dasaß und über die Verzweiflung und Hoffnungslosigkeit nachdachte, die zwischen diesen barackenähnlichen Häusern lauerte, hielt hinter mir auf der Spitze des Hügels ein auf Überlänge umgebauter silberner Mercedes an. Der Fahrer und sein Passagier – zwei junge, mit verspiegelten Sonnenbrillen maskierte Schwarze – wirkten über ihr Alter hinaus abgebrüht. Das waren keine Baseballprofis, die in ihre alte Gegend zurückkamen, um Neujahrswünsche zu überbringen. Sie waren hergekommen, um Tod zu bringen. Dieses andere, fremdartige San Francisco war kein Ort für mich, unbewaffnet und allein – nicht einmal am hellen Nachmittag.

Als ich zu Hause ankam, schien mir mein mit braunen Schindeln verkleidetes Cottage am hintersten Ende der Church Street noch um einiges einladender als sonst. Einer der Handwerker, die Anfang der Woche wegen der Kostenvoranschläge bei mir gewesen waren, kam mir auf den Stufen entgegen. Er sagte, er habe noch ein paar Dinge nachprüfen müssen, um mir einen Preis nennen zu können. Der Preis war akzeptabel, und da die anderen sich nicht einmal die Mühe gemacht hatten, anzurufen, sagte ich ihm, er solle einen Vertrag fertigmachen. Er sagte, er könne am folgenden Mittwoch anfangen. Als er gegangen war, verbummelte ich bis sechs die Zeit und rief dann im Café Comédie an.

Marc Emmons habe sich krank gemeldet, sagte mir Larkey. Ich wählte seine Privatnummer und hatte wieder nur den Anrufbeantworter dran. Nicht mein bester Tag, dachte ich, und auch nicht meine beste Nacht.

Bei meiner Rückkehr hatte das Videoband mit Fosters Geständnis in meinem Briefkasten gesteckt, aber Rae hatte keine Nachricht dazugelegt. Ich rief All Souls an und sprach mit Ted. Er sagte mir, Rae sei oben im Dachgeschoß beim Spachteln und Verlegen ihrer Rigipsplatten.

»Sie sagt, sie will bis morgen abend fertig sein, damit sie das neue Jahr in einem richtigen Zimmer beginnen kann.«

Das verstand ich, also sagte ich ihm, er solle sie nicht stören. Dann wanderte ich lustlos hin und her und dachte über Bobby Fosters Misere nach.

Die Todesstrafe war für mich ein unangenehm zwiespältiges Thema. Ich stimmte mit den üblichen Gegenargumenten überein: Eine abschreckende Wirkung war nicht erwiesen; sie wird diskriminierend gegen Arme und Angehörige von Minderheiten angewandt; nicht wenige waren Opfer von Fehlurteilen und wurden exekutiert; und entgegen der Behauptung der Befürworter waren die Hinrichtungsmethoden weder schmerzlos noch human.

Andrerseits rief der Anblick eines blutüberströmten zusammengebrochenen Opfers eines Gewaltverbrechens einen Ur-Zorn in mir hervor – eine atavistische Blutgier, die mich nach dem »Auge um Auge« rufen ließ. Ich war genügend reuelosen Mördern begegnet, um zu wissen, daß es welche gab, die nicht zu bessern waren, und schon gar nicht in einem so überlasteten Strafjustizsystem, wie wir es in Kalifornien haben. Ich muß gestehen, daß es Fälle gab, in denen ich dem Standpunkt »weg mit ihnen« beigepflichtet hätte.

Heute ist der Stand der Dinge, daß in Kalifornien seit 1967 keine Hinrichtung mehr stattgefunden hat. In dieser Zeit sind, meinen Klienten eingeschlossen, ungefähr dreihundert Menschen zum Tod in der Gaskammer verurteilt worden. In ein paar Jahren könnte die Wiedereinsetzung der Todesstrafe geradezu ein Blutbad auslösen. Dann hätten meiner Meinung nach die Unentschiedenen unter uns sehr bald genug von Vergeltung. In vernünftigen Momenten verabscheue ich jedes Töten, und so wußte ich, für welche Seite ich mich am Ende immer entscheiden würde.

Um von dem Thema wegzukommen, ging ich in die Küche und machte mir bei kleiner Hitze ein paar übriggebliebene Spaghetti warm. Dann gab ich dem Impuls nach, gegen den ich mich zu wehren versucht hatte, und sah mir das Video mit Fosters Geständnis noch einmal an. Es deprimierte mich so sehr, daß ich meine Notizen und alle Unterlagen zusammensuchte, die nicht bei Rae waren, und ging sie durch. Besondere Aufmerksamkeit widmete ich den verschiedenen Gelegenheiten, bei denen Tracy von Zeugen »gesehen« worden war, bevor der Wagen mit den Blutflecken aufgefunden wurde.

Wie üblich bei Fällen von Vermißten und Kidnapping wurden die Behörden von einer Flut von Aussagen überrollt – brauchbaren und unbrauchbaren Aussagen. Die meisten konnten leicht als falsch oder frei erfunden aussortiert werden, zwei Spuren dagegen waren immerhin so vielversprechend gewesen, daß verschiedene Ermittlungsinstanzen eine erhebliche Anzahl von Stunden darauf verwandt hatten.

Eine Frau aus dem Walnut-Creek hatte eine Person, die Tracy sehr ähnlich sah, nachts gegen halb eins gesehen. Das mußte der Tag nach dem gewesen sein, an dem sie zuletzt im Café Comédie gesehen wurde. Diese Person soll mit einem Wagen über die San Francisco-Oakland Bay Bridge gefahren sein. Der Informantin war sie deswegen aufgefallen, weil sie mit Tracy zusammen das Foothill College besucht hatte. Später hatte sie dann geheiratet und war in die Vorstadt im Contra Costa County gezogen. Allerdings konnte sie nichts genaues über Marke und Modell des Wagens sagen, auch hatte sie nicht bemerkt, ob Tracy allein war oder nicht. Die East-Bay-Behörden halfen bei der Suche, aber es fanden sich keine greifbaren Beweise dafür, daß Tracy sich wirklich dort aufgehalten hatte.

Eine andere Zeugenaussage bestätigte die Sache mit der Brücke. Ein Angestellter in einem rund um die Uhr geöffneten Supermarkt nahe der Interstate 80 außerhalb von Berkeley hatte Tracy beobachtet, wie sie gegen ein Uhr nachts eine Menge Lebensmittel eingekauft hatte. Zuerst hatte sie gefürchtet, nicht genug Bargeld bei sich zu haben, um sie zu bezahlen. Sie hatte gefragt, ob der Laden auch einen Reisescheck akzeptiere, den sie noch von einer kürzlichen Reise nach Hawaii bei sich hatte (Tracy hatte in jenem Jahr dort mit ihren Eltern die Weihnachtsferien verbracht). Während sie die Schecks in ihrer Tasche suchte, hatte der Angestellte sie gefragt, wo sie in Hawaii gewohnt habe. Unter den vielen Hotels dieser großen Insel hatte sie den Namen ausgerechnet desjenigen genannt, in dem die Kostakos eine Woche verbracht hatten. Dann stellte sie fest, daß sie doch genug Bargeld bei sich hatte, zahlte und ging. Zusammen mit der ersten Spur schien diese recht vielversprechend, doch die Suche im East-Bay-Bezirk wurde schließlich eingestellt.

Ich überflog die Notizen, die ich mir zu den beiden Zeugenaussagen gemacht hatte. Beide erschienen mir bedeutsam, aber ich hatte noch einige Fragen dazu, zum Beispiel, wessen Wagen Tracy damals gefahren hatte. Sie selber besaß keinen und fuhr auch nicht gern Auto. Ich nahm mir vor, selbst mit der Frau vom Walnut-Creek und dem Angestellten zu sprechen – in der

Hoffnung, beider Aufenthalt zu erfahren. Ich wollte sehen, ob sie noch mehr Details zu bieten hatten, was jedoch angesichts der inzwischen vergangenen Zeit eher unwahrscheinlich war.

Frustriert griff ich nach einem anderen Notizblock und stellte eine Liste von Punkten zusammen, die Rae am Montag erledigen sollte – oder eher am Dienstag, da der zweite Januar gesetzlicher Feiertag war.

1. Unseren Bankkontakt nach Kreditwürdigk. von T. fragen. Kontobeweg. auf Kreditkto. nach Verschw. prüfen. Falls wir direkten Kontakt zu ihrer Bank haben, Beweg. auf dort. Kten. prüfen.
2. Meinen Freund beim DMV (Straßenverkehrsamt), anr. & prüfen, ob Wagen auf T. eingetr.
3. Mrs. K. anr. & Namen v. T.'s Ärzten und Z.Ärzten erfragen. Nach ausgest. Rez. fragen.
4.

Ich hielt an, kaute am Bleistift. Warum, um alles in der Welt, tat ich das hier? Rae kannte sich aus mit diesen Zusatzrecherchen und hatte wahrscheinlich schon damit angefangen. Also würde ich ihr am Montag nur noch sagen müssen, daß sie sich auch noch nach Lisa McIntyre umschauen sollte.

Außerdem wußte ich, daß diese Recherchen keine weiteren Erkenntnisse über eine so kluge Frau wie Tracy zutage fördern würden. Wenn sie noch lebte und nicht gefunden werden wollte, dann würde sie auch nicht mehr ihren eigenen Namen benutzen. Sie wäre nicht so dumm, ihr Kredit- bzw. Girokonto zu benutzen. Sie hätte längst eine neue Identität angenommen. Ich würde Rae die Kontobewegungen prüfen lassen, denn das war immer vernünftig, aber ich war sicher, daß es Zeitverschwendung war.

Schließlich riß ich das Blatt mit der Liste vom Block, knüllte es zusammen und warf es auf den Boden. Einen Moment lang überlegte ich, ob ich mir das Notizbuch mit den Rollenentwürfen durchlesen sollte, das ich aus Tracys Zimmer hatte mitgehen lassen, aber ich beschloß, mir das für morgen aufzuheben. Sollte ich Marc Emmons immer noch nicht erreichen, dann hatte ich wenigstens etwas zu tun, bevor ich mich für die Silvester-Party feinmachen mußte.

Ich legte die Unterlagen und das Video zur Seite, stellte die Spaghetti auf den Tisch, setzte mich davor und schaltete ein Video mit *Airplane*! ein – meine verrückte Lieblingsfilmkomödie, die mich jedesmal in Stimmung brachte. Nach einer Weile setzte sich Watney, meine fette, alte, gefleckte Katze, auf meinen Schoß, und zusammen vertrieben wir uns ein paar weitere Stunden des schwindenden Jahres.

9

Das schäbige braune viktorianische Haus auf dem Hügel über der Mission Street war hell erleuchtet und wimmelte von Partygästen, als ich am Samstagabend dort ankam. Der Kronleuchter im Wohnzimmer und die Wandleuchten waren an, und ausnahmsweise brannten auch alle Birnen. Ein Feuer prasselte im Kamin. Amüsiert stellte ich fest, daß jemand die Tatsache, daß der Christbaum in der Fensternische die meisten Nadeln bereits abgeworfen hatte, damit zu verschleiern versucht hatte, daß er noch etwas mehr Lametta über seine Zweige drapierte. Aus dem großen Kaffeetisch war eine Bar geworden. Das Bowlengefäß enthielt sicherlich den Bourbon-Punsch, für den ich vor langer Zeit einmal das Rezept geliefert hatte. Und ich wußte: Wenn Hank daran mitgerührt hatte, würde er eine doppelt tödliche Wirkung haben – und der Kaffee in der Maschine in der Küche die doppelte Stärke.

Die Gästeschar war eine seltsame Mischung aus All Souls-Klienten, persönlichen Freunden der Belegschaft, Pfeilern des örtlichen liberalen Establishments und sogar vereinzelten Republikanern. Drüben am Kamin entdeckte ich Charlie Cornish, einen Antiquitäten- (besser: Ramsch-)Händler, der eine wichtige Rolle in meinem ersten größeren Fall für die Kanzlei gespielt hatte. Er hob sein Punschglas, um mir zuzutrinken, und winkte herüber. Am anderen Ende des Zimmers stand meine alte Freundin Claudia James, die für mich den Auftragsdienst gemacht hatte, bis sie mit der zunehmenden Popularität von Anrufbeantwortern bankrott ging. Heute abend sah sie aus wie das blühende Leben in ihrem gefärbten Wildleder-Outfit. Ich meinte gehört zu haben, daß sie jetzt etwas mit Computern zu tun hatte.

Ich eilte in mein Büro hinauf, warf Mantel und Tasche über den Stuhl, ging zum Spiegel im Flur und begutachtete mein Äußeres. Das Kleid war mein Weihnachtsgeschenk an mich selbst: rote Seide, lange Ärmel und tiefer Ausschnitt, mit einem leicht ausgestellten, unverschämt kurzen Rock. Das Haar hatte ich hochgesteckt, weil ich die Granatohrringe meiner Großmutter aus der Kassette befreit hatte, in der sie sonst versteckt lagen, und an den Füßen trug ich hochhackige schwarze Wildleder-Pumps. Alles in allem war ich damit ziemlich weit weg von meinem üblichen Pullover-und-Jeans-Image. So todschick, daß ich mir Hoffnungen machen konnte. Vielleicht gab es unten ja einen interessanten Mann – einen, der nichts mit Zen-Schießkunst oder der Gewöhnung an den Tod zu tun hatte. Meinen »Seelenverwandten«? Nun ja, zumindest jemanden, mit dem man sich in der Öffentlichkeit sehen lassen konnte.

Bevor ich mich unter die Gäste mischte, ging ich in die Küche, um zu sehen, ob ich bei den Speisen helfen konnte. Jack stellte gerade eine Platte mit Käse und Aufschnitt zusammen. Seine Augen leuchteten auf, glänzten, als er mich sah. Sein Blick wanderte von meinem Gesicht über den Ausschnitt zu meinen Beinen. Ich schenkte ihm ein, wie ich hoffte, schwesterliches Lächeln.

Auch Ted war in der Küche, holte neue Weingläser und untersuchte sie auf unsichtbare Flecken. »Toll, dein Kleid«, sagte er.

»Danke. Und wo ist deines?«

»Kam nicht rechtzeitig von der Änderung zurück.«

Ich tätschelte den Ärmel seines burgunderroten Smoking-Jacketts. »Das hier paßt auch besser zu dir.«

Ich suchte nach einem Brotmesser, um ein paar Scheiben Sauerteigbrot abzuschneiden. Dann sah ich Rae am Herd lehnen und mit einem rundlichen Mann sprechen, der soweit ich wußte, irgendeinen Posten im Büro des Bürgermeisters hatte. Sie hatte ihr Mode-Image heute abend aufgebessert mit einer Seidenbluse und einem schwarzen Rock mit roten Dingern, die wohl Kirschen darstellen sollten. Ich lächelte herzlich, während ich bemerkte, daß auf ihrer Bluse bereits ein Weinfleck war. Und ihre Schuhe – Pfennigabsätze und vorne offen; für mich sehen sie immer nach Flittchen aus – waren seit mindestens sieben Jahren aus der Mode. Als sie mich sah, winkte sie mich zu sich, und der Mann entschuldigte sich.

»Du siehst großartig aus!« sagte sie.

»Du auch.« Das stimmte auch – für ihre Verhältnisse. »Hast du dein Zimmer fertig?«

»So ungefähr. Es ist noch nicht gestrichen, und ich muß mir auch noch etwas zum Teppich und zur Tür einfallen lassen. Aber ich kann ab heute nacht schon dort schlafen.«

»Wie schön für dich.«

Hinter mir rief Jack nach jemandem, der mit dem Brot weitermachte. Rae ging zum Schneidebrett auf dem Unterschrank, und ich folgte ihr.

»Hör mal«, sagte sie, »deine Freundin vom Zentralen Verkehrsregister ist vor kurzem für ein paar Minuten hier vorbeigekommen. Sie mußte zu einer anderen Party und läßt dir sagen, es tut ihr leid, daß sie dich verpaßt hat. Aber sie hat die Kostakos-Daten vorbeigebracht, um die ich sie gebeten hatte. Sie liegen auf deinem Schreibtisch.«

»Du hast die Unterlagen schon?«

»Ich habe gestern mit den Recherchen angefangen. Es ging langsam, aber deine Freundin konnte die Dinge etwas beschleunigen.«

»Irgend etwas dabei?«

»Ich hatte noch keine Zeit, sie durchzusehen.«

»Gut, danke, daß es so schnell gegangen ist.« Ich hatte wirklich recht gehabt – Rae brauchte keine Liste. Sie entwickelte sich zu einer erstklassigen Assistentin. »Ich muß dich noch auf eine andere Fährte setzen, aber das machen wir am Montag. Falls du vorhast zu arbeiten – es ist ja Feiertag.«

»Ich würde so oder so arbeiten. Bis dahin habe ich in meinem Zimmer alles getan, was ich tun kann, bis ich wieder Geld habe.«

»Gut. Hast du heute abend schon Hank und Anne-Marie gesehen?«

Sie machte ein belustigtes Gesicht. »Hank ist im Büro.«

»Wo ist Anne-Marie?«

»Zu Hause.«

»Soso. Dann rede ich mal besser mit ihm.«

Aber als ich die Küche verließ, hörte ich draußen im Flur ein lautes »Hallo«. Ein großer, schlaksiger Mann in Levis, Lederweste und Cowboystiefeln kam auf mich zugestürmt, faßte mich um die Taille und schwenkte mich hoch in die Luft. Jack, der mir mit der kalten Platte gefolgt war, zeigte sich überrascht, dann verärgert.

Es war Willie Whelan, ein alter Klient. Willie hatte sich früher einmal als Hehler auf den Flohmärkten der Stadt betätigt, war aber inzwischen legal geworden, wie er es nannte. Er besaß jetzt eine Kette von Läden für preiswerten Schmuck, in denen man seine Juwelen auch zu Wucherzinsen beleihen lassen konnte. Er hatte sogar eigene Werbespots, und seit ein paar Jahren war ich es jetzt gewohnt, ihn in der Spätshow grinsend fragen zu sehen und zu hören: »Brauchen Sie Kredit? Kommen sie zu Willie's Jewelry Mart…«

Er setzte mich wieder ab, pflanzte mir einen dicken Kuß auf die Stirn und beugte sich zurück, um mich zu begutachten. Jack hatte einen finsteren Blick aufgesetzt und versuchte, an uns vorbeizusteuern, ohne Erfolg.

»McCone, Sie sehen toll aus!« rief Willie. »Himmel, wie lange ist das her – zwei Jahre? Drei? Hab Ihre Dienste nicht mehr gebraucht, seit ich legal bin.«

»Sie sehen auch toll aus. Aber von Ihnen habe ich kürzlich auch einiges gesehen.«

»Ja? Wie gefallen Ihnen die Werbespots? Clever, wie? Das lief so, daß mein Werbefritze eines Tages zu mir kommt und sagt: ›Willie, ich kann nicht mehr für dich tun als du selbst. Du bist die wandelnde Werbung für den Jewelry Mart‹ – damals hatte ich erst einen Laden –, ›und du solltest selbst im Fernsehen auftreten.‹ Also habe ich darüber nachgedacht. Dieser Kerl, dem das Diamond Center gehört, hat mächtigen Erfolg damit. Also sagte ich mir: ›Verdammt, probieren wir's.‹ Und es klappte, und inzwischen habe ich sieben Läden hier in der Bay Area.«

»Entschuldigen Sie«, sagte Jack wehmütig.

»Und wissen Sie, wie es funktioniert?« fuhr Willie fort. »Ehrlichkeit. Ich liebe meine Kunden, jeden einzelnen. Das kommt in den Spots heraus. Sie kommen rein, brauchen einen lausigen Kredit und kriegen keinen mehr, und ich helfe ihnen. Die Werbespots? Die schreibe ich mir selbst. Nicht so einen Scheiß wie diese politischen Redenschreiber. Ich sage einfach nur, was ich fühle, und schon kommt die Kundschaft angelaufen.« Er zwinkerte mir zu. »Und mit ihr das Geld.«

»Entschuldigen Sie«, sagte Jack noch einmal.

»Sagen Sie, wo kriegt man hier einen Drink?« fragte Willie.

»Vorne.« Ich zeigte in die Richtung.

»Ich glaube, ich schnappe mir mal einen. Wir setzen uns später zusammen und reden ein bißchen. Ich will alles wissen, was mit Ihnen zu tun hat.«

Als Willie den Flur zurückschlenderte, seufzte Jack erleichtert auf. Ich trat zur Seite, damit er mit der Platte vorbeikam, ging dann zu Hanks Büro und klopfte an die halb geschlossene Tür.

Hank saß vor seinem Schreibtisch mit Rollaufsatz, den Sessel nach hinten gekippt. Den Raum erhellte nur seine Lampe mit dem grünem Glasschirm. Hanks Mantel hing über dem Kopf einer ausgemergelten Indianerstatue, wie man sie aus Zigarrenläden kannte. Seit kurzem hatte er angefangen, sein Büro todschick aufzumöbeln, und hatte dazu den Schreibtisch und den Indianer gekauft. Das hätte auch ein gutes Zeichen dafür sein können, daß er weniger schlampig wurde und mehr Wert auf seine Umgebung legte, doch ich betrachtete es mit Besorgnis. Die Verschönerungen waren das Ergebnis der Tatsache, daß er jetzt mehr Zeit hier verbrachte als in der Wohnung, die er und Anne-Marie in Noe Valley besaßen. Auch verbrachte er mehr Zeit in der Remedy Lounge an der Mission Street, wo er flipperte und zu viel trank.

Jetzt sah ich die Scotch-Flasche auf dem Tisch und den glasigen Blick, den nicht einmal seine dicke Hornbrille verbergen konnte, und ich merkte, daß er ziemlich betrunken war. Ich trat ins Zimmer, schloß die Tür hinter mir und setzte mich in den Besuchersessel.

»Ein glückliches neues Jahr«, sagte Hank. Er zeigte auf die Flasche. »Einen Drink?«

»Du weißt, ich trinke keinen Scotch.«

Er zuckte mit den Schultern und goß sich selbst ein.

»Was machst du hier?« fragte ich. »Warum bist du nicht auf der Party?«

»Keine Lust. Wie geht es dir? Ich sehe dich kaum noch.«

Ich hatte schon die Antwort auf der Zunge, er könne mich ja auch kaum sehen, da ich nicht meine ganze Zeit im Remedy verbringe, aber ich hielt mich zurück. »Ich weiß. Wir müssen das ändern.«

»Woran arbeitest du gerade?«

»An der Foster-Sache, für Jack.«

»Jack ist ein guter Mann. Er hängt an dir, weißt du das?«

»Jack ist in einem Stadium, in dem er an jeder Frau hängt, die freundlich zu ihm ist.«

»Dir könnte Schlimmeres passieren. Mir ist Schlimmeres passiert.« Er unterbrach sich, um zu trinken. »Greg ist hier. Hast du ihn schon gesehen?«

»Noch nicht.«

»Er hat Schluß gemacht mit – wie hieß sie noch?«

»Das hat er mir gesagt.«

»Du hast dich mit ihm getroffen?«

»Ich treffe ihn ab und zu. Aber es gibt nichts zwischen –«

»Greg hängt an dir. Hat er immer getan.«

»Wenn man dich anhört, hängt alle Welt an mir.«

Er drohte mir mit dem Finger. Fast wäre dabei der Sessel hintenüber gekippt. Er richtete ihn mit übertriebener Würde wieder auf. »Du tätest gut daran, meinen Rat zu befolgen.«

»Wieso versuchst du dauernd, über mein Liebesleben zu bestimmen?«

»Irgendwer muß das ja machen. Du brauchst einen Mann mit Sch-…, mit Substanz. Solide, wie Greg oder Jack. Sieh dich nur mal an.«

»Was ist denn los mit mir?«

»Wenn das kein Kleid für den Männerfang ist, dann weiß ich es nicht.«

»Tatsächlich?«

»Wenn ich dich also nicht bei der Hand nehme und dir Bescheid scha… sage, dann fällst du noch mal auf so einen Gigolo wie diesen Diskjockey herein, den du gerade losgeworden bist. Gott weiß, was dir beim nächstenmal passiert. Wieder so ein Schlawiner, wahrschlch…«

Da war ich zu ihm gekommen, um mit ihm über seine kriselnde Ehe zu reden, und er hatte den Spieß umgedreht und zerpflückte jetzt meine romantischen Erlebnisse. »Der Gigolo liegt weit zurück. Das war zur High-School-Zeit. Hank, wo ist Anne-Marie?«

»Zu Hause. Scheiß drauf.«

Das schockierte mich so sehr, daß mir keine Antwort einfiel.

»Sie will zu Hause bleiben, sich mit den Ärschen von obendrüber amüsieren. Soll sie. Ich gehöre hierher. Mit meinen Freunden das neue Jahr feiern, wie immer. Also, scheiß drauf.«

»Ich sehe, ihr beide habt Probleme –«

»Probleme?« Er lachte bitter.

»Möchtest du darüber reden?«

»Nein.«

»Möchtest du nicht wenigstens rauskommen und an der Party teilnehmen?«

»Nein.«

»Hank –«

»*Du* gehst hinaus und machst bei der Party mit. Trampel auf Jacks Gefühlen herum. Stoß Greg vor den Kopf. Von mir aus such dir einen Gigolo, nimm ihn mit nach Hause und treib es mit ihm. Nur laß mich allein.«

Ich hatte längst gelernt, daß man mit einem Betrunkenen auf dem Kriegspfad nicht diskutieren soll. Ich ging.

Die Party war jetzt in vollem Gange. Stimmengewirr und Gelächter, Gläserklirren und das Klingeln von Eiswürfeln. Ich ging ins Wohnzimmer, holte mir ein Glas Punsch und sah mich nach Greg um. Er stand drüben am Christbaum und sprach mit einer großen Rothaarigen, der man ansah, wie gefangen sie von seinem graublonden guten Aussehen war. Ich spürte kurz Ärger in mir aufsteigen, doch der war sofort wieder verflogen, als er mich ansah, lächelte, sich entschuldigte und durch die Menge auf mich zusteuerte.

Er legte mir die Hand auf die Schulter und küßte mir die Wange. »Hi. Du siehst großartig aus.«

»Danke. Aber viele Leute haben das schon so verwundert ausgedrückt, daß ich langsam vermute, daß ich sonst schrecklich aussehe. Wie geht es dir?«

»Ganz gut. Überarbeitet, wie üblich. Ich mußte mir regelrecht Zeit herausschinden, um heute abend hierherzukommen.« Jemand rempelte ihn von hinten an, und sein Punsch schwappte gefährlich hoch. »Komm, wir gehen hinaus in den Flur, da ist es nicht so voll.«

Wir schoben uns durch die Menge, aber auch im Flur war alles voll. Greg zeigte auf die Treppe. Wir stiegen halb hinauf und setzten uns.

»Was gibt es Neues bei dir?« fragte er, als wir saßen.

»Nicht viel. Ich habe schließlich doch einen Kredit auf das Haus bekommen, und nächste Woche fangen sie mit dem neuen Schlafzimmer an.«

»Wurde auch Zeit. Was hast du als nächstes vor?«

»Im Moment nichts weiter.« Ich machte eine Pause und überlegte, wie ich die Sprache auf den Foster-Fall bringen konnte.

»Hast du jemanden?« fragte er.

»Nein. Du?«

»Nein.«

Es folgte ein unbehagliches Schweigen. Greg sah mich forschend an. Ich sah weg und beobachtete wie Willie Whelan Rae einen seiner Werbespots vorspielte. Sie lachte schallend. Ob die beiden – nein, das war eine zu unwahrscheinliche Kombination.

»Greg«, sagte ich.

Er zog hoffnungsvoll die dunklen Augenbrauen hoch.

»Greg, ich habe da eine Sache, bei der ich deine Hilfe brauche.«

Er zog die Augenbrauen zusammen. »Hm. Jetzt kommt's also.«

»Hör mich an. Du erinnerst dich an den Fall Bobby Foster?«

»...der Junge, der das Kostakos-Mädchen entführt und ermordet hat, stimmt's? Gallagher hatte die Ermittlungen geleitet.«

»Stimmt. Jack Stuart geht für ihn in die Berufung.«

»Und glaubt an dieses hirnrissige Gerücht, daß die Kostakos noch am Leben ist.«

»Ich glaube, es könnte etwas dran sein. Die Ermittlungsergebnisse waren ziemlich lückenhaft.«

»Sieh mal, Gallagher war zwar nicht einer der Schlauesten bei der Polizei, aber –«

»Ich würde wirklich gern einen Blick in die Akte werfen.«

»Warum mußt du mich eigentlich immer um solche Dinge bitten?«

»Es ist lange her, daß ich dich um einen Gefallen gebeten habe.«

Wieder dieser forschende Blick. »Womit willst du dich revanchieren?«

»Also, das nicht!« Die Worte waren heraus, bevor ich sie mir überlegen konnte.

Greg warf den Kopf zurück und lachte so laut, daß sich mehrere Leute nach uns umsahen.

Mein Gesicht wurde heiß. »Psst«, sagte ich und zupfte an seinem Ärmel. »Ich meinte nicht –«

»Du hast genau gemeint, was du gesagt hast, aber keine Sorge – das war gar nicht mein Hintergedanke. Obwohl ich dich warnen muß, ich habe uns beide noch nicht abgeschrieben.«

Zum erstenmal hatte er so etwas wie eine Andeutung gemacht, daß er es gern hätte, wenn wir wieder zusammen wären, und das hatte mich zum Schweigen gebracht.

Er fügte hinzu: »Du könntest mich aber zum Dinner einladen, nächste Woche. Komm morgen früh zu uns ins Präsidium. Ich habe Dienst, und es wird recht ruhig sein.«

»Danke. Ich weiß das wirklich zu schätzen.«

»Kein Problem. Wenn es wirklich Lücken in den Ermittlungen gibt, will ich das auch wissen.« Er stand auf und griff nach meinem Glas. »Ich hole uns noch etwas zu trinken.«

Auf halbem Weg zum Punsch wurde er aber von einer dieser Aktivistinnen beim Bürgerschutz abgefangen, und es würde lange dauern, bis sie alle ihre kritischen Anmerkungen zur Arbeit der Polizei angebracht hatte. Schließlich holte ich mir selber etwas zu trinken und wanderte herum, unterhielt mich mit Freunden und erneuerte alte Bekanntschaften. Und wartete darauf, daß wir alle gemeinsam das alte Jahr begruben und dann nach Hause gingen.

Die Party fing an, mich zu deprimieren. Jedesmal, wenn ich mich umdrehte, war Jack da, sah mich sehnsüchtig an und starrte auf meinen Busen. Hank tauchte nicht einmal aus seinem Büro auf, und ich fürchtete schon, er könnte drinnen umgekippt sein, wollte aber auch nicht den Eindruck erwecken, daß ich ihn kontrollierte. Gregs forschender Blick verfolgte mich durch den Raum, und ich hatte das Gefühl, er würde noch etwas unternehmen, bevor der Abend zu Ende war. Meine Traumvorstellung hatte sich nicht realisiert, und auf einen Gigolo war ich nicht gerade wild. Schließlich stahl ich mich – es war halb zwölf – davon, holte meinen Mantel von oben, steckte den Umschlag aus dem Zentralen Verkehrsregister in die Tasche und ging nach Hause, um für mich allein ins neue Jahr hinüberzugleiten.

Ich hatte eine Flasche Champagner auf Eis gelegt – wahrscheinlich in der unbewußten Annahme, ich würde die Party früh verlassen – und öffnete sie jetzt. Dann schaltete ich den Fernseher ein, um mir die Feier auf dem Times Square anzusehen. Selbst die wirkte deprimierend auf mich. Der große rote Apfel, den man dort vor einigen Jahren in einem unbedachten Ausbruch bürgerlichen Stolzes installiert hatte, war inzwischen wieder von der traditionellen goldenen Kugel abgelöst worden, an die ich mich aus meiner Kindheit erinnerte. Jetzt wirkte sie plötzlich protzig auf mich. Die betrunkenen Nachtschwärmer kamen mir blöd vor, und so spähte ich nach Taschendieben in der Menge. Es war wie eine Erlösung, als die Kugel endlich hinunterfiel und ich meinen einsamen Toast auf einen neuen Anfang ausbrachte.

Da läutete das Telefon.

Ich sah es an und fürchtete, es könnte Jack oder Greg oder sonst jemand sein, der wollte, daß ich zurück auf die Party käme. Oder ein weinerlicher, betrunkener Hank. Oder meine Mutter, die ich liebe, aber die ich nicht gerade jetzt sprechen wollte. Oder, am allerschlimmsten, falsch verbunden. Doch es konnte ja auch etwas Wichtiges sein, und deswegen hob ich beim vierten Läuten ab.

»Ein glückliches neues Jahr«, hörte ich George Kostakos sagen.

Ich spürte eine Wärme in mir aufsteigen. »Auch Ihnen ein glückliches neues Jahr.«

»Ich war mir nicht sicher, ob ich anrufen sollte, aber ich wollte diesen Augenblick mit jemandem teilen – und wer wäre dazu besser geeignet als jemand aus meiner Persönlichkeitsgruppe?«

»Ich freue mich, daß Sie angerufen haben. Ich könnte mir niemanden sonst vorstellen, mit dem ich diesen Augenblick jetzt teilen wollte.«

Wir unterhielten uns eine Weile über Silvesterabende – über gute und schlimme, über angenehme Überraschungen und über Enttäuschungen und Katastrophen. Wir hatten schon lange eingehängt, doch die Wärme spürte ich immer noch.

Ich goß mir den Rest Champagner ein und brachte noch einmal einen Toast auf einen neuen Anfang aus.

10

Auf dem Weg zum Justizgebäude am nächsten Morgen, dachte ich an Tracys Buch mit den Rollenskizzen. Ich hatte es einen Tag vor Beginn der Neujahrsfestivitäten gelesen. Es enthielt etwa fünfzig zwei oder drei Seiten lange Beschreibungen von Frauen in jugendlichem bis mittlerem Alter. Es waren weniger physische als psychologische Skizzen, in denen sich die Art Einsicht widerspiegelte, wie sie ihr Vater besaß. Ihre Ausdrucksweise brachte mich auf den Gedanken, daß sie wohl Schriftstellerin geworden wäre, wäre sie nicht zur Comedy gegangen. Vor allem interessierte mich die erste Eintragung, denn nachdem ich Tracys Zimmer gesehen hatte, vermutete ich, daß sie sich darin selbst beschrieben hatte.

Unter anderem hieß es dort: *Beschreibung des Äußeren unnötig. Sie ist überaus durchschnittlich, fast nichtssagend. Hervorstechend ist ihre Gier – nach materiellen Dingen, nach dem Leben als solchem. Woher diese dürftige Ausstattung? Leicht, ihrer Familie die Schuld zu geben. Die Mutter war kalt. Sie hat sie nie in den Arm genommen. Sie wollte ihre Mentorin sein. Aber in einer Familie braucht man keinen Mentor. Das Mädchen brauchte eine Mutter. Der geliebte Vater mit all seinem akademischen Wissen war nur wenig besser. Unbestimmt, freundlich – abwesend. Manchmal dachte sie, er wäre nur zur Hälfte existent.*

Als ich die anderen Skizzen las, wurde mir klar, daß Tracy eine ganze Anzahl ihrer Rollen auf bestimmte Personen fixiert hatte. Wenn sie ihnen auch erfundene Namen gegeben hatte, erkannte ich doch in zwei Fällen aus den wenigen physischen Details Personen, die ich kürzlich kennengelernt hatte: Kathy Soriano, die Frau von Larkeys Partner, und Amy Barbour.

Die interessanteste Passage über Kathy las sich so: *Der Garden Club ist nichts für sie, auch keine Ehrenämter und das Küßchen hier und Küßchen da beim Lunch und bei der Modenschau. Sie zieht es vor, über den Randzonen der Macht zu schweben, eine Art höherer Laufbursche im Dienste jener, die die Macht innehaben. Sie selbst aber verfügt über keinerlei Macht. Die gehört dem Ehemann, dem Mann mit der stahlgefaßten Brille und dem stahlharten Blick. Er ködert sie mit seinen sanften Manieren und sieht amüsiert zu, wie sie auf jedes Fingerschnippen angesprungen kommt, bleibt selber aber auf Distanz. Sie weiß das alles, duldet es und revanchiert sich ein wenig durch schmutzige kleine Affären, die einen Mann verletzen sollen, der unverletzbar ist. Eine Bindung, die sie immer im Kreis laufen läßt, denn nie wird er ihr Macht über ihn zugestehen – und das ist es, was sie sich am heftigsten wünscht.*

Neben die Eintragung hatte Tracy mit andersfarbiger Tinte geschrieben: *Unbrauchbar. Zu hart, und wahrscheinlich erkennt sie sich darin wieder.*

Die Skizze über Amy war freundlicher, gütiger, aber zum größten Teil immer noch verdammend: *Sie ist ein armes Ding, klammert sich an jede aktuelle Verrücktheit, hofft verzweifelt, sich durch Äußerlichkeiten zu definieren. Die hartgesottene Fassade weicht schnell der Wut, die Wut der Angst, und dann folgen Tränen. Ein Bündel von Zorn, verachtet sie jeden, der sich anbietet, dafür, was ihre Eltern ihr angetan haben, aber in Wirklichkeit verachtet sie sich selbst, weil sie glaubt, sie hat es verdient, daß man sie vernachlässigt hat. Sie glaubt, wenn sie jemanden findet, den sie liebt, dann gehört sie ihm. Eine Unmöglichkeit, denn sie kann nicht einmal sich selbst lieben.*

Die Eintragung hatte Tracy dünn mit einem X durchgestrichen.

Auf den folgenden Seiten des Notizbuchs wurden die Skizzen kürzer und sogar noch böser als die über Kathy Soriano, so als sei Tracy die unfähig geworden, bei ihren Mitmenschen auch Humor zu entdecken. Etwa die letzten fünf hatten nicht einmal mehr fiktive Namen. Die letzte bestand aus nur einem Absatz.

Sie hat es sich zur Gewohnheit gemacht, jedes Gefühl, auch das eigene, zu ihrem Vorteil einzusetzen. Alles ist nützlich. Sie schläft mit diesem und jenem nur um der fremdartigen Erfahrung willen. Mit dem nächsten schläft sie dann wieder, weil er einflußreich ist, und jedesmal beteuert sie, es sei Liebe. Doch wenn sie ihn tatsächlich liebte, sollte sie nicht etwas tun, um ihn zu beschützen? Ihre Unfähigkeit, zu handeln, ist eine Art Lähmung.

Während mir diese Notizen durch den Kopf gingen, fiel mir Laura Kostakos ein, die behauptet hatte, ihre Tochter sei kurz vor ihrem Verschwinden außer sich und desillusioniert gewesen. Wenn ihr Eindruck richtig war – und ich hatte keinen Grund, daran zu zweifeln –, dann war das wohl die Ursache für die Apathie und das Desinteresse, die sich auf diesen letzten Seiten ihres Notizbuchs zeigten.

Ich fand einen Parkplatz direkt vor dem Justizgebäude an der Bryant Street und eilte hinein. Normalerweise geht es dort laut und geschäftig zu, doch an diesem Freitag ohne Gerichtsverhandlungen, an dem nur wenige Büros schwach besetzt waren, erschien es seltsam ruhig. Ich fand Greg oben in seinem Kämmerchen. Er sah mich vergnügt an. Vielleicht hatte er sich mit der großen, ihn anhimmelnden Rothaarigen zusammengetan, nachdem sie die Party verlassen hatten. Doch wie dem auch sein mochte, heute morgen gab er sich geschäftlich, und nach einem eingehenden Verhör, wohin ich gestern abend verschwunden sei, setzte er mich an einen Schreibtisch in einer Ecke auf dem Gang, der überquoll von den Ermittlungsakten zum Fall Foster / Kostakos.

Ich wühlte mich mehr als drei Stunden lang durch das Material, obwohl mir vieles davon bereits aus den Akten bekannt war, die Fosters Pflichtverteidiger Jack überlassen hatte. Ein paar Einzelheiten fielen mir auf, die ich vorher übersehen hatte: Tracys Kleidung, die sie trug, als sie zuletzt gesehen wurde (ein rotes Alpaka-Cape, Jeans und zum Cape passende rote Gummistiefel); die Zulassungsnummer des blauen Volvo, der vom Clubparkplatz gestohlen worden war und später verlassen in den Santa Cruz Mountains gefunden wurde (Halter: Atlas Development Corporation); Zeugenaussagen, nach denen ihre Vorstellung an diesem letzten Abend abgebrochen worden war und daß Tracy kurz vor Verlassen des Clubs telefoniert hatte.

Den Stapel mit Ben Gallaghers hingekritzelten Notizen hatte ich mir für zuletzt aufbewahrt. Ich ging sie schnell durch und fand die meisten unwichtig. Dennoch gab es ein Blatt, das mich interessierte: Notizen über eine telefonische Anfrage beim Zentralen Verkehrsregister. Tracy hatte offensichtlich ein Strafmandat wegen rücksichtslosen Fahrens bekommen (Linksabbiegen unter Mißachtung des Gegenverkehrs). Das war zwei Tage vor ihrem Verschwinden in Napa County gewesen.

Was hatte sie da oben gemacht? fragte ich mich. Und mit wessen Wagen, nachdem sie selbst ja keinen besaß? Ich sah mir die Notizen genauer an und bemühte mich, das Gekritzel zu entziffern. Plötzlich fiel mir der Umschlag von meiner Freundin vom ZVR wieder ein, den ich in meine Tasche gesteckt hatte, als ich am Abend zuvor All Souls verließ. Ich zog ihn heraus und fand darin einen Computer-Ausdruck von Tracys Eintragungen. Das Datum der letzten Eintragung war hier jedoch ein anderes.

Nach Gallaghers Notizen war das Strafmandat vom elften Februar um zehn nach zwei morgens. In dem Ausdruck stand der dreizehnte. Wenn der Ausdruck korrekt war, war Tracy gute vier Stunden, *nachdem* ihr Streit mit Bobby Foster vor dem Café Comédie beobachtet worden war, in Napa County gewesen. Und etwa fünfzehn Minuten, nachdem Foster nach Aussage seiner Kollegen zum Club zurückgekehrt war.

Ich hob Gallaghers Notizen ans Licht und sah mir das Datum genau an. Die zitterige »1« konnte durchaus auch »3« sein. Die Bedeutung des Datums war Ben möglicherweise gar nicht aufgegangen, als er es notiert hatte. Vielleicht war er auch unterbrochen worden und erst eine ganze Weile später wieder zu seinen Notizen zurückgekehrt. Und da hatte er dann nur noch eine »11« gelesen, zwei Tage zu früh, um irgendeine Bedeutung für das Verschwinden zu haben.

Als »Tatort« war Cuttings Wharf Road am Highway 121 in Napa County angegeben. Ich hatte keine Ahnung, wo das war, aber es mußte mindestens eine Stunde außerhalb der Stadt sein. Der Wagen, den Tracy gefahren hatte, war ein Volvo gewesen, seine Zulassungsnummer –

Ich warf einen Blick auf die Angaben, die ich mir zu dem gestohlenen Wagen kopiert hatte, dessen Halter die Atlas Developing Corporation war. Das Nummernschild war das gleiche.

Es gab keine schriftliche Bestätigung vom ZVR für Gallaghers Anfrage, aber das überraschte mich nicht. Vielleicht war sie gar nicht abgeschickt worden, oder sie war als ein Stück Papier von vielen in diesem Wust verloren gegangen.

Ein Stück Papier, das Bobby Fosters Geständnis ungültig gemacht hätte. Ein Stück Papier, dessen Nichtvorhandensein ihn zum Tode verurteilt hatte.

Ich starrte einen Augenblick auf Gallaghers Notizen. Obwohl ich mich selbst ermahnte, meine euphorischen Gefühle zu zügeln, stieg ein gewisser Optimismus in mir auf. Es war der erste Durchbruch – und kein kleiner dazu – in einem Fall, den ich anfangs für unlösbar gehalten hatte. Ich überprüfte noch einmal Datum und Uhrzeit des Strafmandats und stand dann auf und ging zur Tür von Gregs Kämmerchen. »Kannst du einen Moment mal herschauen?« fragte ich.

Da es Neujahr war und auch der nächste Tag ein Feiertag, konnte Greg nicht viel unternehmen, um diesem Widerspruch nachzugehen. Er wollte gleich am Dienstag Datum und Uhrzeit sowie die Zulassungsnummer des Fahrzeugs beim Zentralen Verkehrsregister überprüfen lassen. Außerdem wollte er sich mit der Highway-Patrouille in Verbindung setzen, um zu erfragen, ob der Beamte, der das Mandat ausgestellt hatte, sich noch an Einzelheiten jenes Vorfalls erinnerte. Aber er warnte mich, weil er das für ziemlich unwahrscheinlich hielt. Polizisten teilen so viele Strafzettel aus, daß sie sich einfach nicht an einen bestimmten Fall erinnern können, der so lange zurückliegt – es sei denn, es hätte sich dabei um besonders ungewöhnliche Umstände gehandelt. Dennoch ließ ich mich nicht entmutigen.

Ich verließ das Justizgebäude, kletterte in meinen MG, holte den Stapel Straßenkarten aus dem Seitenfach und fand eine Karte von Napa County. Die Cuttings Wharf Road verlief südlich des Highway 121, kurz hinter der Abzweigung vom Highway 29, dem Hauptzugang zur Stadt Napa und zu dem Weinbaugebiet nördlich davon. Über die schmalere Straße gelangte man scheinbar zum Napa River. Um dorthin zu kommen, nahm ich die Bay Bridge...

Einen knappen Block vom Justizgebäude entfernt gab es eine Auffahrt auf den Freeway I-80 und die Brücke. Ich fuhr zur Fifth Street und fädelte mich in den leichten Verkehr Richtung Osten ein.

Auf der anderen Seite der Bucht führte mich der Freeway an Berkeley vorbei, wo ich vier Jahre lang gelebt hatte. Jetzt kam ich nur noch selten dorthin. Hinter Richmond wurde die Landschaft sanft hügelig. Als ich mich dem Carquinez Strait näherte, waren die Hügel mit pastellfarben gestrichenen Öllagertanks gesprenkelt, und an der Küste der San Pablo Bay machten sich qualmende Raffinerien breit. Die nächste Brücke führte über den Strait, und bei Vallejo – einer langweiligen Stadt, in der nur die Mare-Island-Naval-Werft und die Marine World/Africa U. S. A. erwähnenswert sind – wechselte ich auf den Highway 29. Hier herrschte noch weniger Verkehr. Wegen des Feiertags waren die Geschäfte an der Straße geschlossen. Nach ungefähr zehn Meilen zweigte der Highway 121 nach Nordosten ab in Richtung Lake Berryessa. Ich blieb auf der Hauptstraße, überquerte den Fluß auf einer Brücke mit hohen Bögen und fuhr auf dem anderen Zweig des 121 weiter in Richtung Sonoma.

Nach einer knappen Meile erreichte ich die Cuttings Wharf Road. Ein Schild zeigte an, daß die Straße ins Napa-River-Erholungsgebiet führte. Es gab eine Wendespur, über die Tracy wohl zu ihrem gefährlichen Links-Abbiege-Manöver unter Mißachtung des Gegenverkehrs angesetzt und damit die Aufmerksamkeit der Highway-Patrouille auf sich gezogen hatte. Der Beamte war ihr sofort auf die Cuttings Wharf Road gefolgt und hatte sie dort gestoppt, vielleicht hier, vor den kleinen Häusern, oder drüben bei dem Hochspannungsmast.

Das Gebiet bestand größtenteils aus Weinbergen. Die knorrigen, schwarzen Rebstöcke waren noch kahl. Als Windschutz säumten Eukalyptusbäume die Straße. Ich fuhr langsam, sah mir die Namen auf den Briefkästen an und suchte nach einem Hinweis darauf, was Tracy wohl in den toten Morgenstunden eines Februartages hier zu tun gehabt hatte. An einer Straßengabelung zögerte ich und nahm dann die Abzweigung zu den öffentlichen Angelplätzen.

Dort unten gab es weitere Weinberge und eine Baumschule

für Weihnachtsbäume, außerdem ein paar Landhäuser, die im Winter unbewohnt schienen. Zur Rechten erstreckte sich ein großer Boots- und Jachthafen, wo auch Läden für Lebensmittel, Köder und Bier warben. Dahinter lag ein fast leerer Parkplatz.

Ich fuhr bis ans Wasser, hielt an und stieg aus dem Wagen. An dieser Stelle war der Fluß vielleicht hundert Meter breit. Am steinigen Ufer wuchsen Binsen. Ein paar einsame Fischer hockten in schweren Parkas neben ihren Ruten am Kai. Keiner würdigte mich eines Blickes. Ich blieb ein paar Minuten stehen und lauschte dem Plätschern der Strömung. In der Ferne ballten sich schwarze Regenwolken über den Hügeln zusammen. Etwas näher erkannte ich die hochragenden Aufbauten einer Zugbrücke. Ihr stählernes Grau bildete eine dunklere Abstufung zum grauen Himmel. Schließlich ging ich zum Auto zurück. Hier gab es nichts für mich und niemanden, den ich fragen könnte. Sogar der Laden für Anglerbedarf unten am Ufer – er hieß, wie das Leben so spielt, »Zum glücklichen Haken« – war wegen des Feiertags geschlossen.

Ich fuhr den Weg zurück, den ich gekommen war und nahm die andere Abzweigung – eine kurvige Straße, die durch Weingärten und an kleinen Höfen vorbeiführte. Das Land war hier flacher, die umwölkten Hügel viele Meilen entfernt. Ich begegnete nicht einem Auto, und die einzigen Anzeichen dafür, daß hier Menschen lebten, waren die Fahrzeuge, die in den Auffahrten parkten, und hin und wieder aufsteigende Rauchfetzen aus den Kaminen der Höfe.

Die Straße beschrieb eine scharfe Kurve auf die Zugbrücke zu, die ich schon vorher entdeckt hatte. Nur die linke Straßenseite war hier bebaut: Eine Reihe stabiler Häuser stand auf schmalen Grundstücken nahe an der Fahrbahn. Ihre Rückseite ging auf den Fluß. Auf der rechten Seite lag ein Stück Flachland. Die Schilder darauf verkündeten, daß es zu einem Salzbergwerk gehörte. Es wurde von einem Bahngleis und der Straße zur Zugbrücke durchschnitten. Fast im Schatten des großen Förderturms holperte ich auf der Vorfahrtstraße weiter.

Weitere Häuser duckten sich ans Flußufer, die einen größer, die anderen nur kleine Cottages. Jetzt entdeckte ich ein paar Menschen in den kleinen Höfen hinter den Häusern, und vereinzelte Jogger liefen die Fahrbahn entlang. Ich fuhr langsamer, sah mir wieder die Briefkästen an und suchte nach... ja, wonach eigentlich? Ich wußte es nicht genau.

Nach ungefähr einer Meile wuchsen die Abstände zwischen den Häusern. Dafür war die Straße jetzt enger und voll von Schlaglöchern. Es folgten mehrere unbebaute Grundstücke, auf denen Gestrüpp und Eiskraut wucherten und die zum Fluß hin einen Schutzwall bildeten. Dahinter standen drei weitere Häuser in großem Abstand voneinander. Die Straße endete in einem Wendekreis. Vor dem ersten verlangsamte ich das Tempo. Ein hoher, von Weinranken bewachsener Holzzaun schützte das Haus vor Einblicken. Am schiefen Eingangstor stand auf einem verwitterten Schild BARBOUR.

Mir stockte der Atem, und ich trat so heftig auf die Bremse, daß ich fast den Motor meines MG abwürgte. Das ist ein Name mit einer ungewöhnlichen Schreibweise, dachte ich. Unwahrscheinlich, daß das ein Zufall war.

Ich stellte den MG neben dem Zaun ab und ging zum Tor. Es war mit einem Vorhängeschloß gesichert. Doch die Scharniere auf einer Seite hatten sich gelockert, und so war eine Öffnung entstanden, durch die ich mich hindurchwinden konnte. Drinnen führte ein ausgefahrener Weg durch ein Dickicht von Feuerdorn zum Haus. Ich folgte ihm und schob die beerenbeladenen Zweige beiseite.

Das Cottage mit seiner windschiefen Veranda und der ebenso windschiefen Dachrinne war mit verwitterten Schindeln verkleidet. Alle Fensterläden waren geschlossen. Links stand eine verfallene Garage, deren Doppeltor ebenfalls mit einem Vorhängeschloß gesichert war. Ein alter Apfelbaum streckte seine Äste über das Verandadach. Auf dem Weg zum Cottage stieg mir der säuerliche Geruch vom Fallobst vieler Jahre in die Nase.

Die Holzstufen knarrten, als ich sie hinaufstieg. In den Ecken der Veranda standen eine kunterbunte Sammlung von Möbeln aus Weidengeflecht und ein angerosteter altmodischer Schaukelstuhl herum. Ganz sicher hatte seit vielen Jahrene niemand mehr in ihm gesessen. Ich drehte am Türknopf. Geschlossen. Dann probierte ich es an den Fensterläden. Sie waren gesichert. Ich ging die Stufen wieder hinunter und zur Garage.

Das Vorhängeschloß hielt die Torflügel fest zusammen, aber es gab ein Seitenfenster, vor dem kein Laden war. Ich ging hin, wischte den Schmutz von einem Teil der Scheibe ab und sah hinein. Nichts außer einem Wandregal mit Blumentöpfen, einer verrosteten Gießkanne und einer Sammlung verschiedener Gartengeräte.

Ich ging um das Haus herum in der Hoffnung, ein weiteres ungesichertes Fenster zu finden, aber ohne Erfolg. Hinter dem Haus stand eine Reihe Pfefferbäume, die den Blick auf den Fluß verstellten. Ich ging zwischen ihnen hindurch und kletterte auf den Damm. Dahinter fiel das Ufer zu einer verfallenen Anlegestelle ab. Das Wrack eines Fischerboots lag ungefähr zwanzig Meter von der Uferlinie entfernt gestrandet auf der Seite. Über ihm die hängenden Zweige einer Weide. Ein flacharmiger Kaktus hatte sich über sein Dollbord gebreitet. Das Dollbord war einmal blau gestrichen, der Rest des Bootes weiß, doch jetzt waren die Farben verblaßt und mit Rostflecken übersät. Die Seitenwände des hohen Ruderhauses waren eingedrückt.

Der Fluß war hier breiter als am öffentlichen Angelplatz. Das graue Wasser kräuselte sich leicht und glänzte matt. Links sah ich die Anlegeplätze der Häuser, an denen ich vorher vorbeigekommen war. An vielen waren Motor- und Segelboote festgemacht, selbst zu dieser Jahreszeit. Zu meiner Rechten zog der Fluß in Richtung San Pablo Bay. Die Brücke, über die ich gekommen war, spannte sich mit Schwung und Grazie darüber. Ein paar Motorboote tummelten sich in der Fahrrinne.

Der Wind blies hier kalt und stetig. Ich fröstelte, vergrub die Hände in den Taschen und begab mich in den Schutz der Weide. Dort lehnte ich mich an den zersplitterten Bug des Bootes. Ich schlug den Kragen hoch und dachte: *Warum?*

Ich hatte das ganz sichere Gefühl, daß dieses verlassene Cottage in jener Winternacht Tracys Ziel gewesen war. Die Barbours, denen das hier gehörte, mußten in irgendeiner Verbindung zu ihrer Wohnungsgenossin Amy stehen. Anders wäre es ein zu großer Zufall gewesen. Und noch ein Zufall, daß sie das Strafmandat genau am Anfang der Straße kassiert hatte, die hier in einer Sackgasse endete. Erwischt in einem gestohlenen Wagen, dessen Diebstahl dem Zentralcomputer noch nicht eingegeben worden war, als die Highway-Patrouille sie stoppte.

Ein Wagen, der vom Parkplatz des Café Comédie gestohlen worden war, wo sie gearbeitet und Zugang zu den Autoschlüsseln gehabt hatte.

Aber warum einen Wagen *stehlen*? Warum nicht einen leihen? Oder mieten? Und was hatte jemand, der Autofahren so wenig mochte wie Tracy – so wenig, daß sie keinen eigenen Wagen haben wollte –, mitten in einer regnerischen Nacht auf dunklen Landstraßen zu suchen? Warum, um alles in der Welt, war sie hierhergekommen?

Und wohin war sie anschließend gefahren?

Der Wind hatte weiter aufgefrischt. Die Sturmwolken waren von den Hügeln herunter über die Bucht gezogen. Ich sah auf meine Uhr. Erst zehn vor drei. Wegen des aufziehenden Sturms schien es schon später zu sein. Sonst war hier nichts mehr zu sehen. Es wäre wohl besser, zu meinem Wagen zurückzugehen –

Aber es gab doch noch etwas zu sehen. Drüben auf der Seite, am Rande meines Gesichtsfeldes. Eine Bewegung. Etwas, das im Wind wehte.

Es war ein langes Stück Garn. Nein, ein Stück Stoff, das offenbar irgendwo abgerissen war. Wolle. Früher wahrscheinlich mal rot, jetzt zu rosa verblaßt.

Ich krabbelte auf das Boot und griff danach. Es war tatsächlich Wolle und klemmte fest zwischen den Splittern eines zerborstenen Bretts am Ruderhaus. Ich zog es mühsam heraus und sah in das stark auf der Seite liegende Ruderhaus hinein. Ich spürte ein unangenehmes Rieseln im Rücken, griff nach der Lampe in meiner Tasche und leuchtete durch die Öffnung.

Nichts außer geborstenen Planken. Und ein Lukendeckel, der dort nicht hingehörte...

Ich ließ mich durch die enge Öffnung hinab und versuchte, den Deckel zu verschieben. Er ließ sich nur ein paar Zentimeter bewegen. Ich stellte die Taschenlampe ab und zog. Der Deckel ließ sich unerwartet leicht hochnehmen, so daß ich die Balance verlor. Ich ließ ihn wieder fallen und suchte Halt. Dann nahm ich wieder die Taschenlampe und leuchtete jetzt in ein großes Loch im Oberdeck.

Als erstes sah ich die hervorstehenden Spanten des Bootskörpers. Die Luft dort war feucht und dumpfig. Ich ließ den

Lichtstrahl nach unten wandern, dorthin, wo die Spanten am Kiel ein V bildeten.

Dort lag sie. Das, was von ihr noch übrig war.

Nur noch die Knochen, und in denen schien noch Kleingetier gewühlt zu haben. Das Cape aus Alpakawolle und die Jeans waren größtenteils verrottet, doch von den roten Gummistiefeln war das meiste noch erhalten. Sie waren ausgebleicht und durchlöchert wie Schweizer Käse. Ich zog mich zurück, packte den Lukendeckel und schloß die Augen vor dem Anblick.

Doch noch in der Schwärze hinter meinen geschlossenen Lidern sah ich das Bild ihres mitleiderregenden Skeletts.

Arme komische Lady – das ganze Talent und die Fähigkeit, andere zum Lachen zu bringen, reduziert auf ein paar Knochenreste und Stoffetzen. Irgendwie entwürdigend, daß die roten Gummistiefel ein menschliches Wesen überdauern konnten.

Ich öffnete die Augen und spürte, wie sie sich mit Tränen füllten. Dann griff ich nach der Taschenlampe und kroch wieder aus dem Ruderhaus nach oben. Ich sprang auf die Erde zurück und sog in kräftigen Zügen die frische Ozonluft ein. Die Knie zitterten mir, aber ich wollte mich nicht an das Wrack lehnen, das Tracy als Sarg gedient hatte.

Die Hochstimmung, die mir auf der Hinfahrt Auftrieb gegeben hatte, war nun einer zutiefst bedrückten Stimmung gewichen. Ich hatte gefunden, wonach ich gesucht hatte – einen zweifelsfreien Beweis, daß Bobby Fosters Geständnis falsch war –, doch eine völlig neue Untersuchung, die daraufhin in Gang gesetzt würde, konnte genausogut wieder geradewegs zu meinem Klienten zurückführen. Die Polizei konnte behaupten, er habe das Geständnis in der Erwartung erfunden, daß man es ihm nicht glaube, ein Verdunkelungsmanöver also, um zu vermeiden, daß herauskam, was er tatsächlich getan hatte. Angesichts dessen, was von ihr noch übrig war, ließ sich der genaue Zeitpunkt ihres Todes sicher nicht mehr feststellen. Selbst wenn Bobby zu der Zeit, als Tracy ihr Strafmandat bekam, im Club war, konnte man argumentieren, daß er eben zu einem anderen Zeitpunkt vorbeigekommen sei, sie dann getötet und anschließend den Wagen weiter südlich in die Schlucht gefahren habe, um die Ermittler in die Irre zu führen.

Doch was immer passiert war, eines stand fest: Sie war seit zwei Jahren tot. Wahrscheinlich seit den frühen Morgenstunden jenes Februartages. Und diese ganze Zeit über hatten Menschen sie geliebt, auf sie gewartet, gehofft und gelitten…

Und dann fiel mir George ein.

Was hatte er zu mir gesagt?

Bitte, Sharon, finden Sie Tracy nicht lebend. Und wenn doch, bringen Sie sie mir nicht zurück.

Das konnte ich nun auch nicht. Doch ich bezweifelte, daß das seinen Schmerz lindern würde. Was er vor zwei Tagen noch für unerträglich gehalten hatte, das würde ihm nun wohl unendlich viel erträglicher erscheinen als die Tatsache, daß seine Tochter fast zwei Jahre lang in diesem Behelfsgrab gelegen hatte. Und was er für erträglich gehalten hatte, würde ihm nun unerträglich scheinen.

Sosehr es mich auch schreckte, war mir doch klar, daß ich es sein mußte, die ihm die Nachricht überbrachte.

11

Als ich kurz nach acht Uhr abends vor Georges Luxusschuppen ankam, waren alle Fenster dunkel. Nur in dem maurischen Torbogen des Eingangs brannte ein Licht. An der Tür klebte ein Zettel und flatterte im kalten Wind. Ich lief hin, um ihn zu lesen.

Ich war müde und gereizt nach einem zweistündigen Aufenthalt im Büro des Sheriffs von Napa County. Wegen des Feiertags war es unterbesetzt, und entsprechend lange hatte es gedauert, bis die Polizei auf meinen Anruf von einem Nachbar-Cottage aus am Ort des Geschehens erschien. Der Polizeiarzt und seine Leute ließen noch länger auf sich warten, außerdem behinderte der Regen ihre Arbeit. Die Ermittlungen leitete ein Mann namens Stan Gurski, der aussah wie ein ehemaliger Hinterfeldspieler und so sanft sprach wie ein Priester. Er befragte mich eingehend über meinen Fall. Er sagte, er würde sich anschließend mit Tracys Eltern in Verbindung setzen und ihnen die Nachricht überbringen. Auch wollte er sie nach Tracys

Zahnarzt fragen, um sie an Hand des Gebißstatus identifizieren zu können. Ich erklärte ihm, ihre Mutter sei in einem schlechten Gemütszustand und sollte nicht von einem Fremden unterrichtet werden. Ich fügte hinzu, ich würde gern ihrem Vater die Nachricht überbringen, da ich ihn kenne und ihm wenigstens das schuldig war.

Gurski war einverstanden, also rief ich George an und erzählte ihm, wie ich sie gefunden hatte. Er war sehr erschüttert, hatte sich aber unter Kontrolle. Als ich ihn nach zahnärztlichen Unterlagen fragte, sagte er, er wisse nicht, zu wem Tracy in den letzten Jahren gegangen sei. Der Familienzahnarzt sei kurz nach ihrem Umzug nach San Francisco gestorben. Dann erinnerte ich mich, daß Jay Larkey seinen Angestellten in der Potrero Clinic volle medizinische und zahnmedizinische Versorgung anbot. Auch George erinnerte sich daran und bat mich, dem Sheriff zu sagen, er solle sich mit der Klinik in Verbindung setzen.

Er schwieg lange, bevor er hinzufügte: »Würden Sie wohl bitte bei mir vorbeikommen, wenn Sie da drüben in Napa fertig sind?«

Ich brauchte nicht zu fragen, warum. Ich sagte einfach ja.

Ich hängte ein, nannte Gurski die Klinik und bot ihm an, Jay Larkey anzurufen, um die Herausgabe der Unterlagen zu beschleunigen. Den Clubbesitzer zu erreichen, erwies sich jedoch als gar nicht so einfach. Das Café Comédie war geschlossen, und bei Larkey zu Hause ging niemand ans Telefon. Schließlich fielen mir die Sorianos ein. Vielleicht wußten sie, wo er steckte. Gurski bekam ihre Geheimnummer im wohlhabenden Vorort Tiburon im angrenzenden Marin County und ließ wieder mich das Gespräch führen. Ich sprach mit Kathy und erklärte ihr kurz, daß Tracys Leiche gefunden worden war. Sie zeigte keine Regung und sagte nur, sie und Rob hätten keine Ahnung, wo Jay sein könnte, sie würden ihm aber sagen, er solle sich bei der Polizei von Napa melden, wenn er auftauchte.

»Das wird ihn sehr mitnehmen«, fügte sie vorwurfsvoll hinzu, als wollte ich ihm absichtlich die Feiertage verderben. Ich knallte den Hörer härter auf als notwendig.

Gurski sah mich mitfühlend an und sagte: »Danke für Ihre Hilfe. Wenn wir die Unterlagen noch heute bekommen, können wir morgen die Identifizierung vornehmen. Spätestens Dienstag.«

»Das ist schnell, wenn man bedenkt, daß morgen Feiertag ist.«

Er lächelte dünn. »Das ist ein wichtiger Fall. Ein Mordfall, der von Anfang an furchtbar nachlässig bearbeitet wurde. Wir werden die Sache vorantreiben.« Die Art, wie er das sagte, ließ mich vermuten, daß er der Polizei von San Francisco gern am Zeuge flicken würde. Ein Fall wie dieser konnte Gurskis Karriere sehr nützlich sein.

Ich sagte: »Ich hoffe, es gibt nicht allzuviel Publicity, bevor Sie nicht sicher sind.«

»Sehen Sie irgendwelche Reporter hier?«

»Nein, das nicht, aber es könnte ja ein Leck geben –«

»Ich dulde keine Lecks in meiner Dienststelle.«

Ich glaubte ihm. Ich sagte, ich würde am nächsten Tag bei ihm vorbeikommen. Dann raste ich zurück in die Stadt, immer auf der Hut vor einer Highway-Patrouille.

Als ich auf Georges Tür zuging, sah ich, daß das Stück Papier, das daran klebte, an mich gerichtet war und lautete: »Schauen Sie an der Lagune nach mir.«

Ich ging den Weg zurück und überquerte die Straße. Im Gegensatz zu Napa herrschte hier klares Wetter. Rotunde und Säulengang des Palace of Fine Arts standen im Flutlicht und hoben sich pinkfarben vom Schwarz der Bäume und des Himmels ab. Hier und da warf eine Bogenlampe ihr sanft-weißes Licht auf den zementierten Weg und ließ das Wasser der Lagune glitzern. Die leicht abfallende Rasenfläche lag in tiefem Schatten. Bis auf die Silhouette eines Mannes, der niedergeschlagen auf einer Bank nah am Wasser hockte, war keine Menschenseele zu sehen. Ich ging schneller und blieb vor ihm stehen.

George sah zu mir auf. Seine Augen glänzten so unergründlich wie die Lagune, und der Schmerz hatte sich noch tiefer in seine kantigen Gesichtszüge eingegraben. Einen Moment lang konnte ich gar nichts sagen. »Es tut mir leid«, sagte ich dann und streckte ihm meine Hände entgegen.

Er ergriff sie und zog mich neben sich auf die Bank. Seine Finger waren eiskalt, aber er schien die Kälte nicht zu spüren.

Ich fragte ihn: »Sind Sie in Ordnung?«

»Ja. Ich konnte nur nicht mehr in diesem lächerlichen Haus bleiben. Da ist mir sogar die Dunkelheit lieber. Hat das Büro des Sheriffs Tracys Unterlagen bekommen?«

»Noch nicht, aber sie werden sie bald haben.«

Er nickte fast unmerklich.

»Haben Sie es Laura gesagt?« fragte ich.

»Nein, niemandem. Nicht bis… Niemandem.«

Wir saßen eine Zeitlang da und hielten uns an den Händen. Ich hatte kein Wort des Trostes für ihn. Es gab keines, das ihn hätte trösten können. Er fragte nicht nach Einzelheiten, und ich wollte sie ihm nicht aufdrängen. Es war noch zu früh dazu, auch zu früh für Überlegungen über die Umstände ihres Todes, das Wann und Wo. Der Wind nahm zu und kräuselte das Wasser der Lagune. Ich fröstelte und dachte an das unruhige Wasser des Napa River. George legte den Arm um mich und zog mich an sich. Seine Finger spielten in meinem Haar, das mir auf die Schultern hing.

Er sagte: »Ich muß mich neulich angehört haben wie ein überheblicher Hurensohn, als ich hochmütig verkündet habe, ich wollte meine Tochter nicht wiedersehen, weil sie vielleicht etwas ›Entsetzliches‹ getan hätte.«

»Für manche Leute hätte es vielleicht so geklungen. Nicht aber für mich. Offen gesagt, ich habe Ihnen nicht geglaubt.«

Er zog mich fester an sich. »Ziemlich seltsam, ich selbst habe mir geglaubt – damals. Aber als Sie anriefen und mir sagten, Sie hätten sie gefunden – wo und wie –, da wußte ich, wie sehr ich mir etwas vorgemacht hatte. Nichts – wie fürchterlich es auch gewesen sein mag – könnte schlimmer sein, als das jetzt.«

»Ich weiß.«

Jetzt fröstelte er. Ich rückte näher an ihn heran, so daß meine Wange seine Daunenjacke berührte. Er legte den anderen Arm um mich und hielt mich fest. Sein Körper vibrierte vor unterdrückter Spannung. Als ich zu ihm aufsah, schaute ich in eine weiße steinerne Maske, regungslos bis auf zwei Tränen, die ihm langsam über beide Wangen liefen. Ich reichte mit der Hand hinauf und wischte die eine weg. Er berührte die Hand mit seinen Lippen.

Für einen Augenblick wollte ich mich zurückziehen, wegrennen von diesem Mann, der bereits einen Riß in der Mauer verursacht hatte, die ich so sorgfältig um meine Gefühle errichtet hatte. Aber ich hielt still, als er seine Finger unter mein Kinn legte, mein Gesicht zu sich hochhob und mich küßte. Er zog den Kopf zurück, sah mich mit seltsamem Blick an und küßte mich wieder. Und ich fühlte, wie die Fundamente meiner Isolation aus Selbstschutz abzubröckeln begannen.

Nach einer Weile lehnte er sich zurück, lächelte mich an, strich mir das Haar glatt und schob den Kragen zurecht. »Ich wollte dich, seit du bei mir warst und mich von Tracy hast erzählen lassen. Du hast mich dabei an einer Stelle getroffen, an die schon seit langem niemand mehr herangekommen war. Und du hast mich dazu gebracht, daß ich an sie gedacht habe als an die, die sie wirklich war, und nicht an das Idealbild, das ich mir in meinem Kummer zurechtgelegt hatte. In gewissem Sinn hast du mir meine Tochter zurückgegeben. Mir Hoffnung gegeben.«

»Und sie dir dann wieder genommen. Auch die Hoffnung.«

»Nein, tief in meinem Innern habe ich gewußt, daß sie tot ist. Und die Hoffnung bezog sich auf mich, auf mein Leben ungeachtet all dieser Dinge.«

Ich versuchte, in seinen Augen zu lesen, wollte mich vergewissern, daß er wirklich glaubte, was er sagte, aber ich sah in zwei im Lichtschein glänzende Kiesel. Ich mußte mich fragen, ob er mir nicht irgendwie eine Schuld –

»Nein«, sagte er, »ich habe keinen Groll gegen dich, weil du mir die Nachricht überbracht hast. Jetzt nicht und auch nicht in Zukunft.«

Versprechungen, dachte ich. Wenn wir nur all unsere Versprechungen halten könnten.

»Laß uns jetzt ins Haus gehen«, sagte er.

»Ja.«

»Der Psychologe in mir warnt, daß das hier eine voraussehbare und banale Reaktion auf einen Todesfall ist. Den Mann in mir kümmert das einen Dreck.«

Die Ermittlerin in mir warnte mich im gleichen Sinne. Und die Frau in mir kümmerte es ebenfalls einen Dreck.

Im Schlafzimmer des Hausherrn nichts als Geweihe und Elchfelle, wie George es beschrieben hatte. Irgendwie störte die geschmacklose Einrichtung nicht. So, wie ich es mir in meiner schüchternen Hoffnung auf unsere Begegnung ausgemalt hatte, erwies er sich als ein Mann, der sich mit ganzem Herzen hingab. Es gelang uns, Tod und Tragödie beiseite zu schieben, während wir uns liebten. Aber Träume waren etwas anderes…

Als ich das erstemal erwachte, warf sich George in einem Alptraum von einer Seite auf die andere. Ich rüttelte ihn wach und hielt ihn eine Weile im Arm. Danach schlief er friedlicher. Dafür geisterten später Bilder von Regen, Wind und Dunkelheit durch meine eigenen Träume. Das Geräusch des Regens hielt an. Ich wachte auf und merkte, daß er auf das Dach niederprasselte. Ich streckte den Arm nach George aus, aber er war nicht da. Als ich mich aufsetzte, sah ich ihn nackt am Fenster stehen und durch die Scheiben starren, an denen der Regen herunterlief. Ich stellte mich neben ihn. Er nahm mich in die Arme und preßte mich an sich.

Jenseits des hinteren Zauns waren zwei Scheinwerfer auf die Hauswand gerichtet. In ihrem Licht schimmerte der Regen silbern. Die schwarzen Büsche und Bäume bogen sich im Wind. Ich konnte mir vorstellen, was George vor seinem inneren Auge sah: das einsame Stück Flußufer und den verfallenen Bootskörper, in dem sie in Nässe und Kälte während so vieler solcher Regengüsse gelegen hatte – und auch an duftenden Frühlingstagen, die allem neues Leben verhießen, nur ihr nicht; und an den unbarmherzig heißen Tagen zweier langer Sommer; an den sich verfärbenden, langsam kühler werdenden Tagen zweier Herbste.

Als hätte er gemerkt, daß ich seine Gedanken lesen konnte, sagte er: »Fast zwei Jahre. So lange mußte sie dort liegen.«

»Ich weiß.«

»Ich dachte, ich hätte allen Kummer hinter mir. Doch jetzt kommt er wieder.«

»Es tut mir leid, daß ich dorthin gefahren bin.«

»Das muß dir nicht leid tun.« Er ließ mich los und nahm mein Gesicht in seine Hände. »Ich hätte es wissen müssen. Und jetzt habe ich dich, die mir hilft, es zu überwinden.«

»Ich werde alles tun, was ich kann.«

»Dann tu eines für mich – finde heraus, was passiert ist.«

»Ich versuche es.«

Das schien ihn zufriedenzustellen. Ich führte ihn zum Bett zurück, und wir liebten uns noch einmal. Danach schlief er tief, während ich wach lag und über den Tod seiner Tochter nachdachte.

Schließlich sank ich dann doch in Schlaf und erwachte wieder, noch bevor der Morgen dämmerte. Wieder war er fort. Ich schlüpfte aus dem Bett. Ich fühlte das rauhe Fell des Bettvorlegers unter meinen nackten Füßen. An einem geschmacklosen Kleiderständer aus Geweihen hing ein Bademantel. Ich zog ihn an und ging hinaus auf die Galerie.

Aus dem Wohnzimmer kamen Geräusche – der Fernseher lief leise. Die Stimme einer Frau, Gelächter. George hockte in einem der unbequemen Sessel und verfolgte aufmerksam das Geschehen auf dem Bildschirm. Ich ging zu ihm, blieb hinter ihm stehen, legte ihm die Hände auf die Schultern und sah ebenfalls zu.

Ich hatte Fotos von Tracy in den Zeitungen gesehen, aber sie entsprachen nicht im entferntesten der lebendigen jungen Frau, die sich hier auf dem Videoband bewegte. Sie hatte das blonde Haar ihrer Mutter, die energischen Züge ihres Vaters, war groß und mager, mit ausdrucksvollen Gesten und trug ihren Text dabei mit unbewegtem Gesicht vor. Nicht einmal verdarb sie die Wirkung, indem sie über ihren eigenen Humor lachte. Mühelos schlüpfte sie von einer Rolle in die andere, von einer alleinstehenden Mutter namens Gloria bis zu einer wilden Feministin namens Fran. Sie ging in jeder neuen Person auf und stellte sie so überzeugend dar, daß ich für Augenblicke vergessen konnte, daß das hier Tracy Kostakos war, die Tochter, die George betrauerte und die Gegenstand meiner Ermittlungen war. Ich merkte, wie ich plötzlich über das Dilemma der Feministin lachte, das mit der Pointe endete: »Wenn Gott gewollt hätte, daß uns Haare unter den Armen wachsen, hätte Sie uns dann Nair gegeben?« Es war der Satz, den Kathy Soriano am Donnerstagabend zitiert hatte. Seine Trivialität ließ das Problem echt klingen.

Auch George lachte. »Himmel, konnte sie komisch sein«, sagte er. »Ich mag eigentlich diese Stegreif-Comedys nicht besonders, aber ihr könnte ich stundenlang zuschauen.

»Hast du viele Videos von ihr?«

»Dutzende. Praktisch von jeder Rolle, die sie gespielt hat. Sie lagen in ihrem Apartment, und ich habe sie mit nach Hause genommen in der Absicht, sie mir anzusehen. Aber ich hatte nie den Mut dazu, und als ich Laura verließ, wollte sie sie nicht haben. Sie sagte, sie brauche die Bänder nicht, um sich an Tracy zu erinnern, denn sie werde ohnehin bald zurückkommen. Also habe ich sie mit hierher genommen. Bis heute hatte ich mir kein einziges davon angesehen.«

Ich schaute wieder auf den Bildschirm. Fran, die Feministin, hatte sich in eine lesbische Kellnerin namens Ginny verwandelt. »Ich frage mich«, sagte ich.

»Was fragst du dich?«

»Diese Bänder – da könnte doch etwas drauf sein.«

»Du meinst etwas, das uns erklären könnte, was passiert ist?«

»Vielleicht... Nein, wahrscheinlich ist es eine dumme Idee. Außerdem kann ich mir nicht vorstellen, daß ich mir Dutzende davon anschaue – nicht, solange es Spuren gibt, deren Verfolgung mehr verspricht.«

»Vielleicht möchtest du dir die ansehen, die kurz vor ihrem Tod gemacht wurden. Alle Bänder, die ich habe, sind datiert.«

»Vielleicht mache ich das.« Ich sah auf die Uhr am Videorecorder. Es war fast sechs. Draußen war es noch dunkel. »Alsdann –« fügte ich hinzu, »wir sollten uns diesen tollen Kaffee brauen. Es gibt einige Leute, die würde ich gerne überrumpeln, bevor ein morgendlicher Koffeinstoß seine Wirkung tun kann.«

12

Als ich kurz nach sieben Amy Barbours Haus erreichte, kam gerade ein Mann im Jogginganzug heraus. Ich fing die eiserne Gartentür ab, bevor sie zufiel. Er wollte etwas sagen. Doch dann zuckte er mit den Schultern und lief den Bürgersteig abwärts. Ich stieg die Stufen hinauf und klopfte an Amys Tür.

Etwa eine halbe Minute lang passierte gar nichts. Dann hörte ich Amys Stimme, ich solle warten, sie komme gleich. Kurz darauf drehte sich der Schlüssel, die Kette rasselte, und Amys Gesicht erschien im Türspalt. Sie sah käsig aus und hatte einen verschwommenen Blick. Ihr dunkelrotes Haar stand in kleinen Büscheln hoch. Ich fragte mich, ob sie wohl morgens immer so schlecht aussah oder ob ihre Erscheinung die Folge einer allzu ausgiebigen Silversterfeier war.

»Was, zum Teufel, machen Sie zu dieser Zeit hier?« fragte sie.

Aus ihrem Verhalten schloß ich, daß sie noch nicht wußte, daß ich Tracys Leiche gefunden hatte. Ich hatte Detective Gurski von einer möglichen Verbindung zwischen dem Cottage und Tracys Wohnungsgenossin erzählt und ihm auch Amys Adresse und Telefonnummer gegeben, aber es gab sicher eine Reihe von Gründen, weshalb er noch nicht mit ihr gesprochen hatte.

Ich sagte: »Es gibt eine neue Entwicklung. Ich muß mit Ihnen reden.«

Sie verzog ärgerlich den Mund, trat aber zurück, hängte die Kette aus und ließ mich herein. Das Apartment war dunkel und kalt. Amy zitterte in ihrem langen, weißen Frotteemantel. Sie fummelte am Thermostat der Elektroheizung herum. »Eigentlich ist es ganz gut, daß Sie kommen«, sagte sie. »Ich muß Ihnen etwas zeigen.«

Mich wunderte, daß sie gar nicht nach der neuen Entwicklung fragte. Aber vielleicht hatte sie nicht ganz verstanden, was ich gesagt hatte. »Was denn?«

Sie knipste das Licht an und ging in die Küche. Als sie sich unterwegs in der Spiegelwand der Eßecke sah, zog sie ein Gesicht. »Da, auf dem Tisch. Scheiße, ich fühle mich schrecklich. Ich muß mir einen Kaffee machen.«

Ich sah auf den Tisch. Alles Mögliche lag darauf herum: schmutziges Geschirr, ein Aschenbecher, Zeitungsseiten, Bücher, Spielkarten, ein Korb mit angeschimmeltem Obst. »Wo auf dem Tisch?«

»Oh, Gott, ja!« Sie kam herüber, nahm eines von den Büchern und schob es mir hin.

Es war ein rot-schwarzes Taschenbuch mit dem Titel *Wie man sich eine neue Identität schafft*. Der Autor wurde als »weltberühmter Privatdetektiv« gepriesen. Ich hatte noch nie von ihm gehört. Man sah dem Buch an, daß oft darin geblättert worden war, und viele Seiten hatten Eselsohren. Ich klappte das Buch an einem von ihnen auf. Das Kapitel hieß »Die Einrichtung eines toten Briefkastens«. Einige Stellen waren mit blauer Tinte unterstrichen. Am Rand stand »Los Angeles?« Die Handschrift sah nach Tracys aus.

»Wo haben Sie das gefunden?«

Amy schüttete Kaffee in einen Filter und sagte dann: »In Tracys Zimmer.«

»Wann?«

»Gestern.«

»Was haben Sie dort gemacht?«

»Mich nur umgesehen.«

»Ich dachte, Sie hätten Angst, daß Mrs. Kostakos Sie erwischt und hinauswirft.«

Sie zuckte mit den Schultern. »Nicht mehr. Ich habe mit meinem Freund geredet. Ich kann bei ihm wohnen. Ich bin Mrs. K. und ihre Weissagungen leid.«

»Hat sie etwas unternommen seit unserem letzten Gespräch?«

»Darauf können Sie Ihren Arsch wetten. Wie üblich ist sie am Freitag hier aufgekreuzt, und so dachte ich, damit wäre ich sie für die Woche los. Dann schneite sie Silvester herein. Mein Freund und ich waren zum Dinner ausgewesen und hatten alles, für einen netten, ruhigen Abend vorbereitet, Sie wissen schon. Dann rochen wir die alten Gardenien. Schöne Überraschung! Sie war da und blieb auch die ganze Nacht. Wir wollten nicht quer durch die ganze Stadt zu ihm fahren – wir hatten getrunken, und Sie wissen ja, die Alkoholkontrollen zu dieser Zeit. Also blieben wir und konnten nicht... Also, wir konnten nichts machen, weil die Wände so dünn sind. Jedenfalls wurde ich sauer und sagte, scheiß drauf. Morgen bin ich weg von hier. Ich habe meinen Mietanteil für diesen Monat noch nicht bezahlt, und ich habe auch nicht vor, es zu tun. Wenn Mrs. K. will, kann sie ihn ja übernehmen. Dann kann sie jeden Tag hier sitzen, was kümmert es mich?«

Ich runzelte die Stirn. Ich fand beides beunruhigend, Laura Kostakos' Unternehmung am Silvesterabend und das Buch in meiner Hand. Diesen dünnen, aber bunten Band konnte ich bei meiner Durchsuchung von Tracys Zimmer einfach nicht übersehen haben. Ich war sicher, daß es am Donnerstagabend nicht dort gelegen hatte. »Wo genau haben Sie es gefunden?« fragte ich.

»Im Bücherregal, zwischen dem Comedy-Zeug.«

Dort hatte es am Donnerstag ganz bestimmt nicht gestanden. Ich hatte mir die Bücher eingehend angeschaut. Jemand hatte es dazugestellt – aber wer? Laura Kostakos? Oder log Amy? Und wenn ja, warum? Als einzige Möglichkeit fiel mir ein, daß es so aussehen sollte, als habe Tracy ihr Verschwinden sehr genau im voraus geplant. Wenn das der Fall war, dann war die Identität der Person, die Tracy getötet hatte, offensichtlich.

Mein Schweigen machte Amy nervös. Sie holte Kaffeetassen aus einem der Schränke sowie Milch und Zucker. Sie starrte den Wasserkessel auf dem Herd an und trommelte mit den Fingern auf die Frühstückstheke. »Also«, sagte sie schließlich, »nehmen Sie einfach das Buch und gehen Sie, ja? Ich muß mich für die Arbeit fertigmachen. Alle Welt hat heute Feiertag, und ich? Natürlich nicht, verdammt noch mal.«

Sie wollte, daß ich sofort verschwinde, hatte aber zwei Tassen herausgeholt. »Ist Ihr Freund hier, Amy?«

»Was? Nein.« Sie sah die zwei Tassen in ihren Händen. »Also gut – ja. Und jetzt gehen Sie, ja?«

Für eine emanzipierte junge Frau kam sie mir sehr ausweichend vor, besonders wenn man bedachte, daß sie gerade ihre Absicht erklärt hatte, mit dem Mann zusammenzuziehen. Ich zog einen Stuhl unter dem Tisch hervor und setzte mich.

»Was machen Sie da? Ich sagte Ihnen doch –«

»Wollen Sie denn nichts über die neue Entwickung in dem Fall erfahren?«

»Die neue… Ach, ich dachte, das war nur so ein Vorwand, um hier reinzukommen und mich noch einmal zu belästigen.«

»Es war kein Vorwand. Tracys Leiche ist gefunden worden. Bei einem Cottage am Napa River, das Leuten namens Barbour gehört.«

Was sie noch an Farbe im Gesicht gehabt hatte, war nun dahin. Das Kinn fiel ihr herunter, und sie sank gegen die Theke. »Sie war die ganze Zeit schon tot, Amy. Versteckt in dem alten Fischerboot am Ufer. Sie besteht nur noch aus Knochen.«

»Nein, nein, nein, nein!«

»Die ganze Zeit hat sie dort gelegen – und Sie haben es gewußt, und Sie haben nichts gesagt.«

»Ich wußte es nicht! Ich –« Vorn im Apartment ging eine Tür auf. Amy warf einen schreckensstarren Blick in die Richtung und schrie: »Nein!«

»Amy, was, zum Teufel, ist hier los?« Ein Mann kam quer durch das Wohnzimmer gestürmt: ein großer, rundlicher Kerl mit Clownsgesicht im Bademantel. Der breite Mund verzog sich entsetzt, als er mich sah.

Ich stand auf. »Marc Emmons«, sagte ich. »Seit Tagen versuche ich, Sie zu erreichen.«

»Wer...?« Er sah Amy an. »Ist sie das?«

Sie nickte.

Emmons ging schnell zu ihr und legte ihr einen Arm schützend um die Schultern. In ihren Bademänteln und mit ihrer mangelnden morgendlichen Attraktivität paßten sie perfekt zusammen. »Was haben Sie mit ihr gemacht?« wollte Emmons wissen.

»Ihr ein paar Neuigkeiten überbracht, die Sie sich auch anhören sollten. Tracy Kostakos' Leiche ist gefunden worden. Wahrscheinlich ist sie schon seit der Nacht ihres Verschwindens tot. Aber vielleicht wußten Sie das ja schon, Marc. Amy wußte es.«

»Ich wußte es nicht! Ich schwöre, daß ich es nicht gewußt habe!« sagte Amy.

Emmons zeigte kaum eine Reaktion – er preßte die Lippen zusammen, mehr nicht. Er legte auch den anderen Arm um Amy, als müsse er sie gegen meine Anschuldigungen schützen. »Wie kommen Sie darauf?« fragte er.

»Sie wurde in der Nähe eines Cottages am Napa River gefunden. Ich glaube, das Anwesen gehört Amys Familie.«

Emmons sah zu ihr hinunter. »Das alte Sommerhaus?«

Sie nickte mit klappernden Zähnen.

»Das war es also?« sagte er sanft.

»Die Nachricht scheint Sie nicht besonders zu berühren.«

»Ich bin kein Mensch, der Fremden seine Gefühle zeigt. Außerdem ist Tracy so lange schon fort, und ich habe ein neues, ein eigenes Leben angefangen.«

»Offensichtlich.«

»Gut. Setzen wir uns und trinken Kaffee.« Er löste seine Arme von Amy. »Liebling, machst du uns Kaffee?«

Als hätte er seine Aufforderung verstanden, fing der Kessel an zu pfeifen. Amy ging zum Herd. Emmons zeigte auf den Stuhl, auf dem ich vorher gesessen hatte. »Bitte.«

Ich setzte mich wieder, und er nahm auf der anderen Seite des Tisches vor dem Fenster Platz. Über den Hügeln an der East Bay dämmerte es. Zwischen den Anhöhen und den Wolken darüber zog sich eine dünne, opalisierende Linie hin. Emmons' Gesicht lag im Schatten, trotzdem konnte ich erkennen, daß die Winkel seines Clownsmundes nach unten zeigten. Obwohl er grimmig-konzentriert die Tischplatte anstarrte, hatte ich das Gefühl, daß er sie gar nicht wirklich sah. Dachte er an Tracy? Oder gingen ihm andere Dinge durch den Kopf – Dinge, die er verbergen wollte?

Als Amy den Kaffee brachte, zitterten ihr die Hände so sehr, daß die Tassen auf ihren Untertellern klapperten. Sie trippelte um den Tisch herum und rückte ihren Stuhl ein Stück näher an Emmons heran. Ihre Schultern berührten sich.

Ich fragte: »Wie kam Tracy in das Cottage Ihrer Familie?«

Sie warf Emmons einen Blick zu, bevor sie sprach. »Sie hat sich die Schlüssel genommen. Sie fuhr häufig dorthin, immer wenn sie einen ruhigen Ort brauchte, wo sie ein paar Tage allein sein und nachdenken konnte. Es kam sonst niemand dorthin. Mein Vater – der alte Scheißkerl – lebt mit seiner vierten Frau in Mexiko. Meine Mutter ist wieder in New York mit ihrem dritten Ehemann. Und meine Schwester ist viel zu sehr mit ihrer tollen Karriere im Silicon Valley beschäftigt, um sich damit abzugeben. Ich selbst bin seit Jahren nicht draußen gewesen.«

»Was war das, worüber Tracy nachdenken wollte?«

»Wie soll ich das wissen? Trace hat mir nie etwas erzählt.«

»Sie sagten, ihr hättet Vertrauen zueinander gehabt. Ihr wärt die besten Freundinnen gewesen.«

»Ich habe es freundlicher ausgedrückt, als es war. *Ich* vertraute ihr alles an, sie hörte zu. So war sie zu allen – und dann benutzte sie sie. Glauben Sie, ich hätte nicht gelesen, was sie in ihrem Rollenbuch über mich geschrieben hat? Ich bin nicht so dumm, daß ich mich nicht wiedererkannt hätte.« Sie verzog bitter den Mund.

»Sie sagen, sie ist oft zu dem Cottage hinausgefahren?«

»Genau. Immer, wenn ihr danach war.«

»Wie ist sie hingekommen?«

»Hingekommen...?« Amy sah mich erstaunt an.

»Sie hatte keinen Wagen. Sie fuhr auch nicht gern.«

»Trace fuhr nicht gern in der Stadt und balgte sich nicht gern um Parkplätze, aber auf dem Freeway oder auf der Landstraße machte es ihr nicht viel aus. Sie hat sich einen Wagen gemietet oder ausgeliehen.« Amy sah wieder zu Emmons. »Manchmal hat jemand sie mitgenommen.«

»Gut – wann hatte sie sich damals die Schlüssel geholt und von wo?«

»Ich weiß nicht, wann. Einen Satz habe ich ständig an meinem Bund, und einer liegt immer auf dem Ablagebrett in der Küche.« Sie zeigte auf das Brett neben dem Herd.

»Können Sie ungefähr sagen, wann es war?«

»Nicht sehr lange vor ihrem Verschwinden. Sonst hätte ich gemerkt, daß sie weg waren. Es kann sogar sein, daß sie in jener Nacht erst nach Hause gekommen ist und sie dann geholt hat. Ich war früh zu Bett gegangen – sie sollte mich wecken, wenn sie heimkam, und mit mir ein Glas Champagner auf meinen Geburtstag trinken –, und ich schlafe ziemlich tief.«

»Wann genau haben Sie bemekrt, daß sie nicht mehr da waren?«

Sie wich meinem Blick aus. »Ach, erst als das mit der Entführung und so weiter aufkam.«

»Haben Sie versucht, sie dort anzurufen, als Sie es schließlich bemerkt haben?«

»Es gibt kein Telefon dort.«

»Sind Sie nicht auf die Idee gekommen, der Polizei zu sagen, sie soll in dem Cottage nachsehen?«

»Wieso? Es gab doch den Erpresserbrief, Himmel noch mal! Der Kidnapper hätte sie doch nicht in das Cottage gebracht.«

»Aber später, als keine Briefe mehr kamen und der Kidnapper auch keine Verbindung mehr zu ihren Eltern aufnahm, warum haben Sie dann niemandem von den fehlenden Schlüsseln erzählt?«

»Ich... Ach, Scheiße.« Sie sah Emmons hilfesuchend an, aber er starrte immer noch auf den Tisch. Er hatte einen abwesenden

Gesichtsausdruck. »Also gut! Eine Woche später bin ich hingefahren. Ich habe mir von dem Mädchen, mit dem ich zusammenarbeite, den Wagen geliehen. Trace war nicht da. Aber in der Garage stand dieser blaue Volvo, und überall auf dem Vordersitz war so ein angetrocknetes Zeug, das wie Blut aussah.«

Das verblüffte mich. Aus irgendeinem Grund hatte ich angenommen, daß der Wagen gleich nach der Ermordung Tracys in der Schlucht in den Bergen gelandet war. Außerdem machte es mich wütend, daß Amy die ganze Zeit auf solch einer wichtigen Information gesessen hatte.

»Warum, um alles in der Welt, haben Sie nicht den Sheriff angerufen?«

»Ich hatte Angst. Ich meine, Trace war nicht da, aber der Wagen und all das Blut. Und es war das Cottage meiner Familie. Und Marc –«

Emmons sah sie an und runzelte die Stirn.

»Marc meinte, Sie sollten den Mund halten?«

Sie schwieg.

»Warum, Marc?«

Sein Gesichtsausdruck war noch immer abwesend, so als höre er dem Gespräch zwar zu, denke aber gleichzeitig an etwas anderes. Aber jetzt verriet seine Miene auch eine Portion Angst. Er sagte: »Mir ging es wie Amy. Sie würden glauben, Amy hätte ihr etwas angetan. Und wenn nicht... Also, Tracy und ich hatten ernstliche Probleme miteinander, und viele Leute wußten davon. Ich hatte also auch Angst, daß sie mich verdächtigen.«

»Was waren das für Probleme?«

»Also, im Grunde hatten wir miteinander Schluß gemacht. Sie kam noch an, wenn sie etwas brauchte, aber wir waren kein Paar mehr. Sie traf sich mit anderen.«

»Mit wem?«

»... Darüber hat sie mit mir nicht geredet.«

»In Ordnung. Sie hatten beide Angst, daß man Sie beschuldigen könnte, und so beschlossen Sie, den Wagen mit den Blutflecken zu vergessen. Aber warum sind Sie nicht später damit herausgerückt, als man den Wagen in den Bergen gefunden hatte und Bobby Foster ein Geständnis ablegte, von dem Sie wußten, daß es falsch war?«

Jetzt schwiegen beide.

Ich setzte hinzu: »Sie hätten Bobby in die Gaskammer gehen lassen, um sich selbst zu schützen, nicht wahr?«

Emmons machte eine Handbewegung, als streite er diese Möglichkeit ab. »Als wir alle Einzelheiten des Geständnisses erfuhren, war es zu spät. Hätten wir da etwas gesagt, hätte man versucht, es uns anzuhängen.«

»Wart ihr beiden schon zusammen, bevor Tracy verschwand?«

Amy wirkte regelrecht empört bei dieser Unterstellung. Emmons sagte: »Nein. Wir haben uns irgendwie erst nachher gefunden. Obwohl wir auseinander waren, fehlte mir Tracy. Und Amy fehlte sie auch. Da ist es eben passiert.«

»Euch beiden hat Tracy gefehlt, aber ihr habt nichts darüber verlauten lassen, was Amy im Cottage gefunden hatte. Was wäre, wenn sie zu dem Zeitpunkt noch gelebt hätte? Vielleicht hättet ihr sie retten können.«

»Aber sie lebte nicht mehr«, sagte Amy. »Das habe ich gespürt, als ich das Blut in dem Wagen sah.«

»Großartig. Fast zwei Jahre lang haben Sie seitdem zugeschaut, wie Marc den Liebeskranken spielte und der Welt vormachte, er glaube nicht an ihren Tod. Und die ganze Zeit haben Sie ihre Leiche dort liegen lassen –«

Amy lehnte ihren Kopf an Emmons Oberarm und fing an zu weinen. Zwischen zwei Schluchzern sagte sie: »Wir wußten nicht, daß sie dort war. Und sie hat uns wirklich gefehlt. Fragen Sie, wen Sie wollen. Sie *hat* uns gefehlt!«

Emmons strich ihr das zersauste Haar glatt. »Haben Sie sie noch nicht genug aufgeregt?« sagte er. »Wir brauchen beide keine Belehrungen. Wir wissen, daß das, was wir getan haben, falsch war.«

»Vielleicht stimmt das ja. Aber ganz sicher haben Sie beide von ihrem Tod profitiert. Amy nutzt dieses ganze Apartment für die halbe Miete, dazu all die Sachen von Tracy. Und Sie haben Ihre Karriere auf ihrem Verschwinden aufgebaut.«

Er stand so abrupt auf, daß Amy das Gleichgewicht verlor. Sie klammerte sich an die Tischplatte und sah entsetzt und mit Tränen in den Augen zu ihm auf.

»Mir reicht es jetzt«, sagte er. »Hauen Sie jetzt ab und lassen Sie uns allein.«

»Das tue ich gleich, aber ich glaube, Sie sollten damit rechnen, daß die Polizei sich bei Ihnen meldet. Wenn Sie meinen, ich gehe grob mit Ihnen um, dann warten Sie, bis die Ihnen erzählen, was eine Anklage wegen Behinderung der Justiz bedeutet.« Ich stand auf und griff nach dem Buch über die neue Identität. »Haben Sie das in Tracys Zimmer geschmuggelt«, sagte ich zu Marc Emmons, »oder lügt Amy, wenn sie sagt, wo sie es gefunden hat?«

Sein Gesicht bekam Zornesflecken. Ich zog mich ins Wohnzimmer zurück. Er ging einen Schritt auf mich zu, und Amys Jammern wurde lauter, ihr Atem schneller. Sie röchelte, als bekomme sie vor Angst einen Anfall. Emmons sah mich an, drehte sich um und legte die Arme um sie.

Ich verließ das Apartment und kämpfte mit meiner eigenen Wut. Ich war erleichtert, draußen zu sein und mir nicht länger diese selbstgerechten Erklärungen anhören zu müssen, die doch nichts anderes zeigten als schlichte Kaltblütigkeit.

13

Am frühen Nachmittag desselben Tages saßen Jack Stuart und ich auf einer Bank im Besuchertrakt von San Quentin. Wir mußten über zwei Stunden warten, bis wir Bobby Foster sehen konnten. Mich ärgerte diese lange Wartezeit, doch Jack trug sie mit stoischer Gelassenheit. Anwälte seien es gewöhnt, lange zu warten, bis einer der unterteilten Besuchsräume frei sei, sagte er. Zunächst hatten wir noch über den Fall diskutiert, aber dann ging uns der Gesprächsstoff aus, und wir verfielen in Schweigen. Jack schien mir heute etwas abwesend. Ich fragte mich, ob es damit zu tun hatte, daß ich ihm am Silversterabend aus dem Wege gegangen war.

Ungefähr um Viertel vor zwei kam eine schlanke schwarze Frau in Jeans und dickem, türkisfarbenem Pullover herein. Sie drehte den Kopf mit kurzem Afroschnitt nach allen Seiten, als suche sie jemanden. Ihre schlichten goldenen Creolen-Ohrringe tanzten bei jeder Bewegung mit. Jack stand auf und winkte ihr zu. »Das ist Leora Whitsun, Bobbys Mutter«, sagte er. »Ich habe vorhin mit ihr gesprochen, und sie sagte, sie würde herkommen.«

Ich beobachtete, wie Leora Whitsun auf uns zukam, und stellte fast mit einem gewissen Schock fest, daß sie nicht älter war als ich – noch nicht ganz vierzig. Die Frau hatte sieben Kinder und drei Ehemänner. Aus den Akten wußte ich, daß sie sich in Nachtarbeit durch zwei Collegejahre gearbeitet hatte, im Rahmen der Nachbarschaftshilfe Wachdienste organisierte und tagsüber in der Klinik arbeitete. Ich hatte eine viel ältere, verhärmte Frau erwartet, und nicht dieses attraktive und vitale Wesen auf der Höhe seines Lebens. Und gewiß hatte ich auch nicht erwartet, daß sie hier mit einem Lächeln erschien.

Jack stellte uns vor, und Leora Whitsun setzte sich neben mich und nahm meine Hände in die ihren. »Ich kann Ihnen gar nicht genug dafür danken, was Sie für meinen Jungen getan haben«, sagte sie.

Ich zuckte mit den Schultern. Diese, meiner Meinung nach, unverdiente Dankbarkeit machte mich verlegen. »Ich habe nur meinen Job getan. Glücklich bin ich allerdings, daß die Sache jetzt endlich gut werden kann.«

»Gut werden *wird*, das weiß ich.« Sie blitzte uns mit einem noch strahlenderen Lächeln an. »Heute beherrscht mich ganz und gar positives Denken. Als ich gestern erfahren habe, daß die Leiche des Mädchens aufgetaucht ist, war ich einfach im Himmel. Und ich bin es immer noch.«

»Gestern?« sagte ich. »Sogar Jack hat es erst heute morgen erfahren.«

»Leora weiß es aus der Klinik«, sagte Jack. »Sie hat gestern in der Aufnahme gearbeitet, da kam die Frau von Larkeys Partner vorbei, weil sie Larkey suchte. So konnte sie die Nachricht über Tracy persönlich überbringen.«

Vielleicht hatte Kathy Soriano am Ende doch ein Herz. »War er da?«

»Nein«, sagte Leora. »An Feiertagen macht kein Zahnarzt bei uns Dienst, aber wir haben immer jemanden in Rufbereitschaft. Jedenfalls muß jemand Jay erreicht haben, denn er hat gleich als erstes heute morgen die Unterlagen nach Napa gebracht, um so zur Identifikation beizutragen.«

Ich wußte, daß die Zahnärzte von der Gerichtsmedizin den

eigenen Zahnarzt eines Opfers hinzuziehen, wann immer das möglich ist. Der Gebißstatus und besonders die Röntgenaufnahmen ließen stets viele Interpretationen zu, deswegen war es hilfreich, jemanden an der Hand zu haben, der die betreffende Person kannte. Ich fragte: »Wie hat Larkey die Nachricht denn aufgenommen?«

»Der arme Mann war entsetzt und zugleich auch froh, daß mein Junge jetzt entlassen wird.«

Jack sagte: »Leora, ich muß Sie warnen: Wir haben noch eine weite Strecke vor uns. Dieser Beweis ebnet den Weg für einen neuen Prozeß. Aber Bobby könnte erneut verurteilt werden.«

Sie runzelte die Stirn. »Aber die Leiche da oben in Napa beweist, daß sein Geständnis nicht stimmt. Und Sie haben« – sie sah Jack an – »mir doch heute morgen am Telefon gesagt, das Mädchen habe einen Strafzettel bekommen, so daß Bobby gar nicht genug Zeit gehabt hätte, hinauszufahren und vor Feierabend im Club zurück zu sein.«

Ich sagte: »Es gibt keinen eindeutigen Hinweis auf den Zeitpunkt ihres Todes. Nach dem Zustand ihrer sterblichen Überreste wird der Pathologe ihn auch nicht genau fixieren können. Und selbst wenn er es könnte, muß eine Jury den Aussagen seiner Parkwächterkollegen nicht unbedingt glauben, wenn sie behaupten, Bobby sei zum Feierabend im Club zurückgewesen.«

Jack fügte hinzu: »Wir können einfach nicht wissen, wie die Staatsanwaltschaft eine neue Anklage gegen ihn aufbauen würde.«

Leora schüttelte den Kopf, daß die Ohrringe heftig hin und her schwangen. »Aber er hat sie nicht umgebracht.«

»Das wissen wir«, sagte ich, »und deswegen wollen wir herausfinden, wer es getan hat.«

Einen Augenblick lang wirkte sie niedergeschlagen, aber – dann fing sie sich wieder. »Ich weiß einfach, daß Sie es schaffen, denn *ein* Wunder haben Sie ja schon vollbracht.«

Jack klopfte ihr ermutigend auf die Schulter und stand auf, um mit dem Beamten an der Besucheranmeldung zu reden. Als er zurückkam, sagte er: »Wir sind dran. Wollen Sie mitkommen, Leora?«

»Ich spreche lieber allein mit meinem Jungen«, sagte sie. »Da kriegt er mehr Besuchszeit. Das Warten macht mir nichts aus.«

Jack und ich verabschiedeten uns von ihr und gingen in den abgeteilten Raum, den man uns zugewiesen hatte. Die Tür wurde geschlossen und verriegelt. Jack legte seine Aktentasche auf den Tisch und holte Akten und einen Notizblock heraus. Er fragte: »Wie willst du nun vorgehen?«

»Du erklärst ihm, daß ich Tracys Leiche gefunden habe, und dann erzähle ich weiter.«

»Was willst du noch aus ihm herauskriegen?«

»Bobby verbirgt uns irgend etwas. Es hat mit seinem Streit mit Tracy zu tun, als sie in jener Nacht den Club verließ. Ich habe eine dunkle Ahnung, worum es ging, und das möchte ich von ihm bestätigt bekommen.«

Jack sah mich neugierig an, nickte dann aber nur.

Nach ungefähr zehn Minuten ließ man Bobby auf der anderen Seite des Gitters in den Raum. Er wirkte argwöhnisch, als er Jack und mich begrüßte. Steif setzte er sich auf seinen Stuhl. Ich konnte mir denken, daß bei jedem Gespräch zwischen ihm und Jack erst einmal eine ganze Zeit verging, bis sich wieder eine Beziehung aufgebaut hatte. Jack erklärte ihm mit wenigen Worten, welche Wendung sein Fall genommen habe, warnte ihn aber gleich vor übertriebenem Optimismus. Bobby hörte gespannt zu, leckte sich die Lippen und preßte sie dann zusammen, als schließe er so seine Gefühle ein.

Nachdem Jack ausgeredet hatte, schwieg Bobby eine Zeitlang. Dann sah er mich an. »Sie sagten, Sie versuchen es, und Sie haben es geschafft. Danke. Dafür, und daß Sie mir geglaubt haben.« Ein schneller Blick zu Jack. »Ihnen auch.«

Jack nickte.

Ich sagte: »Wie Jack schon erklärte – wir sind noch lange nicht über den Berg. Ich habe noch eine Menge zu tun. Wir müssen die Beweise zusammenstellen – alle.«

»Die Beweise, Bobby«, sagte ich noch einmal. »Zum Beispiel, worüber Sie und Tracy in der Nacht gestritten haben, in der sie verschwand. Es muß etwas gewesen sein, von dem Sie glaubten, es würde ihre Lage noch verschlechtern, nicht wahr? Etwas, dessen Sie sich so sehr schämen, daß Sie es die ganze Zeit für sich behalten haben.«

»... Weiß nicht, was Sie damit meinen.«

»Sie wissen es, und es wäre besser, Sie sagten es mir.«

»Tracy ist tot. Es hat nichts mehr zu bedeuten.«

»Es hat sehr viel zu bedeuten.«

Er schwieg.

Ich holte Tracys Notizbuch mit den Rollenskizzen aus meiner Aktentasche und klappte die letzte Seite auf. »Klingt das nach jemandem, den Sie kannten, Bobby?«

Er sah mich an, dann das Notizbuch. Er war verwundert.

Ich las: »›Sie hat es sich zur Gewohnheit gemacht, jedes Gefühl, auch das eigene, zu ihrem Vorteil einzusetzen. Alles ist nützlich. Sie schläft mit diesem und jenem, und das nur um der fremdartigen Erfahrung willen.‹«

Er machte eine Handbewegung, als wolle er die Worte wegwischen.

»Tracy benutzte die Menschen«, sagte ich. »Sie ließ ihre Freunde sich ihr anvertrauen und entwickelte dann ihre Rollen auf der Basis solcher Bekenntnisse. Wenn ihr einmal Material fehlte, dann schuf sie es sich. So wie sie auch mit Ihnen geschlafen hat.«

Jack brummte überrascht. Bobby verbarg den Kopf in den Händen, die Finger verkrampft an die Schädeldecke gepreßt.

»Wenn Sie das tröstet«, setzte ich hinzu, »sie hat bedauert, was sie getan hat. Ihrer Mutter hat sie gesagt, sie glaube, daß sie sich zu einem schlechten Menschen entwickelt habe. Sie habe Dinge getan, die andere verletzten.«

Er murmelte etwas.

»Wie bitte?«

»Mir hat sie's anders erzählt. Das war's, worum wir gestritten haben. Ich wußte, was wir taten, war schlecht. Wir waren *Freunde*. Ich habe sie geliebt, aber nicht so.«

»Wann haben Sie mit ihr geschlafen?«

»Zwei, vielleicht drei Wochen vorher.«

»Wie oft?«

»Nur das eine Mal.«

»Und an diesem Donnerstagabend...?«

»Ich wollte mit ihr darüber reden, ihr sagen, daß es nicht wieder passieren darf. Ich wollte wissen, warum – Also, sie war es, die die Sache angefangen hat. Aber sie hat kein Wort gesagt. Ich sagte, wir müssen uns aussprechen, und sie sagt...«

»Sie sagte...?«

»Daß es nichts Besonderes war. Sie hätte es getan, weil sie in ihrem Sketch ein weißes Mädchen braucht, das mit schwarzen Männern schläft. Sie wollte aus erster Hand wissen, wie es ist. Wissen Sie, wie ich mir vorkam? Wie ein Sklave, der den Zuchthengst spielen darf. Das habe ich ihr gesagt, und sie sagte ein paar häßliche Dinge. War das letzte, was ich von ihr gehört habe.«

Er hob den Kopf. Seine Augen waren feucht und düster. »Jetzt können wir es nie mehr ins reine bringen. Sie ist tot, und ich kann ihr nicht mehr sagen, daß es mir leid tut.«

Neben mir räusperte Jack sich und rutschte auf dem Stuhl hin und her. Auch ich fühlte mich nicht gerade wohl in meiner Haut, aber ich ließ nicht locker. »Okay – ihr habt gestritten, und dann?«

Bobby wischte sich die Augen mit dem Ärmel, bevor er antwortete. »Sie ist weggerannt, hat irgendwas gesagt, daß sie zu Marc geht.«

Das machte mich nachdenklich. Emmons hatte nichts von einer Verabredung mit Tracy an jenem Abend gesagt. »Hat er nicht an der Bar gearbeitet?«

»Glaube nicht. Er arbeitet nur stundenweise.«

»Marc sagte mir, sie hätten sich getrennt.«

»Stimmt, aber immer, wenn sie etwas wollte, ist sie zu ihm gegangen. Und Marc, der liebte sie, und deswegen hat er immer getan, was sie wollte.«

Doch auch Liebe hat ihre Grenzen, dachte ich, und wenn man an die Grenzen stößt, kann es häßlich werden. »In Ordnung«, sagte ich, »und was haben Sie dann gemacht?«

»Bin einfach rumgelaufen. Eingekehrt auf ein paar Drinks.«

»Wo?«

»Irgendeine Bar, ich weiß nicht mehr, wo.«

»Denken Sie nach.«

Er dachte nach. Und schüttelte den Kopf. »Na ja, ich hatte schon einige weg, um in Schwung zu kommen für das Gespräch mit Tracy. Mit dem Zeug intus...«

»Gut, wenn Ihnen etwas einfällt, lassen Sie es mich sofort wissen. Sie sind also herumgezogen, haben ein paar Drinks gekippt und sind wieder zum Club zurück, so gegen Feierabend.«

»Stimmt. Ich wollte sehen, ob die anderen Kumpel mich bei Larkey decken würden.«

»Haben sie?«

»Ja.«

»Was haben Sie dann gemacht?«

»Hören Sie, das habe ich Ihnen alles schon erzählt.«

»Erzählen Sie es mir noch einmal.«

»Ich bin zu einem Mädchen gegangen, das ich kenne. Aber es war nicht daheim. Danach ging ich zur Wohnung meiner Mutter. Sie arbeitet nachts in der Klinik. Meine Brüder waren irgendwo. Bei den Kleinen machte die alte Oma von nebenan den Babysitter. Die einzige, die mich gesehen hat, aber das hilft mir auch nicht, weil sie den Monat darauf gestorben ist, bevor dieser ganze Mist anfing.«

Jetzt seufzte ich. Er erzählte es wie beim erstenmal. Es trug den unmißverständlichen Stempel der Wahrheit. Doch es brachte kaum seine Geschichte voran.

Bobby sah von mir zu Jack und wieder zurück. »Klingt nicht besonders gut, wie?«

Ich schob meine Umhängetasche und den Aktenkoffer zusammen. »Heute sieht es schon besser aus als letzte Woche. Wir packen es Schritt für Schritt.« Ich wollte jetzt zurück in die Stadt und Stan Gurski in Napa anrufen, um zu hören, ob man mit der Identifikation der Überreste schon vorangekommen war. Und ich mußte bei Rae nachfragen, ob sie etwas über Lisa McIntyre herausgekriegt hatte. Und dann war da noch George...

»Du gehst?« fragte Jack.

»Ja. Ich melde mich später bei dir.« Wir waren jeder im eigenen Wagen gekommen, darum gab es für mich keinen Grund, auf ihn zu warten.

Bobby sagte: »Ich danke Ihnen noch einmal.«

»Gern geschehen. Sehen Sie zu, daß Sie nicht den Mut verlieren. Wir bringen die Sache hinter uns.«

»Ich wünschte...« Er zögerte.

»Was?«

»Ich weiß nicht. Die ganze Zeit habe ich gehofft, Sie finden sie lebend. Damit ich die Dinge zwischen uns klären könnte.«

Daraus wußte ich keine Antwort. Ich wußte aus bitterer Erfahrung, daß jeder Sterbende ein Stück von uns mitnimmt, aber wenn ein Tod ungelöste Probleme hinterläßt und ungesagte Dinge, dann ist es am schmerzlichsten.

14

»Nach Larkeys Aussage hatte Lisa McIntyre in der Nacht, als Tracy Kostakos verschwand, im Club gearbeitet. Nach dem Dienstplan hatte sie in jener Woche Freitag und Samstag frei. Sonntags war geschlossen, also war ihre nächste Schicht Montagabend. Sie hatte sich nicht wieder blicken lassen und auch ihren letzten Scheck nicht abgeholt. Meiner Erfahrung nach ein merkwürdiger Zufall... Sharon, hörst du mir zu?«

Das tat ich, allerdings nur halb. Die andere Hälfte meiner Aufmerksamkeit war nach innen gerichtet und konzentrierte sich auf Marc Emmons. Ich hatte Detective Gurski morgens angerufen und ihm die Informationen über Amy Barbours Besuch im Cottage und Emmons' Rat, nicht zur Polizei zu gehen, weitergegeben. Gurski, wollte die Kollegen aus San Francisco bitten, sie zum Revier zu bringen und festzuhalten, bis er sie verhört hatte. Doch als ich nach der Rückkehr aus San Quentin noch einmal angerufen und ihm erzählt hatte, daß Tracy in der Nacht ihres Verschwindens vielleicht auf dem Weg zu Marc Emmons gewesen sei, sagte er, man habe die beiden noch nicht ausfindig machen können. Das hieß wahrscheinlich, daß ich sie in Panik versetzt hatte und sie davongelaufen waren. Es tat mir leid, daß ich die Situation verpatzt hatte.

Als Antwort auf Raes klägliche Rückfrage sagte ich: »Ein merkwürdiger Zufall. Du hast recht. Hat jemand vom Club versucht, die McIntyre ausfindig zu machen?«

»Larkey ist langsam unruhig geworden und hat die Frau seines Partners noch in derselben Woche zu ihrer Wohnung geschickt, aber sie war verschwunden.«

Ich sah aus dem Fenster meines Büros, das auf die Bucht ging, und beobachtete, wie sich Dunst über die weite, monotone Fläche des Outer-Mission-Distrikts legte. Dann schwang ich mich herum und sah Rae an. Sie schritt sehr exakt das geometrische

Muster auf dem alten Orientteppich ab. Das tat sie oft, wenn sie mit mir über einen Fall sprach. Das war wohl ihre Methode, sich zu beruhigen und ihre Gedanken zu ordnen, die ihr oft genug blitzschnell und chaotisch herausschossen.

»Was meinst du mit ›verschwunden‹?« fragte ich. »War sie ausgezogen?«

»Offensichtlich. Die meisten ihrer Sachen waren weg. Die Hausverwalterin erklärte Kathy Soriano, sie habe nicht gekündigt, und es habe sie auch niemand gehen sehen.«

»Interessant. Das hätte eigentlich der Polizei gemeldet werden müssen. Ich möchte, daß du der Sache nachgehst. Sprich mit der Hausverwalterin und mit Kathy. Hast du irgendwelche Anhaltspunkte, wohin Lisa McIntyre gegangen sein könnte?«

»Nein. Da gibt es nicht viele Möglichkeiten. Sie war erst kurz zuvor aus einem anderen Bundesstaat hergezogen – Larkey meint, sie stammt aus Oklahoma – und hatte sich nicht einmal um einen kalifornischen Führerschein gekümmert. Ich habe den Eindruck, Larkey war nicht allzu überrascht, daß sie plötzlich auf und davon war. Er sagt, viele Möchtegern-Comedyspieler ziehen von einem Ort zum anderen.«

»Lisa McIntyre wollte Comedyspielerin werden?«

»Davon war er ausgegangen.«

»Gut, bleib dran.«

»Sicher. Sonst noch etwas?«

»Im Augenblick nicht.« Ich sah auf das schweigende Telefon, dann auf meine Uhr. Ein paar Minuten vor fünf. Als ich vorher mit ihm gesprochen hatte, konnte Gurski noch nicht bestätigen, daß das, was ich gefunden hatte, Tracys sterbliche Überreste waren. Er hatte mir zugesagt, mich anzurufen, sobald er Bescheid wisse. Bei meinem Anruf bei George hatte ich nur den Anrufbeantworter am Apparat gehabt. Warten Sie bis zum Pfeifton, Mr. Soundso ruft zurück. Das und Türklingeln, die in leeren Wohnungen läuten: Manchmal kam es mir so vor, als bestünden alle meine Tage nur daraus.

Rae war auf dem Mittelblock des Teppichmusters stehengeblieben und sah mich zögernd an. »Ja?« sagte ich – gereizter, als beabsichtigt.

»Ach, *entschuldige*!«

»Komm, komm, sei nicht so empfindlich.«

»Dann sei du nicht so miesepeterig.«

»Tut mir leid. Worum geht es?«

»Um Hank.«

Jetzt hatte sie meine ungeteilte Aufmerksamkeit. »Was ist passiert?«

»Er hat letzte Nacht hier auf der Couch geschlafen.«

»Oje. Hast du Anne-Marie gesehen?«

»Sie war nicht da.«

Das hörte sich nicht gut an.

Rae trat von einem Fuß auf den anderen und sagte dann: »Ich dachte mir, vielleicht redest du mal mit ihm.«

Ich dachte daran, wie brüsk mich Hank am Silvesterband verabschiedet hatte, und schüttelte den Kopf.

»Irgend jemand muß ihm doch helfen, Sharon. Er sieht schrecklich aus. Und ich habe ihn gleich nach zwölf runter zum Remedy gehen sehen. Er ist noch immer nicht zurück.«

»Ach, um Gottes willen... In Ordnung. Wenn ich nur hier herumsitze, erreiche ich doch nichts. Bleibst du jetzt eine Weile hier?«

»Ja.«

»Gut. Wenn Detective Gurski oder George Kostakos anruft, laß dir sagen, worum es geht und läute in der Bar an, ja?«

Rae streckte mir den erhobenen Daumen entgegen und verließ das Büro.

Die Remedy Lounge war für mich der Maßstab für das Erkennen verwandter Seelen in unser Kooperative. Die Bar gehört zu den vielen Arbeiterkneipen an der Mission Street und entbehrt sämtlicher charakteristischer Merkmale, es sei denn, man hält rissige Plastiknischen und Resopaltische mit Rillen und Furchen, fliegendreckgesprenkelte Spiegel und verdächtig trübe Gläser, kaputte Flipper und eine selten funktionierende Jukebox für Symbole von Individualität. Was allerdings Freundschaften bei All Souls anging, so blühten oder welkten sie je nach der Einstellung des betreffenden Mitarbeiters zu dieser Bar.

Hank liebte die Remedy Lounge. Er hatte sogar das zweifelhafte Verdienst, sie entdeckt zu haben. Anne-Marie hat sie gern heruntergemacht, aber bis zu dem Zeitpunkt, als Hank und sie die ersten Probleme miteinander bekamen, konnte man sie fast immer auf dem nächsten Barhocker antreffen. Auch Jack und ich haben dort unverhältnismäßig viel Zeit zugebracht. Rae hatte es als eine besondere Ehre empfunden, als ich sie zum erstenmal auf einen Drink dort unten eingeladen hatte. Sogar Ted – der an der standhaften Heterosexualität der Klientel dort schier verzweifelte – kam mehrmals wöchentlich vorbei und wurde, das war schöne Tradition in dieser Gegend, von den Stammgästen toleriert. Laßt doch die anderen von All Souls ihren feinen Tropfen zwischen den Farnwedeln ihrer mondänen Bars schlürfen, haben wir oft genug verkündet. *Wir* wußten, wo man die gute alte Zeit noch finden konnte!

Nur waren die Zeiten in der Remedy nicht mehr so gut. Schon eine ganze Weile nicht mehr.

Heute abend hing der Beweis drüben am Ende der Bartheke, ein Glas Scotch vor sich. Die »Happy hour« hatte gerade begonnen, und die meisten Besucher machten einen großen Bogen um Hank. Selbst Brian, der Barkeeper, blieb auf Distanz. Ich winkte ihm zu und deutete auf Hank. Das signalisierte ihm, daß ich mein Glas Weißwein dort serviert haben wollte.

Als ich auf den Hocker neben ihm rutschte, würdigte Hank mich keines Blickes. Erst als Brian den Wein vor mich hinstellte und von dem Haufen aus Scheinen und Münzen auf der Bar einen Dollar und 25 Cents nahm, sah er überrascht auf.

»Den bist du mir schuldig«, sagte ich.

»So?« Hinter den dicken Brillengläsern sah ich einen verschwommenen Blick in die Ferne. Auch brauchte er dringend eine Rasur.

»Ja. Du warst einfach ekelhaft zu mir am Silvesterabend.«

»War ich das?«

»Hm. Du hast mich aus deinem Büro geworfen und mir gesagt, ich soll mir einen Gigolo suchen, ihn mit nach Hause nehmen und mit ihm bumsen.«

»Das habe ich gesagt?«

Ich nickte und trank einen Schluck.

»Mein Gott.« Hank strich sich mit einer Hand über die dichten Locken.

»Über Anne-Marie hast du gesagt: ›Scheiß drauf.‹«

»Ach ja, langsam erinnere ich mich.« Er nahm einen kräftigen Schluck Scotch.

»Möchtest du jetzt mit mir darüber reden?«

Er schwieg und drehte das Glas zwischen den Handflächen. Die Platte der Bar war naß von vielen früheren Drinks.

»Monatelang habe ich jede Frage vermieden«, setzte ich hinzu, »weil ich hoffte, die Dinge würden sich wieder einrenken, oder einer von euch beiden würde von sich aus mit mir reden. Aber jetzt kann ich nicht länger an mich halten.«

»Warum fragst du nicht sie? Ich bin sicher, sie liefert dir gern alle Erklärungen, die du willst.«

»Das habe ich auch vor, aber jetzt möchte ich deine Version hören.«

»Warum?«

»Weil du mein Freund bist, verdammt noch mal! Seit den guten alten Tagen in Berkeley. Was, zum Teufel, ist los mit dir, daß du dich von einer solchen Freundschaft abwendest?« Meine Stimme war lauter geworden. Die Leute zwei Hocker weiter sahen mich an und wandten dann schnell den Blick wieder ab.

Hank sagte: »Shar, ich kann einfach nicht darüber reden.«

»Du hast mit Jack gesprochen. Er hat mir kurz erzählte, was bei ihm seit letztem Herbst gelaufen ist.«

»Das ist etwas anderes. Jack hat es eben selber durchgemacht.«

»Und du glaubst, ich nicht? Nur weil Don und ich nicht verheiratet waren –«

»Ach Shar, das weiß ich doch. Aber du kannst mit so etwas umgehen. Du hast dich... im Griff.«

Seine Worte lösten ein Déjà-vu-Gefühl in mir aus. Mein älterer Bruder John hatte mir einmal gleich nach seiner Scheidung gesagt, ich könne nicht verstehen, was er durchmache, weil ich ein Mensch sei, der »auf Sicherheit geht«. Damals hatte ich mich gefragt, ob ich meinen Mitmenschen tatsächlich eine so kühle, starre Fassade zeigte. Und jetzt fragte ich mich das wieder.

»Ja«, sagte ich, »ich habe mich im Griff. Das ist auch der Grund, weshalb ich Monate brauchte, um mit Don Schluß zu machen – Monate, in denen ich zuviel getrunken und mich über jede Kleinigkeit mächtig aufgeregt habe, nur um mich nicht mit den wesentlichen Dingen auseinandersetzen zu müssen. Das ist auch der Grund, aus dem ich mich eingeigelt habe und seitdem jede Beziehung gemieden habe.« Bis gestern nacht.

Hank musterte mich durch seine verschmierten Brillengläser. »Davon habe ich nichts geahnt.«

»Ich kann eben meine Gefühle besser verstecken als du. Erzähl, Hank.«

Er trank seinen Scotch aus – ich nahm an, um sich Mut zu machen – und sagte dann: »Es läuft am Ende alles auf eines hinaus: Ich kann mit Anne-Marie nicht leben. Sie braucht Ordnung, ich schaffe Chaos. Ich hasse Hausarbeit, artige Unterhaltungen und sonntags zum Brunch auszugehen. Mir ist es egal, wenn die Wohnung runterkommt, ich möchte nur meine alten Freunde um mich haben, ihnen einen Topf selbstgekochtes Chili vorsetzen und am Wochenende bis mittags schlafen. Wir sind einfach zu verschieden. Ich hätte das vorher merken müssen und sie nie heiraten dürfen.«

»Liebst du sie noch?«

»Ja.«

»Liebt sie dich noch?«

»Wenn sie das nach dem Silvesterabend noch tut, gehört sie in eine Anstalt.«

»Was ist passiert – abgesehen davon, daß du ohne sie zur All-Souls-Party gegangen bist?«

Er machte Brian ein Zeichen, daß er noch einen Drink wollte. Brian sah ihn zweifelnd an, goß aber ein, als ich ihm zunickte.

»Okay«, sagte Hank, als das Glas vor ihm stand. »Das ist passiert: Anne-Marie hatte die Andersons – wir haben ihnen die Wohnung über uns vermietet – zum Dinner eingeladen. Ich wollte zu All Souls, wo wir bisher immer Silvester gefeiert haben, also ging ich. Doch dann konnte ich die Leute nicht ertragen und hab in meinem Büro getrunken.«

»Erinnerst du dich, daß ich zu dir hereinkam und mit dir redete?«

»Oh, ja. Ich erinnere mich jetzt ziemlich genau. Ich trinke nicht so viel, daß ich einen Blackout bekomme. Ich erinnere mich auch noch an den Rest des Abends. In allen gräßlichen Einzelheiten.«

»Und weiter?«

»Ich habe Schluß gemacht und bin kurz nach Mitternacht heimgefahren. Mit dem Taxi – so saublöd bin ich auch wieder nicht, daß ich in dem Zustand selber fahre. Die Andersons waren noch da. Anne-Marie hatte diesen unterkühlten Blick, den sie bekommt, wenn sie stocksauer ist, aber versucht zivilisiert zu bleiben. Ich hatte gehofft, daß sie schon weg wären damit wir miteinander reden könnten. Ich mußte sie nur sehen... Willst du wirklich wissen, was für ein widerlicher Rüpel ich bin?«

»Hin und wieder benehmen wir uns alle mal ausgesprochen rüpelhaft.«

»Aber die einen mehr als die anderen. Also, ich hab losgelegt und sie angeschrien, wie sie ›solche Leute‹ in unsere Wohnung holen könne. Ich hab gesagt, ich hätte einfach die Nase voll von ihnen, sei es leid, sie über ihre Autotelefone und Computer, ihr Feriendomizil mit Blick auf irgendeinen Golfplatz und ihre dämlichen, langweiligen Jobs an der Montgomery Street reden zu hören.«

»Oh, Gott!«

»Es kommt noch schlimmer. Dann fing *sie* nämlich an, zurückzuschreien. Sie habe die beiden nur deswegen zum Dinner eingeladen, um nicht den ganzen Abend mit mir streiten zu müssen. Sie habe die beiden nur hergebeten, damit wir nicht zur All-Souls-Party gehen, uns dort betrinken und vor den Augen unserer *wirklichen* Freunde anschreien mußten. Sie fände Autotelefone, Computer, Ferienhäuser und die Montgomery Street genauso langweilig, und außerdem grapschte Bob – so heißt der Mann – ihr ständig an den Arsch. Zu dem Zeitpunkt waren die Andersons schon auf dem Weg zur Tür.«

Hank sah erbärmlich aus. Ich dagegen fühlte eine Woge der Erleichterung in mir aufsteigen. Seit Monaten hatte Anne-Marie mich gemieden, meine Anrufe nicht beantwortet. Nachdem, was ich über ihr Verhalten gehört hatte, hatte ich befürchtet, aus meiner Freundin sei jemand anderes geworden, den ich lieber nicht kennen wollte. Doch ihr Silvesterausbruch in Gegenwart der schrecklichen Andersons bewies mir, daß es die aufrichtige, unprätentiöse Anne-Marie noch immer gab.

»Jedenfalls mußt du dir keine Sorgen mehr machen, daß die noch einmal zum Dinner zu euch kommen.«

»Es kommt noch schlimmer.«

»Geht das überhaupt?«

»Danach kamen wir nämlich *wirklich* zur Sache. Ich bin sicher, die Andersons saßen über uns mit dem Ohr am Boden, aber das wäre gar nicht notwendig gewesen. Ich hab ihr entgegengeschleudert, ich könne ihren Lebensstil nicht ertragen. Sie hat geantwortet, ich sei ein fieser Trottel mit dem gesellschaftlichen Charme des letzten Rindviehs. Schließlich hat sie gesagt, mein Chili sei schauderhaft.« Hank stemmte sich empört an der Bar hoch. Mit einem Ellbogen rutschte er ab, und ich mußte ihn abfangen.

Nur mit Mühe hatte ich mir das Lachen, das in mir aufstieg, verkniffen. Jetzt platzte es heraus. Je mehr ich lachte, desto gekränkter schaute Hank drein, und dieser Gesichtsausdruck wiederum gab meiner Heiterkeit neue Nahrung. Schließlich wischte ich mir die Tränen aus den Augen und japste: »Hank, über die anderen Dinge kann ich nichts sagen, aber in einem hat sie recht – dein Chili ist *furchtbar*!«

»... Du hast es aber immer gegessen.«

»Wegen der netten Gesellschaft.«

Er dachte einen Augenblick lang nach. »Auch Anne-Marie hat es immer gegessen. Vermutlich ist meine Gesellschaft nicht mehr so nett.«

»Derzeit vielleicht nicht.«

Er kippte den neuen Drink zur Hälfte hinunter und sagte: »Willst du den Rest der Geschichte hören?«

»Sie geht noch weiter?«

»Und wird immer noch schlimmer. Anne-Marie ist aus dem Zimmer gestampft und hat sich im Schlafzimmer eingeschlossen. Danach hab ich mich übergeben und bin im Badezimmer umgekippt, lag da irgendwie um die Toilette drapiert. Am Morgen steckte ein Umschlag von den Andersons unter der Tür. Sie haben mit einer Frist von einem Monat gekündigt. Da hab ich beschlossen, lieber ins All Souls zu ziehen.«

Ich stützte die Stirn auf eine Hand und seufzte. Schließlich sagte ich: »Eine so hübsche Wohnung wird doch leicht wieder zu vermieten sein.«

»Wieder jemanden für die Wohnung zu finden, macht mir keine Sorgen«, sagte er, »eher die Vorstellung, für den Rest meines Lebens auf der All-Souls-Couch zu schlafen.«

Ich wußte, wovon er sprach. Die Couch war ein braunes Relikt aus den dreißiger Jahren mit lauter gebrochenen Sprungfedern.

Bevor ich ihm aber eine optimistische Prognose stellen konnte, winkte Brian mich zum Telefon. »Wir reden nachher weiter«, sagte ich zu Hank und ging zum Ende der Bar, um mich zu melden.

Georges Stimme am anderen Ende der Leitung war hoch und zitterte, und es schwang etwas darin mit, auf das ich nicht gefaßt war. Als er sagte: »Sharon? Deine Assistentin sagte mir, ich kann dich dort erreichen«, da hörte ich so etwas wie Freude – nein, Begeisterung.

»Was ist passiert?«

»Ich habe gerade mit Detective Gurski gesprochen. Über die Identifikation anhand der zahnärztlichen Unterlagen von Tracy.«

»Ich habe auch schon versucht, ihn zu erreichen –«

»Sharon«, sagte er, »sie war es nicht! *Die Leiche, die du gefunden hast, war nicht Tracys!*«

15

Einen Moment lang brachte ich kein Wort heraus. Mir war klar, daß die Folgen dieser neuen Entwicklung alles über den Haufen warfen. Allerdings konnte ich sie noch nicht begreifen, sie noch nicht in Worte fassen.

»Sharon?« sagte George.

»Ja, ich bin noch dran.«

»Du weißt, was das bedeutet? Tracy kann doch noch am Leben sein!«

Muß aber nicht, dachte ich. Und wenn ja, waren wir wieder bei dieser schrecklichen Frage angelangt, die er so fürchtete.

George deutete mein Schweigen richtig. »Ja, ich weiß«, sagte er. »Aber es besteht zumindest Hoffnung. Nachdem ich geglaubt hatte, sie sei tot – wirklich geglaubt, wie gestern nacht –, weiß ich, ich werde mit allem fertig.«

»Das hoffe ich.« Ich dachte an die jammervolle Knochenansammlung, die ich gefunden hatte, und an die zerrissenen Reste von Tracys Kleidung. Was das bedeutete, war mir inzwischen klar, und es war ein äußerst unangenehmer Gedanke.

»Ja«, setzte ich hinzu, »das ändert die Dinge natürlich. Ich weiß kaum, wie ich jetzt weiter vorgehen soll.«

»Ich wünschte, du kämst her oder ich könnte zu dir kommen. Ich bin so aufgedreht, daß ich bestimmt die Fassung verliere, wenn ich dich nicht sehe.«

Das Bedürfnis und das Sehnen in seiner Stimme machten meiner Verwirrung ein Ende. Als ich aufsah, kam Jack zur Tür herein. Wahrscheinlich wollte er nach Hank sehen. Ich mußte sofort mit ihm reden.

»Ich komme zu dir«, sagte ich. »Aber ich muß noch mit Bobby Fosters Anwalt reden. Das kann eine Weile dauern. Ich komme, so schnell ich kann.«

»Ich warte auf dich.«

Ich hängte den Hörer ein und winkte Jack zu. Er änderte seinen Kurs und kam zu mir ans Ende der Bar. »Was ist los?« fragt er.

»Merkt man, daß etwas los ist?«

»Du müßtest dein Gesicht sehen.«

»Also, los ist folgendes: Die Leiche am Fluß da oben war *nicht* Tracy Kostakos.« Schnell erklärte ich ihm, was ich von George gehört hatte.

Jacks zerfurchtes Gesicht nahm einen leeren Ausdruck an, während sich das Getriebe seines Gehirns in Gang setzte und die Neuigkeit zu verarbeiten begann. Dann rieb er sich das Kinn und sagte: »Natürlich hat man keine Ahnung, wem diese Gebeine nun wirklich gehören.«

»Nein, und die Identifizierung wird langwierig – wenn nicht ganz unmöglich.«

»Und inzwischen sind wir wieder da, wo wir waren.«

»Nicht ganz. Wir haben einen Beweis, daß Tracy Kostakos um zehn nach zwei Uhr nachts noch lebte – eine ganze Weile nach dem Zeitpunkt, zu dem Foster nach seinem Geständnis den Mord begangen haben will. Und wir haben Amy Barbours Geschichte, die den Wagen eine Woche später am Cottage gefunden hat.«

»Sicher, und das reicht auch, um den Prozeß neu aufzurollen.

Doch dann müssen wir nachweisen, wo Foster gewesen ist. Die Parkwächterkollegen, die sein Alibi bestätigt haben, waren die wackeligsten Zeugen der Verteidigung im ersten Prozeß. Er selbst stellt sich auch nicht gerade in einer Weise dar, die Glaubwürdigkeit suggeriert. Ach, Scheiße!« Jack schlug so fest mit der Hand auf die Theke, daß der Mann, der um die Ecke saß, zusammenzuckte.

»Sollten wir nicht lieber raufgehen und die Sache unter uns bereden?«

»Von mir aus gern.« Er sah die Bar entlang, an deren anderem Ende Hank noch immer über seinem Drink hockte. »Ist er in Ordnung?«

»Auf dem Wege, glaube ich.«

Ich winkte Hank ein Auf Wiedersehen zu und folgte Jack nach draußen.

Winterliche Dunkelheit hatte sich über die Mission Street gelegt. Autos mit eingeschalteten Scheinwerfern standen im Stau auf den Fahrbahnen, große und kleine Busse hielten am Bordstein und spien ihre Fahrgäste aus. Die einen eilten in den warmen Schutz der Bars und Restaurants, andere gingen in den nächsten Supermarkt und kauften für ihr Abendessen ein. Und einige trotteten mit uns bergan zu ihren Einheitswohnhäusern, die zu beiden Seiten die steilen Bernals Heights säumen. Ich beobachtete sie und spürte wieder diese Depression, die mich oft um diese Abendstunde überfällt.

Manchmal scheint es mir, als sei ich ständig uneins mit mir und der Welt – an den Rand gedrängt durch mein Temperament und meine Gewohnheiten. Wenn abends die Leute heim zu ihren Familien oder zu ihren Partnern eilen, weiß ich oft nicht, was ich mit mir anfangen soll, oder ich bin drauf und dran, mich an eine Ermittlung oder Überwachung zu machen. Während andere den Tag mit einem Cocktail und einem Dinner abrunden, fernsehen und den Kindern bei den Hausaufgaben helfen, mache ich eher Jagd auf einen schwer zu fassenden Zeugen, oder ich sitze kalt und verkrampft in meinem MG vor irgendeinem Apartmenthaus und warte.

Nicht, daß ich mit meinem unregelmäßigen Leben haderte. Es ist die einzige Art zu leben, die mir wirklich zusagt. Und ich lebe für solche Augenblicke, in denen ein schwieriger Fall feste

Formen anzunehmen beginnt. Wenn aber am frühen Abend, rundherum die warmen Lichter in den Wohnungen anderer Menschen aufleuchten, denke ich immer häufiger darüber nach, was für ein einsames Leben ich mir gezimmert habe, und manchmal frage ich mich dann, wie es wohl aussähe, wenn ich eine andere, traditionellere Wahl getroffen hätte.

Doch heute abend konnte ich die Depression rasch verbannen. Ich mußte an George denken, an die Berührung seiner Hände, seiner Lippen, seines Körpers. Wegen dieses neuen, zerbrechlichen Etwas' zwischen uns hatte ich keinen Grund mehr, mich einsam zu fühlen. Und es sprach auch nichts gegen die Erwartung, daß es stärker und reicher werden würde, es sei denn, diese neue Entwicklung...

Ich schob den Gedanken beiseite und folgte Jack in das große, braune viktorianische Gebäude.

Rae und einer der Anwälte saßen im Wohnzimmer auf der Couch und sahen sich die Nachrichten im Fernsehen an. Der Christbaum hatte bereits die Hälfte seiner Nadeln verloren und ragte hinter ihnen vor dem Erkerfenster auf. Eine einsame, arbeitsame, fleißige Seele hockte in der Bibliothek auf einem Stuhl vor dem Zeichentisch, der mit juristischer Literatur und gelben, verknitterten Blättern Papier bedeckt war. Seltsamerweise war niemand in der Küche. Wir holten uns ein Glas Wein und setzten uns an den Eichentisch vor dem Fenster. Ich ließ meine Schuhe auf den Boden fallen, legte die Füße auf einen der Extra-Sessel und wartete auf seine Meinung zur Sache.

Er erörterte die Auswirkungen, die die jüngste Entwicklung auf Fosters rechtliche Situation hatte, wobei er alle Faktoren sorgfältig abwog. Er sprach langsam und präzise. Nach seinem anfänglichen frustrierten Ausbruch in der Remedy war er jetzt ruhig und ganz Profi mit scharfem Durchblick und kühler Logik, wie ich sie von ihm kannte. Kaum zu glauben, daß das derselbe Mann war, der sich vor zwei Tagen auf der Silvester-Party so schmachtend aufgeführt hatte wie ein liebeskranker Teenager.

Leider zog Jack den Schluß, daß die Entdeckung der Leiche, von der wir jetzt wußten, daß es nicht Tracys war, den Stand der Dinge noch weniger beeinflussen konnte. Obwohl er noch immer genug in der Hand habe, um ein neues Verfahren zu beantragen, konnte es doch erneut zu einer Verurteilung führen, wenn er den Fall in diesem ungelösten Stadium einem Geschworenengericht vorlegen würde. »Wie ich vorhin schon sagte«, fügte er hinzu, »wir müssen herausbekommen, was in jener Nacht passiert ist. Und davon scheinen wir jetzt weiter entfernt denn je.«

»Dann laß uns einmal Punkt für Punkt durchgehen, was wir haben«, sagte ich. »Tracy: eine hübsche Frau, die andere kühl benutzt, vorausgesetzt, wir glauben, was Foster von ihr erzählt, nämlich daß sie nur mit ihm geschlafen hat, um der exotischen Erfahrung willen.«

»Glauben wir es?«

»Ich schon. Das Rollenbuch bestätigt es. Vielleicht hat sie ja Gewissensbisse gehabt, aber die haben sie nicht daran gehindert, es ihm ins Gesicht zu sagen.« Innerlich entschuldigte ich mich bei George, daß ich seiner Tochter ein so schlechtes Zeugnis ausstellte. Doch schließlich hatte er ja selbst zugegeben, daß er die Frau, zu der seine kleine Tochter herangewachsen war, gar nicht richtig gekannt hatte. »Als nächstes«, sagte ich, »haben wir den gestohlenen Wagen. Das will mir nicht in den Kopf: Wieso einen Wagen *stehlen*? Ich werde Rae bitten, mehr über den Halter des Wagens in Erfahrung zu bringen.

Jack nickte zustimmend.

»In Ordnung«, fuhr ich fort. »Dann haben wir Fosters Aussage, Tracy Kostakos sei in jener Nacht auf dem Weg zu Marc Emmons' Apartment gewesen. Wahrheit oder Ausrede, um von ihm wegzukommen? Das werden wir nicht erfahren, bevor die Polizei Emmons ausfindig gemacht hat.«

»Wie sieht es damit aus?«

»Er und Amy Barbour sind verschwunden. Mein Fehler, fürchte ich. Ich habe sie in Panik versetzt. Aber sie werden wiederauftauchen. Wie dem auch sei, als nächstes wissen wir, daß Tracy am folgenden Morgen um zehn nach zwei mit dem Wagen in der Nähe des Hauses der Barbours unterwegs war. Sie fuhr schlecht, also war sie vielleicht nervös und ängstlich. Mit Sicherheit können wir annehmen, daß ihr Ziel das Cottage war. Wir wissen nicht, ob jemand bei ihr war, und wahrscheinlich kann sich auch der Beamte, der ihr den Strafzettel gab, nicht erinnern. Wir wissen jedenfalls, daß der Wagen eine Woche später am Cottage war, Tracy aber nicht.«

»Wie ist sie von dort weggekommen? Wie du sagtest, ist es weit bis zur nächsten Hauptstraße.«

»Das stimmt. Es gibt also nicht viele Möglichkeiten.« Ich zählte sie an meinen Fingern ab. »Sie ist per Anhalter gefahren oder hat sich von jemandem aus der Nachbarschaft mitnehmen lassen. Aber in dem Fall würde sich vielleicht jemand gemeldet haben, der ihr Foto in den Zeitungen oder in den TV-Nachrichten wiedererkannt hat, als die Sache an die Öffentlichkeit gedrungen war.

»Es sei denn, diese möglichen Zeugen lesen keine Zeitung und sehen nicht fern. Oder wollten nicht hineingezogen werden.«

»Auch das ist möglich. Eine andere Möglichkeit: Jemand, den sie kannte, kam hin und holte sie ab. Sie könnte das im voraus so arrangiert oder von einem Nachbarn aus angerufen haben. Und noch eine Möglichkeit: Die Person, deren Gebeine ich dort gefunden habe, kam in einem Wagen zum Cottage, in dem Tracy dann später wieder wegfuhr.«

Ich machte eine Pause, trank einen Schluck Wein und war mir eines Gedankens nur allzu bewußt, den keiner von uns bisher ausgesprochen hatte. Schließlich sagte ich: »Die Kleiderreste, die ich bei den Knochen fand, gehörten zu der Kleidung, die Tracy getragen hatte, als sie das Café Comédie verließ. Das sieht für mich so aus, als habe man sie der Leiche nach ihrem Tod angezogen, um den Anschein zu erwecken, es sei Tracy. Der oder die Mörder mußten sich darüber klar gewesen sein, daß die Wahrscheinlichkeit einer frühzeitigen Entdeckung gering war. Doch wenn sie schließlich gefunden würde, würde die Kleidung darauf hindeuten, daß die Tote Tracy Kostakos war.«

»Naiv, angesichts der heutigen Identifikationstechniken.«

»Na ja, vielleicht wußte Tracy Kostakos nicht allzuviel über forensische Wissenschaften.«

»Du glaubst, sie war die Mörderin? Oder eine Komplizin?«

Ich nickte und spürte eine andere Form von Depression in mir aufsteigen als vorher. Eine Zeitlang war ich vom Vorgang des Folgerns und Beweisführens gefangen gewesen, doch jetzt war ich gezwungen, die Fakten auf Personen zu beziehen.

Wenn meine Theorie stimmte, würden meine Ermittlungen dem Mann Schmerz und Kummer bereiten, der mir sehr ans Herz zu wachsen begann.

»Und das Opfer?« fragte Jack.

»Wohl jemand, den niemand vermißte oder doch nicht so sehr, daß er eine großangelegte Suchaktion nach ihr startete. Jemand, bei dem man vielleicht damit rechnete, daß er einfach seine Zelte abbrach und ging.«

»Irgendwelche konkrete Vorstellungen?«

»Nur eine. Eine Kellnerin namens Lisa McIntyre, die im Club gearbeitet hat. Sie ist ungefähr zur gleichen Zeit von der Bildfläche verschwunden wie Tracy Kostakos. Larkey war immerhin so besorgt, als sie nicht mehr zur Arbeit kam, daß er die Frau seines Partners losschickte, um nach ihr zu sehen. Lisa McIntyre war ohne Kündigung ausgezogen. Larkey hat es nicht weiterverfolgt, weil er sie für so etwas wie einen Wandervogel gehalten hatte.«

»Zufall?«

»Könnte sein. Aber es gefällt mir nicht. Ich rufe Larkey an.«

Ich stand auf und folgte der Telefonschnur am Fußboden. Sie führte mich in die Küche, wo ich den dazugehörigen Apparat auf dem Abtropfbrett neben dem Spülbecken fand. Ärgerlich griff ich nach dem Hörer. Die langen Strippen an den Telefonen im All Souls gingen mir schon seit Jahren auf die Nerven – erstens, weil sie sich dauernd verhedderten, und zweites, weil die lieben Mitarbeiter die Apparate stets gern gerade dort stehenließen, wo sie aufgelegt hatten. Seit der Einführung des schnurlosen Telefons plädiere ich dafür, daß einige unserer besonders ruhelosen Telefonierer so einen Apparat bekommen, doch bislang hat niemand auf mich gehört. So werde ich wohl bis in alle Ewigkeit den Telefonschnüren folgen müssen, wie draußen im Wald, wo einen Krümelspuren an ganz seltsame Orte führen.

Larkey meldete sich im Café Comédie. Er klang niedergeschlagen. »Ich habe gehört, daß Sie draußen in Napa waren, um bei der Identifikation zu assistieren«, sagte ich.

»Das mindeste, was ich tun konnte. Und es war eine große Erleichterung für mich, daß es nicht Tracys Leiche war. Aber bei Gott, was für eine bedrückende Erfahrung. In meinem abwechslungsreichen Leben war mir das bisher erspart geblieben. Ich hoffe, so etwas passiert mir nie wieder.«

»Das kann ich gut nachfühlen. Jay, ich weiß, daß meine Assistentin Sie heute früh schon über Lisa McIntyre befragt hat, aber ich hätte noch ein paar zusätzliche Fragen.«

»Sicher. Raus damit.«

»Hat einmal jemand nach ihr gefragt, nachdem sie die Stadt verlassen hatte – Angehörige oder Freunde zum Beispiel?«

»Nicht, daß ich wüßte. Sie war nicht lange genug hier, um enge Freundschaften zu schließen, und was die Familie angeht, hat sie bloß erwähnt, sie stehe seit ihrem fünfzehnten Lebensjahr auf eigenen Beinen. Sie stammte aus Oklahoma, aber in den letzten Jahren war sie wohl unterwegs gewesen – Boston, New York, L. A. Die üblichen Orte, zu denen es die Möchtegern-Comedy-Akteure zieht.«

»War sie denn gut als Comedy-Spielerin?«

»Eigentlich nicht. Wie in allen Zweigen des Showbusineß muß man auch bei der Comedy Disziplin haben, und daran fehlte es Lisa. Ich war eigentlich gar nicht überrascht, als sie plötzlich auf und davon war. Sie gehörte zu den Menschen, die ständig auf der Suche nach der vermeintlichen großen Chance sind.«

»Und Sie sagen, sie hatte keine engen Freunde. Was ist mit Liebhabern?«

»Lisa war Lesbierin, aber ich habe sie nie mit einer Frau gesehen.«

Mir fiel das Video ein, daß sich George früh am Morgen angesehen hatte. Da hatte Tracy eine lesbische Kellnerin namens Ginny dargestellt. War Lisa das Vorbild für diese Rolle gewesen?«

»Wie sieht Lisa aus?« fragte ich.

»Groß, dünn, hellbraunes, langes, lockiges Haar. Recht attraktiv.«

»Noch eine Frage, dann lasse ich Sie in Ruhe. Haben Sie auch ihre Zähne einmal behandelt?«

Larkey zögerte. Offenbar überraschte ihn die Frage. »Tatsächlich, ja.«

»Und haben Sie die Unterlagen noch?«

»Ja.« In seiner Stimme klang nun ein fragender Ton mit.

»Dann wird man sich aus Napa County wohl wieder an Sie wenden und Sie darum bitten.«

»Sie meinen, es war *Lisa* da oben?«

»Es lohnt sich jedenfalls, dem nachzugehen.«

»Hm.« Er zögerte. »Jetzt, wo Sie es erwähnen – natürlich kann sich kein Zahnarzt an die Zähne aller seiner Patienten erinnern – könnte es sein, daß Lisas und Tracys Zahnstatus sich gar nicht so sehr voneinander unterschieden. Wenig Löcher, keine Kronen, keine Fehlstände. Das könnte eine Erklärung dafür sein, warum ich anfangs meinte, Tracy vor mir zu haben. Es gab kleine Unterschiede, aber nicht viele.«

»Ich rufe in Napa an und sage dort Bescheid, man soll sich mit Ihnen in Verbindung setzen.« Ich bedankte mich und legte schnell auf, bevor er mir noch eine zeitraubende Frage stellen konnte.

Jack hatte das Ende meines Gesprächs aus der Nähe mitgehört. Er sagte nichts, als ich die Polizei in Napa anrief und nach Stan Gurski fragte. Ich war nicht sicher, ob die Überlegungen, die ich Gurski vorzutragen hatte, viel Sinn ergaben, doch es dauerte gar nicht lange, bis er mich bat, Lisa McIntyres Unterlagen bei Larkey anzufordern. Er wollte mich auch sofort vom Ergebnis der medizinischen Untersuchung unterrichten.

Es war jetzt eine ganze Weile nach sieben. George würde sich fragen, ob mir etwas zugestoßen sei. Ich rief ihn an und sagte, ich müsse noch heim, um die Katze zu füttern, sei aber auf dem Weg. Er fragte mich, was ich gern auf der Pizza hätte, und als ich zögernd gestand, daß ich ganz wild auf Anchovis und italienische Wurst sei, lachte er.

»Kannst du dir vorstellen, wie schwer es für mich war, jemanden zu finden, der genau diese Kombination auch mag?« fragte er. »Wir müssen füreinander geschaffen sein.«

»An diesen Gedanken werde ich mich halten.«

Als ich den Hörer auf die Gabel legte, sah Jack mich neugierig an. »Hast du da gerade mit George Kostakos geredet?«

»...Ja.«

»Hört sich an, als kämt ihr beiden gut miteinander aus.«

»Ja, das tun wir. Er ist ein interessanter Mann, und man kommt leicht mit ihm ins Gespräch.«

Jacks Gesichtsausdruck wurde wachsam. In seiner Stimme

lag so etwas wie Besorgnis, als er weitersprach. »Ich hoffe, du gerätst nicht in eine emotionale Beziehung zu… einer der Hauptfiguren in den Ermittlungen.«

Großer Gott, dachte ich irritiert, als Objekt seiner romantischen Vorstellungen hat er mich aufgegeben, und dafür will er mir nun wie Hank gute Ratschläge erteilen. »Warum sollte ich?«

Er zuckte mit den Schultern. »Ich habe Kostakos kennengelernt. Er ist intelligent, sympathisch, sieht gut aus und ist reich. Ich wüßte nicht, warum du ihn *nicht* attraktiv finden solltest.«

Er meinte es gut, aber es ging ihn wahrhaftig nichts an. Deshalb sagte ich: »Außerdem ist er verheiratet. Vergiß das nicht.«

Jack entspannte sich ein wenig. »Solange du es nicht vergißt«, sagte er.

16

Amy Barbours Apartmenthaus lag zwar nicht direkt auf meinem Weg quer durch die Stadt zum Marina-Distrikt, aber ich machte einen Umweg über den Hügel, um bei ihr vorbeizufahren. Ich nahm mir vor, gar nicht erst anzuhalten, wenn ich keinen Parkplatz fand. Die Polizei dürfte das Apartment mehrfach überprüft haben, und so war die Chance eher gering, Amy Barbour daheim anzutreffen. Doch ich fand direkt vor dem Haus einen freien Parkplatz. Schicksal, dachte ich, und lenkte den MG an den Bordstein.

Die Fenster im ersten Stock waren dunkel. In der Auffahrt stand ein Mercedes-Sportcoupé. Im Eingangsbereich brannte Licht, und man konnte sehen, daß ein Keil das eiserne Sicherheitstor offenhielt. Vielleicht trug jemand gerade etwas hinein oder heraus und wollte es nicht jedesmal wieder aufschließen müssen. Zog Amy Barbour heute abend zu Marc Emmons um? Wenn ja, warum hatte die Polizei sie weder hier noch in Emmons' Wohnung ausfindig gemacht?

Ich ging durch das Tor, die Treppe hinauf. Die Tür zum Apartment stand einen Spalt offen, aber ich hörte weder Stimmen, noch sah ich Licht. Ich ging weiter. Meine Rückenmuskeln spannten sich.

Das Innere der Wohnung lag im Dunkeln, aber die Vorhänge an dem Panoramafenster waren aufgezogen, so daß die fernen Lichter der Stadt den Raum erhellten. Sie warfen einen fahlen Schein auf die Möbel und ließen die Silhouette eines hochgewachsenen Mannes erkennen, der vor dem Fenster stand und hinausschaute. Als ich die Tür ganz aufstieß und über die Schwelle trat, drehte er sich schnell um. Stahlgefaßte Brillengläser blitzten auf. Ich tastete nach einem Lichtschalter. Eine Tischlampe ging an. Der Mann war Rob Soriano, Larkeys Partner.

Trotz seiner militärisch aufrechten Haltung schien Soriano entspannt und überhaupt nicht überrascht, mich hier anzutreffen, gerade so, als habe er früher oder später mit meinem Erscheinen gerechnet. Er sagte nichts, verschränkte nur die Arme vor der Brust und musterte mich. Ich starrte zurück.

Heute abend trug Soriano einen grauen Geschäftsanzug, ein hellgraues Hemd und einen gestreiften Schlips in gedämpften Farben. Die Ton in Ton abgestimmte Kleidung, dazu die strenge Brille und der konservative Haarschnitt machten ihn irgendwie gesichtslos, aber selbst in auffallenderem Aufzug wäre einem dieser Mann in einer Menschenmenge nicht aufgefallen. Sein kantiges Gesicht wirkte müde, als hätte er den Tag mit aufreibenden Verhandlungen verbracht. Von der Nase zum Mund zogen sich tiefe Falten, die ganz gewiß nicht vom Lachen stammten.

Offenbar erwartete er, daß ich das erste Wort sagte, also begann ich: »Wie geht es Ihnen, Mr. Soriano?«

»Gut, Miss McCone. Und Ihnen?«

»Auch gut. Darf ich fragen, was Sie hier machen?«

Ein dünnes Lächeln spielte um seine schmalen Lippen. »Das könnte ich Sie auch fragen.«

»Ich suche nach Amy Barbour und Marc Emmons.«

»Dann verfolgen wir den gleichen Zweck.«

»Warum suchen Sie die beiden?«

»Eigentlich bin ich nur an Marc interessiert. Unser dicker Komiker ist seit Donnerstagabend nicht mehr bei uns aufgetaucht. Jay möchte, daß ich ihn anbringe, damit er ihn rausschmeißen kann.«

Anscheinend schickte Larkey die beiden Sorianos gern auf

Botengänge. Nur sah Rob nicht wie ein Laufbursche aus, und er verhielt sich auch nicht so. »Wie sind Sie hereingekommen?« fragte ich.

»Auf demselben Wege wie Sie. Beide Türen standen offen. Es scheint, als zöge jemand aus.«

Ich sah mich im Zimmer um. Die Möbel standen unverrückt, aber im Plattenschrank und unter den Büchern gab es Lücken. Ein halb fertig gepackter Karton mit Küchengeräten stand auf dem vollgeladenen Eßtisch. Ich ging zu den Schlafzimmern. Tracys Tür war verschlossen. Amys Bett war abgezogen. Die Schreibtischschubladen waren leer, und im Schrank hingen nur noch wenige Kleidungsstücke. Toiletteartikel und Handtücher waren aus dem Badezimmer verschwunden.

Als ich ins Wohnzimmer zurückkam, saß Rob Soriano auf dem weißen Ledersofa. Er zog ein Päckchen Zigaretten aus der Tasche und bot mir eine an. Als ich den Kopf schüttelte, zündete er sich selbst eine an. »Wohin sind unsere beiden pummeligen kleinen Vögel wohl ausgeflogen?« fragte er.

Ich setzte mich ans andere Ende der Couch. »Amy wollte zu Emmons ziehen.«

»Na, dann muß sie unterwegs verlorengegangen sein. Bei ihm ist auch niemand.«

Es konnte ja sein, daß die Polizei sie in den letzten Stunden aufgegriffen hatte. Das würde erklären, warum Amy das Pakken unterbrochen hatte. Aber das wollte ich Soriano nicht sagen. »Wieso sind Sie hinter Emmons her?« fragte ich. »Sie sagten doch, Ihre Frau spiele im Café Comédie die aktive Rolle.«

»Kathy könnte wohl kaum einen großen jungen Mann gegen seinen Willen dorthin schleppen.«

Nach allem, was ich von Kathy Soriano gesehen hatte, dürfte es nur wenige Menschen geben, mit denen sie es nicht aufnehmen konnte, aber auch diese Meinung behielt ich für mich. »Was ist mit Larkey?«

»Jay hat genug mit der Leitung des Clubs zu tun. Außerdem hat er... Probleme wegen Marc.«

»Wieso?«

Soriano blies einen Ring in die Luft und sah zu, wie er sich langsam auflöste. »Marc war Tracys Freund«, sagte er schließlich.

»So?«

»Jay war auch ihr Freund.«

Ich schwieg und mußte diese Neuigkeit erst einmal verdauen.

Soriano sah mir die Überraschung an und setzte hinzu: »Das wundert mich, daß Ihnen das niemand erzählt hat. Jeder hat es gewußt.«

»Larkey behauptet, er habe an Tracy wie ein Vater gehangen. Und beim Prozeß gegen Foster ist es auch nicht herausgekommen.«

»Nun, ich bin sicher, Jay mag jetzt, zwei Jahre später, nicht mehr zugeben, was für ein alter Narr er gewesen ist. Und was den Prozeß angeht – es hatte einfach keine Bedeutung. Die Anklage hat zudem versucht, die kleine Miss Kostakos als das nette Mädchen von nebenan hinzustellen. Wäre ihre Beziehung zu Jay herausgekommen, dann wohl auch noch einiges andere.«

»Zum Beispiel?«

»Tracy war ein sehr umtriebiges Mädchen. Sicher, da war Marc. Ich möchte das ihre letzte unverdorbene Beziehung nennen. Nach Marc kam Jay. Ihn hat sie benutzt – damit er ihren Vertrag mit dem Club verlängert, um an einen Agenten zu gelangen und an Geld zum Ausgeben. Seltsamerweise glaube ich, daß sie ihn wirklich mochte. Alle jungen Leute mochten ihn, sie konnten gar nicht anders. Aber sie hat ihn eben auch benutzt, und was sie sonst so trieb, hätte ihm großen Kummer bereitet, hätte er davon gewußt.«

»Was meinen Sie mit dem, was sie ›sonst so‹ trieb?«

Soriano lächelte düster. »Miss Kostakos hatte die häßliche Angewohnheit, sich in das Leben anderer Leute einzuschleichen und sie für ihre Rollen auszubeuten. Sie ist diesen Menschen dabei sehr nahe gekommen und quasi in deren Haut geschlüpft. Sie wollte die totale Erfahrung, mit allen Sinnen. Dann war da der junge Foster –«

»Das wissen Sie?«

Jetzt war es an ihm, überrascht zu sein. »Ja. Aber woher wissen *Sie* es?«

»Er hat es mir erzählt.«

»Oho, ich dachte, er hätte sein Schweigen nie gebrochen. Ich glaube zwar nicht, daß sie das Material jemals verwendet hätte, und sicher auch nicht in meinem Fall –«

»In Ihrem?«

»Nein, ich hatte sie durchschaut und ihr Einhalt geboten. Aber bei Lisa McIntyre…«

»Der Sketch mit der lesbischen Kellnerin?«

»Genau. Tracys Porträt von ihr hatte einen boshaften Unterton. Lisa hatte keine Ahnung, welche Motive hinter ihrem kurzen… Ausrutscher standen, und als sie dann den Sketch sah, war sie außer sich.«

»Mein Gott.« Ich konnte jetzt nur noch an George denken und daran, wie sehr es ihn verletzen würde, wenn all das herauskäme. Ich würde alles Menschenmögliche versuchen, um zu vermeiden, daß er es jemals erfuhr. »Wissen Sie, daß ich gestern bei einem Cottage am Napa River eine Leiche gefunden habe, die ich für Tracys hielt?« fragte ich.

Er nickte. »Meine Frau hat es mir erzählt.«

»Es hat sich herausgestellt, daß sie es nicht war.«

»Ach?«

»Der Sheriff läßt jetzt untersuchen, ob Lisa McIntyres Gebiß mit dem der Leiche übereinstimmt.«

Er wollte gerade die Zigarette ausdrücken, aber seine Hand blieb ein Stück über dem Aschenbecher in der Schwebe. Für einen Augenblick war er wie erstarrt. »Das ist eine seltsame Wendung. Man kann kaum umhin, daraus eine höchst unerfreuliche Folgerung zu ziehen.«

»Ja, allerdings.«

Soriano drückte seine Zigarette aus, stand auf und strich seine Jacke glatt. Sein Gesicht war jetzt noch zerfurchter, und ich glaubte, eine Spur von Zorn darin zu entdecken. »Wenn diese Schlußfolgerung stimmt, dann wird das für Jay die Hölle. Er wird sich selber Vorwürfe machen.«

»Warum?«

Er schüttelte den Kopf. »Das ist seine Sache. Und, offen gesagt, ich bin es leid, hier herumzusitzen und auf den Dicken zu warten. Dieser Club kostet mich den letzten Nerv. Von jetzt an beschränke ich mich auf die Atlas Development.«

Atlas Development. Wo hatte ich den Namen…? Natürlich! »Der vom Clubparkplatz gestohlene Wagen – und mit dem, laut Anklage, Foster Tracy entführt haben soll –, war auf den Namen der Firma Atlas Development zugelassen.«

»Stimmt. Es war der Firmenwagen, den mein Assistent, Jim Fox, benutzte. Er war an dem Abend zum erstenmal im Club gewesen, auf meine Einladung, lernte eine Dame kennen und ging mit ihr nach Hause. Als er zurückkam, um den Volvo abzuholen, war er weg.«

»Wann genau hat er den Diebstahl angezeigt?«

»Erst am nächsten Tag, am frühen Abend. Die Dame hat ihn morgens an seinem Arbeitsplatz abgesetzt, und ich habe ihn dann nach der Arbeit zum Club gefahren.«

Aus diesem Grund also hatte die Highway-Patrouille, die beim Ausstellen eines Strafmandats stets auch die Zulassungsnummer überprüft, den Wagen nicht als gestohlen im Fahndungsbuch stehen.

Soriano schien das Interesse an unserer Unterhaltung verloren zu haben. Mit einem Blick auf die Uhr sagte er: »Jetzt muß ich aber wirklich gehen. Wenn Sie Marc sehen, sagen Sie ihm bitte nicht, daß er rausfliegt. Ich möchte Jay nicht den Spaß an der Sache verderben.« Bevor ich antworten konnte, verbeugte Soriano sich knapp und verließ das Apartment.

Ich blieb eine gute Minute an Ort und Stelle sitzen und verdaute die letzten Neuigkeiten. Das Bild, das ich mir von Tracy machen mußte, war unappetitlich, und mein Abscheu stieß mir sauer auf. Ich hatte niemals wirklich bedauert, keine Kinder zu haben, doch jetzt kam es mir direkt wie ein Segen vor. Der Schmerz, den diese Enthüllungen George bereiten würden – wenn es mir nicht gelang, sie irgendwie zurückzuhalten –, war unvorhersehbar. Und egoistischerweise wollte ich nicht diejenige sein, die für die Enthüllungen verantwortlich war. Nach einer Weile schob ich diese trüben Gedanken beiseite und ging durch den Flur zum Wäscheschrank, wo ich das Instrument suchte, mit dem sich Tracys Zimmertür öffnen ließ. Es lag nicht da. Ich tastete in meiner Umhängetasche nach einem passenden Werkzeug und holte einen langen Nagel hervor – er gehörte zu dem Kram, den eine Hausbesitzerin mit Renovierungsabsichten so mit sich herumschleppt. Ich brauchte ein paar Anläufe, aber nach einer halben Minute schnappte das Schloß auf, und ich trat durch die Tür.

Aus der Dunkelheit vor mir drang ein erstickter Schrei.

Ich preßte mich flach an die Wand, tastete mit der einen Hand nach dem Lichtschalter, während die andere automatisch ins Seitenfach meiner Tasche griff, obwohl ich gar keine Waffe bei mir hatte. Dann flammte die Deckenbeleuchtung auf, und ich sah Laura Kostakos.

Sie hockte zwischen Bett und Schrank am Fenster auf den Knien. Ihr blauer Hausanzug war zerknittert und sah aus, als hätte sie ihn seit unserem letzten Gespräch am Donnerstag zuvor nicht mehr ausgezogen. Ihr graublondes Haar hing schlaff und zerzaust herunter. Doch ihr Blick machte mir mehr Sorgen als ihr Aufzug: Die Augen waren weit aufgerissen vor Angst und der Blick seltsam verschwommen. Sie öffnete den Mund, als wolle sie noch einmal schreien, doch ich hob beruhigend die Hand.

Laura sank noch mehr in sich zusammen, und ihr vorgebeugter Kopf verschwand fast aus meinem Blickfeld. Ich eilte um das Bett herum, murmelte ein paar beruhigende Worte und griff ihr unter die Arme, um ihr aufzuhelfen. Sie waren dünn wie Streichhölzer. Das Gardenienparfüm roch unangenehm durchdringend wie am Boden verrottende Blüten. Ihr Körper sackte gegen mich. Es gelang mir, sie in den nahen Schaukelstuhl zu setzen.

Sie legte den Kopf zurück und schnappte nach Luft. »... haben mich erschreckt.«

»Tut mir leid. Ich wußte nicht, daß Sie hier waren.«

»Ein Mann ist in die Wohnung gekommen. Ein fremder Mann. Ich habe die Tür verschlossen und mich versteckt.«

»Das war Jay Larkeys Geschäftspartner. Er ist jetzt weg.«

Sie nickte müde, schloß die Augen und fing wie im Schlaf an, sanft zu schaukeln.

Ich setzte mich auf die Kante des Wasserbetts. Drinnen schwappten und kräuselten sich kleine Wellen. »Mrs. Kostakos... Laura«, sagte ich, »was tun Sie hier? Es kann nicht gut für Sie sein, weiter hierherzukommen, zu warten und sich in der Vergangenheit zu vergraben.«

Sie schaukelte schweigend weiter.

»Wenn Tracy zurückkommt«, setzte ich hinzu, »dann sicher nicht in dieses Apartment. Wahrscheinlich weiß sie nicht einmal, daß Sie es behalten haben.«

»Sie weiß es.«

»Wie kommen Sie darauf?«

»Weil sie sagte, ich solle hierherkommen, als sie mich anrief. Beide Male.«

Ein kalter Schauer fuhr mir über den Rücken. »Wann war das?«

»Silvester, nachmittags. Und heute wieder, um fünf.«

»Sind Sie sicher, daß es Tracy war.«

»Ich kenne die Stimme meiner Tochter.«

»Was genau hat sie gesagt?«

»Beim erstenmal nur, daß ich in das Apartment hier kommen soll, sie wolle mich hier treffen. Ich habe die ganze Nacht gewartet, aber sie ist nicht gekommen. Heute hat sie sich dafür entschuldigt. Sie sei aufgehalten worden, aber heute abend sei sie bestimmt da. Doch dann kam dieser Mann, und jetzt Sie. Wahrscheinlich hat sie das abgeschreckt.«

Oder sie ist erst gar nicht gekommen, dachte ich. War die Anruferin wirklich Tracy gewesen, oder hatte sich jemand einen grausamen Scherz erlaubt? »Weshalb sollte sie Angst vor mir oder Rob Soriano haben?«

Keine Antwort.

»Laura – *weshalb*?«

Sie schüttelte den Kopf, das Schaukeln wurde stärker.

Ich sah ihr schweigend zu, führte meine Überlegungen von vorher weiter bis zu der unvermeidlichen Schlußfolgerung. Wenn Tracy – direkt oder indirekt – mit dem Mord am Napa River zu tun hatte, dann fürchtete sie zu Recht, gesehen zu werden, vor allem von Rob Soriano, der sie durchschaut hatte. Hatte sie bei ihrer Mutter irgendwie durchblicken lassen, was in jener Nacht oder in den Jahren danach passiert war? Oder hatte sie sie einfach nur herzitiert? Ob so oder so – warum ausgerechnet jetzt? Hatte sie erfahren, daß der Fall neu aufgerollt würde? Das würde bedeuten, daß sie Kontakt zu jemandem hatte, der von meinen Ermittlungen wußte.

»Laura«, sagte ich, »waren Tracys Anrufe Ferngespräche?«

»... Ich weiß nicht, wo sie war.«

»Aber *hörten sie sich an* wie Ferngespräche?«

»... Nein. Sie kann nicht weit weg gewesen sein, denn sie wollte mich ja abends hier treffen.«

Ich schwieg wieder und dachte darüber nach, was sie gesagt

hatte. Tracy konnte tatsächlich angerufen haben oder jemand, der vorgab, Tracy zu sein. Laura konnte aber auch lügen oder sich die beiden Anrufe nur eingebildet haben. Ich hatte nichts in der Hand, um die Wahrheit herauszufinden.

Laura setzte sich auf und öffnete die Augen. Sie sah mich trotzig an. »Ich weiß, was Sie denken«, sagte sie. »Daß ich alles erfunden habe oder es mir einbilde. Genau wie George. Sie glauben mir nicht.«

Als sie seinen Namen nannte, gab mir mein Schuldgefühl einen Stich. Ich hatte in der Nacht zuvor mit ihrem Mann geschlafen und würde es vielleicht heute abend wieder tun. Und währenddessen saß diese Frau in einem dunklen Zimmer und wartete auf ihre Tochter, die vielleicht nie mehr zurückkam. Eine Tochter, die in jedem Fall nie mehr das Kind sein würde, das sie aufgezogen und geliebt hatte.

»Genau wie George«, sagte sie noch einmal und fing an zu husten.

»Was ist los?« fragte ich besorgt.

Sie deutete mit dem Arm zur Tür und röchelte: »Wasser.«

Ich rannte in die Küche, fand in dem Durcheinander auf der Frühstücksbar ein Glas und spülte es aus. Während ich es füllte, hörte ich etwas krachen. Erschrocken ließ ich das Glas in das Spülbecken fallen, wo es zersprang, und rannte zum Schlafzimmer. Schon merkte ich, daß das Krachen von der Wohnungstür gekommen war. Sie war zugefallen. Laura war fort.

Ich eilte hinaus und die Treppe hinunter. Als ich auf dem Gehsteig ankam, stieg Laura in das Mercedes-Sportcoupé, das in der Einfahrt stand. Ich lief um den Wagen herum zur Fahrerseite, aber sie hatte die Tür verriegelt. Sie ließ den Motor an und setzte zurück. Um ein Haar verfehlte sie meine Zehen. Es war fast ein Wunder, daß auf der Upper Market kein Verkehr herrschte.

Ich sah, wie der Mercedes schleudernd bergab raste und dann meinem Blick entschwand. Ich hoffte, daß Laura sich so weit unter Kontrolle hatte, nicht sich selbst oder andere auf ihrem Weg nach Palo Alto umzubringen.

17

George sagte: »Ich rufe einen Kollegen an und bitte ihn, nach ihr zu sehen. Wenn sie sich weigert, kann ich nicht mehr viel tun.«

Wir saßen in der Küche seines Luxusschuppens und tranken Wein. Die versprochene Pizza war unterwegs. Er hatte sie schon vorher bestellt, wohl um die Illusion einer gewissen Normalität aufrechtzuerhalten. Doch mein Bericht über Tracys angebliche Anrufe und Lauras Verhalten hatte ihn zutiefst erschüttert.

»Vielleicht solltest du mit ihr reden«, begann ich zögernd.

Er schüttelte den Kopf. »Nein, Sharon, das kann ich nicht. Es ist aus zwischen Laura und mir. Die vergangene Nacht hat das bestätigt.« Auf meinen fragenden Blick sagte er: »Nein, du bist nicht die erste Frau, mit der ich seit unserer Trennung geschlafen habe. Und ich gestehe, daß ich auch vorher meiner Frau nicht immer treu war. Aber du bist nach Laura die erste Frau, bei der ich diese wesentlichen Gemeinsamkeiten spüre, die am Anfang einer Beziehung und nicht einer zufälligen Affäre stehen. So schlecht es Laura auch gehen mag, ich kann sie nicht in dem Glauben lassen, es könnte zwischen uns noch etwas geben.«

»Außerdem«, fügte er hinzu, »ist Laura eine sehr scharfsinnige Frau, auch wenn es mit ihren emotionalen Fähigkeiten eher schlecht bestellt ist. Sie würde merken, daß ich nur aus Mitleid zu ihr käme, und das würde ihren Stolz brechen. Und sie braucht ihren Stolz, um zu überleben, bei dem, was wahrscheinlich noch vor ihr liegt.«

Ich nickte und drehte mein Weinglas langsam zwischen den Fingern. »Solange sich nur irgend jemand um sie kümmert. Aber was ist mit diesen Anrufen, George? Glaubst du, daß das wirklich Tracy war?«

Sein Blick verdüsterte sich, und die braunen Augen hatten einen Stich ins Grüne. »Die Anrufe... Ich weiß es einfach nicht. Das Ganze hat so etwas Geheimnisvolles, Gespenstisches – es sieht Tracy so gar nicht ähnlich. Und doch muß ich daran denken, daß es ihr auch nicht ähnlich sah, zu verschwinden und auch noch zu schweigen, als ihr Freund für einen angeblichen

Mord an ihr verurteilt wurde. Ich weiß es einfach nicht, verdammt noch mal!«

»Könnten die Anrufe Produkte von Lauras Phantasie sein?«

»Ja.« Er verzog das Gesicht und lachte bitter. »Weißt du, ich möchte das nur zu gern glauben, weil ich mir nicht vorstellen kann, was für ein Mensch aus Tracy geworden sein muß, daß sie uns alle durch so ein Martyrium schickt. Doch wenn Laura sich die Anrufe nur einbildet, dann müßte sich ihr Geisteszustand im Laufe einer Woche dramatisch verschlechtert haben.«

»Kann das denn ... so plötzlich passieren?«

»Bisweilen. Die Feiertage könnten noch verstärkend gewirkt haben. Sie weigerte sich, während dieser Tage irgend etwas zu unternehmen, obwohl sie sogar von ein paar Verwandten eingeladen worden war. *Ich* selbst habe sogar versucht, sie zu überreden, am Weihnachtsabend mit mir zum Dinner auszugehen, aber sie wollte nicht.«

Ich spürte ein eifersüchtiges Prickeln. Dabei hatte ich damals von George Kostakos' Existenz noch so gut wie nichts gewußt.

Er lächelte und legte seine Hand auf meine. »Sie hat mir einfach leid getan. Aber ich hätte es besser wissen müssen. Sie hat mich natürlich durchschaut.« Er brach ab und sah mir aufmerksam ins Gesicht. Sein offener Blick bat mich, ihm zu glauben. Nach einer kleinen Weile senkte ich selbst den Blick. Er hatte mich ebenso leicht durchschaut wie Laura ihn.

Selbst das verstand er, und so ließ er meine Hand los und stand rasch auf. »Ich rufe meinen Kollegen an. Achtest du auf den Boten mit der Pizza?«

Ich blieb am Küchentisch sitzen, nippte trübsinnig an meinem Wein und starrte einen großen Bund roter Pfefferschoten an, der an einem schwarzen, eisernen Topfständer hing. Seltsam widersprüchliche Gefühle stiegen in mir auf. Einerseits wollte ich George für mich selbst. Andrerseits wollte ich, daß er für Laura etwas tat, das ihr half. In der letzten Nacht hatte ich in ihm nicht den Mann gesehen, der noch verheiratet war mit einer ziemlich verwirrten Frau. Heute abend dagegen konnte ich ihn nur so sehen. Vielleicht wurde aus dieser Beziehung mehr, als ich mir eigentlich zumuten wollte –

Es läutete an der Tür. Ich griff nach dem Geld, das er auf den Tisch gelegt hatte, und ging hinunter, um dem Boten von Domino's zu öffnen.

Den restlichen Abend verbrachten wir in stillschweigender Übereinkunft, weder über seine Frau noch über meine Ermittlungen zu sprechen. Nach dem Essen machten wir Feuer im Kamin und breiteten Kissen und Decken auf dem Boden davor aus, statt uns in die bequemen Sessel fallen zu lassen. Eine Zeitlang starrten wir in die Flammen und tauschten alte Geschichten und kleine Geheimnisse aus. Das ist der Mörtel, der die Bausteine unseres körperlichen Verlangens und unserer flüchtigen Gefühle zu dem zusammenfügt, was als Ganzes viel stärker ist als jedes einzelne für sich.

Ich erfuhr, daß George immer in Palo Alto gelebt hatte, bis auf die Jahre am Harvard-College und nach seinem Examen an der Universität von Michigan. Daß er dem Familienunternehmen – Ölförderung und Ölbohrungen – den Rücken gekehrt und die akademische Laufbahn eingeschlagen hatte. Seinem Vater hatte er sich damit entfremdet. Er lernte Laura kennen und heiratete sie. Auch sie setzte ihr Universitätsstudium fort, und zwar in Ann Arbor. Im Gegensatz zu vielen Akademiker-Paaren gelang es ihnen beiden, sich einen Platz in Stanford zu sichern. Nach Tracys Geburt versöhnte sich sein Vater mit ihm, und nach seinem Tod vor gut zwölf Jahren erbte er ein kleines Vermögen.

»Aber das Geld hat nichts verändert«, sagte er. »Es war ganz nett, es zu haben, und wir haben gut gelebt, aber es hat eben… nichts verändert.«

»Wie meinst du das?«

»Es ging alles so weiter, wie bisher. Das Leben wurde zu vorhersehbarer Routine, ein Tag, ein Monat, ein Jahr wie das andere – wie es eben geht, wenn man eine Karriere aufbaut und ein Kind großzieht. Es war nicht unangenehm, aber…« Er fiel in Schweigen und sah für einen Augenblick ins Feuer.

»Weißt du«, fuhr er fort, »es gibt eine ganze Phase in meinem Leben, die ist grau. Ich kann mich einfach nicht an sie erinnern. Kleine Dinge ragen heraus: ein nettes Weihnachtsfest, Tracys High-School-Abschluß, ein schöner Urlaub. Aber es ist, als hätte sie jemand anders erlebt und sie mir weitererzählt. Woran ich mich tatsächlich erinnere, das sind Dinge aus der ersten Zeit: Wintermorgen in Cambridge, so kalt, daß du dich beim Anziehen nur Zentimeter von deinem elektrischen Heizgerät entferntest und auf Eis und Schnee buchstäblich in den Hörsaal schlittertest; Herbsttage in Ann Arbor, an denen das ganze Tal des Huron River unter einem Dunstschleier lag und der aber der herbstlichen Farbenpracht nichts anhaben konnte; ein besonderer Abend mit Laura kurz nach unserem Umzug nach Palo Alto, als wir in Stanford kurz nach einem Regenschauer durch ein Eukalyptuswäldchen liefen und von seinem Duft schier überwältigt waren, während es von den Bäumen auf uns herabtropfte. Lange Zeit habe ich geglaubt, daß mein wahres Leben aus diesen wenigen Momenten bestand und daß ich mehr nicht zu erwarten hatte.«

»Und dann?«

»Dann ist Tracy verschwunden. Es war ein brennender Schmerz, aber er hat mich da herausgeholt. Zu meiner Überraschung war das, was nun kam, nicht nur schlimm. Zumindest lebte ich wieder. Zumindest *fühlte* ich etwas.«

Er wandte sich zu mir, nahm mein Gesicht in beide Hände, und Reden wurde überflüssig. Körperliche Liebe schien katalytisch auf Georges Kummer und Schmerz zu wirken und beides in eine Kraft zu verwandeln, die alles hinwegschwemmte, was ich an Schuldgefühlen und Distanz empfunden hatte. Danach war mir, als schwebte ich, warm und zufrieden und vollkommen sicher, wie betäubt von den angenehmsten Empfindungen, schwerelos im Raum.

Kurz nach Mitternacht läutete das Telefon. George nahm den Hörer in der Küche auf. Als er zurückkam, war sein Schritt leichter. »Das war mein Kollege«, sagte er. »Er hat mit Laura gesprochen. Sie will morgen zu ihrem Therapeuten gehen.«

Ich setzte mich auf und strich mir das Haar aus dem Gesicht. »Und diese Anrufe – behauptet sie immer noch, Tracy habe angerufen?«

Er kroch unter die Steppdecke und zog mich zu sich. »Mein Freund sagt, ja.«

»Dann werde ich künftig davon ausgehen, daß Tracy am Leben ist und versucht hat, sich mit ihrer Mutter zu treffen.«

Einen Augenblick lang spürte ich, wie die Spannung in seinen mageren Körper zurückkroch. Dann drehte er mich zu sich. Eine Zeitlang schafften wir es zu vergessen, daß draußen, außerhalb unserer Umarmung, eine Welt lauerte, in der Tod, Schmerz und Einsamkeit eher die Regel sind als die Ausnahme.

Am nächsten Morgen hatte George um neun eine Verabredung mit jemandem von den Living Victims, der Selbsthilfegruppe für Angehörige und Freunde von Mordopfern, denen George bei den Entschädigungsanträgen half. Ich fragte ihn, ob ich bei ihm bleiben und mir ein paar Videos von Tracys Vorstellungen ansehen dürfe. Er zeigte mir den Schrank, in dem sie lagen, und machte sich sichtlich heiter auf den Weg.

Bevor ich mir die Bänder ansah, rief ich Stan Gurski an. Die offiziellen Mitteilungen beinhalteten genau das, was ich erwartet hatte: Amy Barbour und Marc Emmons waren noch nicht gefaßt. Larkey hatte der Polizei die zahnärztlichen Unterlagen von Lisa McIntyre übermittelt, lehnte jedoch wegen einer früher getroffenen Verabredung eine persönliche Hilfestellung ab. Als ich Larkey trotzdem zu Hause anrief, sagte er mir, sein Magen hätte den Anblick der sterblichen Überreste kein zweites Mal ausgehalten. Ich versicherte ihm mein Mitgefühl und fragte ihn nach Namen und Telefonnummer der Agentin, der er Tracy vorgestellt hatte. Jays Affäre mit Tracy erwähnte ich nicht, verabredete mich aber für den Nachmittag mit ihm zu einem persönlichen Gespräch.

Die Agentin hieß Jane Stein. Ich rief ihr Büro am Wilshire Boulevard in Los Angeles an, und als ich Larkeys Namen nannte, wurde ich gleich zu ihr durchgestellt. Ms. Stein war irritiert, als ich sie fragte, ob sie seit Tracy Kostakos Verschwinden etwas von ihr gehört habe, und überrascht, daß ich die Möglichkeit überprüfte, Tracy könnte noch am Leben sein. Es traf sich, daß sie gerade zum Flughafen wollte, um nach San Francisco zu fliegen zu einer Verabredung mit einem Klienten. Da sie am frühen Nachmittag nach New York weiterfliegen würde, sei sie mit ihrem Klienten am Flughafen von San Francisco zum Lunch verabredet. Ob wir uns vielleicht vorher treffen könnten? fragte ich. Sie würde gern mehr über die Sache erfahren. Vielleicht könne sie ja auch ein paar Aspekte beitragen, die mir weiterhalfen. Ich versprach, um halb zwölf an der Bar in der Hauptlobby des United-Airlines-Terminals zu sein.

Das hieß, ich hatte nur noch zwei Stunden Zeit. Also beschloß ich, mir nur noch das Band mit dem Sketch über die lesbische Kellnerin anzusehen, dann zum Umziehen nach Hause zu fahren und dann zum Flughafen. Das Band steckte noch im Recorder. Ich ließ es zurücklaufen und zog den rückenfreundlichsten Sessel vor den Bildschirm.

Das Band war in LP-System aufgenommen, mit einer Spielzeit von sechs Stunden und enthielt etwa dreißig einzelne Nummern aus den zwei Monaten vor ihrem Verschwinden. Ich schaute in jede kurz hinein, ließ einige im Schnellauf durchgehen, betrachtete andere mit größerer Aufmerksamkeit. Nach einer Weile erkannte ich ein Grundmuster, das mir in Tracys Sketchbuch nicht aufgefallen war.

In den meisten Nummern – in der Rolle über die konfuse Feministin zum Beispiel – sah man, daß Tracy die Person, die sie spielte, richtig liebte. Ihr Witz war scharf, aber liebevoll. Wenn sie sich lustig machte, geschah es auf eine freundliche Art. Aber in einigen Fällen – vor allem bei der lesbischen Kellnerin – wurde ihr Humor beißend und stechend, als teile sie hier Larkeys Meinung, Comedy müsse verletzen, um komisch zu sein. Ihr Porträt von Lisa McIntyre enthielt einen besonders bösartigen Unterton, und ich verstand sehr gut, warum die Kellnerin so wütend geworden war. Tracy hatte sie nicht nur sexuell mißbraucht, sondern auch noch vor dem Publikum und den Augen ihrer Mitarbeiter gedemütigt. Ich hatte den Verdacht, daß Tracy in diesem Fall so aufdrehte aus Ärger über sich selbst und Schuldgefühlen gegenüber Lisa. Vielleicht warf sie Lisa auch vor, daß sie sich hatte benutzen lassen. Lisa konnte das jedoch nicht gewußt haben, und so fragte ich mich jetzt, ob Lisas eigene Wut wohl groß genug gewesen sein mochte, um eine heftige Konfrontation zu provozieren.

Nach einer Weile wirkten Tracys Nummern nicht mehr komisch auf mich. Jetzt, nachdem ich wußte, wie sie entstanden waren, kamen sie mir trivial vor im Vergleich zu dem, was viele der Frauen sicherlich erlitten hatten, die ihr als Vorlage dienten. Ich schaltete den Videorecorder aus und stand für eine Weile am Fenster und starrte hinaus auf die Lagune im Dunst auf der anderen Seite der Straße, dann schrieb ich George eine kurze Nachricht – verliebten Unsinn, der nicht wirklich zu meiner Stimmung paßte – und ging heim, um mich umzuziehen.

Mein Anrufbeantworter hatte fünf Anrufe für mich gespeichert. Vier waren privat, einer kam von dem Bauunternehmer, der mich daran erinnerte, daß am Nachmittag das Material geliefert werden müsse, damit er am nächsten Tag früh mit der Arbeit an der Veranda zum Garten beginnen könne. Ich fluchte leise und richtete im Geist meinen Zeitplan darauf ein. Watney wartete in der Küche auf mich und maunzte indigniert ob meiner langen Abwesenheit. Als ich ihm sein Futter hinstellte, wendete er sich ab und hob seine Nase zu der Dose mit seinem Lieblingsfutter, Hühnchen und Leber. Ich schickte ihn hinaus und sagte ihm, er solle sich gefälligst ein paar Mäuse fangen, wenn er glaube, sie seien so viel besser.

Für mein Treffen mit einer echten Hollywood-Größe (und mit der Vorstellung im Hinterkopf, daß es für George eine ganz neue Erfahrung sein würde, mich mal in richtigen Erwachsenen-Kleidern zu sehen) zog ich ein Strickensemble aus Rock und Tunika, an. Um den Hals band ich einen bunten Seidenschal. Als ich mein Haar auffrisierte, sah ich mir genau die graue Strähne an, die seit meiner Teenager-Zeit da war, und ich überlegte, ob ich sie langsam färben sollte. Früher einmal hatte sie zwischen all den schwarzen Haaren exotisch gewirkt, aber nun war ich so alt, daß sie bloß noch aussah, als gehöre sie dorthin. Dann wieder dachte ich: Warum soll ich sie färben? Männer halten ihr graues Haar für etwas Besonderes. Dann ist es meines wohl auch.

Der Gedanke gefiel mir, und ich machte mich auf zum Flughafen.

18

Jane Stein war eine angenehme Überraschung. Mit meinem typisch nordkalifornischen Snobismus gegenüber der Glitzerstadt Hollywood hatte ich mit einer aufgetakelten, oberflächlich protzigen, womöglich noch lauten Frau gerechnet. Die dunkelhaarige, konservativ gekleidete Frau dort an einem Fenstertisch der Flughafenbar war nichts von alledem. Sie gab sich zurückhaltend, ihr fester Händedruck und ihre tiefe Stimme strahlten ruhiges Selbstbewußtsein aus, und sie trank sogar Kaffee statt dieses verruchten, geheimnisvollen Drinks, den ich mir ausgemalt hatte. Sie bot mir einen Platz an und bestellte unauffällig bei der Kellnerin einen Eistee für mich. Dann beugte sie sich zu mir und sah mich aus wachen braunen Augen an.

»Es ist mir ein Vergnügen, einmal einer richtigen Privatdetektivin zu begegnen und nicht einem dieser Kinomonster, die wir da unten ständig erfinden«, sagte sie.

»Es freut mich, daß sie das genauso sehen wie ich. Ich kann mir diese Fernsehserien oder Filme gar nicht ansehen. Ich liebe Kriminalromane, aber wie man uns auf der Leinwand darstellt...«

Jane Stein lehnte sich zurück. Sie schien zufrieden mit der Beziehung, die sich zwischen uns anbahnte. »Dann erzählen Sie mir mal, was es damit auf sich hat, daß Tracy Kostakos noch am Leben ist«, sagte sie.

Ich legte ihr den Fall nach dem neuesten Stand dar, ließ aber die schäbige Seite von Tracys Verhalten aus. Jane Stein hörte nachdenklich zu. Als ich zu Ende war, sagte sie: »Es ist ein bißchen bizarr, aber ich habe in diesem Geschäft schon so viel erlebt, daß mich nichts mehr ernsthaft überraschen kann. Ich nehme an, Ihnen geht es genauso.«

Ich nickte und nahm meinen Arm fort, damit die Kellnerin den Tee abstellen konnte.

»Wissen Sie, ich frage mich...« Jane Stein unterbrach sich mit einem Blick zur anderen Seite des Raums. »Ich möchte Ihnen von meiner letzten Begegnung mit Tracy erzählen.«

»Wann war das?«

»An einem Montag, zwei Wochen bevor sie starb... verschwand, was auch immer. Wir befanden uns genau in dieser Bar. Ich treffe mich häufig mit meinen Klienten aus San Francisco hier am Flughafen, wenn ich auf dem Weg nach New York bin. Bis zum Anschlußflug ist immer Zeit genug für ein paar Gespräche, und ich erspare mir so eine Extrareise nach Norden.« Sie lächelte. »Meine Klienten hier sind größtenteils mit ihrer Karriere noch nicht so weit, daß sie sich ohne weiteres einen Flug zu mir hinunter leisten können. Wie dem auch sei, ich hatte Tracy zuvor nur zweimal getroffen – einmal habe ich sie mir im Café Comédie auf der Bühne angesehen und dann auf einem Trip mit Jay nach L. A.«

Sie wußten, daß die beiden ein Verhältnis hatten?«

»Oh, ja. Jay machte kein Geheimnis daraus. Er war stolz darauf, wissen Sie. Er hatte gerade ein paar harte Jahre hinter sich: Beruflich hatte er Rückschläge erlebt, dazu spürbare finanzielle Verluste. Er brauchte für sein Leben eine hübsche junge Frau wie Tracy, so, wie sie ihn brauchte.« Sie schüttelte den Kopf. »Was er bestimmt nicht gebraucht hatte, war, sie auf diese Weise zu verlieren.«

»Warum haben Sie sich das letztemal mit Tracy getroffen?«

»Sie hatte mich angerufen und gesagt, sie müsse mich sprechen. Anscheinend wollte sie weg von San Francisco und hoffte, ich könnte sie in einem Club in L. A. unterbringen. Ich hatte den Eindruck, in ihrem Privatleben lief einiges schief. Vielleicht war sie Jay leid, oder es gab jemand anderen, den sie loswerden wollte. Jedenfalls sagte sie, sie brauche eine Veränderung. Ich machte sie darauf aufmerksam, daß sie gerade erst einen sehr lukrativen Vertrag mit Jay abgeschlossen hatte. Ich bezweifelte, daß er sie da herauslassen würde, und ich fand es nicht anständig, daß sie vorhatte, womöglich vertragsbrüchig zu werden.«

»Wie hat sie darauf reagiert?«

»Gereizt – aber das bin ich bei meinen Klienten gewöhnt. Wir haben auch über die Möglichkeit gesprochen, für den Film oder fürs Fernsehen zu arbeiten. Ich war der Meinung, daß sie für beides noch nicht reif war, und riet ihr zur Geduld. Sie zeigte mir einen neuen Sketch, an dem sie gerade arbeitete, und ich hatte das Gefühl, daraus könnte mit einiger Übung und Weiterentwicklung etwas Gutes werden.«

»Worum ging es?«

Jane Stein winkte nach einem weiteren Kaffee. »Um sehr viel Improvisation. Sie wollte eine Tageszeitung nehmen, aufs Geratewohl einen Artikel in der Unterhaltungsbeilage aufschlagen – oder jemanden aus dem Publikum darum bitten – und daraus dann eine Nummer machen. Das hatten andere vor ihr auch schon gemacht, aber man muß wirklich gut sein, um das zu schaffen. Ich glaube, sie hatte das Zeug dazu.«

»Sie hat es Ihnen wirklich vorgespielt?«

»Ja. Wenn ich sagte, daß mir eine Frage durch den Kopf geht... Also gut, ich schildere es Ihnen erst einmal, und Sie sagen mir dann, ob es von Bedeutung ist.« Jane Stein wartete, bis die Kellnerin ihr nachgeschenkt hatte. Dann fuhr sie fort.

»Ich hatte an dem Morgen die *L. A. Times* bei mir. Sie schlug den Teil ›Vermischtes‹ auf und spielte einen sehr komischen Sketch über eine Frau, die für ihre sieben Dalmatiner einen Zwanzigtausend-Dollar-Zwinger gebaut hatte und nun ihre Nachbarn davon abzubringen versuchte, sie wegen Verletzung der Grenzvorschriften vor den Kadi zu zerren. In einzelnen Punkten war er noch unausgegoren, doch ich war sehr beeindruckt. Dann passierte etwas Seltsames.«

Ich wartete, bis Jane Stein einen Schluck Kaffee getrunken hatte.

»Mal sehen«, fuhr sie fort, »daß ich es so genau wie möglich hinbekomme. Wir unterhielten uns noch ein wenig, und ich machte mir ein paar Notizen. Während ich schrieb, blätterte Tracy die Zeitung durch. Nach ein paar Minuten schaute ich auf, und... irgend etwas stimmte nicht. Ihr Gesicht war sehr blaß und – wie mir später vorkam – ein wenig verschreckt. Ich fragte sie, was los sei, aber sie zuckte nur mit den Schultern und sagte nichts, nur, daß ihr gerade eine Idee gekommen sei.«

»Und über die wollte sie sich nicht auslassen?«

»Nein. Wir haben ein paar andere Dinge besprochen – Vertragsangelegenheiten –, und dann war es Zeit für meinen Flug nach New York.«

»Das war es?«

»Bis auf eines, das mir bis heute gar nicht aufgefallen war. Sie bat mich um das Exemplar der *Times*. Nach dem, was Sie mir erzählt haben, muß ich mich jetzt fragen, ob es nicht etwas aus der Zeitung gewesen war, das ihr diesen Schreck eingejagt hatte. Etwas, das mit ihrem Verschwinden zu tun hat.«

»Haben Sie bemerkt, in welchen Teil der Zeitung sie dabei schaute?«

»Leider nicht.«

»Aber es war eindeutig die Morgenausgabe?«

»Ja, vom Montag. Im Februar ... und jedenfalls in dem Jahr.«

»Und es war die normale L. A.-Ausgabe?«

Sie nickte.

Ich trank von meinem Eistee und sah auf die Rollbahn hinaus, wo gerade eine L 1011 landete. Was Jane Stein mir erzählt hatte, konnte von großer Bedeutung sein – oder aber absolute Fehlanzeige. Ihre Erinnerung an das Treffen war fast zwei Jahre alt, und was davon noch übrig war, war heute zwangsläufig von den nachfolgenden Ereignissen gefärbt.

»Was meinen Sie dazu?« fragte sie.

»Ich bin froh, daß Sie es mir erzählt haben. Ich werde mir diese Ausgabe der *Times* ansehen.« Ich legte die Unterarme auf den Tisch und spielte mit der Cocktail-Serviette, während ich meine nächste Frage formulierte. »Ms. Stein, würden Sie mir wohl Ihren persönlichen Eindruck von Tracy Kostakos schildern?«

»Gern.« Sie machte eine Pause und dachte nach. »Sie war ... ein Typ, wie wir ihm häufig in diesem Geschäft begegnen. Extrem narzistisch.«

Langsam hörte sie sich an wie George. War heutzutage denn jeder ein Psychologe? »Können Sie mir das erklären?«

»Tracy hatte ein überentwickeltes Ego. Natürlich ist im Showbusineß ein gesundes Ego lebensnotwendig. Ohne das kann man nicht überleben. Aber Tracys war nicht gesund. Sie war ein Bündel von Widersprüchen. Einerseits war sie sehr unsicher und brauchte ständig Lob und Bestärkung. Andererseits fühlte sie sich anderen überlegen und erhob Anspruch auf besondere Behandlung. Sie glaubte, Regeln gälten einfach für sie nicht, und sie war sehr unsensibel, was die Gefühle anderer Leute anging.«

»Niemand hat bisher ihre Unsicherheit erwähnt.«

Jane Stein lächelte. »Sie gab sich alle Mühe, sie zu verbergen. Aber so etwas fällt einem Künstleragenten schnell auf. Sie war fraglos die unangepaßteste Klientin, die ich je hatte. Ich war bereit, mich mit ihren Mängeln abzufinden, weil sie äußerst begabt war. Sie lebte für ihre Arbeit. Wenn sie anderen Menschen ihre Rechte absprach oder keine Rücksicht auf ihre Gefühle nahm, dann gewöhnlich, weil sich die anderen zwischen sie und ihre Kunst drängten.«

Vielleicht hatte Jane Stein recht, aber sie hatte Tracy vom rein professionellen Standpunkt aus betrachtet. Es gab jedoch noch einen anderen Charakterzug bei ihr, der sich mir nach und nach beim Betrachten des Videobandes erschlossen hatte. Die Art, sich zu bewegen, zu sprechen und mit dem Publikum zu kommunizieren, machte mir deutlich, daß Tracy ein durch und durch sinnlicher Mensch war, nicht nur im sexuellen Sinne des Wortes. So, wie Rob Soriano es ausgedrückt hatte: Sie wollte die totale Erfahrung, mit allen Sinnen. Ihre Kunst bot ihr die Chance, der Faszination nachzugeben, die das Innere anderer Menschen und ihre Art zu leben auf sie ausübten, und solange sie das nur beobachtet und registriert hatte, war alles in Ordnung gewesen. Doch irgendwann hatte sie die Grenze zwischen Beobachtung und wirklichem Teilhaben an Lebensformen, die den eigenen fremd waren, überschritten: die Frau, die mit Schwarzen schlief, die Lesbierin. Als ihr Verhalten über das hinausgegangen war, was nicht nur in der Oberklasse, aus der sie stammte, als noch akzeptabel galt, sondern auch in der Subkultur der Comedy-Clubs – da war sie in Schwierigkeiten geraten.

Tatsächliche Anteilnahme am Leben anderer Menschen. Langsam kam mir eine Idee…

Jane Stein betrachtete mich interessiert. »Erfahre ich, was Sie herausbekommen?«

»Ja, natürlich.«

»Meine Einschätzung von Tracy mag geklungen haben, als verurteile ich sie recht heftig. Aber ich habe sie wirklich gemocht. Sie hatte Talent und war voller Hingabe. Diese Kombination ist schwerer zu finden, als man erwartet.« Sie brach ab. Ihr Blick wanderte zum Eingang der Bar. »Mein Klient«, sagte sie.

Ich stand auf. »Danke, daß Sie sich Zeit für mich genommen haben.«

»Keine Ursache.« Sie war bereits aufgestanden, und ihr Interesse wandte sich von der verlorenen Verheißung, die Tracy Kostakos einmal für sie gewesen war, den Zukunftserwartungen eines lockigen jungen Mannes zu, der ihren Tisch ansteuerte.

Ich ging zu einem der Telefone in der Schalterhalle und rief per Kreditkarte Detective Gurski an. Er hatte mir vorher gesagt, daß einer seiner Leute Lisa McIntyres zahnärztliche Unterlagen aus der Stadt holen und daß er die Gerichtsmedizin drängen werde, ihm bis mittags die Vergleichsresultate durchzugeben. Er brauchte lange, bis er am Apparat war, doch dann war sein Ton wärmer als bei früheren Gelegenheiten.

»Das war ein guter Vorschlag von Ihnen, Ms. McCone«, sagte er. »Die Identifikation ist positiv.«

»Es waren die Gebeine von Lisa McIntyre.«

»Ja. Ich nehme an, Ihnen ist klar, was das bedeutet. Der neue Schwerpunkt unserer Ermittlungen wird sehr schmerzlich für die Familie Kostakos sein.«

»Dessen bin ich mir bewußt. Habe ich Ihre Erlaubnis, im Auftrag von Bobby Fosters Anwalt weiter an dem Fall zu arbeiten?«

»Für mich ist das kein Problem, solange Sie mich über alle Entwicklungen auf dem laufenden halten.«

Ich bedankte mich, hängte ein und wählte als nächstes die Nummer von Rae bei All Souls. »Noch etwas Neues über Lisa McIntyre?« fragte ich.

»Nicht das geringste. Ihre Hausmeisterin war nicht da, und Kathy Soriano weigert sich, mit mir zu reden. Ich habe gerade erst mit der Verfolgung ihrer Spur angefangen, und es wird wohl noch eine Weile dauern, bis sich jemand bei mir meldet.«

»Ich bezweifle, daß dabei etwas herauskommt.« Ich erzählte ihr von der Analyse der Gerichtsmedizin. Dann fügte ich hinzu: »Ich möchte, daß du dennoch dran bleibst.«

»Warum, wenn die Frau tot ist?«

»Nur so eine Idee. Ich erkläre es dir später. Du könntest dich zum Beispiel mit den Gewerkschaften für Dienstleistungsberufe, etwa für Kellnerinnen, in Verbindung setzen. Ich weiß nicht, wen du dort sprechen solltest oder was du tun mußt, um Informationen zu bekommen, aber ruf in Johnny's Kansas City Barbecue an – das ist das Restaurant an der Fillmore, das da zwar schon immer war, aber gerade erst ›entdeckt‹ wurde – und sprich mit Johnny Hart. Er ist ein alter Freund von mir und kann dir vielleicht helfen.«

»In Ordnung«, sagte Rae, und der zweifelnde Ton in ihrer

Stimme sagte mir, was sie von der Idee hielt. »Übrigens«, fügte sie hinzu. »George Kostakos hat angerufen. Sagte, er versucht es später noch einmal.«

»Oh, gut. Wenn er wieder anruft, frag ihn, ob er um vier Uhr bei mir zu Hause sein kann. Ich muß dann nämlich dort sein, weil eine Rigips-Lieferung kommt.«

»Red mir nicht von Rigips.«

»Tut mir leid. Ist das Zimmer fertig?«

»Ich bin noch beim Ausmalen. Wahrscheinlich werde ich mein Leben lang anstreichen.«

Ich wünschte ihr Glück bei ihrer Arbeit, ging zum Airport-Parkhaus und zahlte eine königliche Summe für die Auslösung meines Wagens. Als ich in die Stadt zurückfuhr, ballten sich drohend dunkle Wolken über den dürren Hängen des San Bruno Mountain zusammen.

19

Es regnete heftig, als ich von dem kleinen Restaurant, in dem ich einen Hamburger gegessen hatte, durch den South Park zum Café Comédie hinüberging. Ich sprintete zwischen den Bänken und Spielplatzgeräten hindurch, um unter den Schutz des rot-weiß-blau gestreiften Baldachins zu gelangen. Bei jedem Schritt sank ich mit den Stiefelabsätzen tief in den aufgeweichten Boden ein. Der Club war geschlossen, aber Larkey hatte gesagt, er würde um zwei Uhr da sein. Ich klopfte an die Tür, bis er sich zeigte. Die Feuchtigkeit hatte aus seinem braunen Haar eine wilde Lockenpracht gemacht.

»Großer Gott«, sagte er, als er hinter meinen Schultern wahre Wasserfälle vom Baldachin herabstürzen sah. »Verdammter Wolkenbruch. Sind Sie naß geworden?«

»Nein, ich bin nicht naß, eher durchgefroren.« Drinnen im Club war es fast genauso kalt wie draußen. Ein Raumpfleger in einer Daunenjacke saugte den Teppich in der Nähe der Bühne, und der Barkeeper, der mich am Donnerstagabend bedient hatte, packte mit Handschuhen einen Karton mit Schnapsflaschen aus.

»Tut mir leid, daß es hier so kalt ist«, sagte Larkey. »Wir haben Probleme mit dem Heizkessel – es tritt Gas aus, und die Leute von den Stadtwerken kriegen die Sache nicht richtig dicht. Kommen Sie nach hinten in mein Büro. Da läuft ein Heizgerät. Möchten Sie einen Drink?«

»Einer wäre nicht schlecht, danke.«

»Mike, machst uns einen Grog und bringst ihn ins Büro?« bat er den Barkeeper. Dann winkte er mich durch die Tür, auf der ›Ja‹ stand.

Nach der Kälte draußen kam mir das Büro direkt überheizt vor, und es wirkte noch unordentlicher als bei meinem ersten Besuch. Mitten auf dem Fußboden lag ein Stapel Aktenkartons, daneben stand ein voller Papierkorb mit, wie es aussah, Quittungen obenauf. Obwohl Larkey wieder einen Trainingsanzug trug – piekfein und diesmal rotgelb –, hatte er jetzt sein Trainingsgerät offensichtlich nicht benutzt. Über dem hingen nämlich eine Sportjacke, ein Hemd, zwei Krawatten und eine Hose. Während ich meinen Trenchcoat ablegte, sah er sich hilflos um, nahm dann einen Stapel Zeitungen und Magazine von einem Stuhl und ließ sie in eine Ecke fallen. Ich setzte mich. Er nahm den Schreibtischsessel und legte die Füße auf das zerfledderte Eintragungsbuch.

»So«, sagte er, »was ist denn passiert?«

»Der Polizeiarzt von Napa City hat die Knochen untersucht. Es handelt sich eindeutig um die von Lisa McIntyre.« Er verzog plötzlich das Gesicht wie im Schmerz. »Armes Kind. Sie tut mir leid. Aber was, zum Teufel, hatte sie da oben überhaupt zu suchen?«

»Das kann ich nicht sagen. Haben Sie ein Foto von ihr – vielleicht in ihrer Personalakte?«

Er wollte schon den Kopf schütteln, nahm dann aber die Füße vom Tisch und wühlte in einer der unteren Schreibtischschubladen. »In dem Jahr hatte mir die Belegschaft eine Geburtstagsparty ausgerichtet. Irgendwer hat auch Fotos gemacht. Es könnten auch… da ist eines – Lisa zusammen mit Tracy an der Bar.«

Ich stand auf und nahm es aus seiner ausgestrecktene Hand. Sie saßen auf Barhockern, halb zur Kamera gedreht. Tracys Gesichtsausdruck war wachsam, wahrscheinlich weil sie auf das grelle Licht des Blitzes wartete. Lisas Lächeln wirkte etwas herausfordernd. Sie hatte ein herzförmiges Gesicht mit Himmelfahrtsnase. Das hellbraune Haar fiel ihr glatt auf die Schultern, wo es leicht gelockt aufsprang. Der gewiefte, wissende Ausdruck in ihren Augen kam mir seltsam bekannt vor. Tracy hatte ihn in ihrem Sketch von Ginny, der Kellnerin, perfekt getroffen.

Ich wußte nicht, warum ich ein Foto der toten Frau hatte sehen wollen. Vielleicht hatte ich gehofft, das Bild von diesem erbärmlichen Haufen Knochen aus meinem Innern durch den Anblick einer Lisa aus Fleisch und Blut verbannen zu können. Und noch überraschter über mich selbst war ich, als ich mich fragen hörte: »Kann ich das haben?«

»Behalten Sie es nur. Ich kann damit nichts anfangen.« Als ich es in die Tasche steckte, fügte er hinzu: »Wie sind Sie darauf gekommen, daß das da oben Lisa sein könnte?«

»Nur durch den Zeitpunkt ihres Verschwindens.«

»Ich frage mich, wie sie dorthin gekommen ist, oder ob sie überhaupt wußte, wo sie war. Es ist eine einsame Gegend, und man muß schon genau wissen, wo man abzweigen –« Er brach abrupt ab, weil er merkte, was das bedeuten konnte.

»Tracy hat Sie also auch dorthin mitgenommen?«

Er machte eine Handbewegung, als wolle er meine Frage wegwischen.

»Jay, ich weiß, daß Sie eine Affäre mit ihr hatten. Offenbar hat das damals jeder gewußt.«

Es klopfte an der Tür. Mike, der Barkeeper, kam mit unseren Grogs herein. Larkey wartete, bis er sie serviert hatte und wieder gegangen war, bis er weitersprach. »Ja, ich glaube, alle haben es gewußt. Ich habe mir nicht die Mühe gemacht, es zu verheimlichen.«

»Was hätten Sie auch für einen Grund gehabt? Affären zwischen Männern in den besten Jahren und Frauen in Tracys Alter sind nichts Ungewöhnliches.«

»Vor allem nicht in diesem Geschäft. Vielleicht möchte ich es deswegen jetzt nicht zugeben. Es war so eine banale Situation. Älterer Mann klammert sich an sein Geschäft und sucht Bestätigung. Junge Frau auf dem Weg nach oben glaubt, er kann ihr dabei helfen. Eine uralte Geschichte.«

»Ich bin sicher, Tracy hat das nicht so gesehen. Nach dem, was ich gehört habe, hing sie wirklich an Ihnen.«

Sein Mund zuckte, und er trank schnell einen Schluck Grog. »Nein«, sagte er, »das hat sie nicht getan. Aber das hat nichts zu tun mit... alldem.«

»Darf ich Sie noch etwas Persönliches fragen?«

»Über Tracy?«

»Ja.«

»Bitte.«

»Haben Sie ihr jemals Geld gegeben?«

»Sie meinen, neben dem, was sie für ihre Auftritte hier bekam? Ja.«

»Warum?«

»Von mir aus gesehen dürfte das klar sein. Ich habe gedacht, wenn ich ihr Geld gäbe, würde ich sie nicht verlieren. Aber es war mehr als das. Das Mädchen war arm.« Er sah meinen überraschten Blick und fügte hinzu: »Nicht an Geld. Ihre Familie ist reich. Aber ganz tief in ihrem Innern war sie wütend auf ihre Eltern und wollte um alles in der Welt unabhängig sein.«

»Und sie kam nicht mit dem aus, was sie verdiente? Jane Stein sagte mir, der Vertrag mit Ihnen sei ›lukrativ‹ gewesen.«

»Sie wäre ausgekommen, wenn sie nicht so... arm gewesen wäre – anders kann ich es nicht ausdrücken. Tracy mußte sich ständig etwas kaufen – Kleider, Sachen. Sie füllten eine emotionale Lücke bei ihr aus. Es war genau wie mit dem Applaus des Publikums. Doch wenn sie etwas bekam – Sachen oder Applaus –, dann war es nie ausreichend. Eine Viertelstunde später hatte die Wirkung nachgelassen, so wie bei einem Junkie nach einem Schuß. Dann ging alles wieder von vorne los. Ganz bestimmt muß ihr in der Kindheit etwas gefehlt haben, daß sie so geworden ist.«

Ich dachte an die erste Rolle in ihrem Sketchbuch, hinter der ich Tracy selbst vermutet hatte. Ihre Mutter hatte sie nie in die Arme genommen und an sich gedrückt, und der Vater schien kaum existent gewesen zu sein. Ich dachte an Georges Schilderung der Jahre, in denen Tracy heranwuchs – dieser grauen Jahre, an die er kaum eine Erinnerung hatte. Ein Gefühl der Trostlosigkeit legte sich mir auf die Brust. Ich fühlte mit Laura, die ihre Liebe nicht ausdrücken konnte; mit George, der selber keiner Gefühle fähig gewesen war; und mit Tracy, die emotional verhungert war.

Larkey sah mich neugierig an. Ich schob meine Gedanken beiseite und fragte ihn: »Hat sie Sie oft mit zum Fluß hinausgenommen?«

»Nur zweimal. Sie fuhr gern dorthin, wenn sie weg wollte, und ihre Wohnungsgenossin hat ihr das Haus überlassen, wann immer sie wollte. Ich mochte es überhaupt nicht, es war mir zu rustikal. Aber ich habe mitgemacht... nun ja, aus demselben Grund, aus dem ich ihr auch Geld gab.«

»Glauben Sie, daß sie andere Leute mit dorthin nahm?«

Er fuhr sich mit seinen kleinen, scharfen Zähnen über die Unterlippe. »Warum fragen Sie das?«

»Sie deuteten an, daß Lisa gewußt haben muß, wie man zu dem Haus findet. Es sei denn, sie ist in jener Nacht mit Tracy dort gewesen.«

»Das ist nicht möglich«, sagte er knapp und schüttelte den Kopf.

Ich sah ihm ins Gesicht und versuchte, darin zu lesen, was er über Lisa und Tracy wußte. Wahrscheinlich nicht die ganze Geschichte, dachte ich. Tracy würde ihm das wohl kaum anvertraut haben – und auch Lisa nicht.

Nach einem Augenblick fügte er hinzu: »Außerdem stimmt die Logistik nicht. Tracy ging gleich nach ihrer letzten Vorstellung von hier fort – das wurde beim Prozeß gegen Foster festgehalten. Lisa hat bis zwei Uhr, also bis zum Schluß, gearbeitet. Das kann ich bestätigen.«

»Also ist sie hinausgefahren, als ihre Schicht zu Ende war –«

»Nein. Sie besaß kein Auto.«

»Sind Sie da sicher?«

Er nickte. »Ich habe sie oft nach der Arbeit zur Bushaltestelle gefahren. In der Nacht hat es geregnet, und normalerweise hätte ich sie gefahren, aber ich wurde... aufgehalten. Deswegen haben die Sorianos sie mitgenommen und sogar bis nach Hause gebracht, da Lisas Wohnung auf ihrem Weg zur Golden Gate Bridge lag.«

»Sie sind sich dessen ganz sicher?«

Er nickte.

»Lisa könnte sich einen Wagen geliehen haben, nachdem sie

zu Hause angelangt war. Oder am nächsten Tag. Ihre genaue Todeszeit läßt sich nicht feststellen.«

Er runzelte die Stirn. Offensichtlich erkannte er die Richtung, in die meine Fragen führten. »Sie meinen doch nicht, daß Tracy...?«

»Es ist eine Möglichkeit.«

»Das kann ich einfach nicht glauben!«

»Ich selbst möchte es auch nicht. Aber ich weiß nicht, was ich sonst denken soll.«

Larkey stand auf und begann, ruhelos im Büro auf und ab zu gehen. Er riß die Kleider von dem Heimtrainer, knüllte sie zusammen und warf sie auf den Boden. Beim Umdrehen stieß er gegen den Stapel Aktendeckel. Der Papierkorb mit den Quittungen geriet ins Wanken. Er griff danach, aber der Korb fiel um. Papierschnipsel rieselten auf den Teppich. Es sah aus, als hätte es geschneit.

»Mist!« Einen Augenblick lang dachte ich, er würde niederknien und alles wieder aufsammeln. Statt dessen trat er wütend mit dem Fuß nach den Schnipseln. »Verdammtes Zeug, und wozu das Ganze?«

»Wie bitte?«

Er zeigte auf den Fußboden mit den Schnipseln. »Das ist Zeug für eine Besprechung mit Rob und meinem Steuerberater morgen nachmittag. Ich weiß nicht, warum ich mich überhaupt aufrege. Allein die Verluste bewahren mich schon davor, Steuern zu blechen.«

»Der Club verliert so viel Geld?«

»Der Club? Mein Gott, nein. Es ist dieses verdammte Immobiliengeschäft, das mich umbringt.«

»Atlas Development? Ich habe mit Rob Soriano darüber gesprochen und genau den gegenteiligen Eindruck gewonnen.«

»Ach, das ist ja die Höhe. Rob denkt wahrscheinlich, Sie haben ein paar Scheine zu investieren. In Wirklichkeit sind wir mit unseren Krediten so im Arsch, daß wir nichts zurückzahlen können. Wir haben lauter Grundstücke, die wir nicht loswerden und schon gar nicht verpachten können. Die Leute halten sich zurück und kaufen oder pachten in SoMa so lange nicht, bis der Planungsausschuß die Richtlinien für die Bebauung festgesetzt hat. Rob und ich handeln derzeit nur mit Zitronen.«

»Aber er wirkt so zuversichtlich –«

»Das ist so seine Art, aber lassen Sie sich nicht täuschen. Er und Kath haben das Limit all ihrer Kreditkarten längst überschritten, ihr Haus ist dreimal verpfändet, und sämtliche Gläubiger haben ihnen weitere Kredite gesperrt. Wir haben noch den Club, aber wenn es nach ihm gegangen wäre, wäre auch der bis über die Ohren verschuldet. Ich mache mir trotzdem keine allzu großen Sorgen. Rob hat ein angenehmes Leben gehabt. Er gehört zu denen, die immer wieder auf die Füße fallen.«

»Kennen Sie ihn schon lange?«

»Eine ganze Weile. Ich lernte ihn kennen, als ich gerade in Las Vegas spielte. Mit mir ging es damals schon bergab. Wir kamen gut miteinander aus, vielleicht deswegen, weil er mir nicht mit diesem Scheiß-Wie-bist-du-berühmt-Getue kam. Er wußte, daß ich aussteigen wollte, und hat mich bei ein paar Grundstücksgeschäften beteiligt, die er dort gerade laufen hatte. Sie klappten. Er hatte anderswo schon in der Städteplanung gearbeitet – in Florida und Texas – und wußte Bescheid. Ich habe genug abgeräumt, um diesen Club hier kaufen zu können.«

»Und er wurde Ihr Partner?«

Larkey schüttelte den Kopf, setzte sich auf den Rand des Schreibtischs und stocherte mit einer Fußspitze rhythmisch zwischen den verstreuten Belegen herum. »Die ersten paar Jahre war das hier mein ein und alles. Aber es lief nicht so besonders. Das Viertel hatte keinen guten Ruf, und die Leute kamen nicht gern hierher. Ich war nahe daran, alles zu verlieren, als Rob auf der Szene erschien – mit seiner neuen Frau, der leckeren Kathy – und mir erneut heraushalf. Als die Sache hier dann lief, haben wir die Atlas gegründet.«

In seinem Ton schwang etwas mit, wenn er von Kathy redete... Mir fiel Tracys Beschreibung von Sorianos Frau in dem Sketchbuch ein, nach der sie sich auf Affären einließ, um sich kleinlich an ihrem Mann zu rächen. »Rob und Sie hatten also Ihre Ups und Downs«, sagte ich. »Sind Sie enge Freunde?«

»Keine Freunde, aber wir haben – bis vor kurzem – gute Geschäfte miteinander gemacht.«

»Was ist mit Kathy? Ist sie eine Freundin?«

Er sah mich überrascht an, und dann zuckte ein kleines, verschlagenes Grinsen über sein Gesicht. »Sie sind eine neugierige Person, Ms. McCone. Ich nehme an, das liegt an Ihrem Beruf. Ja, ich bin mit ihr befreundet. Ihm macht das nichts aus. Mir macht es nichts aus. Und die Lady fühlt sich besser. So, ich glaube, das waren jetzt genügend persönliche Fragen.«

»Aber über Tracy –«

»Ich habe genug gesagt. Ich möchte nicht mehr über sie reden, und vor allem möchte ich kein Wort mehr davon hören, was Sie ihr unterstellen.«

Ich griff nach meinem bisher unberührten Grog. Er war noch warm. »Okay«, sagte ich. »Sonst habe ich wirklich keine Fragen. Aber während ich das hier trinke, könnten Sie mich aufheitern und mir meine Lieblingsnummer vorspielen – über Jake und Ednas Rottweiler-Farm?«

Wie ich vermutet hatte, freute ihn die Bitte. Als ich das Café Comédie verließ, hatte ich Seitenstechen, und meine Augen waren noch naß vom Lachen.

Als ich gegen vier Uhr mein Haus erreichte, war das Unwetter auf die See hinausgezogen. Der Lastwagen mit den Rigipsplatten stand bereits vor der Tür, und George saß auf den Eingangsstufen und unterhielt sich mit dem Fahrer. Ich mußte lächeln, als ich auf sie zuging, weil ich mich daran erinnerte, was für einen gewaltigen Respekt ich vor meinen Professoren zu Beginn meines Studiums in Berkeley gehabt hatte. Was hätte die junge Frau damals wohl von diesem gebildeten Gentleman hier im Stanford-Sweat-Shirt, in ausgebleichten Jeans und abgetragenen Turnschuhen gehalten, der ernsthaft mit einem Lastwagenfahrer über die Chancen der Giants in der bevorstehenden Spielzeit diskutierte, dessen Anwendung des Begriffs »im Arsch sein« nur noch von »Scheiße, Mann« übertroffen wurde?

Ich schloß das Seitentor auf, so daß die Rigipsplatten durch die Hintertür gebracht werden konnten, und dann bat ich George herein. Er sah sich interessiert um und äußerte sich anerkennend über das vordere Wohnzimmer – es war das bei weitem netteste Zimmer, aber selten benutzt. Als mir das Haus schon ein paar Jahre gehörte, hatte ich eines Tages beschlossen, das tägliche Leben so nahe bei der Küche zu verbringen, wie möglich. Also hatte ich mir ein bequemes Sofa gekauft und den Fernseher ins Eßzimmer geschafft – das früher als Lagerraum für Farben und Baumaterial gedient hatte.

Als wir in der Küche im rückwärtigen Teil des Hauses angekommen waren, bot ich George einen Platz an, gab ihm ein Bier und suchte in dem Aktenstapel auf dem Tisch den schmalen Band über die Schaffung einer neuen Identität, den Amy Barbour angeblich in Tracys Bücherregal im Schlafzimmer gefunden hatte. Ich blätterte bis zu der Stelle, wo es um die Einrichtung eines toten Briefkastens ging, und las die Bemerkung am Rande. Dann reichte ich ihn George weiter und sagte: »Ist das Tracys Handschrift?«

Er sah sie sich lange an und schüttelte schließlich den Kopf. »Ehrlich, ich kann es nicht sagen. Es könnte sein, aber es ist so lange her, daß ich etwas Handschriftliches von ihr gesehen habe.« Er schlug das Buch zu und betrachtete den Umschlag. »Was ist das hier überhaupt?«

»Amy Barbour sagt, sie habe es in Tracys Zimmer gefunden. Doch wenn das so ist, dann ist es vorher extra hineingelegt worden.« Ich zog Tracys Sketchbuch unter einem Stapel hervor, schlug es auf und studierte ihre Handschrift. Sie war von einer Eintragung zur anderen unterschiedlich, wie bei den meisten Menschen, und von Anfang bis Ende veränderte sie sich Schritt für Schritt. Wahrscheinlich waren die Seiten in einer längeren Zeitspanne beschrieben worden, doch die Schriftzüge waren charakteristisch, und die einzelnen Buchstaben blieben sich ziemlich gleich. Ich setzte mich an den Tisch und zog das Sketchbuch und das andere von George zu mir heran. Ich blätterte und fand eine ganze Reihe von Randbemerkungen.

Nachdem ich sie ein paar Minuten lang untersucht hatte, sagte ich: »Ich glaube nicht, daß auch nur eine Notiz in diesem Buch von Tracy stammt.« Ich ging um den Tisch herum und legte beide Bücher offen vor ihn hin. »Das große *L* in Los Angeles ist so, wie Tracy es auch geschrieben hat. Sieh dir diese große Aufwärtsschleife an und dann, den Abwärtsschwung der unteren Linie.«

»Hm.«

»Aber das große *A* – das ist anders als ihres. Allerdings schreibt sie ihr kleines *a* so.«

»Und das bedeutet?«

»Diese Notizen könnten aus einer Vorlage mit ihrer Handschrift nachgemacht worden sein. Sagen wir, jemand hatte einen Brief von ihr, unterzeichnet mit ›Love, Tracy‹. Damit hätte man ein korrektes *L* gehabt. Aber wenn in dem ganzen Brief dann kein großes *A* vorkam, könnte ein unerfahrener Fälscher angenommen haben, daß sie das große *A* so schreibt wie das kleine, nur eben größer. Ein erfahrener Fälscher hätte diesen Schluß nicht gezogen.«

»Du hast also einen Amateur erwischt, der das Buch hier so hergerichtet hat, daß es aussieht, als habe Tracy es für die Planung ihres Verschwindens benutzt. Warum?«

»Ich weiß nicht. Es ergibt überhaupt keinen Sinn. Die Wiederaufnahme meiner Ermittlungen müssen es ausgelöst haben. Als ich letzten Donnerstagabend Tracys Zimmer untersuchte, lag das Buch nämlich nicht dort, wo Amy Barbour es angeblich gefunden hat. Bis Montagmorgen, als sie es mir dann gab, habe ich noch eine Reihe von Gesprächen geführt. Viele Leute wußten davon.«

»Aber was hat sich diese Person denn davon versprochen, Tracy dieses Buch unterzuschieben?«

»Das verstehe ich auch nicht. Hätte ich es gefunden – und für echt gehalten –, dann wäre ich doch nur noch überzeugter gewesen, auf einer heißen Spur zu sein, und hätte mich noch mehr hineingekniet. Wer immer das Buch in Tracys Zimmer gelegt hat, kann also nicht gewollt haben, daß ich meine Ermittlungen einstelle. Andererseits hätte jemand, der wollte, daß Tracy gefunden wird, keinen derartigen Umweg machen müssen, da ich ohnehin schon an dem Fall dran war.«

»Es sei denn, diese Person weiß, wo sie ist, und in den Randbemerkungen steckt ein Hinweis darauf.«

Das war eine weit hergeholte Idee, aber an diesem Punkt war ich bereit, alles Mögliche in Betracht zu ziehen. Ich nahm das Buch wieder mit auf die andere Seite des Tischs und machte mir auf einem Schreibblock eine Liste der Randnotizen. Dann sah ich sie mir an, stellte sie in verschiedenen Reihenfolgen zusammen, zuckte schließlich mit den Schultern und schob George den Block hin. »Wenn darin ein Anhaltspunkt stecken sollte«, sagte ich, »dann ist es ein verdammt obskurer. Ich halte das hier einfach für Anmerkungen, von denen der Schreiber glaubte, sie würden einem aufmerksamen Leser auffallen.

Er sah auf den Block, stellte selbst ein paar um und nickte schließlich zustimmend.

»Es wäre noch zu überlegen, wer überhaupt die Gelegenheit hatte, das Buch dort hineinzuschmuggeln«, sagte ich. »Wer hatte Zugang zu dem Apartment? Amy Barbour. Marc Emmons. Jede Menge Leute, die sie besucht haben. Und Laura.«

»Ich kann mir nicht vorstellen, daß sie so etwas tut. Meine Frau ist durcheinander, aber sie macht keine sinnlosen Sachen.«

»Selbst wenn doch, wäre es meiner Meinung nach nicht ihr Stil. Meine Vermutung zielt eher auf Amy oder Marc. Sie rückte mit dem Buch heraus. Er wurde richtig wütend, als ich den Verdacht äußerte, er hätte es hineingeschmuggelt. Von der Logik her sind sie die Verdächtigen, außer… Weißt du, ich muß ständig daran denken, daß Bobby Fosters Notizbuch – das mit den Rechtschreibfehlern, die denen im Erpresserbrief entsprachen – ebenfalls genau zum passenden Zeitpunkt auftauchte.«

»Aber das Notizbuch gehörte Foster wirklich.«

»Das stimmt.« Entmutigt ging ich zum Kühlschrank und holte mir ein Glas Wein. Dann ließ ich mich auf meinen Stuhl fallen und starrte mit gerunzelter Stirn auf die Tischplatte. Als ich aufblickte, sah ich, daß George die erste Eintragung in dem Sketchbuch las. Impulsiv wollte ich es ihm aus den Fingern reißen, aber ich widerstand und wartete einfach ab.

Als er zu Ende war, rieb er sich über die geschlossenen Augen. »Sie beschreibt sich da selbst, nicht?«

»Ich glaube, ja. Das hat sie nur einmal getan – in ihrer ersten Eintragung.« Die Lüge fiel mir ganz leicht. Ich mußte auf jeden Fall verhindern, daß er die letzte Eintragung las. Ich griff nach dem Buch, aber er hielt es mit beiden Händen fest.

»›Der geliebte Vater mit all seinem akademischen Wissen war nur wenig besser. Unbestimmt, freundlich-abwesend. Manchmal dachte sie, er wäre nur zur Hälfte existent.‹ Mein Gott, was habe ich meiner Tochter angetan? Und Laura? Kein Wunder, daß sie kalt zu mir war – sie hatte einen Mann, der gar nicht wirklich da war.«

Einen Moment lang sagte ich nichts, weil ich das, was ich darauf zu sagen hatte, sehr vorsichtig ausdrücken wollte. Ich wußte, daß die Art, es zu sagen – mehr noch als sein eigentlicher Sinn –, entscheidend war für die Zukunft unserer Beziehung.

»Du kannst nur das geben, was du zu einer bestimmten Zeit auch hast«, sagte ich schließlich. »Ich weiß, das klingt sehr vereinfacht, aber du kannst nur das tun und das fühlen, wozu du gerade fähig bist. Die Situation, in der du lebst, ihre Brüche und Sprünge, sind niemals nur dein Werk. Vielleicht gab es in Laura und Tracy etwas – in dem, wie sie waren, was sie darstellten und wie sie auf dich reagierten –, das dich hinderte, so zu sein wie ein sogenannter ordentlicher Ehemann und Vater.«

Er dachte darüber nach, nickte dann und griff über den Tisch nach meiner Hand. »Das ist wahr. Menschen ändern sich, je nach der Situation, in der sie und andere sich befinden. Ich bin nicht mehr so – unbestimmt und freundlich-abwesend. Und ich will es auch künftig nicht mehr sein. Das kann ich dir jedenfalls versprechen.«

Unsere Finger verschränkten sich, und ich beugte mich seinem Kuß entgegen. Da läutete das Telefon.

Es war Stan Gurski. »Ich habe eine Nachricht, die Sie interessieren könnte«, sagte er. »Als Gegenleistung für Ihren Tip in Sachen Lisa McIntyre.«

»Ach?« Ich sah George an. Er blätterte im Sketchbuch.

»Lisa McIntyre wurde erschossen. Die Kugel steckte im Brustkorb, eine .38er. Sieht nach Vorsatz aus.«

»Warum?«

»Als ich den Besitzer des Cottage am Montagmorgen in Mexiko anrief – mir direkt von ihm die Erlaubnis zu holen ist leichter, als einen Durchsuchungsbefehl zu kriegen –, habe ich ihn routinemäßig gefragt, ob es Waffen im Haus gäbe. Er sagte, nein. Er sei Angler, sonst nichts. Wir können also davon ausgehen, daß die Person, die sie erschoß, eine eigene Waffe bei sich hatte. Eine Waffe wie diese weist außerdem auf einen Profi hin.«

Ich war mir dessen sehr wohl bewußt. Ich habe selbst eine .38er, und ich halte ihren Besitz für eine notwendige Vorsichtsmaßnahme für eine Frau, deren Job es verlangt, daß sie sich an gefährliche Orte und in gefährliche Situationen begibt. Aber ich nehme die Verantwortung nicht leicht, und ich habe die Waffe nie bei mir, wenn ich nicht fest mit der Möglichkeit rechnen muß, daß ich sie brauche.

»Noch etwas«, sagte Gurski. »Sie wurde im Wagen erschossen.«

»Wie bitte?«

»Hm.« Ein kaum verhohlener Stolz klang jetzt in seiner Stimme mit. »Als die Gerichtsmedizin den wahrscheinlichen Todeszeitpunkt bekanntgab, habe ich die Kollegen in San Francisco angerufen. Sie haben den Wagen immer noch unter Verschluß – Kapitalverbrechen, mögliche Berufungen. Ich bat sie, nach weiteren Kugeln zu suchen. Sie fanden noch eine, sie steckte in der Türfüllung auf der Seite, wo die Blutspuren waren. Unser vorläufiger Vergleich zeigt, daß sie aus derselben Waffe stammt wie die, die in der Leiche steckte. San Franciscos Superleute haben das vermasselt.«

Das hatten sie tatsächlich, und zwar in mehrfacher Hinsicht. Ich fand es entnervend, wie nah diese Häufung von Fehlern meinen Klienten der Gaskammer gebracht hatte. Ich sagte: »Das macht Fosters Geständnis auf jeden Fall völlig wertlos. Ich werde seinem Verteidiger die Neuigkeit übermitteln.«

Der Lkw-Fahrer kam durch die Hintertür, die Rechnung in der Hand, und wartete auf einen Scheck. Ich bedankte mich bei Gurski für den Anruf und beendete das Gespräch, bezahlte die Rigips-Lieferung und ging hinaus, um das Seitentor zu verschließen.

Als ich in die Küche zurückkam, hatte George die letzte Seite von Tracys Sketchbuch aufgeschlagen. Er starrte ins Leere, das Gesicht versteinert vor Schmerz. Mir stockte der Atem, und ich blieb in der Tür stehen.

Langsam wandte er mir das Gesicht zu und sagte: »Warum hast du gelogen?«

Vielleicht hatte er seine Tochter besser gekannt, als er glaubte. Ich an seiner Stelle hätte sie in diesem kurzen Absatz nicht erkannt – hätte sie nicht erkennen *wollen*.

»Ich hatte gehofft, du müßtest es nie erfahren.«

»Aber *du* weißt es. Und wir dürfen kein Geheimnis von dieser Bedeutung zwischen uns treten lassen.«

Ich nickte und ging zu meinem Stuhl.

»Ich glaube«, fügte er hinzu, »du erzählst mir besser alles, was du über meine Tochter weißt.«

20

Der Mittwoch zog klar und kalt herauf. Es war einer dieser Morgen nach einem Unwetter, an denen alles scharf umrissen, leuchtend und sauber erscheint. Doch meine Stimmung paßte nicht zu diesem Wetter. Um elf Uhr hatte ich mich auf meinem Schreibtischstuhl herumgeschwungen und finster durch das Fenster zur Bucht auf die flach sich hinstreckende Outer Mission geschaut. Ich hatte mich gefragt, mit welchem Recht eine so zweifelhafte Gegend in der Sonne so gut aussah. Der Schreibtisch hinter mir war übersät mit Papieren und Ordnern. Der langsame Ferientrott war zu Ende, und unsere Klienten kamen wieder als Kläger und Beklagte, als Scheidungswillige, Verhaftete oder Berufung einlegende. Ich konnte mir nicht mehr länger den Luxus leisten, die Ermittlungen im Fall Foster / Kostakos als Ganztagsbeschäftigung zu betreiben. Ich gab mir noch bis Montagmorgen Zeit, danach würde ich anfangen müssen, zwischen diesem Fall und meinen anderen Aufgaben zu jonglieren.

Ich mußte mir eingestehen, daß der Grund für meine schlechte Laune zu einem guten Teil in der Art lag, wie George und ich am Nachmittag zuvor auseinandergegangen waren. Er hatte mich darum gebeten, also hatte ich ihm reinen Wein über Tracy eingeschenkt. Er war erschüttert und deprimiert. Gegen sechs Uhr ging er und sagte, er müsse einige Zeit allein sein. Das war nun wiederum alles andere als das, was *ich* brauchte, und so machte ich mir in der Mikrowelle ein paar Burritos warm (oder »schmolz« sie mir, wie mein Neffe das nannte), ging dann aus dem Haus und machte mich auf eine Tour durch die Stadt, bei der wohl nicht viel herauskommen würde. Zur Stadtbibliothek, wo ich mir die Ausgabe der *L. A. Times* ansehen wollte, die Jane Stein erwähnt hatte. Aber als ich ankam, war die

Mikrofilmabteilung geschlossen. Zu Amy Barbour und Marc Emmons – für den Fall, daß sie der Polizei durch die Maschen geschlüpft waren. Zu Lisa McIntyres Adresse in der vagen Hoffnung, die Hausmeisterin könnte daheim sein. Und schließlich zum Café Comédie, um zu hören, ob Larkey etwas von Emmons erfahren hatte.

Im Club lief mir Kathy Soriano über den Weg, und ich fragte sie, ob ich mit ihr über Lisa und Tracy reden könne. Sie entschuldigte sich mit Zeitmangel, verschwand durch die Tür mit dem ›Ja‹ und ward nicht mehr gesehen. Ich bat Larkey, für mich ein Wort einzulegen und ein Gespräch mit Kathy zu arrangieren. Er sagte, er wisse nicht, wie stark sein Einfluß bei den Sorianos derzeit noch sei, aber er werde sich bemühen.

Zu guter Letzt landete ich im Remedy und wälzte dort meine Ideen mit Jack und Rae. Schließlich war ich zwar um ein paar Dollar ärmer (Rae war so pleite, daß Jack und ich abwechselnd ihr Bier bezahlten mußten) aber genauso durcheinander wie zuvor. Wieder zu Hause, kam mir mein Bett zu kalt, zu groß und zu verlassen vor. Ich brauchte lange, um einzuschlafen, und als der Bauunternehmer am nächsten Morgen um acht Uhr vor der Tür stand und mit der Arbeit beginnen wollte, war ich noch gar nicht richtig ansprechbar. Kein guter Start in den Tag.

Und dann den ganzen Morgen noch kein Wort von George. Larkey hatte noch nicht wegen der Verabredung mit Kathy Soriano angerufen. Keine von Raes Nachforschungen war von Erfolg gekrönt. Meine Stimmung sank so rapide, daß sie bei dem Tempo schon mittags im Keller sein mußte.

Als das Telefon läutete, schnappte ich nach dem Hörer und bekam nur ein Krächzen heraus.

Larkey fragte: »Was ist los – haben Sie sich erkältet?«

»Oh, Jay, hallo. Nein – nur einen Frosch im Hals.«

»Die gehören besser in den Teich. Hören Sie, ich habe mit Kathy gesprochen. Sie ist bereit, mit Ihnen zu reden, wenn Sie gegen Mittag bei ihr in Tiburon sein können.«

»Mittags in Tiburon. Kein Problem. Welche Adresse?« Ich kritzelte sie auf einen Zettel, bedankte mich für seine Hilfe und verließ mein Büro, beflügelt wie ein Kind zu Beginn der Ferien.

Kathy Soriano sah an dem Tag nicht besonders gut aus. Zwar war sie frisch geschminkt, doch unter der braunen Schicht war ihre Blässe zu sehen. Das teure Wildlederhemd hatte einen Fettfleck, und die Lederstiefel waren stellenweise abgescheuert. Ihre Hände zitterten, als habe sie einen Kater, und ihre Begrüßung fiel gedämpft aus.

Ich bekam regelrecht Mitleid mit ihr, obwohl doch in der Einfahrt ihres aus Rotholz und viel Glas bestehenden Hauses hoch über der Bucht eine Jaguar-Limousine stand. Von ihren Fenstern aus mochte sie einen Blick auf Angel Island und auf Hügel voller Pinien haben, und ihr Wohnzimmer war sicher voll von Bronzeskulpturen und Imari-Porzellan. Aber ich dachte an das, was Larkey über die Sorianos und ihre Gläubiger gesagt hatte. Und mir fiel Tracys brutal offene Beschreibung Kathys als einer Frau ein, die sprang, wenn ein Mächtiger nur mit den Fingern schnippte, und die es für notwendig hielt, ihren Mann mit dem stahlharten Blick zu betrügen. Kathy bewegte sich und sprach wie eine nervöse, unglückliche Frau. Sie machte den Eindruck, als wäre sie in dem großen Haus auf mitleiderregende Weise allein. Und wenn man an die Art dachte, die sie Vertreterinnen ihres eigenen Geschlechts gegenüber an den Tag legte, dann gab es für sie wahrscheinlich nicht einmal eine weibliche Schulter, an der sie sich ausweinen konnte.

Sie wies mir einen Platz vor einem Glasfenster an, mit Blick auf einen richtiggehenden Wald, und bot mir ein Glas Wein an, das ich annahm. Als sie von der Hausbar zurückkehrte, fiel mir auf, daß ihr Drink um einige Prozente stärker war als Wein. Sie trank ihn in einem Zug halb aus, und nach und nach kehrte Farbe in ihr Gesicht zurück.

»Es tut mir leid, daß ich gestern abend so abrupt vor Ihnen weggelaufen bin«, sagte sie im Tonfall eines kleinen Mädchens, dem die Eltern gesagt haben, es solle sich entschuldigen. »Mir ging es nicht gut, und ich mußte nach Hause.«

»Das tut mir leid. Ich hoffe, es war nichts Ernstes.«

Sie zuckte mit den Schultern und sah weg. Das kleine Mädchen hatte seine höfliche Notlüge hinter sich, wollte nun aber nicht mit näheren Ausführungen dazu belästigt werden.

»Danke, daß Sie sich Zeit für mich genommen haben«, fügte ich hinzu. »Ich nehme an, Jay hat Ihnen schon erzählt, daß die Leiche, die ich für die von Tracy Kostakos gehalten habe, in Wirklichkeit die von Lisa McIntyre war.«

Sie nickte.

»Ich möchte herausbekommen, wann Lisa zum Napa River hinaufgefahren ist und warum. Jay sagt, Sie und Rob hätten sie in der Nacht nach Hause gefahren, in der Sie alle sie zum letztenmal gesehen haben.«

»Ja, das ist richtig. Es hat damals ziemlich heftig geregnet, darum haben wir sie bis vors Haus gebracht.«

»Ich habe ebenso gehört, daß Sie auf Jays Bitte in der Woche darauf noch einmal zu ihrem Apartment gefahren sind und die Hausmeisterin Ihnen gesagt hat, sie sei ausgezogen.«

»Abgehauen, hat sie gesagt. Lisa habe nicht gekündigt und hat eine Menge Zeug zurückgelassen. Auch mit der Miete sei sie im Rückstand gewesen.«

»Wie heißt die Hausmeisterin?«

»... Ich weiß nicht mehr.«

»Ich versuche dauernd, sie zu erreichen, aber es ist nie jemand da.«

»Tut mir leid, da kann ich Ihnen nicht helfen. Es ist zu lange her.«

»Macht nichts. Kommen wir noch einmal auf diese Donnerstagnacht zurück. Jim Fox, der Assistent Ihres Mannes, war in den Club gekommen. Am Tag darauf stellte er fest, daß sein Firmenwagen vom Parkplatz gestohlen worden war.«

»Ja, von Bobby Foster.«

»Ich habe gerade herausbekommen, daß es Tracy war, die ihn genommen hat –«

»Das ist lächerlich!« Sie trank schnell ihren Drink aus, ging an die Bar und holte sich einen neuen. »Tracy hätte so etwas nie getan. Sie war ein nettes Mädchen. Alle haben sie gemocht. Selbst ich habe sie gemocht, und ich kann Ihnen sagen, daß ich auf Frauen sonst nicht gut zu sprechen bin. Sie hätte nie einen von unseren Wagen mitgehen lassen. Sie hätte es gar nicht nötig gehabt bei all dem Geld, das ihre Familie hat.«

»Nichtsdestoweniger sieht es so aus. Würden Sie den Verlauf jener Nacht noch einmal Schritt für Schritt für mich nachvollziehen?«

»Was meinen Sie damit? Den Wagen betreffend oder Lisa?«

»Beide. Fangen Sie doch damit an, daß Sie zum Club kamen.«

»Ich war ungefähr ab zehn Uhr da. Bei Geschäftsschluß

wollte Rob mit Jay noch ein paar Immobilienangelegenheiten durchgehen. Der Club war da schon praktisch leer, und deswegen zog sich Lisa um und wartete mit mir an der Bar.«

»Wie wirkte sie?«

Kathy drehte sich mit dem Drink in der Hand um, und stützte sich mit den Ellbogen auf die Kante der Bar. »Sie meinen, wie sie sich verhielt? Ruhig. Lisa war in meiner Nähe stets ruhig, wahrscheinlich deswegen, weil ich die Frau eines der Besitzer bin. Und offen gesagt, ich habe sie nicht ermuntert. Sie war nur eine Kellnerin, und nicht einmal eine besonders gute. Sie hatte mit Jay in dessen Büro etwas zu besprechen, bevor Rob hineinging, und er hat sie wahrscheinlich irgendwie zurechtgewiesen, wie üblich.«

»Gut, Sie warteten also zusammen an der Bar. Um welche Uhrzeit ging Jim Fox mit der Frau weg, die er kennengelernt hatte?«

»Um ... Ich glaube, während wir dort saßen. Ich bin nicht sicher.«

»Er hatte mit Robs und Jays Durchsicht der Immobilienunterlagen nichts zu tun?«

»...Ich glaube, nein.«

»Wie lange waren Rob und Jay zusammen im Büro?«

»Nicht lange. Vielleicht eine Viertelstunde.«

»Und wann haben Sie Lisa vor ihrem Apartment abgesetzt?«

»Um halb drei oder so. Ich weiß, daß wir gegen drei zu Hause ware.«

Die Fragen waren mir ausgegangen, und plötzlich fragte ich mich, warum ich überhaupt um dieses Gespräch gebeten hatte. Vermutlich hatte ich sichergehen wollen, daß ich alle notwendigen Fragen auch gestellt hatte. »Haben Sie gesehen, wie Tracy in jener Nacht den Club verließ?«

Aus irgendeinem Grund war ihr die Frage lästig. Sie drehte sich wieder der Bar zu, drehte einen Korken vom Korkenzieher. »Ich habe mir natürlich ihre Vorstellung angesehen.«

»Eine ganze Anzahl Leute sagt, daß sie an dem Abend nicht besonders gut war.«

Kathy zuckte mit den Schultern.

»Sie hat auch telefoniert, bevor sie ging. Wissen Sie etwas darüber?«

»... Nein. Alles, was ich noch weiß, ist, daß ich mir ihre Vorstellung von unserem üblichen Tisch in der letzten Reihe aus angesehen habe.«

»Und danach?«

»Danach ist sie gegangen. Das war alles.« Sie sprach fest und entschieden, aber ihre Körpersprache verriet mir, daß sie log.

Kathy verließ die Bar, stellte ihr Glas auf einen Untersatz auf dem Kaffeetisch, blieb aber stehen. Sie sagte: »Wenn Sie keine Fragen mehr haben sollten, muß ich mich jetzt fertigmachen für eine Verabredung in der Stadt.«

Als sie mich aus dem großen, mit Hypotheken schwer belasteten Haus hinausbegleitete, waren ihre Schritte leichter, so als hätte sie eine schwierige Aufgabe zu lösen gehabt und wäre gut damit fertig geworden.

Ich hatte noch nicht zu Mittag gegessen, und so hielt ich bei Sam's im Hafenviertel von Tiburon an. Das klare Wetter hatte ein paar Gäste nach draußen gelockt. Ich setzte mich zu ihnen und kuschelte mich tief in meine schwere Seemannsjacke. Während ich auf mein Krabbensandwich wartete, dachte ich über Kathy Sorianos ausweichende Antworten nach.

Zu Anfang unseres Gesprächs war sie relativ freimütig und entgegenkommend gewesen. Wahrscheinlich hatte sie die Fragen, die ich ihr stellte, mehr oder weniger so erwartet. Dann hatte die Eröffnung, daß eher Tracy den Geschäftswagen gestohlen hatte als Bobby Foster, sie aus dem Gleichgewicht gebracht. Und bei meiner Frage, ob sie gesehen habe, wie Tracy in jener Nacht den Club verlassen hatte, hatte sie unser Gespräch abgebrochen. Ich dachte an Kathys Beziehung zu Tracy. Sie hatte zugegeben, daß sie sie mochte, obwohl sie sonst »nicht gut auf Frauen zu sprechen« war. Waren sie möglicherweise Freundinnen gewesen? Wußte Kathy vielleicht mehr über die Ereignisse, als ich anfangs unterstellt hatte? Vielleicht konnte Larkey ein wenig Licht in die Sache bringen.

Nach dem Essen rief ich im Club an. Larkey war da und verhandelte mit einem neuen Vertreter von den Stadtwerken über das hartnäckige Leck in der Gasleitung. Er sagte mir, bis drei Uhr hätte er eine Besprechung mit Rob Soriano und seinem Steuerberater. Ob ich um halb vier vorbeikommen könne? Ich war einverstanden und machte mich auf den Weg zurück in die Stadt. Ich wollte noch einmal vor Lisa McIntyres früherem Apartmenthaus anhalten. Was die Hausmeisterin laut Kathy über Lisas Auszug erzählt hatte, war nicht besonders aufschlußreich. Bevor ich mich dann mit Larkey traf, mußte ich auch noch einmal in die Mikrofilmabteilung in der Bibliothek und mich um die Ausgabe der *L. A. Times* kümmern.

Kaum hatte ich bei der Hausmeisterin geklingelt, da summte auch schon der Türöffner im Haus an der Pacific Avenue. Der Geruch von gebackenem Brot wehte mir aus dem Laden im Erdgeschoß hinterher, als ich die Treppe zum ersten Stock hinaufstieg. Welch schrecklicher Gedanke, über einer Bäckerei zu wohnen. Kaum hätten sie morgens ihre Backwaren aus dem Ofen gezogen, würde ich mir die Nase an der Tür plattdrücken und darauf warten, daß sie endlich öffneten.

Die Hausmeisterin sah aus, als hätte sie niemals ein Croissant auch nur angeschaut. Sie war dürr wie eine Bohnenstange und trug schwarze Jeans und einen Stehkragenpullover, der ihre Magerkeit noch betonte. Ihre milchweiße Haut spannte sich so über den Backenknochen, daß sie fast durchsichtig schien. Das jugendliche Outfit und die langen Haare gehörten eigentlich zu einer Frau in den Zwanzigern oder Dreißigern. Ihre Augen dagegen ließen auf zwei Jahrzehnte mehr Erfahrung schließen. Sie trat in den Flur hinaus, statt mich in ihre Wohnung zu bitten. Während wir uns unterhielten, zupfte sie die braun gewordenen vertrockneten Wedel aus einem halb eingegangenen Farn, der von der Deckenlampe über der Treppe herabhing.

Ihr Name sei Ms. Wilson, sagte sie. Ja, sie sei schon Hausmeisterin hier gewesen, als Lisa McIntyre hier gewohnt habe. Nein, sie könne sich nicht an die Frau von dem Comedy Club erinnern, die Lisa hier nach ihrem Auszug gesucht habe. Das sei damals ein schlimmes Jahr gewesen, und sie habe den Besuch wohl vergessen. Ich machte mich schon auf die Geschichte von dem schlimmen Jahr gefaßt – wildfremde Leute vertrauen mir nur zu gern ihre Kummergeschichten an –, aber nichts folgte. Wie sich herausstellte, war Ms. Wilson eine Frau von wenigen Worten. Ich sagte: »Die Frau, die Lisa suchte, behauptet, Sie hätten gesagt, Lisa sei ohne Kündigung ›abgehauen‹ und habe eine Menge Sachen zurückgelassen.«

Die Hausmeisterin runzelte die Stirn. »So etwas habe ich nicht gesagt – wenn ich überhaupt mit dieser Person gesprochen habe. Lisa hat nicht gekündigt, aber sie hat mir eine Nachricht hinterlassen, daß ich die Kaution mit der verlorenen Miete verrechnen soll. Das Apartment war möbliert. Sie hat das mitgenommen, was sie besaß, und dagelassen, war zur Wohnung gehörte. Ich würde das nicht ›Abhauen‹ nennen. Sie?«

»Nein, sicher nicht. Haben Sie die Nachricht aufbewahrt?«

»Dafür gab es keinen Grund.«

»Hat sie für ihre Post eine Nachsendeadresse hinterlassen?«

»Nein.«

»Kam Ihnen das nicht merkwürdig vor?«

Sie erlaubte sich ein kleines Lächeln. Es schien sie eine gewaltige Anstrengung zu kosten. »Das meiste, was die Mieter hier tun, kommt mir merkwürdig vor.«

»Hat Ms. McIntyre oft Besuch bekommen, als sie hier wohnte?«

»Ich weiß nicht. Ich kümmere mich um meine Angelegenheiten und hoffe, die Mieter tun das gleiche.«

»Haben Sie sie gesehen, als sie auszog, oder jemanden, der ihr dabei half?«

»Nein.«

»Und nicht ein Mensch hat nach ihr gefragt?«

»Nein.«

»Ist es möglich, daß Sie das vergessen haben, angesichts des schlimmen Jahres, das Sie hatten?«

Sie schloß die linke Hand um die toten Wedel und zerkrümelte sie. Sie hatte knochige Finger, und die Haut war so blaß und gespannt wie im Gesicht. »Es war kein *so* schlimmes Jahr. Jetzt, wo ich ein paar Minuten darüber nachdenken konnte, bin ich sicher, daß niemand nach ihr gefragt hat. Die Frau, die sagt, sie wäre hier gewesen, lügt, wer immer sie auch sein mag.«

Irgend jemand log ganz sicher.

In der Bäckerei unten gab es ein Münztelefon, also rief ich Rae bei All Souls an. Als sie abhob, war ihre Stimme ganz hoch vor Erregung.

»Wo, zum Teufel, bist du gewesen?« wollte sie wissen. »Ich habe diese tolle Neuigkeit für dich, und du meldest dich nicht!«

»Was ist los?«

»Dein Freund Johnny Hart hat mir die Information über Lisa McIntyre besorgt, die du von der Kellnergewerkschaft haben wolltest. Sharon, du hattest recht! Hör zu: The Great American Laugh-in, 27333 Reseda Boulevard, Reseda. Ich habe mich bereits erkundigt: Sie ist dort unten nicht polizeilich gemeldet.«

Es war ein anderer Comedy Club. Sie konnte die Finger nicht davon lassen. Nicht Lisa McIntyre – sondern Tracy Kostakos in der Identität von Lisa.

Ich wühlte nach Block und Kugelschreiber. »Reseda. Das ist doch –«

»Im San Fernando Valley, gehört zu L. A. Vom Flughafen nimmst du den Freeway 405 Nord, dann schwenkst du nach Westen auf den 101. Es gibt eine Abfahrt Reseda Boulevard.«

»Großartig. Ruf an bei –«

»USAir.«

»Und frag'«

»Sie fliegen fast jede Stunde nach L. A. Ich habe dir einen Platz in der Drei-Uhr-Maschine reservieren lassen, Rückflug offen.«

»Ich brauche einen –«

»Wagen. Ist reserviert. Bei der National.«

»Noch eines: Ich habe in einer halben Stunde eine Verabredung mit Jay Larkey. Sag sie ab. Ich rufe ihn später wieder an.«

»Mach ich.«

»Danke, Rae. Ich melde mich... wenn...«

21

Der frühe Rush-hour-Verkehr bewegte sich nur noch kriechend auf der Interstate 405 vom L. A. Airport nach Norden, vorbei an Industriegebieten und alten Siedlungen mit gleichförmigen kleinen Häusern. Nach ungefähr zehn Meilen kam man in hügeliges Gelände, und es tauchten sagenumrankte Namen aus einer Zeit auf, als der Film noch eine Glamour-Industrie war: Sunset Boulevard, Mulholland Drive.

Ich war diese Straße früher oft gefahren, vom Haus meiner Eltern in San Diego nach San Francisco oder noch davor nach Berkeley. Viel hatte sich nicht verändert in den Jahren, nur die Zahl der Autos hatte zugenommen. Ich behielt die Stoßstange des Lieferwagens vor mir sorgsam im Auge und versuchte, meine wachsende Spannung unter Kontrolle zu halten.

Mir kam es jetzt so vor, als habe die Theorie, die ich zunächst als reichlich unwahrscheinlich verworfen hatte, doch eine gewisse realistische Grundlage. Tracy war zum Cottage am Napa River gefahren. Lisa war später zu ihr gestoßen. Vielleicht waren die beiden allein gewesen, vielleicht gab es auch noch eine dritte Person. Am Ende standen jedenfalls Lisas Tod durch eine Schußverletzung, Tracys Flucht und ihre Übernahme von Lisas Identität.

Sie war nach Los Angeles gegangen, einem guten Ort für eine junge Frau, die ihre Identität wechseln wollte. Da sie schon als Kellnerin gearbeitet hatte, bevor Larkey ihr eine Chance auf der Bühne gab, war es für sie ein leichtes, Lisas Beruf auszuüben. Aber sie hatte genau den Fehler gemacht, der den meisten Menschen unterläuft, die untertauchen wollen: Es war ihr nicht gelungen, sich vollständig von ihrem früheren Leben zu lösen. Sie hatte sich nicht von Comedy Clubs fernhalten können.

Mit diesen simplen Fakten konnte ich mich zufriedengeben. Aber es gab andere, die nicht dazu paßten. Der gestohlene Wagen. Der vorsätzliche Mord an Lisa. Das vorgetäuschte Kidnapping. Die Hinnahme der Verurteilung ihres Freundes Bobby für ein Verbrechen, das er nicht begangen hatte. Die Anrufe bei ihrer Mutter nach fast zweijährigem Schweigen. Und das Motiv für all das…

Ich würde es bald herausfinden, und wenn –

Die Bremslichter des Lieferwagens vor mir leuchteten auf. Ich trat mit voller Kraft auf die Bremse. Der Wagen – japanischer Billigimport – kam stotternd wenige Zentimeter hinter der Stoßstange des Lieferwagens zum Stehen. Ich ließ ihn wieder an und kroch mit dem übrigen Verkehr weiter bergan.

Wenn ich an dem Punkt angelangt bin, an dem aus den gesammelten Fakten ein mehr oder weniger erkennbares Muster wird, spüre ich normalerweise eine aufgeregte Spannung. Doch jetzt hatte ich nur angespannte Nerven und ein komisches Gefühl im Magen – Angst vor dem, worauf ich stoßen könnte. Angst vor weiterem Entsetzen, das ich George vielleicht noch bereiten mußte.

Er hatte es nicht verdient, wegen seiner Tochter in so einen Schlamassel zu geraten. Und auch Laura nicht. Es stimmt, daß George ein »freundlich-abwesender« Vater war, und es stimmt auch, daß Laura eine kalte Mutter war. Aber sie hatten Tracy geliebt. Was immer ich herausfinden würde, es konnte nur etwas Schlimmes sein, schlimmer vielleicht, als selbst George es ertragen konnte, und bestimmt schlimm genug, um Laura aus ihrem empfindlichen Gleichgewicht zu bringen.

Und schlimm auch für dich selbst, sagte meine allzu wahrheitsliebende innere Stimme. Eine Katastrophe für diese neue Beziehung – seit langem die erste, aus der wieder etwas werden konnte –, denn du bist diejenige, die vielleicht alles zum Scheitern bringt. Das wiederum hast *du* nicht verdient.

Aber auch Bobby Foster hatte nicht verdient, zu sterben.

Mein Magen zog sich zusammen. Ich umklammerte das Steuer und kämpfte gegen Übelkeit an.

Bei Sherman Oaks führte die Interstate ins San Fernando Valley hinab und kreuzte den Ventura Freeway. Auf der Westauffahrt kam der Verkehr fast zum Erliegen und wurde erst nach dem Einfädeln wieder flüssiger. Die Ausfahrt zum Reseda Boulevard war nach meiner Straßenkarte nur vier Meilen entfernt. Beim Fahren mußte ich jetzt in die sinkende Sonne blinzeln, die rot, orange und golden durch die Windschutzscheibe fiel und alles vor mir dunkel erscheinen ließ. Als ich den Freeway verließ und weiter in nördlicher Richtung fuhr, brannten mir die Augen.

Es war ein breiter Boulevard, zunächst gesäumt von Geschäften, Restaurants und Tankstellen. Dann folgte ein großer Komplex Wohnhäuser: zwei- und dreistöckige Gebäude mit verputzten Fassaden, den unvermeidlichen winzigen Rasenstücken mit Palmen davor und Innenhöfen mit dem ebenso unvermeidlichen winzigen Swimmingpool und weiteren Palmen. Viele Balkone gingen auf den Boulevard hinaus. Von ihren Klubsesseln aus konnten die Mieter dort auf die vorbeifahrenden Autos hinabschauen, umgeben von Topfpflanzen, die sich irgendwie an die Auspuffgase gewöhnt haben mußten. Holzkohlengrills und Grillsteine waren die stummen Zeugen eines guten Lebens.

In Reseda selbst überwogen dann wieder Geschäftshäuser. Ich warf noch einmal einen Blick auf die Adresse, die Rae mir gegeben hatte, und sah mich nach ›The Great American Laugh-in‹ um. Es tauchte zur Linken auf zwischen einem mexikanischen Restaurant und einem Schuhgeschäft. Der Parkplatz war voll. Ich fand noch eine gerade passende Lücke genau gegenüber.

Wie das Café Comédie hatte auch dieser Club eine farbige Fassade – gelb, grün und orange, wirkte aber weniger anspruchsvoll, als hätte das nahe Disneyland schon abgefärbt, das auf allzuviel sonnigen Humor und knallbunten Spaß ausgerichtet war. Die geschwärzten Schaufenster einer ehemaligen Ladenfront waren mit einem Schwall von ballonrunden, glücklichen Gesichtern bemalt. Als ich die Straße überquerte, fielen mir die beiden Clowns rechts und links vom Eingang auf, die munter auf die Türgriffe wiesen. Vor dem Clown zur Linken zog ich ein saures Gesicht und trat in den dämmerigen Vorraum.

Drinnen begrüßten mich weitere Sperrholzclowns. Einer zeigte den Weg zur Garderobe, ein anderer zu den Toiletten. Der dritte hatte einen beweglichen Arm, mit dem er die Besucher in den eigentlichen Club winkte. Ich schlug den Weg dorthin ein und spürte im Vorbeigehen die Luftbewegung, die der Arm verursachte. Auch die Einrichtung des Hauptraums glich in etwa der des Café Comédie, nur lief hier die Bar an der rechten Wand entlang.

Eine rauhe weibliche Stimme sagte: »Wir öffnen erst um sechs, Ma'am.«

Es war kurz nach fünf. »Und warum hat der da schon mit der Arbeit begonnen?« Ich zeigte auf den Clown.

Die Frau lachte. Sie thronte auf einem Hocker am Ende der Bar, einen Rechner und Stapel von Bestellzetteln vor sich. Sie trug ein Kostüm, in dem sie Ronald McDonald ähnelte. »Der Schalter ist kaputt. Und darum hört der Scheißkerl nicht auf, herumzufuchteln. Wie eine Menge Männer, die ich kenne.«

Ich lächelte kumpelhaft und setzte mich zwei Hocker entfernt von ihr. »Die kenne ich auch.«

»Gibt es heutzutage wohl überall. Ich habe einen zu Hause – bleibt bei keinem Job, kann nicht kochen, will sich nicht die Hände beim Putzen dreckig machen. Ich frage Sie – warum halte ich ihn mir?«

»Also...«

»Ja. Genau deswegen halte ich ihn mir. Wissen Sie, ich will nicht grob zu Ihnen sein, aber ich kann Ihnen vor sechs wirklich nichts anbieten.«

»Ich bin kein Gast.« Ich weiß nie, wie ich mich in einer solchen Situation verhalten soll, bis ich in ihr stecke. Diese Frau schien mir praktisch und nüchtern und nicht auf den Kopf gefallen, also beschloß ich, mit offenen Karten zu spielen – bis zu einem gewissen Punkt.

Als ich meinen Ausweis neben ihr auf die Bar legte, sah sie mich wissend und wachsam an. »Privatdetektivin, ja? Was hat Bart denn nun wieder angestellt?«

»Ich suche keinen Bart – wer immer das sein mag –, sondern Lisa McIntyre.«

»Was hat *sie* angestellt?«

»Weiter nichts Schlimmes.« Der Trick an der Sache war, ihr eine akzeptable Geschichte zu präsentieren, die sie dazu brachte, mir ›Lisas‹ Aufenthaltsort zu verraten, und es durfte bestimmt nicht die altbekannte von der lange verschollenen und nun verstorbenen Erbtante sein. Ich wartete ab, bis ich herausgefunden hätte, womit ich bei dieser Frau ankommen könnte. »Ihr Name ist...?«

»Annette Dowdall. Ich bin Geschäftsführerin und Barkeeper in einem.«

»Arbeitet Lisa hier noch?«

»Wer sagt, daß sie das jemals getan hat?«

»Ihre Gewerkschaft. Und Sie haben gefragt, was sie angestellt hat, also müssen Sie sie kennen.«

Ms. Dowdall schluckte das und nickte leicht.

»Zufrieden mit Lisas Leistungen?« fragte ich.

Sie zuckte mit den Schultern. »Sie ist ein bißchen schusselig. Vergißt, das Wechselgeld herauszugeben, verschüttet Drinks, zerbricht Gläser. Aber die Gäste mögen sie. Ich mag sie auch.«

»Sie möchten sie also nicht verlieren?«

»Nein, natürlich nicht. Also – was ist nun mit Lisa?«

»Wie ich schon sagte, gar nichts Schlimmes. Sie ist vor ein paar Jahren aus ihrem Apartment in San Francisco ausgerückt und schuldet noch ein paar Dollar Miete. Jemand aus dem Haus hat sie hier gesehen und es der Hausverwaltung berichtet. Ich soll der Sache nachgehen.«

»Was wollen Sie also – nur die Miete?«

»Die und die Lagerkosten für das ganze Zeug, das sie zurückgelassen hat.«

»Sie hat Sachen zurückgelassen? Na, so was!«

»Wie meinen Sie das?«

»Das arme Kind kann gar nicht genug kriegen, und kauft sich dauernd *irgendwas*. Nicht, daß es dann auch in ihr Studio passen würde –« Sie stand mit einem Ruck auf und ging hinter die Bar. »Na, wollen Sie einen Drink oder so was?«

»Ich denke, Sie können mir vor sechs nichts anbieten.«

Sie grinste. »Das gilt für zahlende Gäste.«

»In dem Fall Weißwein, bitte.«

Sie goß mir Weißwein und sich selbst ein Budweiser ein und kam dann wieder hinter der Bar hervor. »Wissen Sie«, sagte sie, »Lisa ist ein nettes Kind. Sie hat nicht viel Geld und bestimmt nicht genug für diese Miet- und Lagerkosten. Können Sie denen nicht einfach erzählen, Sie hätten sie nicht gefunden?«

Ich schüttelte den Kopf. »Das bringt nichts. Sie würden jemand anderen anheuern, der nicht so freundlich zu ihr wäre wie ich.«

Ms. Dowdall sah mich noch zweifelnd an.

»Ich will Lisa nicht hart anpacken«, fügte ich hinzu. »Und ich glaube sogar, mein Auftraggeber wäre mit einer Ratenzahlung einverstanden. Ich vermute, er ist vor allem daran interessiert, daß ihre Sachen aus dem Lager verschwinden. Wenn ich ihm einen Scheck von Lisa für einen Teil der Lagerkosten und ihr schriftliches Einverständnis mitbringe, daß er über die zurückgelassenen Sachen verfügen kann, dann wird er ihr die Miete wohl nachlassen, glaube ich.«

Sie dachte eine Weile nach, während ich meinen Wein trank. Schließlich sagte sie: »Ich würde es gar nicht gern sehen, wenn das Kind in Schwierigkeiten käme.«

»Sie scheinen an ihr zu hängen.«

Sie zuckte mit den Schultern und goß sich das restliche Bier aus der Flasche ein. »Ich habe eher Mitleid mit ihr. Lisa hat etwas Mitleiderregendes an sich, wenn Sie verstehen, was ich meine.«

»Nicht ganz.«

»Also, sie hat keine Freunde, soviel ich weiß, und sie versucht auch nicht, welche zu finden. Sie kommt nur zur Arbeit und rennt dann wieder heim in ihr erbärmliches kleines Studio. Es ist wirklich erbärmlich. Ich habe sie einmal nach Hause gefahren, als sie sich nicht wohl fühlte, und sie nahm wohl an, mich hereinbitten zu müssen. Manchmal hängt sie an ihren freien Abenden auch hier herum und sieht sich die Vorstellungen an, irgendwie wehmütig. Ich glaube, sie möchte gern selbst Comedy spielen, weiß aber, daß sie nicht das Zeug dazu hat, und deswegen treibt sie sich eben hier am Rand herum.«

Was sie dabei wehmütig machte, dachte ich, war wohl das Wissen, daß sie gut war und doch nie mehr auftreten konnte.

Annette Dowdall runzelte die Stirn und zupfte am Etikett der leeren Bierflasche. »Irgend etwas stimmt nicht mit Lisa.«

»Wieso?«

»Nicht, daß sie eine Einzelgängerin ist. Sie ist *einsam*. Und immer wieder habe ich das Gefühl, sie hat Angst.«

»Wovor, glauben Sie?«

»Ich bin nicht sicher. Manchmal wirkt sie, als sei sie… auf der Hut. Als glaube sie, jemand könnte auftauchen und… Ich weiß nicht. Nicht jemand wie Sie, wegen einer ausstehenden Miete. Etwas Ernsteres.«

»Etwas Schlimmes aus ihrer Vergangenheit vielleicht. Was wissen Sie von ihr?«

»Nicht viel, nur was in ihren Personalunterlagen steht, und nicht einmal die habe ich mir genau angesehen. Ihr Gewerkschaftsausweis war in Ordnung, und Kellnerinnen kommen und gehen in Läden wie diesen, das ist nichts Besonderes. Aber es gab da eine Sache…« Sie zögerte und zupfte weiter an dem Etikett.

Ich trank einen Schluck von meinem Wein und ließ ihr Zeit zu entscheiden, ob sie mir trauen konnte. Meine Zurückhaltung zahlte sich aus. Sie sagte: »Da war dieser Tag im letzten August. Sie kam um sechs zu ihrer Schicht. So früh ist noch nicht viel los, darum saß sie hier an der Bar. Im Fernsehen gab es

Nachrichten aus allen Bundesstaaten. Ich sah nicht hin, sondern machte meinen Papierkram. Aber sie sah zu und war plötzlich ganz außer sich. Sie rang nach Luft und wurde blaß. Ich fragte sie, was los sei, aber sie wollte nichts sagen. Und den Rest ihrer Schicht arbeitete sie ab, als wären wir hier in einem Beerdigungsinstitut und nicht in einem Comedy Club. Ich habe ihr schließlich gesagt, sie solle früher nach Hause gehen.«

»Sie erinnern sich an nichts aus den Nachrichten?«

»Nein, wenn ich mit Zahlen zu tun habe, blende ich alles andere mehr oder weniger aus.«

Im August war Bobby Foster für den vermeintlichen Mord an Tracy zum Tod verurteilt worden. Der Fall hatte landesweit Aufsehen erregt, weil es sich um ein »Urteil ohne Leiche« gehandelt hatte. Wahrscheinlich hatte Tracy davon in den Nachrichten gehört und war entsetzt. Dennoch hatte sie sich nicht hervorgetraut.

»Ist... Lisa für heute abend zur Arbeit eingeteilt?« fragte ich.

Annette Dowdall schüttelte den Kopf.

»Können Sie mir wohl ihre Adresse und Telefonnummer geben?«

Sie zögerte ein bißchen länger und sagte dann: »Sie hat kein Telefon – sie hat irgendwelche Gebühren nicht bezahlt, und die Nummer wird erst wieder freigegeben, wenn das erledigt ist. Aber ich glaube, es ist schon in Ordnung, wenn sie zu ihr gehen. Sehen Sie sich an, wie sie lebt, dann wissen Sie, daß es nur richtig ist, wenn Sie darum bitten, daß man sie gnädig behandelt.« Sie nahm eine Cocktailserviette von einem Stapel und kritzelte etwas darauf. »Das ist gleich die Straße hinunter – Tropic Palms.«

»Danke.« Ich nahm die Serviette. »Darf ich den Drink bezahlen?«

»Nein«, sagte sie. »Der geht auf Kosten des Hauses.«

Ich bedankte mich noch einmal, sagte, ich sei sicher, daß wir mit Lisa eine Regelung fänden, und ging hinaus in die hereinbrechende Dämmerung.

Das Tropic Palms war älter und schäbiger als die Häuser, die ich zuvor in dem Wohnbezirk gesehen hatte: zweistöckig in imitiertem spanischem Stil, und es lag auf derselben Seite wie der Comedy Club. Die eine Wand des Eingangsbereichs zierten

Briefkästen. Einige von ihnen waren offensichtlich aufgebrochen worden. Von der gewölbten Decke hing eine schwere, schmiedeeiserne Lampe an einer massiven Kette. Die Birnen waren entzwei. Das Haus hatte kein Sicherheitstor und keinen elektrischen Türöffner.

Ich ging durch den Bogengang in den Hof. In der Mitte lag der beleuchtete Swimmingpool – ein grünlich trüber, mit Kies eingefaßter Tümpel. Scheinwerfer beleuchteten ein paar tropische Pflanzen. Ihre zarten Blätter zitterten im kalten Wind, der durch den geschlossenen Hof fegte. Wegen des Winters standen rostende Gartenmögel ohne Polster wie Skelette um den Pool.

Die auf der Serviette notierte Nummer des Apartments war 209. Am hinteren Ende des Hofs führte die Haupttreppe nach oben. Ich ging am Pool entlang und stieg hinauf. Oben zeigte ein Schild nach links zu den Nummern 201–221. Ich folgte ihm, und die Angst, die ich schon während der Fahrt gehabt hatte, verstärkte sich. Als ich vor 209 stand und auf den Klingelknopf drückte, hämmerte mein Herz.

Nach ein paar Sekunden rief jemand, ich solle warten. Die Stimme war flach und stumpf – ganz anders als die kraftvolle, die ich von Tracys Videobändern kannte. Natürlich konnte sie sich verändert haben…

Die Tür ging auf, und wir standen uns gegenüber.

Die Frau vor mir war erschreckend dünn. Die Knochen ihres herzförmigen Gesichts traten stärker hervor als vor zwei Jahren, die Wangen waren hohl. Ihre hellbraunen, lockigen Haare schienen vom eigenen leblosen Gewicht herabgezogen. Als sie mich, eine Fremde, ansah, blinzelte sie und schob ihr Kinn mit einem Ruck nach oben.

Das war nicht Tracy Kostakos.

Das war tatsächlich Lisa McIntyre.

22

Einen Augenblick lang starrte ich sie nur mit offenem Mund an. Sie runzelte die Stirn und trat ein Stück hinter die Tür zurück, als wollte sie sie als Schild benutzen. Ich hatte meine Stimme wiedergefunden und sagte: »Lisa McIntyre?«

Sie nickte traurig.

Ich suchte in meiner Handtasche nach meinem Ausweis und versuchte, diese neue Entwicklung mit meinen bisherigen Erkenntnissen in Einklang zu bringen. Es gelang mir nicht. Da stand Lisa – leibhaftig. Aber der Polizeiarzt von Napa County hatte Skeletteile gefunden, die mit ihrem zahnärztlichen Befund übereinstimmten. Nachdem jene Knochen aber nicht Lisas sein konnten...

Ich stellte mich vor und reichte ihr meinen Ausweis. Sie studierte ihn, als wäre er in einer fremden Sprache verfaßt. Dann gab sie ihn mir zurück. »Worum geht es?« fragte sie. Außer einem leichten Näseln, das ihr aus ihrer Jugend in Oklahoma geblieben war, war ihre Stimme merkwürdig modulationsarm.

»Ms. Dowdall vom Club gab mir Ihre Adresse –«, fing ich an.

»Sie haben mit Annette gesprochen? Wieso konnte sie... Was wollen Sie von mir? Ich habe nichts verbrochen.«

Mit den Fragen, die ich mir im Flugzeug zurechtgelegt hatte, konnte ich jetzt nichts mehr anfangen. Die Szene, die ich mir vorgestellt hatte, hatte sich nicht realisiert. Ich sagte: »Ich arbeite am Fall Bobby Foster, im Auftrag seines Anwalts.«

Sie erstarrte. »Bobby... Man hat ihn zum Tode verurteilt.«

»Es wurde Berufung eingelegt. Wir haben Beweise dafür gefunden, daß sein Geständnis falsch war. Ich spreche mit jedem, der an dem Abend im Café Comédie war. So können wir stückweise rekonstruieren, was tatsächlich mit Tracy Kostakos passiert ist.«

»Ich... Ich weiß nichts darüber.«

»Vielleicht wissen Sie mehr, als Ihnen bewußt ist. Darf ich hineinkommen und mich mit Ihnen unterhalten?«

Man sah ihr an, daß sie nichts lieber getan hätte, als die Tür zuzuschlagen, aber sie zuckte mit den Achseln und bat mich mit einer Handbewegung herein. In der Geste steckte Teilnahmslosigkeit, und die Resignation im Blick ihrer braunen Augen sagte mir, daß Lisa in einer brenzligen Situation gewöhnlich den Weg des geringsten Widerstands gehen würde.

Das Apartment war genauso trostlos, wie Annette Dowdall gesagt hatte. Der Raum war kaum mehr als dreieinhalb mal dreieinhalb Meter groß. Den meisten Platz nahm ein aufgeklapptes und zerwühltes Schrankbett ein. An einer Wand gab es eine Kochnische mit einer Frühstückstheke voll schmutziger Tassen, Gläser und Tabletts von Tiefkühlkost. Durch die halboffene Tür zum Badezimmer sah man ein Durcheinander von herumliegenden Kleidungsstücken und Handtüchern. Der winzige Balkon bot einen Ausblick auf sein gegenüberliegendes Ebenbild. Auf einem Schwarzweißfernseher flimmerten die verschneiten Bilder einer Game-Show. Lisa ging hin und knipste ihn aus.

Erdrückt von der Atmosphäre der Hoffnungslosigkeit in dieser Enge, sah ich mich nach einer Sitzgelegenheit um. Neben der Balkontür stand ein Rattansessel mit einem Korb schmutziger Wäsche darauf. Lisa sagte: »Stellen Sie das Zeug einfach da drüben hin«, und machte die Badezimmertür zu.

Ich stellte den Wäschekorb auf den Boden und setzte mich. Lisa sah mich an. Sie hatte eine Abwehrhaltung eingenommen, als erwarte sie von mir eine Bemerkung über den chaotischen Zustand ihrer Wohnung. Als ich nichts sagte, meinte sie: »Ich könnte uns einen Kaffee kochen.«

»Ich möchte Ihnen keine Umstände machen.«

Sie nickte sichtlich erleichtert. Ich hatte den Verdacht, daß ihr die meisten Dinge zuviel Umstände machten. Sie setzte sich auf die Kante ihres ungemachten Betts, beugte sich vor, die Hände flach auf den denimbekleideten Schenkeln. Einen Augenblick lang fragte ich mich, ob ihre Apathie echt war oder ob sie sie nur vorspiegelte, um zu zeigen, wie wenig sie der ganze Fall anging. Aber ich hielt das für nicht weiter wichtig. Ein paar Fragen würden sie schon aufrütteln.

Ich fing ganz harmlos an. »Wie lange haben Sie im Café Comédie gearbeitet?«

»Etwa sechs Monate.«

»Hat es Ihnen gefallen?«

»Es war okay.«

»War Jay Larkey ein guter Boß?«

Das brachte die erste Reaktion: nur ein Flattern der Augenlider, aber die Erwähnung seines Namens hatte einen Nerv getroffen. »… Er war okay.«

»Und die anderen Leute, die dort arbeiteten?«

»Was sollte mit denen sein?«

»Haben Sie gern mit ihnen gearbeitet?«

»Ja. Sicher.«

»Sie haben Bobby Foster gekannt?«

»Ziemlich gut.«

»Marc Emmons?«

»Ja. Er ist ein netter Kerl.«

»Tracy Kostakos?«

Sie legte die Hände zusammen und schob die Finger zwischen die Knie. »Ich habe sie nicht sehr gut gekannt. Sie war einer der… Stars dort, wissen Sie.«

»Ich weiß nicht, ob ich Sie richtig verstehe. Ich hatte den Eindruck, daß es ein kleiner Club ist, in dem die Schauspieler auch mit den übrigen Angestellten verkehren. Außerdem war Tracy zuerst Kellnerin wie Sie, bis Jay sie auf die Bühne ließ.«

Lisa verzog bitter den Mund. »Tracy war *niemals* nur Kellnerin. Schon als ich sie das erstemal gesehen habe, war mir das klar.«

»Ich verstehe. Kommen wir zu der Nacht, in der sie verschwand. Erzählen Sie mir alles, an was Sie sich erinnern.«

Sie fuhr sich mit der Zunge über die Unterlippe. »Kann das Bobby wirklich helfen?«

»Ja.«

»Ich *möchte* ihm helfen. Es ist nur, daß… Ich *weiß* überhaupt nicht, was passiert ist. Ich kam zur Arbeit, bediente wie üblich und ging nach Hause. Es war ein ganz normaler Abend.«

»Das sehe ich anders, Lisa.«

Sie betrachtete ihre Hände. »Was soll das heißen?«

»Zum Beispiel hatten Sie und Jay gegen Feierabend eine Auseinandersetzung in seinem Büro.«

»Wer hat Ihnen das gesagt?«

»Kathy Soriano.«

»Mein Gott, es war nichts, nichts Ernstes. Er war sauer, weil ich ein paar Bestellungen vermurkst hatte. Er hat mich oft angebrüllt. Was mich betraf, war es ein normaler Abend.«

»Außer, daß Tracy verschwand. Und seit jenem Abend haben Sie den Club nie mehr betreten, nicht einmal, um Ihren Lohn abzuholen.«

Sie schwieg und sah noch immer auf die Stelle, wo ihre Finger zwischen den Knien verschwanden.

»Lisa«, sagte ich, »Sie haben San Francisco wegen einer Sache verlassen, die in jener Nacht im Café Comédie passiert ist. Würden Sie mir bitte etwas darüber sagen?«

»Das ist nicht wahr. Ich bin fortgegangen weil ich… es wollte. Es hatte mit nichts anderem etwas zu tun. Tracy ist umgebracht worden, und das tut mir leid, aber es gibt nichts, was ich tun könnte.«

»Ich glaube nicht, daß ihr Tod Ihnen leid tut.«

Jetzt hob sie den Kopf, die Lippen waren geöffnet.

Ich fügte hinzu: »Ich weiß von der Figur, für die Sie das Vorbild abgegeben haben – Ginny, die Kellnerin. Und ich weiß, wie aufgebracht sie deswegen waren. Und was vorher zwischen Ihnen und Tracy war.«

Sie preßte die Lippen zusammen und schloß die Augen. Sie brauchte einen Moment, bevor sie sagte: »Okay, ich habe Tracy gehaßt. Sie hat mich benutzt, und ich fühlte mich… wie so ein Versuchstier, an dem sie herumexperimentierte. Aber das heißt doch nicht, daß ich sie umgebracht habe.«

»Das will ich auch gar nicht sagen. Aber ich glaube, Sie wissen mehr über diesen Abend, als Sie zugeben. Und was Sie wissen, macht Ihnen angst.«

Die Augen noch immer geschlossen, schüttelte sie heftig den Kopf.

»Lisa, man hat an einem abgelegenen Ort in Napa County, wohin Tracy öfter fuhr, ein Skelett gefunden. Es ist ziemlich schwierig, es zu identifizieren, aber ich glaube, es wird sich als Tracys herausstellen.« Seltsam, dachte ich, daß es mir einen Stich versetzte, als ich das sagte. Wahrscheinlich hatte ich in meinem Hinterkopf die unrealistische Hoffnung genährt, ich würde Georges Tochter finden, und irgendwie würde alles gut ausgehen – trotz aller gegenteiligen Beweise.

»Jemand hat sie erschossen«, fuhr ich fort. »Aber Bobby war es nicht. Das bedeutet, die Person, die sie getötet hat, ist noch auf freiem Fuß – und eine Gefahr für jeden, der nur die leiseste

Kenntnis von dem Mord hat. Helfen Sie mir also, um Ihrer selbst und um Bobbys willen!«

Sie kniff die Augen noch fester zusammen, und über beide Wangen liefen zwei parallele Tränenspuren. Ich schwieg. Nach einer Weile beugte sie sich vor, zog auf dem Fußboden eine Kleenex-Schachtel heran und wischte sich mit einem Tuch das Gesicht ab.

»Okay«, sagte sie mit schwerer Stimme. »Ich wußte, daß es mich eines Tages erwischen würde. Ich erzähle es Ihnen also. Aber zuerst müssen Sie mir versprechen, daß er nicht herausbekommen darf, daß ich es war, die es erzählt hat.«

»Wer denn?«

Sie schüttelte den Kopf. »Versprechen Sie es.«

»Ich verspreche es.«

»Okay. Es war so: Bobby und ich waren irgendwie Freunde. Wir haben viel miteinander geredet. An dem Abend habe ich ihn zufällig während meiner Pause getroffen. Es gibt hinten ein Zimmer, in dem die Angestellten ihre Sachen ablegen und wo sie sich aufhalten können. Bobby war da. Er war offensichtlich high – hatte Crack genommen – und wirklich sehr aufgeregt. Ich habe ihn gefragt, was los sei, und er erzählte mir von… sich und Tracy. Wissen Sie davon?«

»Ja.«

»Also, ihm schien nicht klar zu sein, warum sie es getan hatte, aber ich vermutete, daß sie ihn benutzt hatte, genau wie mich. Mich hat die Wut gepackt. Sie hatte mit uns beiden so etwas Schreckliches gemacht. Und alle wußten, daß sie mit Jay bumste, weil er etwas für ihre Karriere tun konnte. Und dann war da noch Marc: Sie hatte mit ihm Schluß gemacht, aber wenn sie etwas von ihm wollte, brauchte sie nur zu pfeifen. Jedenfalls ging Bobby wieder an die Arbeit, und ich saß da und es machte mich immer verrückter. Und da kam Tracy, der Star, hereingetänzelt, um ihre Nummer vorzuführen.«

»Haben Sie sie sich vorgenommen?«

»Oh, ja, das habe ich! Ich habe ihr gesagt, was für eine Fotze sie ist und daß ich die Nase wirklich voll von ihr habe. Und ich habe gesagt, ich würde es allen weitererzählen – auch Jay.« Lisa machte eine Pause, den Kopf zur Seite geneigt. »Wissen Sie, ich hatte sie für einen harten Typ gehalten, aber das warf sie regelrecht um. Sie fing an zu heulen. Und das hat mich noch wütender gemacht. Warum heulte sie, wenn sie doch alles hatte? Ich rannte hinaus und wartete auf eine Gelegenheit, mit Jay zu reden.«

»Haben Sie mit ihm geredet?«

»Nicht gleich. Er hatte zu tun. Die Sorianos gingen zu ihm rein, erst Kathy, dann Rob. Sie hatten eine Besprechung mit irgendwelchen Leuten, ich glaube, Investoren für dieses Immobiliengeschäft. Ich konnte erst kurz vor Schluß mit Jay sprechen, in seinem Büro.«

»Und deswegen wirkten Sie später auf Kathy so aufgeregt, als Sie an der Bar saßen.«

»Aufgeregt? Das ist milde ausgedrückt. Jay ist total ausgerastet.« Lisa senkte die Stimme, und in der Erinnerung duckte sie sich selbst jetzt noch. »Er wollte unbedingt alle Einzelheiten wissen – wann, wie oft, Sie wissen schon. Und dann fing er an, im Büro mit Sachen herumzuschmeißen. Ich bekam es mit der Angst und konnte nur noch denken: *Und wenn dieser Kerl mich jetzt packt und in Stücke reißt?* Ich meine, mein Vater hat mich als Kind immer geschlagen, und ein paar von den Kerlen, mit denen ich ging, bevor ich mit den Männern nichts mehr zu tun haben wollte, waren auch ziemlich brutal. Aber Jay – ich habe nie gewußt, daß er das auch in sich hatte.«

Das hätte ich auch nicht erwartet.

Lisa sah mich besorgt an. »Sie sehen, warum Sie ihm nicht sagen dürfen, daß Sie es von mir wissen. Nachdem ich von Tracys Verschwinden und von der Entführung gehört hatte, hatte ich so eine Angst, daß ich mich nicht mehr in den Club zurückwagte. Weil er wußte, daß ich wußte –«

Ich hob die Hand, damit sie langsamer erzählte. »Sie glauben, es war Jay, der Tracy umgebracht hat?«

»Wer sonst? Er war so wütend, so gewalttätig. Und er wußte, wohin sie in der Nacht fuhr.«

»Er wußte, daß sie zum Napa River fuhr?«

»Hm. Es war so, daß Kathy und ich gegen Feierabend an der Bar saßen und auf Rob warteten. Ich nehme an, das hat sie Ihnen erzählt. Sie hatte mir angeboten, mich nach Hause zu bringen, weil es draußen in Strömen goß. Jay kam aus dem Büro und holte etwas hinter der Bar. Er fragte Kathy, was sie noch dort mache. Sie sagte, sie warte auf Rob, denn ihren Wagen habe sie Tracy geliehen, damit sie zum Cottage fahren konnte. Und Jay sagte einfach: ›Zum Cottage am Fluß draußen?‹ Deswegen weiß ich, daß er es wußte –«

»Einen Augenblick! Kathy hat *ihr* ihren Wagen *geliehen*?«

Lisa sah mich verständnislos an. Der Schock, den sie mir anhörte, hatte ihren Redefluß gebremst. »...Ja, sicher. Kathy sagte, Tracy habe Marc schon angerufen und versucht, sich seinen Wagen auszuleihen, aber er habe gesagt, er bräuchte ihn am nächsten Tag.«

»Das muß ich mal auf die Reihe bringen. Kathy sagte mir, Robs Assistent im Immobiliengeschäft sei an dem Abend mit ihnen zusammengewesen, und in derselben Nacht sei ihm der Wagen vom Parkplatz gestohlen worden. Er hat das im Prozeß gegen Bobby bezeugt.«

»Ich weiß nichts von einem gestohlenen Wagen oder von einem Assistenten. Ich sage Ihnen nur, was ich gehört habe.«

»Sie haben nicht die Nachrichten über den Fall verfolgt und von dem gestohlenen Wagen gehört, der schließlich mit Blutspuren im Innern in den Bergen gefunden wurde?«

»Ich habe sie überhaupt nicht verfolgt. Ich wollte einfach nichts davon *wissen*. Es war reiner Zufall, daß der Fernseher an dem Tag im Club an war, als Bobby verurteilt wurde. Sonst hätte ich gar nichts davon gewußt.«

»Erinnern Sie sich, was für einen Wagen Kathy fuhr?«

»Einen Volvo, blau. Ich bin ein paarmal mitgefahren, zur Bushaltestelle oder nach Hause.«

Ich wußte nicht, ob ich ihr glauben sollte oder nicht. Es ergab keinen Sinn, daß Kathy ihren Wagen Tracy geliehen hatte, dann aber umgeschwenkt war und Jim Fox veranlaßt hatte, seinen Wagen als gestohlen zu melden. Ich sagte: »Paßte es überhaupt zu Kathy, daß sie ihren Wagen verlieh? Sie scheint mir keine besonders großzügige Frau zu sein.«

Lisa zuckte mit den Schultern. »Kathy hat Tracy gemocht. Und ich glaube, sie wußte, daß Tracy gerne angab. Wenn Kathy ihr den Wagen gab, dann tat sie es, um ihre Freundschaft zu gewinnen.« Sie brach ab und dachte nach. »Kathy ist eigentlich gar nicht so schlimm. In der Woche, als ich mich fürchtete, wieder zurück in den Club zu gehen, ist sie zu mir gekommen. Ich habe ihr gesagt, daß ich die Stadt verlassen wollte und warum. Sie meinte, das wäre eine gute Idee, denn auf Jay wäre nicht allzuviel Verlaß. Und wissen Sie was? Sie hat mir Geld gegeben. Tausend Dollar und ein Flugticket, damit ich hier unten neu anfangen konnte. Sie hat mich sogar zum Flughafen gefahren.«

Ich dachte einen Augenblick darüber nach und wägte es gegen Kathys Version ab. Ich neigte eher dazu, Lisa zu glauben. Ich sagte: »Was für einen Wagen fuhr sie, als sie Sie zum Flugplatz brachte?«

Lisa runzelte die Stirn. »Nicht den Volvo. Auch ein ausländisches Modell, noch teurer. Es war der Wagen, den Rob fuhr, als sie mich in der letzten Nacht vom Club nach Hause brachten.«

Wahrscheinlich der Jaguar, den ich mittags in ihrer Einfahrt stehen gesehen hatte. Ich fragte: »Haben Sie jemals eine Waffe in Jays Besitz gesehen?«

»Er hatte eine hinter der Bar. Marc hat sich darüber immer beschwert, weil er etwas gegen Waffen hatte. Aber Jay sagte, sie müsse zum Schutz dort liegen.«

»Kennen Sie sich mit Waffen aus?«

»Ja. Mein alter Herr war ein Cop.«

»Was war das für eine im Club?«

»Ein Revolver, ein achtunddreißiger.«

Dasselbe Kaliber wie die Kugeln, die man in der Leiche und im Volvo gefunden hatte.

Ich starrte eine Minute lang auf den leeren Bildschirm und dachte an den zahnärztlichen Befund, anhand dessen man die Leiche als Lisas identifiziert hatte. Dachte an Marc Emmons, der vermutlich gewußt hatte, wohin Tracy in jener Nacht unterwegs war und der nach ihrem Verschwinden plötzlich zu einem der »Stars« im Café Comédie wurde. Und ich dachte an Jay Larkey und Kathy Soriano, das Gelegenheits-Liebespaar, weil »sich die Lady besser fühlte«.

Oder fühlte sich der Gentleman damit sicherer?

Lisa sagte: »Was ist, wenn er erfährt, daß ich es Ihnen erzählt habe?«

»Er wird es nicht erfahren. Er hat keine Ahnung, wo Sie stecken. Solange Sie hier bleiben, sind Sie in Sicherheit.«

Ich würde Stan Gurski anrufen, sobald ich aus ihrer Wohnung war, und ihm erzählen, was ich herausbekommen hatte. Er würde sie verhören, womöglich festnehmen, aber das brauchte Lisa jetzt noch nicht zu wissen. Ich vermutete, daß ihr Vater, der Polizist, der sie geschlagen hatte, in ihr eine tief verwurzelte Aversion gegen Behörden verursacht hatte.

Ich wollte ihr etwas sagen, das ihr Mut machte, aber mir fiel nichts ein. So wiederholte ich zum Schluß noch einmal meinen Rat, daß alles in Ordnung gehe, wenn sie zu Hause bleibe, und verabschiedete mich.

23

Nach meinem Anruf bei Stan Gurski, dem ich erzählte, was ich Neues über Lisa McIntyre wußte (und ihm damit den Abend ruinierte, denn es warf seine bisherigen Theorien über den Haufen), überlegte ich, wie ich an diese zwei Jahre alte Ausgabe der *L. A. Times* kommen konnte. Ich rief die nächstgelegene öffentliche Bibliothek an, aber die war geschlossen – wahrscheinlich wegen der gleichen Etatkürzungen, die auch in San Francisco schon die Öffnungszeiten beschränkt hatten. Am besten sollte ich es wohl bei der *Times* selbst versuchen. Aber zuerst mußte ich noch einen Platz für den Rückflug buchen.

Wie sich herausstellte, flog die USAir abends nicht mehr so häufig. Nur in der Neun-Uhr-Maschine gab es noch einen Platz. Danach war ich auf mein Glück und die Stand-by-Liste angewiesen. Da sich die *Times* mitten in der Stadt befand, war es durchaus möglich, daß ich überhaupt keinen Flug mehr erwischte und die Nacht in L. A. verbringen mußte. Ich zögerte nur einen Moment, entschied dann, daß es wichtiger war, am Brennpunkt meiner Ermittlungen zu sein, und buchte den letzten Platz um neun.

Auf dem Rückflug trank ich einen ungewohnten Bourbon mit Wasser und versuchte, anhand der neuen Fakten zu rekonstruieren, was mit Tracy in dieser regnerischen Winternacht passiert sein mochte.

Sie war in den Club gekommen und hatte den Zusammenstoß

mit Lisa gehabt. Sie war – untypisch für sie – außer sich geraten, war zusammengebrochen und hatte geweint. Zuvor hatte sie Angst davor gehabt, kein guter Mensch mehr zu sein. Jetzt erlebte sie, wie ihre Welt aus den Angeln geriet, weil sie andere Menschen schäbig behandelt hatte. Wenn Lisa Jay alles erzählte, würde er auf alle Fälle mit ihr Schluß machen, wenn nicht mehr. Vielleicht würde er sogar versuchen, ihren Vertrag mit dem Club zu annullieren. Aber noch schlimmer, sie würde als eine gefühllose Opportunistin dastehen. So war ihr erster Impuls zu fliehen – dorthin, wo sie so oft gewesen war, um allein zu sein und nachzudenken.

Doch dazu brauchte sie einen Wagen. Zuerst wandte sie sich an Marc. Aber er hatte abgelehnt, weil er den Wagen am nächsten Tag selber brauchte. Als nächstes ging sie zu Kathy. Kathy war getrennt von ihrem Mann zum Club gefahren, und so war sie bereit, ihr den Volvo zu leihen. Wahrscheinlich hatte Tracy nach ihrer Vorstellung beim Verlassen des Clubs die Schlüssel aus dem Kästchen genommen. Doch dann hatte sie ihren zweiten Zusammenstoß an diesem Abend gehabt, und zwar mit Bobby Foster.

Wenn sie so beschämt und außer sich war von Lisas Drohung, alles auszuposaunen, wieso hatte sie dann Bobby die Wahrheit ins Gesicht gesagt, warum sie mit ihm geschlafen hatte? Vermutlich nahm sie an, daß er es ohnehin bald herausfinden würde. Weil sie litt, wollte sie vielleicht zurückschlagen und jemand anderen auch leiden lassen. Oder sie war in Eile und sagte deshalb das erste, was ihr einfiel, damit er sie gehen ließ. Jedenfalls holte sie sich den Volvo vom Parkplatz und fuhr nach Napa County. Daß Tracy zweimal auf ihrer Fahrt »gesehen« wurde, wie die Polizei höchst sorgfältig ermittelt hatte, entsprach wohl den Tatsachen. Sie mußte die Strecke über die Bay Bridge genommen haben, wo ihre ehemalige Mitschülerin sie gesehen haben wollte, und sie konnte auch sehr wohl in der Nähe von Berkeley vor dem Lebensmittelladen angehalten und eingekauft haben.

Aber das reichte noch nicht. Es blieb noch zuviel Zeit, die nicht belegt war. Was hatte sie zwischen zehn und zwölf Uhr dreißig morgens getan, also in der Spanne, in der sie vermutlich auch über die Brücke gefahren war? Nach Hause gefahren und die Schlüssel für das Cottage geholt? Und zu Marc Emmons' Wohnung gefahren, wie sie es Bobby angekündigt hatte? Nicht herauszubekommen.

Also, was dann?

Führte ich das, was Lisa mir erzählt hatte, zu einem logischen Schluß, dann hatte Larkey in seiner Wut den Revolver hinter der Bar hervorgeholt, war zum Fluß gefahren, hatte Tracy erschossen und ihre Leiche versteckt. Die Schüsse waren in dem Volvo gefallen – vielleicht hatte sie versucht zu fliehen –, und nachdem Jay Kathy erzählt hatte, was passiert war, war sie zu dem Schluß gekommen, daß es weniger riskant war, den Wagen vorübergehend am Cottage stehenzulassen, als ihn zurückzuholen und zu versuchen, die Blutflecke zu entfernen. Ich war sicher, Kathy wäre es nicht schwergefallen, Jim Fox, Robs Assistenten, zu überreden, den Wagen als gestohlen zu melden. Aber wie hatte sie das ihrem Mann erklärt? Mußte sie ihm nicht schon in der Nacht auf der Heimfahrt vom Club sagen, wer den Volvo jetzt benutzte?

Ich dachte über die Beziehung der beiden Sorianos zueinander nach. Ich hatte sie einmal zusammen erlebt, und da schienen sie in verschiedenen Welten zu leben. Sie plapperte in einem fort, er hörte kaum zu. Falls das die normale Form ihrer Unterhaltung war, dürfte es für sie kein Problem gewesen sein, ihm einzureden, er habe etwas mißverstanden, und sie habe den Wagen tatsächlich an Fox verliehen.

In Ordnung, dachte ich, jetzt kann man also mit Sicherheit annehmen, daß Kathy zur Komplizin wurde. Sie half Jay, die angebliche Entführung zu inszenieren. Und es waren auch zwei Personen erforderlich, um den Volvo vom Cottage in die einsame Schlucht in den Santa Cruz Mountains zu fahren. Als die Polizei sich dann später ernsthaft auf Bobby Foster konzentrierte, sorgte sie dafür, daß ihr das Notizbuch für seine Examensvorbereitung in die Hände gespielt wurde. Dieses Notizbuch hatten sie und Jay außerdem als Vorlage für den Erpresserbrief benutzt. Nachdem ich Tracys sterbliche Überreste entdeckt hatte, vertauschte Jay ihre zahnärztlichen Unterlagen mit denen der verängstigten jungen Frau, der Kathy Geld gegeben hatte, damit sie die Stadt für immer verließ. Sie rechneten zweifellos damit, daß dann, wenn die Leiche nicht positiv identifiziert werden konnte, die Verurteilung Fosters bestehenbleiben würde.

Ich hatte sogar eine Idee zu ›Tracys‹ Anrufen bei Laura. Als ich Kathy zum erstenmal begegnete, hat sie die Pointe aus der Nummer von der wild gewordenen Feministin wiedergegeben und dabei Tracys Stimme nachgeahmt. Als ich mir später das Videoband ansah, war mir die Pointe bekannt vorgekommen, weil Kathy sie so gut nachgemacht hatte.

Alles zusammen – die vertauschten Zahnarztunterlagen, die Anrufe, das Buch über die Schaffung einer neuen Identität, das irgendwie in die Wohnung an der Upper Market geschmuggelt worden war – sollte bewirken, daß Tracys Überreste niemals zuverlässig identifiziert werden konnten.

Soweit war das schon ein mehr oder weniger logisches Szenario. Nur konnte ich es nicht akzeptieren. Nicht beim gegenwärtigen Stand der Dinge.

Das Problem war das Motiv. Ich konnte mir einfach nicht vorstellen, daß Larkey – so wütend er auch gewesen sein mochte – mit dem Vorsatz zum Cottage hinausgefahren war, Tracy zu töten. Ich konnte mir nicht vorstellen, daß er ein ganzes Raster entworfen haben sollte, das auf Bobby Foster paßte, einen jungen Mann, den zu mögen er vorgab, und noch weniger, daß er schweigend zusah, wie Bobby seinem Tod entgegenging. Nicht, daß ich Larkey solcher Taten nicht für fähig gehalten hätte: Ich hatte längst gelernt, daß die meisten Menschen zu allem fähig waren, wenn sie nur einen ausreichenden Grund dazu sahen. Aber wenn Larkey solche Dinge getan hatte, dann hätte er ein weitaus zwingenderes Motiv haben müssen als bloße Wut. Es hätte weit mehr auf dem Spiel stehen müssen als nur sein männlicher Stolz.

Zerstreut starrte ich auf mein Spiegelbild in der schwarzen Fensterscheibe des Flugzeugs. Das helle Licht in der Kabine ließ mich erschöpft und krank aussehen, und meine Gedanken verliehen mir obendrein einen besorgten und frustrierten Gesichtsausdruck. Schnell sah ich wieder weg.

Was genau hatte Tracy ihrer Mutter bei ihrem letzten Freitagslunch gesagt? Einmal die Sache über den guten Menschen, der sie nun nicht mehr war. Aber daneben auch noch etwas anderes. Etwas über eine Unterlassungssünde. Das zusammen mit dem, was sie in Jane Steins *Times*-Ausgabe entdeckt hatte, konnte mir vielleicht einen Hinweis auf dieses Motiv liefern. Aber wo, zum Teufel, konnte ich zu dieser Nachtstunde in San Francisco noch eine Ausgabe dieser Zeitung aus Los Angeles in die Finger bekommen? Vielleicht hatte ich doch einen Fehler gemacht, nicht über Nacht in L. A. zu bleiben –

Das Bordpersonal schob sich durch die Gänge und sammelte Tassen und Becher ein. Ich trank meinen Drink aus, reichte den Plastikbecher zurück und klappte den Abstelltisch vorschriftsgemäß hoch.

Die nächsten Telefonzellen fand ich in der Halle. Ich rief bei All Souls an. Jack war nicht da. Rae sprach auf einer anderen Leitung. Ich wartete ungeduldig und klopfte mit den Fingern auf die Aluminiumablage. Als sie sich schließlich meldete, sagte sie: »Shar, Gott sei Dank, daß du zurück bist. Hier ist eine Frau auf der anderen Leitung, die dich sprechen muß. Sie ruft schon den ganzen Nachmittag an.«

»Wer?«

»Ihren Namen wollte sie mir nicht sagen, aber sie sagt, es ist wichtig.«

»Sie soll dir ihre Nummer geben, ich rufe zurück.«

Rae ging auf die andere Leitung und war nach wenigen Sekunden wieder da. »Shar, sie will noch immer kein Wort sagen. Nur, daß sie später wieder anruft.«

»Verdammt! Wahrscheinlich geht es um diesen Fall.«

»Wenn sie wieder anruft, bringe ich sie irgendwie dazu, mir eine Telefonnummer zu nennen, oder ich sage ihr, sie soll herkommen. Was war los in L. A.?«

Ich erklärte ihr kurz, daß ich Lisa McIntyre gefunden hatte und was das wahrscheinlich bedeutete.

Als ich zu Ende war, sagte Rae: »Weißt du, es ist komisch, aber ich glaube, Larkey hat so etwas Ähnliches vermutet.«

»Larkey? Was hat er denn damit zu tun?«

»Als ich ihn anrief, um eure Verabredung abzusagen, hörte er sich irgendwie niedergeschlagen an, und deshalb erzhälte ich ihm, du seist nach L. A. geflogen, um Tracy ausfindig zu machen. Ich dachte, das würde ihn aufmuntern – du sagtest ja, daß er sie gern gemocht hat –, aber das tat es nicht. Er bat mich, dir auszurichten, daß du ihm Bescheid gibst, wie es ausgegangen ist. Er sagte, wenn das da unten nicht Tracy wäre, würde er morgen nach Napa fahren und diese Zahnunterlagen noch einmal prüfen. Scheint, daß er sich Gedanken darüber gemacht hat und ihm irgend etwas merkwürdig vorgekommen ist.«

»Was denn?«

»Darüber konnte er nichts Genaueres sagen. Er saß mit anderen Leuten zusammen.«

Wahrscheinlich war ihm aufgegangen, dachte ich, daß es besser wäre, das Vertauschen der Röntgenbilder und die falsche Behauptung, es handle sich nicht um Tracys Leiche, zu kaschieren. Vielleicht hatte er vor, nach Napa zu fahren, sich die Gebeine anzuschauen und sie richtig zu identifizieren, um so jeden Verdacht von sich abzulenken. Ich sagte: »Ich werde später mit ihm reden. Weitere Nachrichten?«

»George Kostakos. Er ist zu Hause.«

»Was ist mit Jack – wo ist er?«

»Mußte in einem anderen Fall nach Sacramento.«

»Wenn du ihn vor mir siehst, erzähl ihm, was passiert ist. Aber jetzt gleich mußt du erst etwas für mich tun. Ich weiß nicht, ob es überhaupt im Bereich des Möglichen liegt, aber ich brauche ein Exemplar der *L. A. Times*, Stadtausgabe, vom 2. Februar des Jahres, in dem Tracy Kostakos verschwand.«

»Ich wende mich an die Bibliothek.«

»Ich habe meine Zweifel, daß die noch offen ist.«

»Das ist eine harte Nuß.« Rae hörte sich entmutigt an, fing sich aber gleich wieder. »Vielleicht hat Hank eine Idee.«

»Hank. Wohnt er noch immer auf seiner Couch?«

»Seit dem besagten Morgen.«

Das war eine weitere Sache, um die ich mich kümmern wollte – aber nicht, bevor dieser Fall abgeschlossen war. »Gut, frag ihn.«

»Mach ich. Übrigens, ich bin vorhin bei dir zu Hause gewesen, um die Katze zu füttern. Der Bauunternehmer war da. Er sagte, ich brauchte mich ums Abschließen hinter ihm nicht zu kümmern, du hättest ihm einen Schlüssel für den Seiteneingang gegeben.«

»Ja – er hat einen Auftrag zu erledigen, aber ich konnte

mich nicht nach seinen Zeitplänen richten. Danke, daß du nach Wat geschaut hast.«

»Keine Ursache. Wo kann ich dich erreichen?«

»Ich weiß nicht genau. Ich melde mich.«

Ich beendete das Gespräch und rief George in seiner Nobelunterkunft an. Ich wollte ihm selber beibringen, daß ich Lisa McIntyre lebend gefunden hatte – und ich wollte es ihm persönlich sagen, weil das bedeutete, daß seine Tochter wirklich tot war. Aber es antwortete nur die Maschine. In einem gewissen Sinne war das gut, dachte ich, denn nach dieser Nachricht würde es schwer sein, wieder zu gehen. Und ich mußte so schnell wie möglich ins Café Comédie.

24

Auf der Bryant Street, etwa in Höhe der Fourth Street und reichlich zwei Blocks von der South Park entfernt, geriet ich in einen gewaltigen Verkehrsstau. Etwas merkwürdig für knapp halb elf Uhr abends, dachte ich.

Ich klopfte mit den Fingern auf das Lenkrad und starrte auf das Meer von roten Rücklichtern vor mir. Dann schaltete ich das Radio ein, um vielleicht den Grund für den Stau zu erfahren. Aus alter Gewohnheit drückte ich auf die Taste, unter der ich KSUN programmiert hatte, einen Mittelwellensender mit ausgesprochenem Hard-Rock-Programm. Mein verflossener Liebhaber, Diskjockey Don Del Boccio, hielt gerade Hof auf dem prestigeträchtigen Spätabend-Sendeplatz. (Soweit man es, wie Don zu sagen beliebte, denn als prestigeträchtig betrachten konnte, das Ohr von einer halben Million Teenager zu haben, deren durchschnittlicher IQ wahrscheinlich knapp über siebzig lag.)

Ich war so irritiert von dem Stau vor mir, daß ich nicht einmal eine Anwandlung von Nostalgie verspürte, als ich hörte, wie Dons Stimme die Talente einer Gruppe namens Matt and the Mercenaries rühmte, deren atonales Gekreisch ich sofort leise drehte (befanden sie sich vielleicht tatsächlich in einem Kriegsgebiet?), und zwar so leise, daß ich es fast überhört hätte, als

Don ein paar Minuten später sagte: »...eine Verkehrsdurchsage.« Ich drehte den Lautsprecher wieder auf und erwartete, daß er jetzt einen umgefallenen Sattelschlepper oder etwas Ähnliches auf der Brückenauffahrt ein paar Blocks weiter vorn meldete.

»...und noch eine Meldung«, fügte er hinzu. »Wegen eines Brandes staut sich der Verkehr auf der Bryant Street und den nahe gelegenen Auffahrten zur Bay Bridge in San Francisco. Rettungsfahrzeuge blockieren die Bryant an der Second und Third. Die Polizei versucht, den Verkehr umzuleiten, doch im Augenblick steht er noch so gut wie still. Wenn Sie also zur East Bay oder nach South of Market unterwegs sind, meiden Sie besser die Hauptzufahrten. Es brennt am South Park zwischen der Second und der Third Street, der Bryant und der Brennan. Feuerwehrmannschaften und Krankenwagen sind bereits vor Ort, und die Polizei bittet, diesen Bereich möglichst zu meiden. Das wäre alles, was wir im Augenblick wissen, aber wir bleiben für Sie am Ball.«

South Park!

Ich umklammerte das Lenkrad, mein Magen rotierte. Jetzt, da ich von dem Feuer gehört hatte, fielen mir auch die Sirenen und die orange-rote Färbung des Himmels auf. Ein Gefühl von Übelkeit stieg in mir hoch. War es möglich, daß diese Katastrophe irgendwie mit meinem Fall zu tun hatte? War es das Café Comédie...?

Ich mußte hinfahren und nachsehen, was passiert war. Aber es gab keine Seitenstraßen oder Gassen, die in diesen Teil des Blocks führten. Am Bordstein durfte man parken. Ich befand mich auf der rechten Fahrspur, doch der Platz gleich neben mir war besetzt und auch der direkt vor und hinter mir. Zwei Wagen weiter war ein leerer Platz, aber jetzt war der Verkehr völlig zum Stillstand gekommen. Es konnte Stunden dauern, bis ich ihn erreichte.

Überall hingen die Leute aus den Fenstern ihrer Wagen und versuchten, die Ursache des Staus zu erkennen. Einige stiegen aus und standen auf der Fahrbahn. Der Fahrer eines kleinen Lieferwagens, der direkt neben dem Parkplatz stand, auf den ich es abgesehen hatte, kletterte auf die Ladefläche und warf einen Blick in die Runde. Wenn das hier so weiterging, würde die Bryant Street bald aussehen wie ein Gebrauchtwagenmarkt am Tag der Zwangsversteigerung. Ich schnaubte vor ohnmächtigem Zorn gegen diese höhere Gewalt, die leicht zum Schlimmsten im Stadtleben werden kann. Wenn der Verkehr nicht bald wieder in Fluß kam, konnte die Stimmung ungemütlich werden.

Der Bursche auf dem Lieferwagen war der erste, der durchdrehte. »Scheiße!« schrie er und sprang auf den Gehsteig. Dann stieg er in den Wagen und startete ihn. Er ruckte nach vorn und stieß gegen die Stoßstange des Vordermanns, dann nach hinten gegen die des Hintermanns. Das Steuer scharf nach rechts eingeschlagen, schob sich der Lieferwagen durch die Parklücke auf den Gehsteig.

Der Wagen hinter ihm zögerte nicht lange und folgte. Die beiden Fahrzeuge schlängelten sich über den Gehweg am Stau vorbei. Eine Frau zwei Wagen weiter vorn beugte sich aus dem Fenster und rief »Arschlöcher!«.

Ich war ganz ihrer Meinung, aber diese verrückten Kerle hatten mir den Ausweg gezeigt. Ich wollte gerade mit dem gleichen Manöver beginnen, als irgendwo hinter mir eine Sirene aufheulte. Ein Motorrad-Cop, der offenbar vorhatte, den Verkehr umzuleiten, raste auf dem Gehweg hinter den beiden Wagen her. Ein Strafmandat und die damit verbundene Verzögerung waren genau das, was ich jetzt gar nicht gebrauchen konnte. Also schwenkte ich in die Parklücke, sprang aus dem MG und rannte Richtung South Park.

Als ich näher kam, zog Qualm durch die Luft. Er stieg mir beißend in Nase und Luftröhre und nahm mir den Atem. Vor mir schlugen Flammen in die Höhe, rot, blau und gelb. Der Himmel über uns glühte wie eine eingedrückte rot-orangefarbene Kugel. Menschen schrien, Funkgeräte in den Rettungsfahrzeugen quäkten und knackten.

Als ich in die Third Street einbog, sah ich, daß der Zugang zum South Park von der Polizei abgesperrt worden war. Davor wogte eine große Menschenmenge und widersetzte sich der Polizei, die der herbeieilenden Ambulanz eine Schneise zu bahnen versuchte. Jetzt war das Feuer auch zu hören: ein Brausen, das klang, als würden ganze Gebäude in ein Vakuum gesogen. Die rauchige Luft war warm wie an einem Frühlingstag.

Die Menge bildete eine zusammenhängende Masse, die hierhin oder dorthin trieb, aber keine Öffnung bot. Ich drängte mich zwischen zwei Männern durch, schob einen dritten beiseite, versetzte einer Frau einen Ellbogenstoß, so daß sie zurücktrat. Links von mir schrie ein Polizist den Leuten zu, sie sollen weitergehen. Er spreizte die Arme, und seine Hand traf mich hart an der Schulter. Über die Menschenmasse flackerte das Warnlicht des Krankenwagens hinweg. Während er langsam vorwärts kroch, betätigte der Fahrer die Sirene. Das bewirkte, was alle Anordnungen der Polizei nicht geschafft hatten: Die Menge teilte sich, und die Ambulanz fuhr auf die Absperrung zu. Ich schlüpfte unter dem Arm des Polizisten durch und schoß im Kielwasser des Wagens nach vorn.

Als die Ambulanz schnell durch die Sperre fuhr, ergriff eine Hand meinen Arm. »Bis hierher, Lady.«

Ich antwortete nicht, gelähmt von dem Anblick vor mir. Die Straße selbst war von Feuerwehrfahrzeugen verstopft. Krankenwagen standen auf dem Rasenoval. Menschen lagen auf Bahren, von Sanitätern in weißen Mänteln versorgt. Andere saßen an den Imbiß-Tischen oder lagen auf dem Boden – viele von ihnen in Abendkleidung. Ihre Gesichter und Hände waren rauchgeschwärzt, die Kleidung zerrissen und durcheinander.

Jenseits des Rings von kahlen Platanen stand vor der Fassade des Café Comédie eine scheinbar feste Flammenwand. Der schmiedeeiserne Zaun davor war von den Gerätewagen der Feuerwehr umgewalzt worden. Auch die Häuser rechts und links vom Club standen in Flammen. In hohem Bogen schoß das Löschwasser durch die Luft. Qualm zog in Schwaden vorbei. Von den hin und her eilenden Feuerwehrleuten waren nur verrußte Silhouetten zu erkennen. Und über allem loderten hell die gefräßigen Flammen.

Wenn sie dieses Inferno nicht bald unter Kontrolle bekamen, würde es die ganze South Park Street ergreifen. Vielleicht noch ein paar angrenzende Blocks dazu.

»Lady, gehen Sie weiter, bevor Sie verletzt werden«, sagte der Polizist und zog an meinem Arm.

»Wissen Sie, wie das Feuer entstanden ist?«

»Jemand hat etwas von einer Explosion gesagt.«

Ich starrte auf die Feuerwand und dachte an das Leck in der

Gasleitung, das Larkey erwähnt hatte – und das die Leute von den Stadtwerken nicht richtig dicht bekamen. »War jemand dort eingeschlossen?«

»Weiß ich nicht. Weiter jetzt!«

Ich ging weiter, aber nur ein paar Meter. Ich konnte den Blick nicht von den Flammen wenden. Trotz aller Bemühungen, ihrer Herr zu werden, schlugen sie in die Höhe, als wollten sie selbst den Himmel verschlingen.

Eine Frau neben mir hatte einen hysterischen Anfall. Sie schluchzte unausgesetzt: »Er hat es versprochen! Er hat es versprochen!« Ich sah zu ihr hinüber. Sie stand nach vorn gebeugt, und ein Mann hielt sie an den Schultern ihrer Lederjacke. Es war Mike, der Barkeeper des Clubs. Ich ging näher und erkannte Kathy Soriano.

Mike schien erleichtert, als er mich entdeckte. Er sagte: »Ich kann nichts für sie tun.«

»Lassen Sie es mich versuchen.« Ich faßte Kathy am Arm und zog sie auf das Pflaster. Sie krümmte sich zusammen, die Arme vor der Brust und die Hände vor dem Gesicht, und schluchzte wild.

Mike hockte sich neben uns. Ich fragte ihn: »Ist sie verletzt?«

Er schüttelte den Kopf. »Sie hat gerade einem der Parkhelfer ihre Wagenschlüssel gegeben, als die Explosion geschah. Ich war gerade draußen, hatte Pause und wollte etwas Luft schnappen. Ich habe sie mir gepackt, und dann sind wir hier herübergerannt.« Er sah in die Flammen. »Mein Gott«, fügte er eingeschüchtert hinzu, als werde ihm jetzt erst bewußt, was mit ihm passiert wäre, wäre er noch im Haus gewesen.

Kathy wiegte sich jetzt vor und zurück. »Jay«, schluchzte sie. »Jay. Er hat es versprochen.«

Ich nahm sie in meine Arme. Sie legte den Kopf an meine Brust. Über ihre zerzausten Locken hinweg sagte ich zu Mike: »Und Jay? Rob?«

Er schüttelte leicht den Kopf – verneinend. »Die Explosion war, soweit ich das sagen kann, hinten in der Nähe des Büros.«

»Oh, Gott.«

Kathy schluchzte lauter. »Der Schweinehund! Er hat es versprochen!«

»Wer, Kathy?«

»Jay, ach, Jay…«

»Was hat er versprochen?«

Sie hob ruckartig den Kopf. Er stieß schmerzhaft gegen mein Kinn. Ich schob ihn wieder nach unten, und meine Jacke dämpfte den schrillen Schrei, den sie ausstoßen wollte. »Sie braucht einen Arzt«, sagte ich zu Mike.

»Den brauchen alle dort.« Er zeigte auf die Leute im Park. »Es gibt nicht genug Ärzte und Sanitäter.«

Natürlich hatte er recht. »Kennen Sie ihren Arzt?«

»Die meisten von uns gehen in die Potrero-Klinik, doch ich nehme kaum an, daß sie –«

»Nein, aber vermutlich hat sie ihren Arzt ohnehin drüben in Marin City. Im Notfall tut es deswegen auch die Klinik. Helfen Sie mir, sie aufzurichten.«

Wir zogen Kathy auf die Füße. Sie stolperte und schwankte zwischen uns. Der hysterische Anfall war jetzt vorbei. Ich sagte zu Mike: »Mein Wagen steht ein paar Blocks entfernt. Kommen Sie mit?«

Er nickte, und wir bahnten uns einen Weg durch die Menge. Dieselben Leute, die die Ambulanz nicht hatten durchlassen wollen, warfen Kathy jetzt mitleidige Blicke zu und machten uns Platz.

Der Verkehr auf der Bryant Street floß wieder langsam. Er wurde über die Fourth Street in Richtung China Basin umgeleitet. Jenseits der Townsend Street gab es eine Auffahrt zum Freeway 280, dem schnellsten Weg nach Potrero Hill. Mit einigem Glück konnte ich Kathy in einer halben Stunde in der Klinik haben. Mike und ich ließen sie in den Beifahrersitz des MG sinken, dann lief er zurück zum South Park, um anderen zu helfen.

Kathy saß schweigend und zusammengesunken neben mir und ließ den Kopf hängen. Als ich mich mit dem Wagen in den kriechenden Verkehr einfädelte, ließ sie ein zittriges Schluchzen hören, wie ein Kind, das bis zur Erschöpfung geweint hat. Ich sah sie an und fragte mich, ob sie wohl verdrängt hatte, daß ihr Mann und ihr Liebhaber wahrscheinlich tot waren. Ich hoffte es für sie.

Glücklicherweise wußte ich, wo die Klinik lag – an der Arkansas Street in der Nähe des Potrero-Hill-Spielplatzes. Ich hielt an dem weißmarkierten Bordstein davor an, ging um den Wagen und zog Kathy heraus. Sie war jetzt schwer wie eine Tote, und ich stolperte unter der Last. Ein junger Mann in weißem Kittel eilte mit einem Rollstuhl herbei. Geschickt setzte er Kathy hinein und rollte sie ins Haus.

Die Klinik sah aus wie viele Betriebe dieser Art mit geringem Budget und geringen Kosten: alt, spärlich eingerichtet, aber sauber gestrichen und mit farbigen Postern. Der junge Mann rollte Kathy zu einem Empfang, über dem AUFNAHME stand. Ich war erleichtert, Leora Whitsun dahinter sitzen zu sehen. Als sie uns erkannte, stand sie auf und sah uns besorgt an.

Ich erklärte ihr kurz, was passiert war. »Mir ist nichts Besseres eingefallen, als sie hierher zu bringen«, fügte ich hinzu. »Sie ist in einer Verfassung, daß sie mir nicht einmal ihren Arzt nennen kann.«

»Das geht schon in Ordnung. Wir machen keine Unterschiede.« Leora erlaubte sich ein feines, ironisches Lächeln, griff dann nach dem Telefonhörer, wählte und sprach ruhig in die Sprechmuschel. »Zimmer A«, sagte sie zu dem jungen Mann. Dann wandte sie sich an mich und sagte: »Sie setzen sich am besten dort drüben hin, Sharon. Da liegen Magazine, und in der Maschine in der Ecke ist Kaffee. Es wird ein bißchen dauern.« Sie griff nach einem Klemmbrett und folgte dem Rollstuhl.

Ich setzte mich auf eines der beiden gelben Kunstledersofas. Mir gegenüber saß ein junges Hispano-Paar so aneinandergeschmiegt, als brauche es Wärme. Das Gesicht der Frau war zerknittert und voller Tränenspuren. Der Mann war gerade erst zwanzig, doch in seinen schwarzen Augen stand, daß es nichts gab, was sie nicht schon gesehen hatten. Er strich der Frau immer wieder über das Haar und murmelte den Kosenamen »*querida*«. Um nicht zu stören, griff ich nach einer ein Jahr alten Ausgabe von *Field and Stream* und hielt den Blick auf eine Anzeige für Gewehre gerichtet. Nach einiger Zeit kam ein Arzt an die Tür und winkte das junge Paar dorthin, wo auch Kathy verschwunden war. Ich legte die Zeitschrift beiseite und sah mich nach einem Münztelefon um, um All Souls anzurufen.

Ich wollte schon den Apparat am Empfang nehmen, als Leora zurückkam. »Der Doktor möchte sie über Nacht hier behalten«, sagte sie, »bis wir etwas über ihren Mann wissen. Sind Sie sicher, daß er in den Flammen umgekommen ist?«

»Das weiß man noch nicht.«

»Was ist mit Jay? Ist er auch...?«

»Wahrscheinlich.«

Sie legte die Hand an die Stirn und schloß die Augen. »Armer Mann. Ich werde für ihn beten.« Als sie die Hand fallen ließ, sah sie alt und müde aus, als hätte diese weitere Tragödie die Bürde, an der sie schleppte, untragbar gemacht.

Ich hätte ihr gern etwas Ermutigendes zum Fall ihres Sohnes gesagt, doch im Augenblick fiel mir nichts Vernünftiges ein. Zudem war mein Hauptverdächtiger wahrscheinlich tot, und ich hatte meine Zweifel, ob Kathy ihre Komplizenschaft jemals zugeben würde. Statt dessen tätschelte ich Leoras Arm, bedankte mich und sagte, ich würde später wieder anrufen und mich nach Kathy erkundigen. Doch auf halbem Weg zur Tür fiel mir etwas ein, das ich sie fragen mußte.

»Leora«, sagte ich, »hat sich Jay lange hier aufgehalten, bevor er neulich Tracy Kostakos' Zahnbefunde nach Napa County gebracht hat?«

Sie schüttelte den Kopf. »Überhaupt nicht. Er hat angerufen und mich gebeten, die Akte herauszusuchen und in einen Umschlag zu stecken. Als er vorbeikam, ließ er seinen Wagen in der weißen Zone stehen, kam hereingerannt und hat ihn sich geschnappt.«

Natürlich mußte das gar nichts bedeuten. Wahrscheinlich hatte er die Röntgenbilder längst vorher vertauscht, für den Fall, daß die Leiche eines Tages entdeckt würde. Und doch...

Ich sagte zu Leora: »Sie erwähnten, daß Kathy am Neujahrstag hier war und nach ihm gesucht hat.«

»Das stimmt.«

»Sagte sie, warum sie annahm, er sei hier?«

»Nein, sie wollte ihm nur die Neuigkeit über die kleine Kostakos persönlich überbringen.«

»Und Tracys zahnärztliche Unterlagen? Hat sie erwähnt, daß der Sheriff von Napa sie brauchte?«

Leora runzelte die Stirn. »Ja, stimmt. Wissen Sie, sie hat sogar angeboten, sie selbst hinzubringen, weil die Nachricht Jay wohl aus der Fassung bringen würde und er damit nichts würde zu tun haben wollen. Ich sagte ihr, ich könnte sie nur mit seiner Genehmigung herausgeben.«

»Was hat sie dann getan?«

»...Ich weiß nicht genau. Wir hatten einen Patienten mit einem Messerstich – Familienstreit, was sonst? –, und der blutete hier alles voll. Es gab auch noch andere Notfälle. Irgendwie habe ich sie aus den Augen verloren.«

»Ist es möglich, daß Kathy an die Patientenkartei kommen konnte, ohne daß Sie es bemerkt hätten?«

»Das ist möglich. Und sie hätte genug Zeit dazu gehabt, denn ich sah sie erst nach über einer Viertelstunde gehen. Doch warum sollte sie...?«

Ja, warum? Das machte, wie so viele Dinge in diesem Fall, überhaupt keinen Sinn.

25

Auf der Fahrt nach Bernal Heights schaltete ich wieder den KSUN ein, um zu hören, ob es Neues über den Brand gab. Der Sender brachte gerade Nachrichten. Das Feuer, sagte der Sprecher, sei jetzt unter Kontrolle. Wenigstens fünf Menschen seien ums Leben gekommen, und die Schäden gingen in die Millionen. Nach den Nachrichten war der Diskjockey für das Programm von Mitternacht bis sechs an der Reihe. Ich sah auf die Uhr und stellte überrascht fest, daß es zehn nach zwölf war.

Ich schaltete das Radio aus und fuhr still weiter, zutiefst entmutigt und traurig. Vor der Tragödie von heute abend verblaßte mein bisheriges Gefühl für die Dringlichkeit des Falles. Ich wußte, wenn Larkey tot war, war es durchaus möglich, daß ich nie genau erfahren würde, was in der Nacht passiert war, als Tracy starb. Aber irgendwie machte mir das auch nichts aus.

Um die Wahrheit zu sagen, war ich den Fall leid. Was als eine notwendige Erforschung der Vergangenheit begonnen hatte, war nun zu einem mühsamen Durchsieben von schmutzigen und bedrückenden Fakten geworden. Ich war es leid, im Leben einer jungen Frau herumzugraben, deren Hauptbeschäftigung gewesen war, sich das, was sie haben wollte, auf Kosten anderer zu nehmen. Ich war Leute wie Amy Barbour und Marc Emmons leid, die sich schäbig verhielten und sich dann zu rechtfertigen versuchten, sogar vor sich selbst. Leute, die alle Welt ausnutzten, hatten mich schon immer angewidert, aber noch nie so sehr wie heute nacht. Ich hatte für fast alle, die in meine Ermittlungen verwickelt waren, die Sympathie verloren.

Als ich in der Nähe unserer Kooperative einen Parkplatz suchte, fragte ich mich, wie es zu diesem Verlust an Mitgefühl gekommen war: Zeigte er möglicherweise noch Schlimmeres an? Sollte ich etwa mein Einfühlungsvermögen verlieren? Und damit jene mir oft bestätigte Fähigkeit, daß die Menschen sich mir bereitwillig öffneten, und die mich zu einer guten Detektivin machte? Sollte ich sogar – noch schlimmer – die Begeisterung für meine Arbeit selbst verlieren?

Ich dachte an Rae, an die Energie, mit der sie sich auf die niedrigsten Ermittlungsaufgaben stürzte, an ihren Stolz, wenn eine Spur sich als tragfähig erwies. Tag für Tag zeigte sie diesen Enthusiasmus, und dabei schuftete sie für einen Lohn, mit dem sie sich nicht einmal ein anständiges Apartment leisten konnte. Und erntete dazu noch wenig Anerkennung für ihre Mühen, abgesehen von meinem eigenen (oft mageren) Dankeschön. Wie schaffte sie das?

Also, zum einen hatte Rae noch nicht all das erlebt, was ich durchgemacht hatte. Sie hatte nicht Jahr um Jahr Erfahrungen angesammelt, die sich zu lebenden Alpträumen zusammenballten. Sie hatte noch nicht über ein Jahrzehnt damit verbracht, Geheimnisse aus dem Leben anderer Menschen aufzudecken, Geheimnisse, bei denen man buchstäblich eine Gänsehaut bekommen konnte. Sie hatte nicht immer wieder mit den Verwüstungen und Verheerungen zu tun gehabt, zu denen menschliche Gier, Sorglosigkeit und Dummheit führen konnten.

Was ich mich also in Wirklichkeit fragte, war, was mir zugestoßen war, daß ich meine Begeisterung nicht mehr bewahren konnte. Und so lautete meine Antwort.

Warte nur ein paar Jahre, Rae, dachte ich. Einfach warten.

Es war ein Schicksal, das ich ihr nicht wünschte, aber ich konnte sie auch nicht davor bewahren. Weil sie – wie Larkey es von Tracy gesagt hatte – nicht auf mich hören würde, nicht mehr, als auch ich es in ihrem Alter getan hätte.

Ich war zweimal um das Dreieck des Parks vor unserer Kooperative gekurvt und hatte noch immer keine Lücke gefunden. Auch beide Plätze in unserer Auffahrt waren besetzt. Einen Moment lang dachte ich daran, den MG vor einem Hydranten abzustellen, aber die noch frische Erfahrung und ein Blick auf die Häuser rechts und links der Straße, die mit einem einzigen Streichholz in Brand zu setzen waren, belehrten mich eines besseren. So zwängte ich den Wagen schließlich in eine nicht mehr ganz erlaubte Lücke an der Ecke und eilte den Hügel hinauf.

Weder im Empfangsraum noch in den Büros, die zum Flur im Erdgeschoß führten, brannte Licht. Nur hinten aus der Küche kam ein Schimmer. Ich ging hinein und sah Hank und Amy Barbour am Tisch sitzen. Er schien zur Abwechslung mal nüchtern. Sie aß eine Schüssel Getreideflocken.

Ich blieb in der Tür stehen. Amys Anwesenheit kam so unerwartet, und die Szene vor mir wirkte so heimelig und normal im Gegensatz zu dem, was ich in den letzten beiden Stunden erlebt hatte, daß ich nicht ein Wort hervorbrachte. Hank sah mich an und sagte: »Da bist du ja. Du hast Besuch. Sie ist vor ungefähr einer Stunde gekommen – hungrig.«

Heute sah Amy ganz wie das heimatlose Mädchen aus, das man aufnehmen und dem man zu essen geben mußte. Ihre Artischockenfrisur hing schlaff herunter. Ihr Gesicht war fahl und die Augen dunkel verschmiert. Sie trug ein fleckiges Garfield-T-Shirt, zerknautschte Jeans und matschige Gummistiefel. Ich hatte den Eindruck, daß sie ein Bad brauchen konnte. Kaum hatte sie mich gesehen, fing sie an zu zappeln. Sie legte den Löffel beiseite und leckte sich nervös einen Tropfen Milch aus dem Mundwinkel.

Ich nickte ihr zu und sagte zu Hank: »Hast du Jack oder Rae gesehen?«

»Heute abend nicht. Für dich war vor ein paar Minuten ein Anruf da. Von einem Mann, der fragte, ob du aus L. A. zurück seist. Als ich das verneinte, fragte er, ob Amy sich mit dir in Verbindung gesetzt habe. Ich sagte, sie sei hier, und er hat eingehängt.«

»Das ist seltsam.«

Hank zuckte mit den Schultern und stand auf. »Ich nehme an, du und Amy, ihr habt eine Menge zu besprechen. Ich gehe also.«

»Bleibst du heute nacht hier?«

»Nein.« Ohne weitere Erklärungen verließ er den Raum.

Ich sah ihm nach und fragte mich kurz, ob das bedeutete, daß er sich mit Anne-Marie versöhnt hatte, aber dann wandte ich mich Amy zu. »Essen Sie Ihre Flocken auf«, sagte ich und setzte mich.

Sie sah sich ein wenig verstohlen um. »Falls es Ihnen nichts ausmacht – ich glaube, ich schaffe es nicht mehr. Dieses Vollkornzeug ist ziemlich widerlich, und es gibt nicht einmal Zukker.«

»Normalerweise ist da eine Dose –«

»Nein, ist sie nicht. Hank sagte, einer von den anderen Anwälten hätte all das ungesunde Zeug gleich nach Neujahr weggeschüttet.«

Ich wußte, was sie meinte. Wir hatten so einen Gesundheitsapostel in unserer Mannschaft, der sich immer wieder mal den Kühlschrank vornahm und ihn einer Säuberung unterzog. Aber das hier ging zu weit. Ich nahm mir vor, ihm zu sagen, daß er sich seine Neujahrsvorsätze sonstwohin stecken könne.

Amy sagte: »Ich hätte nicht einmal das runtergekriegt, was ich gegessen habe, wenn ich nicht heute früh um elf bei Wendy's den letzten Bissen gegessen hätte.«

»Wo haben Sie gesteckt?«

»In... meiner Wohnung.«

»Seit wann?«

»Seit heute mittag. Kaum war ich in der Stadt, habe ich auch schon bei Ihnen angerufen. Sie waren nicht da. Also habe ich mich im Apartment verkrochen und es weiter versucht. Schließlich sagte mir Ihre Assistentin heute abend um zehn in Ihrem Auftrag, daß ich herkommen und auf Sie warten soll. Außer Hank war niemand hier. Er... ist nett.«

»Ja, das ist er«, sagte ich abwesend. Der erste mysteriöse Anruf war also von Amy gekommen. »Wo sind Sie seit Montag gewesen?«

»Im Cottage.«

»Oben am Fluß?«

Sie nickte. »Wir hielten es für den einzigen Ort, an dem niemand nach uns suchen würde. Wir haben das Haus erst ein paar Stunden lang beobachtet, um sicher zu sein, daß keine Cops da waren, dann sind wir reingeschlichen und haben uns versteckt.«

»Marc war bei Ihnen?«

»Hm.«

»Wo ist er jetzt?«

»Noch da. Ich bin mit seinem Wagen hergefahren, um mit Ihnen zu reden. Er dachte, wenn ich allein komme, fällt es weniger auf. Die Polizei sucht ja nach einem Pärchen.«

Ich dachte, Marc Emmons riskierte also lieber Amys Festnahme als seine eigene. »Woher wissen Sie, daß die Polizei Sie sucht?«

»Marcs Hausmeisterin hielt uns an, als wir am Montag ein paar Sachen von mir zu ihm brachten, und sagte, ein Cop habe nach ihm gefragt. Später tauchte bei mir einer auf, aber wir haben uns nicht gerührt. Am Nachmittag sind wir dann zum Fluß gefahren.«

»Und die ganze Zeit dort geblieben?«

»Hm. Anfangs war es auch gar nicht so schlecht, wie Camping. Marc grub irgendein altes Angelzeug von meinem Vater aus und versuchte, uns etwas fürs Dinner zu fangen. Aber dann wurde er deprimiert und nervös wegen... unserer Lage. Offensichtlich können wir ja nicht ewig dort bleiben, und deswegen sagte er, ich soll mit Ihnen reden und Sie fragen, ob Sie uns ein Geschäft machen helfen.«

»Ein Geschäft?«

»Genau. In Wirklichkeit wollen Sie doch wissen, wer Trace umgebracht hat, nicht? Ich meine, Sie wollen uns doch nicht wirklich den Cops ausliefern wegen... Wie nennt man das denn?«

»Behinderung der Justiz.«

»Genau. Wenn wir Ihnen also erzählen, was wir wissen, dann können Sie zu den Cops gehen und sich zusichern lassen, daß sie uns nicht einsperren, als Gegenleistung für die Information.«

»Sie meinen, sie wollen Immunität gegen gerichtliche Verfolgung garantiert bekommen.«

»So etwas.«

»Warum sind Sie dann nicht direkt zur Polizei gegangen? Oder haben sich einen Anwalt genommen?«

»Wir haben Angst vor der Polizei, und Anwälte kennen wir keine – oder haben kein Geld für einen. Marc hat von seinen Eltern immer einen Zuschuß bekommen, aber den haben sie Anfang dieses Jahres gestrichen. Das ist auch der Grund, warum ich zu ihm ziehen konnte. Es hilft Miete sparen.«

»Sie glauben also, ich arbeite umsonst.«

Sie ließ den Kopf hängen. »Bitte.«

»In Ordnung – sagen Sie mir, was Sie wissen.«

»Sind wir im Geschäft?«

»Ich weiß nicht, was die Polizei tun wird, aber wir beide machen den Handel.«

Sie zögerte.

»Amy, ich bin nicht in der Stimmung, Spielchen zu spielen! Ich komme gerade vom South Park. Im Club hat es eine Explosion gegeben. Mindestens fünf Tote –«

»Der *Club* ist explodiert?«

»Es hat eine Explosion und einen Brand gegeben, gegen zehn Uhr abends.«

Sie beugte sich vor, stützte die Ellbogen auf den Tisch und fuhr sich mit den Fingern durch das schlaffe Haar. »Oh, Gott, oh, Gott! Marc hat gesagt, daß irgend etwas Schreckliches passieren würde. Oh, Gott!«

Ich sah keinen Zusammenhang zwischen einer durch eine undichte Gasleitung verursachten Explosion und dem, was immer Marc Emmons wissen mochte – oder zu wissen behauptete. Aber da sie innerlich eine solche Verbindung hergestellt hatte, nutzte ich das zu meinem Vorteil. »Sie verstehen? Sie erzählen mir also besser alles.«

»Das würde ich, aber ich *weiß* gar nicht viel. Marc hat mir nur bestimmte Sachen erzählt. Er sagte, es sei zu gefährlich für mich, wenn ich alles wüßte.«

Ich holte tief Luft und versuchte, meinen Ärger nicht durchklingen zu lassen. »Okay, sagen Sie mir, was er Ihnen erzählt hat.«

Sie hob den Kopf und sah sich um. »Ob ich wohl einen Drink haben könnte? Vielleicht einen Schluck Wein?«

Ich unterdrückte den Wunsch, sie bei den Schultern zu pakken und durchzuschütteln und ging auf die Suche. Unter der Spüle stand ein Krug mit einem bedrohlich billigen Roten, den unser Gesundheitsapostel offenbar übersehen hatte. Ich betrachtete ihn zweifelnd, zuckte mit den Schultern und goß ein Glas ein. Als ich zum Tisch zurückkam, griff sie gierig danach.

»Okay«, sagte sie nach einem kräftigen Schluck, »ich erzähle Ihnen, was Marc mir erzählt hat. Ungefähr zwei Wochen vor ihrem Tod fand Tracy etwas wirklich Schlimmes über jemanden im Club heraus. Sie war ganz aufgeregt und wußte nicht, was sie tun sollte. Sie nannte es ein ›moralisches Dilemma‹. Sah Trace ähnlich, daß sie daraus eine große Geschichte machte. Mir hat sie jedenfalls nichts davon gesagt. Sie wollte nicht. Aber Marc hat sie es erzählt. Und er hat gesagt, sie soll es gleich vergessen.«

»Und Sie haben keine Vorstellung, worum es sich handelte? Oder wie sie es herausbekommen hat?«

»Nein. Nur, daß es schlimm war. Es ist ihr wirklich an die Nieren gegangen. Sie wurde es nicht los. Und Marc… Also, es klingt schrecklich, aber er sah darin einen Vorteil für sich.«

»Wie meinen Sie das?«

Sie senkte den Kopf und sagte mit leiser Stimme: »Er ging zu der Person, die damit zu tun hatte, und erzählte es ihr. Er versprach, Trace daran zu hindern, irgend etwas in dieser Sache zu unternehmen.«

»Im Tausch wogegen?«

Sie sah schnell auf. Ihre Augen waren feucht. Man sah, daß sie leugnen wollte, was auf der Hand lag, und wußte, daß es nicht ging. »Vielleicht Geld. Ich weiß nicht«, sagte sie kläglich.

»Und weiter?«

»Also, er hatte sie ziemlich überzeugt. Aber dann, in der Nacht, als Trace verschwand, ist sie zu Marc gefahren. Sie war sehr erregt. Im Club sei etwas Furchtbares passiert. Sie sagte, zuerst hätte sie zum Fluß hinausfahren wollen, um alles in Ruhe zu durchdenken. Aber dann sei ihr klargeworden, daß sie die Situation vielleicht retten könnte – ja, ›die Situation retten‹, das waren genau ihre Worte –, und zwar dadurch, daß sie ihre Information nutzte. Mehrere Stunden lang hat Marc versucht, es ihr auszureden, und sie hat ihm schließlich versprochen, einen Tag oder so am Fluß darüber nachzudenken, bevor sie etwas unternähme. Doch er wußte bereits, wozu sie sich entschlossen hatte. Dann ist sie gegangen, und er hat sie nie wieder gesehen.«

Und er hatte zugelassen, daß Bobby Foster zum Tode verurteilt wurde, hatte geschwiegen und seinen Profit eingestrichen. Fluch über alle Marc Emmons dieser Welt!

»Und das ist alles?« fragte ich scharf.

Amy leckte sich die trockenen Lippen und trank noch einen Schluck Wein. »Nicht ganz. Jetzt kommt der schlimme Teil. Deswegen fühlt sich Marc für ihren Tod verantwortlich. Nachdem sie seine Wohnung verlassen hatte, führte er ein Telefongespräch.«

»Mit wem?«

»Mit der Person, über die Trace etwas wußte.«

»Hat er dieser Person gesagt, wohin sie gefahren war?«

»Ich nehme an. Er hat es nicht gesagt.« Ihr Gesichtsausdruck bestätigte die Vermutung.

»Dieser Schweinehund hat Tracys Leben für Geld verkauft.«

Jetzt sah Amy mich angstvoll an. »Das hätte er nie getan!«

Stimmt, dachte ich. Ich bemühte mich, die Stimme nicht zu erheben, und fragte: »Haben Sie eine Idee, wer diese Person ist?«

»Nein.«

»Nicht einmal, ob es ein Mann war oder eine Frau?«

Sie schüttelte den Kopf.

Da hatte ich es also: das Motiv, stärker als jeder männliche Stolz oder Zorn. Das hatte ich gebraucht, damit mein Szenario stimmte und Jay Larkey der Mörder von Tracy war. Sie war auf etwas gestoßen, das ihn ruinieren würde – möglicherweise in der Ausgabe der *L. A. Times*, die Jane Stein am Flughafen bei sich hatte –, und hatte beschlossen, ihn damit zu erpressen.

Erpressung, dachte ich. Ein abscheuliches und dummes Verbrechen.

Tracy hatte schon früher schlimme Seiten gezeigt, aber das waren eher harmlose Varianten dazu, nichts, was man wirklich abscheulich nennen konnte. Und sie war auch nicht dumm. Dafür aber jung, und in dem Alter machte man dumme Sachen. Man hält sich für ungeheuer wichtig und für unbesiegbar. Man ist sicher, daß die eigene, großen Teils noch gar nicht ausprobierte Intelligenz es mit den verschlagensten Vertretern der älteren Generation aufnehmen kann. Und gerade diese Naivität macht einen zu einer so leichten Beute...

Ich sagte: »Ist das auch bestimmt alles, was Marc Ihnen erzählt hat?«

»Ja.«

»Und Sie haben mit niemandem sonst darüber gesprochen?«

»Also...« Sie rutschte auf dem Stuhl hin und her und zupfte an ihren schmutzigen, brüchigen Fingernägeln. »Ich habe heute nachmittag Jay angerufen.«

»Sie haben... Warum?«

»Ich hatte Angst um Marc. Comedy spielen, das bedeutet für ihn mehr als alles andere auf der Welt. Nur das wollte er sein Leben lang. Ich dachte, wenn ich Jay erkläre, daß die Cops hinter Marc her sind, dann verzeiht er ihm vielleicht, daß er sich nicht hat blicken lassen, und wirft ihn nicht raus. Aber ich habe ihm nicht alles erzählt, sondern nur, daß wir in dem Cottage sind und bald zurückkommen.«

»Was hat er gesagt?«

»Daß Marc die Sache mit den Cops klären soll, danach würden sie miteinander reden. Ich sagte, ich würde Sie holen und mit raufnehmen, damit wir den Handel abschließen können.«

»Wußte Marc, daß Sie planten, Jay anzurufen?«

»Ich habe gar nichts *geplant*. Es fiel mir einfach ein, als ich in meinem Apartment herumsaß und auf Ihre Rückkehr wartete.«

»Wann haben Sie ihn angerufen?«

»Ich glaube, irgendwann nach zwei.«

Wenn Larkey das, was Amy ihm erzählt hatte, so interpretierte, daß Marc gegen den Verzicht auf gerichtliche Verfolgung das, was er über Tracys Tod wußte, verkaufen wollte, dann könnte er ohne weiteres zum Fluß gefahren sein und versucht haben, ihn davon abzubringen, mit Worten oder mit Gewalt. Reichlich Zeit dazu wäre vorhanden gewesen zwischen ihrem Anruf und der Öffnung des Clubs. Ich unterdrückte meine aufkommende Unruhe und sagte: »Wie wäre es, wenn wir hinausführen und uns direkt mit Marc unterhielten?«

»Gut. Darf ich einmal Ihre Toilette benutzen?«

»Natürlich«, sagte ich und bemühte mich, nicht ungeduldig zu klingen. »Die Treppe hinauf und dann rechts.«

Während sie oben war, ging ich zu Teds Schreibtisch und sah auf der Wandtafel nach, ob Rae mir eine Nachricht hinterlassen hatte. Aber es war keine da. War sie noch immer hinter der Ausgabe der *L. A. Times* her?

Das Telefon auf dem Schreibtisch läutete und unterbrach die mitternächtliche Stille. Ich hob ab. »All Souls Legal Cooperative.«

»Sharon?« Es war Georges Stimme.

»Hallo. Ich habe schon versucht, dich zu Hause zu erreichen, aber du warst nicht da.«

»Tut mir leid – mein Fehler. Mit meiner Nachricht an dich, daß ich nach Hause führe, meinte ich Palo Alto, nicht die Stadt.«

Natürlich betrachtete er das Haus in Palo Alto noch als sein Zuhause, und doch… »Ist alles in Ordnung?«

»Nicht so recht.« Jetzt bemerkte ich den verzagten Unterton in seinen Worten. »Offensichtlich ist die Frau, deren vermeintliche Leiche du gefunden hast, noch am Leben. Das Sheriffbüro von Napa rief an und fragte, ob wir wüßten, wo Tracys frühere Zahnarztunterlagen zu finden sein könnten. Leider riefen sie bei Laura an und nicht bei mir.«

Ein kalter Schauer kroch mir die Schulterblätter hinauf. Ich hätte ihn von L. A. aus anrufen sollen, dachte ich, wenn es auch bedeutet hätte, daß ich ihm die neue Sachlage am Telefon hätte mitteilen müssen. Und ich hätte Gurski noch einmal vor Lauras psychischer Labilität warnen müssen, als ich ihm sagte, ich hätte Lisa McIntyre gefunden.

»Oh, George, das tut mir leid! Wie geht es ihr?«

»Nicht gut. Sie hatte vorher keine Ahnung, daß es überhaupt eine Leiche gibt. Ich hatte alles von ihr ferngehalten. Als ihr klar wurde… Also, es war eine Konfrontation mit der Realität, die sie zu diesem Zeitpunkt ganz bestimmt nicht brauchen konnte. Sie rief mich an, ich erreichte gleich ihren Therapeuten und fuhr heim. Sie wird wahrscheinlich zur Beobachtung stationär aufgenommen.«

»Es ist mein Fehler. Ich hätte Gurski noch einmal warnen müssen –«

»Du wußtest Bescheid?«

»Ich bin gestern nachmittag nach L. A. geflogen und glaubte,

Tracy aufgespürt zu haben. Aber in Wirklichkeit war es Lisa McIntyre. Das wollte ich dir persönlich sagen.«

Es folgte ein langes Schweigen.

In meinem Kopf jagte ein Gedanke wild den anderen: Was mußte er Schreckliches durchmachen... Wie schrecklich auch für Laura... Er wird mir die Schuld geben... *Ich* selbst gebe mir die Schuld... Das wird alles zerstören, was zwischen uns ist... Jedesmal, wenn er mich anschaut, sieht er die Frau, deren Nachlässigkeit das hier verursacht hat...

»Sharon? Es ist okay. Es ist nicht dein Fehler.«

»Ich fühle mich verantwortlich.«

»Das mußt du nicht.« Trotz seiner Trauer und Bedrückung spürte ich die Wärme in seiner matten Stimme. »Ich muß jetzt gehen, der Therapeut will mit mir reden. Aber ich rufe dich an, sobald ich kann.«

Die Verbindung brach ab, und ich saß da und umklammerte den stummen Hörer. Als ich Amy die Treppe herunterkommen hörte, dachte ich: Ich möchte dir so gern glauben, George, wirklich.

Aber warum, *warum* mußtest du Palo Alto dein »Zuhause« nennen?

26

Als Amy und ich aus der Haustür traten, entstieg Rae gerade ihrem alten Rambler American, den sie so geparkt hatte, daß er die Auffahrt blockierte. Sie winkte heftig, und ihr schäbiger brauner Mantel ging auf und bauschte sich. Das blaugoldene Halstuch schleifte auf einer Seite über den Boden.

»Ich hab sie!« rief sie.

»Die Zeitung?«

»Genau.« Sie sprang sichtlich aufgekratzt die Stufen herauf. »Von einem Freund von Hank. Er nennt sich Archivar. *Ich* sage, er hat einen Sammeltick. Hat das verrückteste Haus, das du je gesehen hast. Wohnt drüben in den Avenues, ziemlich groß. Im ersten Stock ist alles voll von Nachschlagewerken, und außerdem wohnen da zwei der fettesten und häßlichsten Hunde der

Schöpfung. Die stammen ganz bestimmt von Schweinen ab. Unten sieht es aus wie in den Katakomben, nur daß da die Räume voller Zeitungen sind und nicht voll Knochen. Bevor er mir das Exemplar hier gab, hat er mich praktisch beim Leben meiner ungeborenen Kinder schwören lassen, daß ich es in gutem Zustand wiederbringe. Also hüte es wie deinen Augapfel, sonst sitzen wir alle ganz schön in der Scheiße.«

Sie streckte mir die Zeitung entgegen. Ich nahm sie ihr ab und sagte: »Du bist ein Genie!«

Amy starrte Rae wie eine Erscheinung an. Ich machte sie miteinander bekannt und erklärte ihr, wohin wir unterwegs waren, unterdrückte dabei allerdings meine Sorge um Marc Emmons' Sicherheit.

»Willst du, daß ich mitkomme?« fragte Rae.

»Haben Sie genug Platz für drei in Ihrem Wagen?« fragte ich Amy.

»Ich hatte fast gehofft, wir könnten Ihren nehmen. Marcs ist nicht der verläßlichste. Er hat sich schon auf der Herfahrt aufgeführt.«

»Und meiner auch nicht«, sagte Rae. »Damit bin ich draußen.« Sie machte eine Pause und setzte dann hinzu: »Schrecklich, das mit dem Brand im Café Comédie, nicht? Ich habe davon im Radio gehört. Ist Jay Larkey…?«

»Wahrscheinlich.« Aber mittlerweile war ich nicht mehr so sicher. Der Barkeeper hatte gesagt, die Explosion sei hinten in der Nähe von Larkeys Büro gewesen, aber er hatte seinen Boß zu der Zeit noch nicht zu Gesicht bekommen. Und dann war da noch die Sache mit dem Mann, der bei Hank angerufen und nach der Frage, ob ich aus Los Angeles zurück sei und ob Amy sich schon bei mir gemeldet habe, wieder aufgelegt hatte. Das waren zwei Dinge, die zusammen nur Larkey gewußt hatte. »Bleibst du noch eine Weile auf?« fragte ich Rae.

»Noch Stunden. Ich bin zu aufgekratzt, um zu schlafen.«

»Wenn mich jemand anruft, sagst du dann, ich sei noch in L. A.? Und wenn er nach Amy fragt, sag, daß sie noch da ist, aber schläft.«

»Klar.« Man sah die Neugier in ihren Augen.

Ich winkte Amy mitzukommen, und wir gingen den Hügel hinunter. Ich wollte, daß sie fuhr, damit ich die *Times* durchsehen konnte, aber sie sagte, sie könne mit einem Schaltgetriebe nicht umgehen. Ich überlegte, ob ich die Zeitung nicht gleich an Ort und Stelle durchsehen sollte, doch ich machte mir zu große Sorgen um Emmons. Ich wollte keine Zeit mehr verlieren und gleich zum Fluß fahren. Was immer Tracy in dem Blatt entdeckt hatte, konnte für mich ja auch ohne jede Bedeutung sein. Darum war es besser, zu warten und mir erst Emmons' Geschichte anzuhören – wenn er in der Lage war, sie zu erzählen.

Auf dem Freeway herrschte wenig Verkehr. Wir kamen gut voran, und um halb zwei passierten wir Richmond. Von einem entfernten Turm der Raffinerie an der Küste leuchtete eine Flamme herüber. Im fahlen Licht duckten sich Lagertanks an die dunklen Hügel. Amy war ungewohnt schweigsam. Sie hatte den Kopf von mir weggedreht und starrte aus dem Seitenfenster.

Am Ende der Brücke über die Carquinez Strait nahm der Kassierer gähnend meinen Dollar Maut entgegen. Leichter Nebel dämpfte die Neonreklamen der Läden drüben in der Geschäftsstraße von Vallejo. Amy machte eine Bewegung und zeigte auf einen Tag und Nacht geöffneten Coffee Shop. »Können wir mal anhalten? Ich muß auf die Toilette.«

Was hatte sie denn dauernd mit der Toilette? Es irritierte mich. Vielleicht war sie nervös oder brauchte eine Prise Koks. Mich überraschte jetzt nichts mehr.

Ich bog vom Freeway ab, fuhr zu dem Coffee Shop und hielt davor an. »Machen Sie nicht zu lange.«

»Kommen Sie nicht mit rein?«

»Ich warte hier.« Als sie ausstieg, nahm ich die Nummer der *Times* vom Rücksitz und schaltete die Innenbeleuchtung im Wagen an.

Die Unterhaltungsbeilage schlug ich zuerst auf. Der Artikel, den Tracy für die Demonstration ihrer neuen Comedykünste ausgesucht hatte – über die Frau, die den Zwanzigtausend-Dollar-Hundezwinger gebaut hatte –, war der Aufmacher. Die linke Spalte präsentierte die offenbar wiederkehrende Unterhaltungskolumne. Unten stand ein Artikel über Frühlingsmoden. Ich blätterte um: eine Skizze »Zur Person« über einen in New York arbeitenden Zeichner, auf der unteren Hälfte Anzeigen. Die gleiche Anordnung auf der gegenüberliegenden Seite mit einem Horoskop und der »Dear-Abby«-Serie.

Natürlich mußte Tracy das, was sie so aus der Fassung gebracht hatte, nicht unbedingt auf diesen Seiten entdeckt haben. Vielleicht war es auch ein Artikel im Nachrichtenteil.

Seite vier enthielt eine Fortsetzung der Unterhaltungskolumne und einen Comicstrip, aber auf Seite fünf wurde ich aufmerksam. Unter dem Titel ›Das ungelöste Verbrechen der Woche‹ brachte sie eine offenbar serienmäßig in mehreren Zeitungen erscheinende Reportage, in der es jeweils um einen ungelösten Fall aus den Polizeiakten ging. Die Leser wurden aufgefordert, sich mit der Zeitung in Verbindung zu setzen, wenn sie etwas über den Täter wußten. Das Verbrechen dieser Woche war ein fünf Jahre alter Mord mit Brandstiftung in Fort Myers an der Golfküste von Florida.

Ich überflog schnell den Artikel. Der Brand war im Einkaufs- und Amüsierzentrum einer Urlaubsgegend für die Wohlhabenderen ausgebrochen, und zwar um drei Uhr morgens. Der Wintertourismus war gerade auf dem Höhepunkt. Es handelte sich zweifellos um Brandstiftung: Man hatte Spuren von Benzintreibstoff in einem Kriechschacht für Versorgungsleitungen unterhalb des Brandherdes gefunden.

Wegen der späten Stunde war nur ein Mensch getötet worden. Seine verkohlten Überreste hatte man anfangs für die des Erbauers des Zentrums, Warren S. Howard, gehalten. Doch eine endgültige Identifizierung war nicht möglich gewesen. In den folgenden Wochen war dann eine Reihe von weniger bekannten Fakten über Howard ans Licht gekommen: Er hatte sich finanziell gefährlich übernommen und war hoch verschuldet. Mehrere Läden und Restaurants im Zentrum hatten ihre Miet- und Pachtverträge nicht erneuert. Er hatte versucht, durch den Verkauf eines Stücks Land in der Nähe des Flughafens von Fort Myers zu Geld zu kommen, aber der Wertzuwachs in der Gegend war nicht so hoch wie erwartet, und er hatte auch keinen Käufer gefunden. Sein Besitz war mehrfach gepfändet worden, auch waren Gerichtsverfahren gegen ihn anhängig gewesen.

Ein Immobilienhändler am Rande des Bankrotts. Ein Brand.

Die Polizei verdächtigte plötzlich Howard der Brandstiftung und des Vortäuschens seines eigenen Todes, um seinen Gläubigern zu entgehen. Die Leiche, die man in der Asche gefunden hatte, konnte nach ihrer Theorie ein Obdachloser oder sonst jemand gewesen sein, der nicht vermißt werden würde. Howard konnte ihn hereingelockt und bewußtlos geschlagen oder vielleicht unter Drogen gesetzt haben. Diese Theorie wurde noch durch Howards Frau Melinda bestärkt, die erfolglos versucht hatte, seine privaten und geschäftlichen Versicherungen zu kassieren, und plötzlich aus der Gegend verschwunden war. Und sie wurde auch bestätigt durch die Identifikation der verkohlten Überreste der Leiche. Sie gehörten zu einem alten Mann, der zuvor im Dezember aus einem Pflegeheim im nahen Cape Coral fortgelaufen war.

Ich gab einen tiefen Seufzer von mir, die Zeitung war an den Stellen, wo meine Finger sie hielten, feucht geworden.

Warren und Melinda Howard, das klang nach zwei Leuten, die ich kannte. Aber wie hatte Tracy sie nach diesem Artikel erkennen können? Ich hatte gerade den Brand des Café Comédie erlebt und konnte deshalb eine Verbindung herstellen. Woher hatte Tracy gewußt, daß...?

Und dann merkte ich, daß der Artikel auf der nächsten Seite weiterging. Ich blätterte um und entdeckte ein Foto der Howards und den Aufruf, eventuelle Hinweise zu melden.

Melinda Howard war wenigstens fünfzig: kurz gewachsen, pummelig, mit Brille und blonden Haaren mit krauser Dauerwelle. Warren Howard sah älter aus: Er hatte weiße Haare und dicke Tränensäcke unter den Augen. Er hätte gut und gern fünfzig oder sechzig Pfund weniger wiegen können.

Leute, die ich nie zuvor gesehen hatte.

Am liebsten hätte ich geschrien vor Enttäuschung. Es paßte zusammen: Ein Immobilienhändler und seine Frau, ein bevorstehender Bankrott, ein Brand. Es war perfekt.

Und doch stimmte alles nicht.

Im Coffee Shop sah ich Amy mit der Kassiererin plaudern. In der Hand hat sie etwas zum Mitnehmen. Mein Ärger erreichte den Siedepunkt. Wieso kaufte sie etwas zu trinken, wo ich ihr doch gesagt hatte, sie solle sich beeilen? Ich drückte auf die Hupe.

Amy sah zu mir herüber, wechselte mit der Kassiererin noch ein, zwei Scherzchen und kam zur Tür. Sie ging langsam, jonglierte mit Pappbecher und Handtasche und fischte darin herum. Bevor sie in den Wagen stieg, holte sie einen Streifen Kaugummi heraus, riß das Papier ab, stopfte den Gummi in den Mund und warf die Hülle auf den Boden.

»Tut mir leid, daß ich so lange gebraucht habe«, sagte sie.

Ich knirschte mit den Zähnen. Amy zog die Wagentür zu, blies den Gummi zu einer Blase auf und ließ sie mit einem Knall platzen.

»Was ist das?« fragte sie und zeigte mit dem Becher auf die Zeitung. Sie schüttete sich dabei Cola über die Hand.

Ich wollte die *Times* nehmen, zusammenknüllen und hinter den Sitz schleudern. Aber im Interesse von Raes ungeborenen Kindern hielt ich mich zurück.

Amy beugte sich zu mir, ließ den Gummi noch einmal platzen und hauchte mich mit Waldmeistergeruch an. Wenn sie auf der Fahrt zum Cottage weiterhin Geräusche wie ein Wiederkäuer machte, würde ich sie wahrscheinlich erdrosseln.

»He, das ist komisch«, sagte sie.

»Was ist komisch?« Ich schob sie mit dem Ellbogen auf ihren eigenen Sitz zurück.

»Der alte Kerl da.« Sie tippte mit dem Finger auf das Foto in der Zeitung. »So, wie er aussieht, könnte er Rob Sorianos Vater sein.«

Ich stieß ihre Hand weg und sah mir das Bild genau an. Jetzt sah ich, was Tracy – die viel Zeit damit zugebracht hatte, andere zu beobachten – sofort erkannt hatte. Das einzige, was mich überraschte, war allerdings, daß Amy es vor mir erfaßt hatte.

Die steife, militärische Haltung des Mannes war genau wie die von Soriano, und das galt auch für die tiefen Furchen, die den Mund umrahmten. Das wellige weiße Haar konnte leicht kurz geschnitten worden sein und einheitlich braun gefärbt. Die Tränensäcke unter den Augen sahen bei näherer Betrachtung eher aus, als wären sie erblich und nicht altersbedingt. Solche Dinge konnte man chirurgisch korrigieren, und irgendwelche Unebenheiten ließen sich durch eine Brille verdecken. Man konnte abnehmen und Muskeln trainieren. Und Melinda, die nun Kathy überhaupt nicht glich? Eine Frau, die gestorben oder abgelegt worden war.

Warren Howard *war* Rob Soriano.

Rob Soriano, nicht Jay Larkey, hatte Tracy ermordet.

Ich faltete die Zeitung zusammen und legte sie zurück auf den Rücksitz. Als ich die Innenbeleuchtung abschaltete und den Motor startete, sagte ich zu Amy: »Ich möchte, daß Sie auf Polizei achten, damit wir nicht gestoppt werden. Wir müssen uns beeilen, daß wir zum Cottage kommen.«

27

Vor dem Grundstück der Barbours oder in dem Wendekreis, in dem die Straße hier endete, parkte kein Wagen. Nur vor dem Haus, das am weitesten entfernt lag, duckte sich ein Auto unter die Bäume der Auffahrt. Dort brannte auch Licht, während das Cottage der Barbours im Dunkeln lag. Ich stellte den MG neben dem von Weinranken überwucherten Zaun ab und schaltete den Motor aus.

»Hat Marc ganz sicher gesagt, daß er auf uns wartet?«

»Wohin sollte er – ach, Sie meinen, weil kein Licht brennt? Die Läden sind ganz dicht. Wir waren zwar ziemlich sicher, daß die Polizei hier nicht aufkreuzen würde, aber für alle Fälle haben wir sie zu gelassen.«

Ich stieg aus dem Wagen und bedeutete ihr mit einer Handbewegung, dasselbe zu tun. Die Nacht war frisch. Vom Fluß blies ein scharfer Wind herauf. Im Licht des Vollmonds sah das weite Gelände des Salzbergwerks aus wie aus Eis. Einen Augenblick stand ich still und lauschte dem Rieseln des Wassers und dem Rauschen der Büsche. In der Ferne heulte traurig ein Hund.

Amy kam zu mir. Ich roch ihren Waldmeisterkaugummi. Sie sagte: »Ich habe Angst.«

»Wovor? Es gibt keinen Grund.« Doch ich wußte, warum: Irgend etwas stimmte hier nicht. Man spürte das Böse, das hier geschehen war. Auch mir rieselte es kalt den Rücken hinunter.

Sie nahm einen Schlüssel heraus, öffnete das Vorhängeschloß und zog es aus der Öse des Riegels. Sie stieß den einen Torflügel auf, der noch in den Angeln war. Er schwang herum und blieb an einem Feuerdornbusch hängen. Amy zog das Tor wieder zu und machte sich auf den Weg durch das Dickicht.

Das helle Mondlicht half uns, den Weg zu finden. Als wir die Büsche hinter uns hatten, sah ich auf der Veranda durch die Lücken der Fensterläden Lichtstreifen. Das durchhängende Dach zeichnete sich gegen den Himmel ab, der Kamin stand etwas schief. Im Schatten der Veranda standen die klapperigen Möbel aus Weidengeflecht. Der Schaukelstuhl schwang im Wind vor und zurück und stieß dabei gegen die Hauswand.

Hier war dieses Gefühl, daß etwas Böses geschehen war, noch deutlicher zu spüren. Aus einem Reflex heraus klopfte ich gegen meine Umhängetasche und wünschte mir, ich hätte eine Waffe dabei. Früher hatte ich zwei besessen, eine zu Hause, die andere im Handschuhfach des Wagens, mit einem Spezialschloß gesichert. Doch vor ein paar Monaten hatte jemand den MG aufgebrochen und das Fach geknackt. Danach hatte ich beschlossen, keinen Revolver mehr hineinzulegen. Jetzt fragte ich mich allerdings, ob das ein kluger Entschluß gewesen war.

Amy schien ihre Angst – wovor auch immer – überwunden zu haben. Sie eilte die ausgetretenen Stufen hinauf, steckte einen anderen Schlüssel in die Tür und stieß sie auf. Ich wollte sie zurückhalten und warnen, doch sie ging hinein.

Geradeaus sah ich einen dunklen Ziegelkamin. Darüber war ein riesiger, ausgestopfter Fisch, an einer Platte befestigt, der sicherlich nie im Wasser dieses Flusses geschwommen war. Eine Angelrute – so eine altmodische aus lackiertem Holz mit dicken Metallösen für die Leinenführung – lehnte an der Kaminschürze neben einer offenen Kiste mit Angelzubehör, die auf dem Boden stand. Das Zimmer hatte eine niedrige Balkendecke. Auf den Hartholzdielen des Fußbodens lagen Flickenteppiche. Um den Kamin stand eine Sitzgruppe aus knotigem Pinienholz mit Chintzkissen, wie man sie oft in Sommerhäusern findet. Zwei Stehlampen mit vergilbten Schirmen und schwachen Birnen erhellten den Halbkreis.

Marc Emmons saß rechts vom Kamin. Amy sagte: »Da sind wir!«, ging zu ihm hinüber und überließ es mir, die Tür zu schließen. Als ich in den Raum trat, stand sie in steifer Abwehrhaltung neben seinem Sessel, den Blick auf den Mann gerichtet, der Marc im Schatten gegenübersaß.

Es war Rob Soriano alias Warren S. Howard. Er hockte verkrampft auf der Kante der Kaminbank. In der Rechten hielt er einen .32er Revolver.

Zu spät wurde mir klar, daß der Wagen, den ich weiter unten zwischen den Bäumen hatte stehen sehen, ungewöhnlich weit von dem erleuchteten Haus, aber nicht annähernd so weit von diesem Cottage entfernt gestanden hatte.

Soriano nickte mir zu. Seine stahlgerahmten Brillengläser funkelten. Die Augen dahinter sahen nervös hin und her. Als er sagte: »Ms. McCone, ich dachte schon, Sie würden überhaupt nicht mehr kommen«, klang seine Stimme höher als gewohnt.

Ich stützte meine Hände auf die Rücklehne des Sessels vor mir. »Haben Sie lange gewartet?«

»Eine knappe Stunde. Marc hier versuchte mich davon zu überzeugen, daß Sie gar nicht kommen würden. Aber nachdem ich erfahren hatte, daß Amy bei All Souls auf Sie wartete, wußte ich, daß es nur noch eine Frage der Zeit war.«

Also war Soriano der Mann am Telefon gewesen. Ich hatte mir das richtige Motiv für den Anruf zusammengereimt, aber den falschen Anrufer.

Ich sah Emmons an. Sein Gesicht war käseweiß und glänzte vor Schweiß trotz der Kälte im Raum. Er leckte sich die trockenen Lippen und sagte schwerfällig: »Er hat von Jay erfahren, wo wir sind und daß sie Sie herbringt. Warum, zum Teufel, mußtest du ihn anrufen, Ame?«

Amy antwortete nicht. Sie starrte noch immer Soriano an.

Seltsamerweise hatte ich keine Angst, obwohl ich jetzt wußte, daß Soriano irgendwie mit der Explosion im Club zu tun hatte und wahrscheinlich auch uns alle umzubringen beabsichtigte. Tödliche Ruhe überkam mich. Ich ließ meine Umhängetasche in den Sessel fallen und dachte: Gehen wir's langsam an. Ganz langsam.

Emmons berichtete mir: »Rob war bei Jay im Büro, als Ihre Assistentin anrief und sagte, Sie seien nach L. A. geflogen, um nach Tracy zu suchen. Sie haben statt dessen Lisa gefunden, nicht wahr?«

»Die Spur in L. A. hat nichts gebracht«, log ich. Soriano mußte in Jays Büro auch mitbekommen haben, daß Larkey zu Rae gesagt hatte, mit Tracys zahnärztlichen Unterlagen sei etwas nicht in Ordnung. Einen vollbesetzten Nachtclub in die

Luft zu jagen, mochte ein recht extremes Mittel sein, um Jay daran zu hindern, seinen Verdacht der Polizei mitzuteilen. Aber Soriano hatte schon vorher gemordet und Brandstiftung begangen – vielleicht mehr als einmal. Er konnte zwar nicht wissen, daß ich über seine Vergangenheit Bescheid wußte, aber…

Ich fixierte die Waffe in Sorianos Hand und sagte: »Was soll das hier überhaupt? Ich bin hergekommen, weil ich Amy und Marc bei einem Handel mit dem Sheriff helfen soll, damit sie höchstens wegen geringfügiger Behinderung der Justiz angeklagt werden. Ich verstehe gar nicht, was Sie hier wollen.«

Soriano sagte: »Und ich wußte gar nicht, daß Sie Anwältin sind.«

»Das bin ich auch nicht. Scheint aber, die beiden haben zu wenig Geld für einen Anwalt.«

Er antwortete nicht. Ich sah Amy und Emmons an. Ob sie verstanden, wie ich das Spiel hier spielen wollte? In Emmons Augen dämmerte Verstehen. Amy warf mir nur einen vorwurfsvollen Blick zu.

Emmons sagte zu ihr: »Hast du ihr das erzählt, Ame? Ich habe ausdrücklich gesagt, daß ich gern bezahle. Warum hast du nicht einfach einen von den Anwälten mitgebracht, Süße?«

Nicht einmal jetzt kapierte sie. Sie sah auf ihn hinab. »So war das nicht geplant –«

»Doch, Süße, das gehörte auch dazu.« An mich gewandt, fügte er hinzu: »Es tut mir leid, daß sie Sie hierher geschleppt hat. Am besten fahren Sie einfach in die Stadt zurück. Wir regeln unser Problem hier mit Rob und setzen uns dann morgen früh mit einem der Anwälte in Verbindung.«

»Marc! Ich bleibe hier nicht allein mit ihm –«

»Dann fährst du mit Sharon, Süße. Es geht ja im Grunde genommen nur Rob und mich an.«

Soriano hörte mit grimmigem Vergnügen zu. »Nicht die Schlaueste, wie?« sagte er. Er durchschaute also unsere Scharade.

Amy wirbelte zu ihm herum, das Gesicht plötzlich wütend verkniffen. »*Ich* nicht die Schlaueste! Das sagen ausgerechnet Sie!«

Emmons griff ängstlich nach ihrem Arm, aber sie schlug

seine Hand weg. Mein Gott, dachte ich, jetzt erzählt sie ihm alles, während er da mit dem Revolver in der Hand sitzt!

Das Lächeln verschwand von Sorianos Lippen. »Was soll das heißen?«

»Na, gucken Sie sich doch nur selber an. Sie sind total pleite – oh, ja, Marc hat es mir genau erzählt –, und dann gehen Sie hin und brennen den Club ab mit all den Leuten darin, einschließlich Jay. Offenbar glauben Sie, Sie können die Versicherung kassieren.«

Soriano erhob sich halb von der Bank. Sein Gesicht war jetzt aschfahl, die Lippen verzerrt, als könnten sie kein Wort mehr hervorbringen. In dem Moment wußte ich, dieser Mann stand am Rande des Wahnsinns. Das Auslösen der Explosion war ein Akt des Irrsinns ohne Rücksicht auf Konsequenzen gewesen. Emmons zum Schweigen zu bringen – zweifellos sein nächstes Ziel – war schwieriger geworden und erforderte nun, auch Amy und mich am Reden zu hindern. Doch er konnte nicht wissen, was wir Dritten gesagt hatten und wer schon genug wußte, um den Verdacht auf ihn zu lenken. Für Soriano brach trotz verzweifelter Rettungsversuche die Welt zusammen.

»Sehen Sie also, wie dumm Sie gewesen sind?« sagte Amy triumphierend.

Halt den Mund, dachte ich. *Halt den Mund!*

»Wer ist hier also nicht der Schlaueste? Sie sollten es vom letztenmal wissen.«

Er gewann die Selbstbeherrschung zurück und sagte heiser: »Das letztemal?«

»Ja, in Florida.« Sie sah mich an. »Der Brandstifter auf dem Zeitungsfoto war der alte Rob, eindeutig. Ich hatte immer schon den Verdacht, daß er sich die Haare färbt. Damals war er nur fetter. Auch hat er sich das Gesicht liften lassen.« Soriano machte einen Schritt auf sie zu. Amy zog sich hinter Marcs Sessel zurück. Emmons saß ganz still und umklammerte mit weiß hervortretenden Fingerknöcheln die breiten Armlehnen seines Sessels.

Soriano sagte zu mir: »Sie haben den Zeitungsartikel gelesen.«

»Ich weiß nicht, wovon sie redet –«

»Kommen Sie mir nicht so! Hätten Sie ihn nicht gelesen, wären Sie als allererstes bei Ihrer Ankunft hier auf das Feuer im Club zu sprechen gekommen.«

Ich antwortete nicht. Dank Amy bestand keine Notwendigkeit mehr, sich zu verstellen.

»Und ich vermute«, fügte er hinzu, »Sie wollen Ihre Kenntnisse der Polizei weitergeben – genau wie Tracy Kostakos.«

»War das ihr Plan gewesen?«

»Sie haben Erpressung vermutet?«

»Sie hatte ihre Methoden, zu bekommen, was sie wollte.«

»Erpressung gehörte nicht dazu. Das Mädchen bekam einen ungeheueren Hang zur Moral, wenn es um Kriminelles ging. Vor ihrem Tod hat Marc über eine Woche lang versucht, sie zum Stillhalten zu überreden. Aber an diesem letzten Abend dachte sie, Jay hätte sich von ihr abgewandt. Ihren Gang zur Polizei betrachtete sie als noble Geste zu Jays Schutz – die ihn vielleicht dazu bewegen würde, ihr ihre zügellose Promiskuität zu verzeihen.«

Schweigend beobachtete ich Soriano. Seine Blicke schossen durch den Raum, fixierten zuerst mich, dann Emmons, dann Amy. In einer der Furchen an seinem Mundwinkel hatte es zu zucken angefangen. Es zuckte, setzte aus, zuckte wieder. Emmons wirkte wie erstarrt, als ich ihn ansah. Auch Amy hatte die Situation schließlich erfaßt. Ihre Augen waren angstgeweitet. Sie lehnte an einem alten Klavier an der Wand hinter Marcs Sessel.

Die seltsame Stille flößte mir sogar Mut ein. Ich sah Soriano mit Bedacht direkt in die Augen und versuchte, seinen nächsten Schritt zu erraten. Nur Panik war in ihnen zu erkennen, aber keine Spur von Reue oder Abscheu vor seinem eigenen Vorhaben.

Ich dachte: Das ist der widerlichste Mensch, dem ich je begegnet bin. Ich weigere mich, von der Hand dieses Mannes zu sterben.

Ich sagte: »Sie haben gar nicht nach Ihrer Frau gefragt. Ob sie zu denen zählt, die im Club ums Leben gekommen sind.«

»War sie dabei?« Er sagte es fast abwesend.

»Ja.«

Ich hatte gehofft, ihm mit dieser Lüge irgendeine Reaktion zu entlocken. Doch Soriano sagte bloß: »Zu dumm.«

Diese eiskalten Worte bewirkten, was seiner offensichtlichen geistigen Verwirrung und der darin liegenden Bedrohung meines Lebens nicht gelungen war – meine Ruhe zu erschüttern. Und so ergriff mich nun eine ebenso eiskalte Wut.

Ich wartete, bis ich mit täuschend ruhiger Stimme sagen konnte: »So wenig hat sie Ihnen bedeutet?«

»Die Frau war ein dummes Stück. Wie die da vorne.« Sein Kinn ruckte in Amys Richtung. »Und wie der Dummkopf da im Sessel. Einsame Spitze, dieser Marc. Ich bin froh, daß ich seine Schnitzer jetzt nicht mehr ausbügeln muß. Der Idiot konnte nicht einmal verhindern, daß Kathys Wagen überall mit Blut beschmiert wurde, als er die Leiche dieser Kostakos hineinpackte. Ich mußte einen verdammten Haufen Geld hinlegen, um meinen Assistenten zu überreden, ihn als gestohlen zu melden.«

Zuerst dachte ich, ich hätte ihn falsch verstanden. Aber das war nicht der Fall. Ich kniff die Augen zusammen, bis meine Vision verschwamm. Als ich sie wieder öffnete, war mir alles klar.

Ich sah Emmons an. »*Sie* haben sie umgebracht.«

Er saß einfach da, mit halboffenem Mund.

Soriano sagte: »Haben Sie gedacht, *ich* wäre es gewesen?«

»Jetzt nicht mehr.« Er wußte nicht, daß sie im Wagen erschossen worden war. Auch nicht, daß Emmons ihre Leiche nicht mit dem Auto zu dem Boot hätte bringen können, in dem er sie versteckt hatte. Soriano hatte keinen Grund, in diesem Punkt auch noch zu lügen – schon gar nicht in Anbetracht der anderen Toten, die er auf dem Gewissen hatte. »Wieviel hat er Ihnen über den Mord erzählt?« fragte ich.

»Er wirkte ziemlich verwirrt, als er danach zu uns kam. Vielleicht hat er mit Kathy über Einzelheiten gesprochen. Ich jedenfalls wollte nicht mehr wissen als nötig.«

Noch immer saß Emmons unbeweglich da. Er atmete leicht zischend durch die geöffneten Lippen. Amy stand reglos vor dem Klavier, die Hände vor den Mund gepreßt.

»Warum?« fragte ich ihn. »Warum?«

Nach einer Weile schüttelte er den Kopf, als erwache er aus einer Trance. Er sah auf mich, dann auf die Waffe in Sorianos Hand. Schließlich ließ er einen Seufzer hören, der fast wie ein

Wimmern klang. »Sie wollte, daß wir zu den Cops gingen. Als sie in der betreffenden Nacht meine Wohnung verlassen hatte, rief ich Rob im Club an. Er versprach mir sofort einen Platz im Programm, wenn ich sie zum Schweigen brächte. Also fuhr ich hierher und sprach noch einmal mit ihr, aber sie wollte nicht auf mich hören. Sie wollte mich im Stich lassen, und deswegen...«

»Woher hatten Sie die Waffe?«

»Die hatte ich zu Hause.«

»War es die aus dem Club?«

»Ja. Ich hatte sie eine oder zwei Wochen vorher mitgenommen.«

»Warum?«

Er zuckte mit den Schultern.

»Sie hatten vor, sie umzubringen, nicht?«

Er erhob sich unsicher aus dem Sessel, sein schwerer Körper schwankte. Er schüttelte wieder den Kopf. »Ich... Zuerst wollte ich mich selbst umbringen. Sie hatte mich wegen Jay verlassen, und ich hatte Gerüchte gehört über... andere. Aber als dann diese Geschichte mit Rob aufkam, da dachte ich, das wäre die Chance, auf die ich immer gewartet habe... Also, das einzige was noch zwischen mir und dieser Chance stand, war Tracy.«

Hinter ihm schloß Amy die Augen und schrie: »Du *Schwein*!«

Sein Clownsgesicht verzog sich. »Das verstehst du nicht, Ame«, sagte er. »Ich habe sie *gehaßt*. Gehaßt für das, was sie mir angetan hatte – und was sie mir noch antun würde. Es war mein Leben, und sie war dabei, einfach alles kaputtzumachen.«

Amy fing an zu schluchzen und sank auf die Tasten des Klaviers, von dissonanten Akkorden begleitet.

Emmons machte einen Schritt auf sie zu, stolperte und torkelte zurück in Richtung Soriano. Soriano hob die Waffe.

Emmons drehte sich um die eigene Achse, sah den Revolver, verlor den Kopf und sprang los. Ich stürzte nach vorn, in den Halbkreis, den die Sessel bildeten, um an den .32er zu kommen.

Soriano stieß Emmons weg. Sein schwerer Körper prallte

gegen meinen und stieß mich gegen den Kamin. Er fiel rückwärts gegen seinen Sessel.

Als er so dalag und nach Luft schnappte, schoß Soriano ihm in den Kopf.

28

Emmons' linkes Auge wurde zu einem schartigen, blutigen Loch. Er sackte mit zuckenden Gliedern in den Sessel zurück.

Amy schrie und rannte zur Tür.

Meine Wut schlug von Kälte in Weißglut um. Als Soriano den .32er auf die fliehende Gestalt von Amy richtete, griff ich nach der Angelrute, die am Kamin lehnte. Ich schwang sie hoch und ließ sie wie eine Peitsche auf seine Hand mit der Waffe herabsausen.

Er brüllte auf und ließ den Revolver fallen. Er wirbelte herum und sprang auf mich zu.

Wieder schwang ich die Rute. Der Schlag streifte seine Schläfe. Die metallene Leinenführung hinterließ eine blutende Spur auf der Wange.

Ich riß die Rute zurück und ließ sie auf seine Schulter niederpeitschen. Er stolperte, beugte sich vor und suchte nach seiner Waffe.

Ich traf ihn im Kreuz. Er stieß einen hellen Schrei aus. Dann machte er einen Satz zur Tür. Ich lief ihm nach. Bevor ich ihn erneut traf, konnte er sie öffnen und hinausrennen. Bis ich auf der Veranda war, war er im Feuerdorndickicht verschwunden.

Hinter mir schluchzte Amy hysterisch. Ich drehte mich um und sah sie in Embryohaltung auf dem Fußboden liegen, die Arme um die Knie geschlungen. Ich ließ die Angelrute fallen und eilte zur Sitzgruppe zurück, um nach Emmons zu sehen. Er war tot.

Ich spürte nichts von dem, was man angesichts eines gewaltsamen Todes eigentlich spüren sollte – nichts außer Wut, aber die kochte jetzt gefährlich in mir hoch. Ich ließ mich auf alle viere fallen und entdeckte den Revolver unter dem Sessel, in dem Soriano gesessen hatte. Dann rannte ich wieder hinaus.

Die Zweige der Feuerdornbüsche raschelten nicht mehr. Ich lauschte, hörte aber weder Schritte, noch Motorgeräusch. Vorsichtig machte ich mich auf den Weg zum Tor. Es war geschlossen, so wie Amy es zurückgelassen hatte. Ich sah die Straße hinunter. Der Wagen stand noch unter den Bäumen. Jetzt erkannte ich auch die Umrisse: Es schien der Jaguar zu sein, den ich am Tag zuvor mittags in Sorianos Auffahrt gesehen hatte.

Warum stand er noch da? Soriano hatte reichlich Zeit gehabt, ihn zu erreichen und wegzufahren. Dann dachte ich: Nein, er wird keine Zeugen des Mordes an Emmons zurücklassen wollen. Ich vermutete, daß er sich in der Nähe versteckt hatte. Sicher wollte er sich von den Schlägen, die ich ihm versetzt hatte, erholen und auf eine neue Gelegenheit warten, Amy und mich anzugreifen.

Zu gern hätte ich ihn gejagt, doch ich konnte Amy nicht allein lassen. Das wäre eine Aufforderung für ihn gewesen, sie zu töten oder als Geisel zu benutzen. Und ich konnte keine Hilfe herbeirufen. Das Cottage hatte kein Telefon. Doch es gab noch einen anderen Weg...

Ich rannte zurück zum Cottage. Amy lag noch immer am Boden. Aus ihrem Schluchzen war jetzt ein Wimmern geworden. Ich kniete nieder und legte ihr sanft die Hand auf die Schulter.

In einem plötzlichen Anfall von Panik schlug sie um sich, um mich abzuwehren. »Amy«, sagte ich, »ich bin's. Soriano ist weg.«

Nach ein paar Sekunden öffnete sie die Augen und sah mich unter den herunterhängenden Strähnen ihrer Artischockenfrisur an. »Weg?«

»Ja. Er kann Ihnen nichts tun.«

Sie löste die Arme von den Knien und rappelte sich mühsam auf.

»Und Marc?«

»Er ist –« Ich zögerte. »Wir müssen Hilfe holen.«

»Marc hat Trace umgebracht. Er hat sie *umgebracht*!«

»Denken Sie jetzt nicht daran.«

»Deswegen hat er mich zu Ihnen geschickt. Er wollte gestehen, nicht wahr?«

»Wahrscheinlich. Es ist alles über ihm zusammengebrochen.« Ich ging zu dem Sessel, in dem meine Tasche lag, wühlte darin, bis ich mein Schweizermesser fand, und steckte es in die Jackentasche. Dann half ich ihr auf die Füße und drehte sie dabei so, daß sie seine Leiche nicht sah. »Gehen wir.«

Sie sah auf meine Hand, entdeckte die Waffe und schauderte.

»Es ist okay. Er ist unbewaffnet. Ich sorge für unseren Schutz.«

Sie nickte langsam. Ich legte ihr den Arm um die Schultern und führte sie zur Tür. In der anderen Hand hatte ich den .32er.

Als wir zum Tor kamen, spähte ich hindurch. Der Jaguar stand immer noch da. Eine Minute lang verharrte ich und sah die Straße hinauf und hinunter. Ich überlegte, welchen Weg wir einschlagen sollten. In der Häuserreihe, die sich in Richtung Bahnbrücke zog, war kein Licht zu sehen. Aber die Lichter, die ich vorher schon durch die Bäume hinter dem Wendekreis gesehen hatte, waren noch an. Ich führte Amy durch das Tor, und wir gingen los. Wir hielten uns in der Mitte der Straße, so daß uns niemand vom Gebüsch her überfallen konnte.

Mondlicht fiel auf den abgefahrenen Straßenbelag und das Gelände des Salzbergwerks. Wieder erinnerte das Bild mich an eine Eisfläche im Ödland. Die Luft war eisig, und ein scharfer Wind peitschte die Zweige der Bäume. Gelegentlich begleitete Knacken und Knistern aus dem Unterholz ihr Rauschen. Verzerrte Phantomgestalten schossen durch den Schatten seitlich der Straße und verschwanden so schnell, wie sie kamen. Ich folgte den flüchtigen Bildern mit dem Blick, doch sie lösten sich in der Dunkelheit auf.

Ich hielt Amys Schultern fest mit meinem Arm umfaßt. Den Revolver schußbereit, führte ich sie weiter.

Wir hatten fast den Wendekreis erreicht, als wir ein lautes, ziehendes Geräusch hörten. Amy schrie auf, als ein abgesplitterter Ast wenige Zentimeter neben uns auf das Pflaster schlug. Ich wirbelte herum, den Revolver im Anschlag, und spähte ins Unterholz. Nichts als schwankende Linien und Schatten.

Ich streckte meinen Arm nach Amy aus, packte sie am Ellbogen und flüsterte: »Nur der Wind, weiter nichts.«

»Ich habe Angst.«

»Wir sind bald da.«

Wir gingen weiter in die Richtung, wo Sorianos Wagen stand. Jetzt stieg auch in mir die Spannung, und ich versuchte in der

Dunkelheit zu erkennen, ob er vielleicht in der Nähe seines Fluchtgefährts herumstrich. Ich sah niemanden und hörte nichts.

Hinter dem Wagen begann ein schmaler, unbefestigter Weg, der durch ein Gehölz zu dem erleuchteten Haus führte. Wir bogen dort ein. Das Unterholz reichte auf beiden Seiten unmittelbar an den Weg heran. Das Rauschen und Seufzen der windgepeitschten Äste überdeckte alles bis auf die allerlautesten Geräusche. Wenn ich mich umsah, tanzten und sprangen Phantomgestalten umher und narrten meine Augen.

Ich sagte zu Amy: »Machen wir schneller« und eilte voraus.

Als wir das Gehölz hinter uns hatten, schlängelte sich der Weg durch eine große, freie Fläche. Das Haus lag noch etwa fünfzig Meter entfernt. Ich wartete, bis wir weit genug draußen waren, dann hielt ich an und sondierte das Terrain rundherum. Niemand war zu sehen. Drüben beim Haus fing ein Hund an zu bellen. Er mußte an der Kette liegen, denn er kam nicht angerannt, um nachzusehen, wer sich näherte.

Amy stand schweigend und regungslos neben mir. Ich sah sie an und merkte, daß ihre Angst verflogen war. Ihr Mund hatte sich entspannt, und ihr träger Blick zeigte mir, daß sie jetzt nur noch automatisch reagierte. Jedes Gefühl schien erloschen. Sie fragte nicht, warum wir stehengeblieben waren, sondern wartete nur ruhig ab.

Ich sah ihr prüfend ins Gesicht. Es war blaß im Mondlicht. Ich fragte mich, ob sie sich der Dinge um sie herum genügend bewußt war, um das zu tun, was ich mit ihr vorhatte. Dann kam ich zu dem Schluß, daß ihr tranceartiger Zustand sich vielleicht sogar zu meinem Vorteil auswirken konnte.

»Amy, ich brauche jetzt Ihre Hilfe.«

Sie nickte.

»Er ist irgendwo hier draußen. Wenn ich ihn nicht finde, könnte er entkommen. Sie müssen also allein bis zu dem Haus dort weitergehen.«

Sie sah zum Licht hinüber, als messe sie die Entfernung.

»Ich bleibe hier«, setzte ich hinzu. »Mit dem Revolver. Er wird Sie ohnehin in Ruhe lassen, solange Leute in der Nähe sind.«

Nach einem Moment nickte sie wieder.

»Wenn Sie das Haus erreicht haben, sagen Sie den Leuten, sie sollen neun-elf anrufen.«

»Neun-elf.«

»Sagen Sie, daß ein Mord passiert ist und wir den Sheriff brauchen.«

»Mord. Den Sheriff.«

»Dann bleiben Sie einfach dort.«

Sie sah wieder zu dem Licht, holte tief Luft und schob die Schultern zurück.

»Schaffen Sie das?« fragte ich.

»Ich schaffe es.« Sie zögerte noch ein paar Sekunden, dann rannte sie los.

Mit erhobener Waffe sah ich ihr nach für den Fall, daß Soriano plötzlich auftauchte. Sie rannte unbeholfen mit rudernden Armen, aber sie stolperte nicht. Als sie das Haus erreicht hatte, hämmerte sie gegen die Tür. Die Tür ging auf, und Amy verschwand im Innern. Ich drehte mich um.

Dann machte ich mich auf die Suche nach ihm.

Ich kroch zum rechten Vorderreifen des Jaguars und stach mit der größten Klinge meines Schweizermessers hinein. Ich hatte noch nie einen Reifen aufgeschlitzt. Es war schwerer, als ich es mir vorgestellt hatte. Aber nach einer halben Minute Arbeit war mir ein Schnitt gelungen. Die Luft zischte heraus, und der Wagen senkte sich auf die Felge.

Jetzt konnte Soriano nicht mehr entkommen.

Ich stand auf und schob das Messer zurück in die Tasche. Er war hier noch ganz in der Nähe, dessen war ich sicher.

Aber wo?

Nicht auf der anderen Seite des Wendekreises. Wenn ja, dann hätte ich ihn entdeckt. Nicht auf dem Gelände des Salzbergwerks. Es war mit Stacheldraht eingezäunt und möglicherweise auch bewacht. Die Straße hinunter dürfte er ebenfalls nicht gegangen sein. Dort gab es zu viele, dicht beieinanderstehende Häuser.

Also mußte er irgendwo hinter dem Barbour-Cottage sein.

Ich nahm den Revolver fest in den Griff und ging los, um jeden Zentimeter Boden zwischen hier und dem Fluß abzusuchen.

Am Ende einer Gruppe von Pfefferbäumen hinter dem Cottage blieb ich stehen. Das Rauschen des Flusses war hier lauter zu hören. Ich lauschte angestrengt, ob andere Laute durch das Seufzen der Bäume drangen. Aber es waren nur die typischen Nachtgeräusche zu hören.

Das Land zwischen der Baumgruppe und dem Uferdamm lag öde und wie vom Mondlicht ausgewaschen da. Wenn Soriano sich dort irgendwo versteckt hielt, konnte er mich leicht entdecken, während ich es überquerte. Verließ er aber seine Dekkung und rannte los, war ich im Vorteil.

Ich rannte über das Gelände und den Damm hinauf.

Das Wasser glitzerte im Mondschein. Der Fluß hatte eine starke Strömung. Der Regen kürzlich hatte ihn anschwellen lassen. Die Anlegestelle zitterte im Sog des Wassers. Der Wind blies stetig und zerrte an den Zweigen der Weide, in deren Schutz das verrottete Fischerboot lag. Ich starrte es an. Sah eine Bewegung im Schatten. Eine andere Bewegung, als die der herabhängenden Zweige.

Soriano hatte Tracys Grab gefunden.

Ich blieb nahe an der Weide mit gespreizten Beinen stehen, den Revolver in beiden Händen. Ich hatte Minuten gebraucht, um im Schutz des Damms dorthin zu gelangen. Eine weitere Minute, um hinunterzurutschen. Jetzt wußte er, daß ich ihn gefunden hatte.

»Soriano!« rief ich. »Kommen Sie heraus.«

Schweigen. Dann ein ferner, undefinierbarer Laut aus dem Boot.

»Soriano!«

Er wartete auf meinen Versuch, ihn herauszuholen.

Ich blieb, wo ich war, und horchte auf das Heulen von Sirenen. Nichts. Vor über einer halben Stunde hatte ich Amy zurückgelassen. Wie lange würde es denn noch dauern?

Ein kratzendes Geräusch aus dem Boot. Ein dumpfer Schlag.

Wahrscheinlich ein Trick, um mich zum Boot und in seine Nähe zu locken. Vielleicht unterschätzte er mich und dachte, ich könnte nicht richtig mit der Waffe umgehen. Ein Fehler, dem man bei Männern wie Soriano häufig begegnet – andere zu unterschätzen, vor allem Frauen.

Langsam bewegte ich mich auf das Boot zu.

Abgesehen von ein paar Planken, die vom Erkennungsdienst, der Tracys Leiche zur Untersuchung weggeschafft hatte, auf den Boden geworfen worden waren, sah es so aus wie beim erstenmal. Ich kletterte vorsichtig auf die Bordwand.

»Soriano, ersparen Sie uns beiden eine Menge Ärger und geben Sie auf.«

Keine Antwort. Keine verräterischen Geräusche mehr.

Ich kroch auf das eingefallene Ruderhaus zu und prüfte bei jedem Schritt meinen Halt. Der Lukendeckel lag wieder über der Öffnung in den Planken. Ich war sicher, daß die Leute vom Erkennungsdienst ihn dort nicht wieder hingelegt hatten.

Ich trat näher heran. Sah ihn mir an. Ich streckte meinen rechten Fuß vor und stieß gegen den Deckel.

Er rührte sich nicht.

Ich hielt mich an einem der Stützpfosten des Ruderhauses fest, fuhr mit der Stiefelspitze unter den Rand des Deckels und ließ ihn hochschnellen.

Krachend fiel er zur Seite. Der modrige Geruch des Grabes stieg mir in die Nase.

Ich hielt den Revolver in die Öffnung und beugte mich vor. Ich sah auf Rob Soriano hinunter.

Wortlos sah er zu mir auf. Mit einem seiner Augen schien etwas nicht zu stimmen. Dann sah ich, daß ein Brillenglas zerbrochen war. Blut tropfte von der klaffenden Wunde auf seiner Wange. Er verzog heftig den Mund und wich zurück.

Ich hatte erwartet, daß Soriano schließlich zusammenbrechen würde. Jetzt war es soweit. Jetzt hatte er Angst.

Als ich zu ihm hinunterstarrte, spürte ich nichts als Wut – jetzt wieder kalte und nüchterne Wut.

Ich könnte ihn ohne weiteres erschießen, dachte ich. So, wie er Emmons erschossen hatte. Ich *sollte* ihn erschießen. Sinnlos, diesen abgrundbösen Menschen am Leben zu lassen. Sinnlos, durch alle Stationen zu gehen: Festnahme, Gerichtsverfahren, Freiheitsstrafe, schließlich Hinrichtung. Es würde keinen Unterschied machen.

Er bewegte sich den Bruchteil eines Zentimeters. Meine Hände spannten sich um den .32er. Ich würde Notwehr geltend machen.

Jetzt hörte ich die Sirenen, noch fern zwar, doch deutlich in der stillen Nacht. Hunde heulten, als wollten sie die Sirenen nachahmen.

Wieder bewegte sich Soriano. Er zog sich weiter in den Bauch des Bootes zurück. Das Mondlicht fiel durch die Weidenzweige, die sich im Wind bewegten, und seine Strahlen wurden kalt vom zerbrochenen Glas seiner Brille reflektiert.

Notwehr, dachte ich noch einmal.

Die Sirenen kamen näher.

Gib mir einen Grund, den Abzug hier zu ziehen. Irgendeinen Grund.

Die Sirenen waren jetzt auf Höhe der Eisenbahnbrücke. Sie heulten die Reihe der Cottages entlang. Mit vorgestreckter Waffe schob ich mich näher an die Öffnung in den Planken heran.

Drüben am Cottage der Barbours verstummten die Sirenen plötzlich. Man hörte Männerstimmen rufen.

Soriano machte eine hektische Bewegung. Er glitt auf den Bootsrippen aus.

Ich hob die Waffe und gab einen einzelnen Schuß ab.

In die Luft, damit sie wußten, wo wir waren.

29

Samstags kam mir der Besuchertrakt von San Quentin freundlicher vor als sonst. Vielleicht lag es an den vielen Kindern. Mit frisch geschrubbten Gesichtern und herausgeputzt für den Daddy-Besuch vermittelten sie eine Atmosphäre von Normalität und Hoffnung. Vielleicht hatte es auch damit zu tun, daß ich wußte: Dies ist meine letzte Fahrt hierher – für lange Zeit, wenn nicht für immer. Und sicher hatte es auch eine Menge mit der Freude zu tun, die Leora Whitsun im Gesicht stand, als wir auf Bobby warteten.

Ich hatte nicht herkommen wollen. Ich wollte keine Dankesreden hören und auch keine Fragen beantworten. Aber Leora hatte darauf bestanden, und nun war ich da.

Diesmal mußten wir nicht lange warten, und der Beamte am

Empfang lächelte uns richtiggehend an, als wir uns auswiesen. Der Wärter, der uns in den kleinen, kargen Besuchsraum führte, sagte zu mir: »Gut gelaufen.« Der Fall war in den lokalen und auch in den landesweiten Nachrichten ausgiebig behandelt worden. Anonymität würde in nächster Zeit eher Seltenheitswert bekommen.

Nachdem der Wärter uns eingeschlossen hatte, seufzte Leora und sah sich um. »Wie oft werde ich hier noch sitzen und diese vier Wände anstarren müssen?«

»Nicht mehr oft. Vielleicht nie mehr. Es bleiben noch ein paar Formalitäten zu erledigen, aber Jack hat schon alles in die Wege geleitet. Der Fall hat zu viel Aufmerksamkeit in den Medien gefunden, als daß ihn jemand zu verschleppen wagte.«

»Es wird gut sein, meinen Jungen wieder zu Hause zu haben.« Sie setzte sich und strich ihren Jeansrock glatt. »Und zu Hause – das wird nicht mehr in den Projects sein.«

»Nicht?«

»Nein. Ich habe eine Wohnung gefunden. In der Nähe der Klinik. Nicht sehr groß, aber es wird ein *Zuhause* sein.« Sie nickte nachdrücklich, und die goldenen Ohrringe klapperten bestärkend dazu.

Die Tür jenseits des Gitters öffnete sich. Bobby kam herein. Er hatte seine steife, abwehrende Haltung abgelegt und durch einen langen, lockeren Schritt ersetzt. Er war frei – beinahe.

»Sharon«, sagte er, »ich bin so glücklich, daß Mama Sie überredet hat, mitzukommen. Ich muß Ihnen für alles danken, was Sie für mich getan haben.« Er trat an den Tisch, der den Raum in zwei Teile teilte, und legte die Handflächen gegen das Gitter.

Ich beugte mich vor und legte meine Hände dagegen, so daß wir uns berührten. »Sie brauchen mir nicht zu danken.«

»Na gut, aber ich tu's trotzdem.«

Er setzte sich auf seinen Holzstuhl und ich auf meinen.

Einen Moment lang herrschte unbehagliches Schweigen. Bobbys Blick verdüsterte, und er sagte: »Dieser Scheißkerl Emmons hat sie umgebracht.«

Leora neben mir schnalzte mißbilligend mit der Zunge.

»Der einzige Name für ihn, Mama.«

»Vielleicht. Ich sollte dich nicht mehr zurechtweisen. Du

bist als Kind hier reingekommen, und als Mann kommst du wieder heraus.«

Er nickte ihr ein knappes Danke zu und bemühte sich, nicht zu zeigen, wie sehr ihm gefiel, was sie gesagt hatte.

Ich sagte: »Emmons hat sie umgebracht, glaube ich, weil er sie eine Zeitlang wirklich beneidet und gehaßt hat. Sie hatte alles, was er sich wünschte: Talent und die Fähigkeit, ihre Chancen zu ergreifen.«

»Nennen Sie das, was sie mir, Lisa und Jay angetan hat: ihre Chancen ergreifen?«

Ich hatte die letzten anderthalb Tage nicht wenig über Tracy nachgedacht. Jetzt sagte ich: »Sie war jung und voller Gier, und sie hatte sehr wenig Einsicht. Das ist eine Erklärung, Bobby, keine Entschuldigung.«

»Ist das nicht dasselbe?«

»Ich glaube, eigentlich nicht. Eine Entschuldigung hebt eine Anschuldigung auf. Es wird einem klar, ein Mensch ist nicht schuld an einer schlimmen Tat, und man verzeiht ihm. Ein Grund sagt dir nur, warum einer etwas getan hat. Danach kommt erst die Frage des Verzeihens.«

»So habe ich das noch nie gesehen.« Er starrte einen Augenblick auf die zerkratzte Tischplatte. »Glaube, ich kann ihr vergeben. Ich hatte viel Zeit hier, darüber nachzudenken.«

Wir schwiegen. Ich spürte, daß jeder von uns seinen eigenen Gedanken über Tracy Kostakos nachhing und über das, was verzeihlich war und was nicht. Schließlich sagte Leora: »Was ist mit Rob Soriano? Jack Stuart sagt, man kann ihm nicht nachweisen, daß er das Feuer gelegt und so Jay und all die anderen Menschen getötet hat.«

Die Zahl der Todesopfer durch den Brand war auf sieben gestiegen. Larkey gehörte zu ihnen. Die Brandpolizei hatte die Reste eines einfachen Zeitzünders gefunden, der an einer Stelle angebracht war, wo er das noch immer bestehende Leck in der Gasleitung nutzen konnte. Soriano hatte wahrscheinlich damit gerechnet, daß die Explosion diesen Zeitzünder vollständig zerstören würde, was ja auch beinahe der Fall gewesen war. Die Reste reichten nicht aus, um den Apparat zu rekonstruieren, und folglich gab es auch keine Beweise dafür, daß er jemals in Sorianos Besitz gewesen war. Wäre seine Vergangenheit in Florida nicht ans Tageslicht gekommen, wäre er möglicherweise gar nicht in Verdacht geraten. Zu viele Leute hatten von der undichten Gasleitung gewußt und von der offensichtlichen Unfähigkeit der Stadtwerke, sie fachgemäß zu reparieren.

Natürlich hatte Soriano nichts zugegeben.

Ich sagte: »Es bleibt bei einer vagen Vermutung. Und die Brandstiftung in Florida kann nicht als Beweis herangezogen werden, weil andere schwebende Verfahren nicht gegen einen Beklagten in Betracht gezogen werden dürfen. Man könnte ihn nach Florida überstellen, aber der dortige Fall ist wieder nicht so schwerwiegend wie der hier. Immerhin konnte man ihn hier wegen des Mordes an Marc Emmons festnehmen. Amy Barbour und ich sind Augenzeugen.«

»Was ist mit seiner Frau?« fragte Bobby. »Weiß sie etwas?«

»Eine ganze Menge. Kathy ist bereit zu bezeugen, daß er Beihilfe zum Mord an Tracy geleistet hat. Dafür wird die Strafverfolgung gegen sie ausgesetzt.«

Ich hatte Kathy am Morgen in der Klinik besucht, in die ihr Hausarzt sie hatte einliefern lassen – und zwar eher zur Befriedigung meiner Neugier auf bestimmte Fragen als aus Nächstenliebe. Sie hatte bereits mit dem Bezirksstaatsanwalt gesprochen und erzählte mir freimütig, wie Rob und sie Emmons geholfen hatten, die Entführung vorzutäuschen, als Gegenleistung für sein Schweigen.

Kathy sagte, zuerst hätten sie nur vorgehabt, Verwirrung um Tracys Verschwinden zu stiften. Deswegen hätten sie den Erpresserbrief nach der Vorlage von Bobbys Notizbuch zusammengestellt. Es hatte so aussehen sollen, als seien die Kidnapper aus der unteren Bildungsschicht. Die Idee, ihm die Sache selbst anzuhängen, war Rob die Woche darauf gekommen, als Kathy ihm berichtet hatte, was Lisa McIntyre über die Beziehung zwischen Tracy und Bobby wußte. Aber auch Lisas Wissen konnte zu allen möglichen Komplikationen führen, und daher beschlossen sie, ihr Geld zu geben und sie zum Verlassen der Stadt zu bewegen.

Kathy gab auch zu, daß sie Emmons geholfen hatte, den Volvo zwei Wochen nach dem Mord vom Cottage in die Berge zu schaffen. Das Vertauschen der zahnärztlichen Unterlagen am Neujahrstag, die falschen Anrufe bei Laura, das Buch mit den

Randbemerkungen, das Emmons in das Apartment geschmuggelt hatte – all diese Dinge waren verzweifelte Tricks gewesen, das Märchen von Tracys freiwilligem Verschwinden aufrechtzuerhalten.

Leora sagte: »Wie konnte die Frau nur so einen Abschaum heiraten? Sie muß genau so schlecht sein wie er.«

»Sie ist ein ziemlich übler Mensch. Aber sie behauptet, sie habe von seiner Vergangenheit nichts gewußt, bis Emmons nach dem Mord an Tracy aufgetaucht sei und sich über den Zeitungsartikel ausgelassen habe. Das möchte ich ihr fast glauben. Es hat sich inzwischen herausgestellt, daß sich Soriano eine ausgeklügelte Schwindelexistenz aufgebaut hatte. Dabei hatte er darauf geachtet, in keiner öffentlichen Funktion aufzutreten, und vermieden, daß sein Foto in der Zeitung erschien.«

»Dennoch muß sie ziemlich blöd oder ziemlich schlecht sein, wenn sie nicht zu den Cops gegangen ist, als sie alles erfahren hatte. Kam sie nicht auf die Idee, daß er möglicherweise noch jemanden umbringen konnte? Oder wieder einen Brand stiften?«

»Sie sagt, Rob habe ihr versprochen, daß so etwas nie wieder passieren würde.« Ich wußte nicht, ob sie damit die Wahrheit sagte, aber die Erinnerung an den wiederholten Ausruf »Er hat es versprochen« während ihrer hysterischen Reaktion auf das Feuer machte mich eher geneigt, ihrer Behauptung zu glauben.

»Also, meiner Meinung nach war es dämlich von ihr, dem Mann zu glauben. Und er – für jemanden, der als so smarter Überflieger gilt, hat er sich auch reichlich dämlich benommen.«

»Ich halte ihn schon für einen gerissenen Menschen, aber er war zu sehr von sich und seinen Fähigkeiten eingenommen. Leute seiner Art entwickeln oft grandiose Pläne, stolpern dann aber über Details. So ist es ihm in Florida ergangen. Aber diesmal kann er nicht mehr untertauchen und anderswo neu anfangen.«

Bobby entblößte seine Zähne, aber sicher nicht zu einem Lächeln. »Ich habe nie gedacht, daß ich das einmal sagen würde, aber ich bin froh, daß es in diesem Staat die Todesstrafe gibt.«

Mir fiel meine primitive, fast mörderische Wut ein, als ich in dem verfallenen Boot mit dem Revolver in der Hand über Soriano gestanden hatte. »Ich weiß, was Sie meinen«, sagte ich.

Später an jenem Nachmittag fuhr ich bei All Souls vorbei, um meinen Schreibtisch aufzuräumen. Eine ganze Schar von Leuten hockte im Wohnzimmer und aß Pizza: Rae, Jack, Ted, Hank und Anne-Marie. Sogar der Gesundheitsapostel war da. Das Fegefeuer, dem er die Küche unterzogen hatte, mußte wohl vorüber sein, denn er saß da und nuckelte an einem Bier. Sie hatten alle schmuddelige Arbeitskleidung an und schienen in Festtagsstimmung zu sein.

Rae winkte mir zu. »Komm, mach' mit bei unserer Umzugsparty!«

Ich ging nur bis zum Türbogen. »Wer ist umgezogen?«

»Also, zuerst Hank. Dann haben wir ein paar Möbel, die ich im Junk Emporium gekauft habe, in mein neues Zimmer hinaufgeschafft.«

Ich sah Hank verwirrt an. Er saß mit Anne-Marie auf der Couch und hatte den Arm um ihre Schultern gelegt.

Anne-Marie sagte: »Keine Angst. Es ist keine große Geschichte. Die Andersons sind schon drei Wochen vor Ablauf der Kündigungsfrist aus der Wohnung über uns ausgezogen. Hank und ich haben alles besprochen und sind zu dem Schluß gekommen, daß wir nicht zusammenleben können und nicht getrennt leben wollen. Also ist er nach oben gezogen, und ich bleibe unten. Selbstverständlich räumen wir uns gegenseitig großzügige Besuchsrechte ein.«

»Selbstverständlich.« Wenn es mir auf den ersten Blick auch etwas bizarr erschien, so konnte es doch ein vernünftiges Arrangement sein.

»Nimm doch etwas von der Pizza«, sagte Ted. »Es gibt jede Menge – sogar mit Anchovis.«

»Tut mir leid – ich bin zum Dinner verabredet, und ich hänge meinem Zeitplan schon hinterher.«

Rae lächelte wissend. Sie hatte längst den Verdacht, daß sich zwischen George und mir etwas anbahnte. Jack sah bedrückt aus und nahm sich noch ein Stück Pizza. Ich fummelte mir ein Bier aus dem Sechserpack auf dem Tisch und ging in mein Büro.

Zu Hause fand ich einen Zettel von meinem Bauunternehmer an der Eingangstür. Er sei mit seiner Arbeit an dem neuen

Schlafzimmer fertig geworden und habe abgeschlossen. Er werde am nächsten Tag mit den Extraschlüsseln vorbeikommen und sich das restliche Geld abholen.

Ich eilte hinein, um sein Werk zu begutachten. Es sah großartig aus. Jetzt mußte ich den Raum nur noch ausmalen, Teppichboden legen und Jalousien anbringen. Ich beschloß, anschließend die Umzugsmannschaft von All Souls einzuladen, damit sie mir beim Transport meiner Schlafzimmereinrichtung nach hinten half. Danach würde ich sie mit Spaghetti füttern oder vielleicht auch mit Lasagne.

Zunächst mußte ich mich aber fertigmachen für mein Rendezvous mit George. Ich wollte besonders gut aussehen. Ich hatte ein wenig Angst. Zu viele Dinge zwischen uns waren in den letzten Tagen ungesagt geblieben. Heute abend mußten wir sie alle aussprechen.

30

Es war eine regnerische Februarnacht, fast zwei Jahre nach Tracy Kostakos' Tod. Der South Park war in Nebel gehüllt. Der Nebel legte einen Schleier um die Straßenlampen und die zakkigen Ränder der ausgebrannten Ruine, die einmal das Café Comédie gewesen war. Ein zufälliger Passant, der sich nicht auskannte, hätte sie vielleicht nicht einmal bemerkt und erst recht nicht der Tragödie gedacht, die sich hier abgespielt hatte.

Ich war, wie schon öfter in den letzten Tagen, hergekommen, um im Park spazierenzugehen. Im Boden waren noch die Wunden zu sehen, die die Ambulanzen aufgerissen hatten, doch häufiger Regen hatte sie zu heilen begonnen und neue Grashalme sprießen lassen. Bald würden auch andere Spuren verschwinden, und schließlich würde nichts mehr zu erkennen sein.

Ich ging mit gesenktem Kopf, die Hände in die Taschen vergraben, und nahm die Nässe kaum wahr. Der Park war mir inzwischen ein vertrautes Gelände geworden. Ich kam so oft hierher, daß die alten schwarzen Männer, die sich an schönen Tagen hier auf den Bänken versammelten, mich langsam als jemanden betrachteten, der dazugehörte. Neulich hatte mir nachmittags einer zugewinkt.

Hätte man mich gefragt, warum ich immer wieder herkam, wäre mir eine Antwort schwergefallen. Es hatte mit dem Versuch zu tun, in all den Ereignissen einen Sinnzusammenhang zu finden. Aber ich erwartete nicht, daß das irgend jemand verstand – ich selbst verstand es ja nicht einmal richtig.

Einen Sinn zu finden in der Geschichte von Tracy Kostakos, deren Gier nach allem, was die Welt zu bieten hat, ihr Talent und ihr Leben zerstört hat.

Einen Sinn zu finden in der Geschichte von Marc Emmons, der sich benutzen ließ, bis seine Liebe in Haß umschlug und Haß in Gewalt.

Einen Sinn zu finden in dem Bösen in Rob Sorianos Wesen und in der primitiven Wut, die es in mir ausgelöst hatte.

Und es war auch einfach sinnlos, daß Bobby Foster trotz seiner Unschuld noch immer im Kerker saß und daß dies an der langsamen und schwerfälligen Maschinerie unseres Justizsystems lag.

Sinnlos schließlich auch, daß George nicht bei mir war.

An jenem Samstagabend hatte er im North Beach Restaurant mir gegenübergesessen, und im Kerzenschein hatte ich neue Gramfurchen in seinem kantigen Gesicht entdeckt. Er hatte meine Hand gehalten, als er mir erzählte, daß er wieder nach Palo Alto zöge, um während Lauras Aufenthalt in der psychiatrischen Klinik in ihrer Nähe zu sein. Später, nach ihrer Entlassung, müsse er ihr dann bei der ambulanten Therapie helfen.

»Es wird nicht für immer sein«, hatte er gesagt, »aber es ist etwas, das ich tun muß. Ich schulde es ihr. Mir selber. In gewisser Weise auch dir.«

Ich hatte den Kopf geschüttelt und konnte es nicht verstehen.

»Ich weiß, ich kann dich nicht bitten, auf mich zu warten«, hatte er hinzugefügt. »Ich weiß auch nicht, warum du das tun solltest. Aber wenn alles vorbei ist, wenn sie wieder auf den Beinen ist, dann komme ich zu dir und frage dich, ob du mich noch willst.«

»Wir könnten doch nur –«

»Ich weiß, was du sagen willst. Das kann ich weder dir noch mir zumuten. Du sollst nicht die Bürde mittragen, die allein meine ist. Ich könnte es nicht aushalten, mich dauernd von dir zu verabschieden in dem Bewußtsein, daß ich nach Hause zu einer anderen Frau gehe.«

»Was dann…?«

»Wenn das hier durchgestanden ist, werde ich dich fragen, ob du noch einmal anfangen willst. Daß ich es will, weiß ich.«

Er war ein Mann von Ehre, dieser George Kostakos. Doch in kalten, einsamen Nächten verfluchte ich ihn manchmal wegen dieser Ehrenhaftigkeit. Und wenn ich einmal ganz am Boden war, dann fragte ich mich, ob er diese Skrupel auch gehabt hätte, wenn nicht gerade ich es gewesen wäre, die ihm die traurige Wahrheit über das Leben und den Tod seiner Tochter überbringen mußte.

Aus dem Nieseln war inzwischen Regen geworden. Ich ignorierte ihn, schlug den Kragen hoch und ging weiter. Der South Park lag still und verlassen da. In den letzten Tagen hatte sich eine Dunstglocke über ihn gelegt, so dick wie die Rauchglocke nach dem Feuer. Ich fragte mich, ob er je wieder zum Leben erwachen würde. Und ich selbst?

Aus der Third Street bog ein Wagen ein. Seine Scheinwerfer blendeten mich. Ich hielt mir die Hand wie einen Schild über die Augen und wartete, daß er vorbeifuhr.

Ein paar Meter von mir entfernt hielt er am Bordstein an. »He, Lady, eine Fahrt gefällig?«

Rae, in ihrem alten Rambler American.

Ich ging hin, beugte mich hinunter und sah sie durch das Fenster an. »Was machst du hier?«

»Detektivarbeit. Ich bin dir gefolgt. Ein paarmal bin ich dir jetzt schon hierher gefolgt. Meinst du nicht, du solltest aufgeben?«

»Was aufgeben?«

Sie zeigte auf den Park. »All das hier. Die Vergangenheit. Mach weiter mit deinem Leben.«

Normalerweise wäre ich über eine derartige Einmischung wütend geworden. Doch plötzlich wußte ich, daß sie der einzige Mensch war, der verstand. Zumindest soviel, wie ich.

»Weißt du, was wir jetzt tun?« fuhr sie fort. »Wir gehen thailändisch essen. Ich habe ein tolles neues Restaurant entdeckt. Und billig dazu.«

»Rae –«

»Dann wäre da noch dieser kleine Club, draußen am Strand. Jazz. Ich bin mit dem Schlagzeuger befreundet. Der Pianist ist interessant. Er wird dir gefallen.«

»Rae, keine Abschleppereien.«

»Das sind sie nicht. Wir schauen nur auf ein paar Drinks hinein. Ich kriege sie normalerweise auf Kosten des Hauses. Wenn wir bis zum Schluß bleiben, führen sie uns auf einen Hamburger aus – Clown Alley ist rund um die Uhr geöffnet. Und Jim – das ist der Pianist – kennt diesen Fährdienst, der die ganze Nacht durch die Bucht kreuzt, sogar bei Regen.«

Ich wollte gerade nein sagen. Zögerte. Sah über meine Schulter zurück in den Park, der kalt und naß in der Dunkelheit lag. Richtete mich auf und sah über das Dach des Wagens hinweg auf die im tiefen Schatten liegenden Ruinen des Café Comédie.

»Warum, zum Teufel, eigentlich nicht?« sagte ich.

Rae hatte recht: Es war an der Zeit weiterzuleben.

Marcia Muller

Am Ende der Nacht
Kriminalroman. Band 14352
Aus dem Amerikanischen von Cornelia Holfelder-von der Tann

Mord ohne Leiche
Kriminalroman. Band 14541
Aus dem Amerikanischen von Monika Blaich und Klaus Kamberger

Tote Pracht
Kriminalroman. Band 14542
Aus dem Amerikanischen von Gabriele Graf

Niemandsland
Kriminalroman. Band 14543
Aus dem Amerikanischen von Monika Blaich und Klaus Kamberger

Letzte Instanz
Kriminalroman. Band 14544
Aus dem Amerikanischen von Monika Blaich und Klaus Kamberger

Dieser Sonntag hat's in sich
Kriminalroman. Band 14713
Aus dem Amerikanischen von Gabriele Graf

Spiel mit dem Feuer
Kriminalroman. Band 14775
Aus dem Amerikanischen von Cornelia Holfelder-von der Tann

Wenn alle anderen schlafen
Kriminalroman. Band 14537
Aus dem Amerikanischen von Cornelia Holfelder-von der Tann

Wölfe und Kojoten
Kriminalroman. Band 14545
Aus dem Amerikanischen von Monika Blaich und Klaus Kamberger

Ein wilder und einsamer Ort
Kriminalroman. Band 14546
Aus dem Amerikanischen von Cornelia Holfelder-von der Tann

Fischer Taschenbuch Verlag

fi 1590 / 10

Carlene Thompson

Sieh mich nicht an

Roman

Aus dem Amerikanischen von Anne Steeb

Band 14538

Deborah Robinson, ihr Mann Steve und die fünfjährigen Zwillinge Brian und Kimberley sind eine richtige Bilderbuchfamilie – bis zu dem Tag nach der traditionellen Vorweihnachtsfeier in ihrem Hause, als Steve spurlos verschwindet. Deborah hatte gespürt, daß Steve sich Sorgen machte. Nun erfährt sie von Steves Kollegen und Freunden, daß der Mann, der aufgrund von Steves Zeugenaussage wegen der brutalen Vergewaltigung von Steves kleiner Schwester seinerzeit verurteilt worden war, nach fünfzehn Jahren Haft frei gelassen wurde und gedroht hatte, sich zu rächen. Doch die Polizei stellt nun plötzlich Steves damalige Zeugenaussage in Frage. Deborah beginnt, die Vergangenheit ihres Mannes zu erforschen. Was sie herausfindet, erschreckt sie zutiefst. Sie kann sich nicht länger sicher sein, Steve wirklich zu kennen. Sie weiß nur, daß irgend jemand ihr Haus beobachtet, jemand, der skrupellos getötet hat – und bloß darauf wartet, wieder loszuschlagen...

Fischer Taschenbuch Verlag

fi 707 / 7